明
室
Lucida

照亮阅读的人

诗人之舌
奥登文选

Selected Essays of
W. H. AUDEN

［英］
W. H. 奥登
著

蔡海燕 译

北京联合出版公司
Beijing United Publishing Co.,Ltd.

译 序

1922年，年仅十五岁的威斯坦·休·奥登（Wystan Hugh Auden，1907—1973）立志要成为诗人，于是有意识地强化诗歌阅读与写作，在模仿哈代、弗罗斯特、叶芝、艾略特等前辈诗人的基础上逐渐形成了自己的艺术风格。1926年，奥登向自己在牛津大学的文学导师坦承，他的目标是成为"大诗人"，也逐渐有了为理想做出必要牺牲的准备。1928年，刚从牛津大学毕业的奥登在好友斯蒂芬·斯彭德（Stephen Spender）的帮助下，自行印刷了大约四十五册《诗集》（Poems），送给了亲朋好友。这册未公开发行的诗集，被认为是"出自一位写作娴熟、技巧丰富的诗人，一股严肃的老成味已经压制住了奔放的抒情"，因而可以视作他从少年习作走向自我风格的一个起点。很快，他的诗作在艾略特主编的文学刊物《标准》（Criterion）上发表，诗集也由费伯-费伯出版社出版，他得到了诗坛前辈的喝彩与提携，宛若"横空出世"于英国诗坛的新星。此后整整十年，奥登诗名煊赫，被评论界推举为"奥登一代"（The Auden Generation）的领袖人物。随后，他漂洋过海去了美国，加入

i

了美国籍,并且皈依了基督教,这一举动在大西洋两岸掀起了轩然大波。然而,即便是在奥登的诗名饱受争议的20世纪四五十年代,他仍然受到众多学院派批评家的推崇,甚至一直是20世纪下半叶诗人们最常提及的诗人。1965年,奥登与诺贝尔文学奖失之交臂,但有关他的成就,却已经由布罗茨基、希尼、沃尔科特等诺贝尔文学奖得主做出长篇论述,而且这些论述皆已成为诗歌评论史上的经典。奥登去世后,《泰晤士报》发表了纪念他的讣文:"奥登,一直以来都是英语诗坛的'顽童'……最终毫无争议地成了大师。"

一

长久以来,"诗人"很难仅仅靠写诗维持生计。纵使奥登年纪轻轻就迅速在英语诗坛占据了一席之地,但名声无法轻易地变现,他依然不得不想方设法养活自己。除了通过执教、供职于英国邮政总局电影部、编辑选集、巡回演讲等工作获得报酬以外,散文写作一直是他赚钱的重要途径之一。事实上,艾略特已经为奥登这一代后辈提供了诗人写作散文的范例,奥登本人在散文写作生涯之初也确实一度向艾略特主编的《标准》靠拢;但正如诗人奥登在沿着"前驱诗人"艾略特的路径行至现代主义诗歌大门之后,很快就凭借自身的诗学素养和文学经验克服了"影响的焦虑",散文家奥登也逐渐彰显了不同于艾略特的旨趣与风格。借用奥登在其散文集《染匠之手》前言中的表达——"体系化的批评会纳入一些死气沉沉甚至错误百出的东西。在对自己的批评文章进行润色时,只要有可能,我就会将它们删减成笔记",我们可以剔除其中的价值判断和情感好恶倾向,直观地说艾略特的散文写作偏于"体系",而奥登自己更青睐"笔记"的方式。

在世俗的观念里,"体系"优于"笔记",但如果我们真的误以为奥登所谓的"笔记"是零散的观点、失败的文章的话,那便跌入了"顽童"奥登设置的文字陷阱里。要理解奥登的"笔记",就要回到他说出这句话的语言现场,这其实也是奥登教导我们的方法之一。奥登曾在散文《叶芝作为一个榜样》中指出,"正是进攻的一方定义了他们的对手必须捍卫的问题",所以叶芝、乔伊斯、萧伯纳那代人在"理性、科学和整体似乎居于主导地位,想象、艺术和个体处于下风"的情境下,"只能拿出人类捍卫狭小疆域时的那股蛮劲来对抗大举进犯,妄图以此颠覆两边的砝码"。作为后辈,奥登敏锐地察觉到他们这代人面临的危机已经不尽相同——不是得到了改善,而是变得更糟糕。正因为如此,他才会在散文《亨利·詹姆斯与美国艺术家》中开门见山地喟叹:"比起我们的时代,以往时代是否更有利于艺术家的生存?我们无法确知,但肯定无法想象还有哪个时代比当代更糟糕,因为在今天,只要看看自己的同行,或者问问自己的内心,没有一位艺术家不会承认当代社会对自己的艺术操守和个人荣誉的威胁何其复杂、何其严重。"结合他在20世纪40年代诸多散文中表达的观点,我们可以发现他一以贯之地发出警告:现代人比以往任何时候都更容易陷入失去个体性的险境,艺术家身处其中亦没有豁免权。这或许正是奥登捍卫个体性、支持多样性、秉持多元共存原则的主要原因。于是,写诗的时候,他认为"诗歌的主要内容和处理方式,就像人的性格一样丰富多彩……有庄严的诗，也有轻松的诗；有喜剧诗，也有严肃诗；有纯洁的诗，也有下流的诗"（《诗歌、诗人与品味》）；在编辑诗歌选集时，他首先考虑的是"必须克服人们的偏见，诗歌并非只能陶冶情操，而是可以迎合各个层次的思想观念"（《诗人之舌》）；同理，在散文写作中，他也不拘一格，举凡书评、导言、论文、讲稿、专著等形式，均有涉猎。

奥登散文的题材范围，体现出一种"大西洋的小歌德"（《创作的洞穴》）才有可能具备的博闻多识。他似乎被眼前的一切所吸引，给人一种持续积累的感觉，有关文学、科学、哲学、历史、神学、音乐和其他任何引起他兴趣的东西，都被他吸收到一个阅读、接受、转化、更新的个性化历程之中。虽然他有时候写得散漫，仿佛文学札记和随笔，但他在自己兴之所至的领域发表的独到见解和幽微观点，不仅显得格外光彩夺目，而且也能够让我们感受到他的直言不讳和沉稳内敛。例如，他毫不掩饰自己对"轻体诗"的喜爱，在《大诗人和小诗人》《拜伦：一个喜剧诗人的形成》等散文中力图打破人们对"轻体诗"的偏见，时有出彩之论。在他构建的语言世界里，我们听到的是一种亲密的语调，是一个作者面向一个个独特的个体而不是一大群听众说的话。我们听到了一种诚实的声音，即使我们无法认同他的某些判断（例如，他认为艾米莉·狄金森是二流诗人），但我们毫不怀疑他已经尽可能地说出了自己的真实想法。此外，我们还能感受到一种文明的回响，他引导我们去想象艺术与艺术之间、艺术与非艺术之间、完整的人生乃至人类的活动所能达到的多样统一的程度，帮助我们聆听事物之间"普遍之爱"（a common love）奏响的美妙音符。

奥登曾颇有预见地指出："作家的每一部作品都应该是他跨出的第一步，但是，不管他当时是否意识到，如果每次跨出的第一步较之前而言不是更远的一步的话，就是错误的一步。当一个作家去世，若是把他的各种作品放在一起，人们应该能够看到这些是一部具有连续性的'全集'。"（《写作》）此番言论，一方面可以看出奥登对作家艺术成长的看重，另一方面也可以理解为他对作品见证历史语境的要求。随着《奥登散文全集》第六卷在2015年推出，奥登文学遗产受托人爱德华·门德尔松（Edward Mendelson）自1996年开始精心筹划、悉心准备的项目终于画上了一个圆满的句号。对所有倾心于奥登诗文的读者而言，一时间恐怕很难找到最高级的形容词来表达煌煌六大卷《奥登散文全集》齐整地出现于眼前的惊喜。

门德尔松教授横跨数十年的搜集与整理，形成了小山一般的卷帙，每卷六百至八百多页，最终构成了奥登作为散文家的"文学传记"。以时间顺序浏览这四千多页的散文，我们仿佛可以看到一种时断时续、秘而不宣的"奥登自传"：奥登的喜好和品味得到了充分展示，但他的怪癖、他的谦逊克制和坚持己见兼而有之的独特风格也跃然纸上。有时候，他会开诚布公地谈论自己，例如，他在《诗歌中的幻想与现实》中以自己的经历为蓝本讨论"诗歌艺术"，在有关叶芝、里尔克、哈代、艾略特等人的文章中娓娓述说与前辈们的代际关系；但更多的时候，他会隐秘地提及他的家庭氛围（如《心理学与现代艺术》）、他的成长背景（如《岛国和大陆》）、他离开英国去往美国的原因（如《哈克和奥利弗》）、他的思想变化（如《丰产者与饕餮者》），等等，这需要我们从文字符码里捕捉奥登留下的生活细节和复

v

杂感受。此外，正如门德尔松教授所言，他的散文照亮了他的许多诗歌，有时还起到了注解的作用，这也是我们渴望阅读更多奥登散文的原因之一。

二

奥登的散文集《染匠之手》和《序跋集》已有中译本，但从奥登散文版图的"全集"视野去看，这还远远不够。《染匠之手》基于奥登在牛津大学担任诗歌教授期间的演讲稿，以及他在同期写成的文章，也就是说，写作时间主要集中于20世纪50年代。这本散文集探讨了奥登拿手的"宗教和艺术"问题（奥登在写给好友斯蒂芬·斯彭德的信中说到了这一点），基督教的概念经常被用来描述文学艺术作品中的程式与规律，许多篇章的格言风格十分醒目。《序跋集》收录了奥登写于1943至1972年间的四十六篇书评性质的文章，前四篇涉及宏大的历史主题，随后三十六篇探讨了具体的作家作品，接下来五篇关涉生物学、地质学、医学和饮食文化，终篇在品评他人传记的同时融入了"个人小传"。客观而言，这两本散文集主题鲜明突出，形式各有侧重，都无意于展现奥登散文写作的题材变化、观念演变、文风嬗变等动态历程。青年奥登曾写诗感慨"在我看来，生活总离不开思想，／思想变化着，也改变着生活"（《1929》），事实上，这种改变同样体现于他在1926至1973年间的散文写作生涯。

奥登散文写作的第一个阶段是他的英国时期，从起初带有年轻人的果敢、犀利、尖锐甚至挑衅的语调，后逐渐发展为一种更为自信和开阔的风格。他最初公开出版的散文，是为牛津大学本科生年度诗选撰写的两篇序言（分别出版于1926年和1927年，与合编者共同执笔），展现了年轻人的雄心壮志和强烈而紧张的自我意识。在1927年的序言中，奥登与合编者塞西尔·戴-刘易斯（C. Day-Lewis）将诗歌定义为"在混乱的公共领域中形成私人领域"，认为"情感不再一定要通过'沉静中的回忆'来加以深究，而要同时在情感和智性的层面上被理解"。奥登私下里半真半假地告诉朋友，这篇序言势必会与《抒情歌谣集》的序言（批评家一致认为这是浪漫主义诗歌运动的宣言书）一样重要，后来的确有一些批评家将之视为一场新诗运动（即"奥登一代"）的早期宣言。他的第一篇独立撰写的散文，是为乔治·宾尼·迪布利（George Binney Dibblee）的《本能与直觉：心理二元性研究》所写的书评，刊登于1930年4月的《标准》。这篇书评关注社会和心理问题，只字未提文学，从一个沉稳而不失优雅的开场白（"二元性是我们最古老的概念之一"）到一个虚张声势的收尾（"旧生活必须死亡，让位给新生活。那渴望争夺生活的一方……抛弃了自身，就像路西法坠出了天堂"），青年奥登显然还没有找到一种恰到好处的音调。

自1930年开始，奥登持续向《标准》《细察》《听众》《新政治家》《每日先驱报》等报刊供稿，反映了他对精神分析学、人类学、教育学等领域的关注，1932年后的散文日益彰显出他对马克思主义和政治性议题的兴趣。在布罗茨基所说的奥登"严肃地对待马克思主义"的"两到三年时间"里，他更倾向于用散文而不是诗歌进行"说教"，即便诗篇中涉及了相关内容，也会巧妙地加以掩饰。反观《〈文化与环境〉述评》（1933）、《群体性运动与中产阶级》（1934）、《美好的生活》（1935）等文章，奥登已经娴熟地使用起"马克思主义""劳资矛盾""革命""行动"等字眼，以高亢的声音和急迫的语调催促读者加入时代的潮流，似乎翻天覆地的变化在所难免，或许是一场蓄势待发的战争，也或许是一场扭转乾坤的革命。但这不是诗人能够轻易肃清的政治难题，事实上，诗人会比其他任何人都更快地逃离此类错综复杂的政治纠葛。于是，1935年之后，奥登放弃了高昂的革命性预言，改变了晦涩的修辞方式，调整了略显笨拙的文字处理，逐渐形成了一种更为圆融和清晰的风格。

本书开头三篇散文出自这个阶段。《诗人之舌》（1935）是奥登为自己参与编辑的诗歌选集撰写的序言，一方面体现了他作为编辑的素养与偏好，另一方面也展示了他自己趋向成熟的诗歌理念。《心理学与现代艺术》（1935）是奥登为朋友主编的《现代艺术》提供的论文，分析了弗洛伊德主义对现代艺术的影响与意义，在接近尾声处探讨了心理学家和社会主义者联手改变我们当前处境的可能性，这是奥登在20世纪30年代将弗洛伊德主义与马克思主义熔于一炉的大胆设想。《诗歌、诗人与品味》（1936）可谓一篇诗辩，奥登力图纠正时人对诗歌的世俗偏见，在辨析"诗歌的主要内容和处理方式，就像人的性格一样丰富多彩"的基础上，鼓励每一位读者真诚地接纳自己的独立品味。

三

奥登在1939年初移居美国，这是他在认清了公共生活搅扰私人生活之后做出的一种合乎理性的选择，他试图通过离开家庭、离开英国文化圈、离开将他视为"左派的御用诗人"的公众来重新定义自己的社会位置。对他而言，当时的英国氛围就像是一个大"家庭"，传记作者汉弗莱·卡彭特（Humphrey Carpenter）说他"喜欢这个家庭但并不希望待在那里"。奥登自己后来也谈过英国社会的"家庭氛围"："在营造宜人的家居生活方面，英国人比其他任何国家的人都有天赋。这对艺术家和知识分子的生活构成了一个巨大的威胁。……在战后的英国，兄弟姐妹们的着装、口音和措辞也许改变了，但根据我的经验，岛国人民令人窒息的安乐劲一点都没变。十之八九的艺术家都觉得透不过气来……"奥登曾说"真正的'生的希望'是分离的欲望，与家庭分离，与文学前辈分离"，这在当时的英国完全无法实现。他不无清醒地认识到，当欧洲诗人们试图在未曾断裂的历史时空里占据自己的一席之地，同时痛苦地感受到分裂的自我在旧社群的废墟上举步维艰的时候，生活在美国的诗人更有机会"将想象力从人之外的一切转向人，并专注于人本身"，更有力地捍卫了自己的"私人面孔"。

移居之举是奥登生活易辙、文学转向、信仰转变的开始，从1939至1948年左右，奥登的思想创作聚焦于孤独的内在处境、迫切的精神危机、艰难的自我定位上，焦虑的时代和动荡的生活督促他在情感、信仰和艺术旨趣上做出了一系列持续影响往后余生的选择。本书所选的第四篇散文《公众与已故的叶芝先生》（1939）是奥登移居美国后写成的第一篇散文，表面上是悼念叶芝的讣文，实则是幽微精深的诗论：奥登将已故诗人放在了一个虚拟法庭的审判席上，自己则身兼起诉方和辩护方的双重角色；该审判旨在评判叶芝在诗坛的地位，借起诉方之口明确提出了成为"大诗人"必须具备的三个条件（即语言天赋、时代意识和革新意识），肯定了叶芝在语言领域的天赋与贡献。这篇散文预示了奥登自己的文学选择，他从公共事务和政治活动当中撤退，不再书写"介入的艺术"，也坚决抵制宣泄艺术冲动的诱惑，走上了一条强调"灵感论"和"技艺论"有机结合的创作路径,尤其赋予作家捍卫语言、追求"语文学夫人"（Dame Philology）、构建"语言的社群"（verbal society）的重任。通过这种求索路径，奥登逐渐形成了一种成熟的散文风格，并创作了许多他自认为更优秀的诗歌作品。

本书所选的第五篇散文《里尔克在英语世界》（1939）和第六篇散文《丰产者与饕餮者》（1939），在一定程度上是奥登为自己退出政治行动所做的自辩。前者含蓄地借里尔克的观点指出作家始终如一地专注于自己的内在生活的重要性，后者是奥登的"个人沉思录"，生前未曾公开发表。《丰产者与饕餮者》的标题化用了威廉·布莱克的概念，"丰产者"指艺术家、教师以及其他为精神世界添砖加瓦的人，"饕餮者"指试图组织和控制"丰产者"的政治家或业余政客。奥登在文中坦承了自己的成长经历，反思了自己的艺术追求，也涵盖了他对马克思主义和基督教信仰的态度，最终把改善社会生活的希望放在了每一个人的道德良知和理性选择上，而不是艺术家用并不成熟甚至并不熟悉的理论来进行宣传。然而，这种趋向和平主义的立场与即将到来的战争现实并不相符，艰难的时局和危机的时代还将继续侵扰他的精神生活，迫使他不仅仅"开始思考上帝"，更是在内心的狭促之地完成了"信仰的跳跃"。宗教问题开始在他的诗文中脱颖而出，奥登在此阶段系统阅读了克尔凯郭尔、查尔斯·威廉斯等人的神学著作，写下了不少书评和专论，但相关的优秀散文已经收录于《染匠之手》和《序跋集》，本书不再重复编译，而《丰产者与饕餮者》可以帮助我们管窥"焦虑的时代"给予他的狂风骤雨般的精神洗礼，让我们看到他的宗教信仰不是简单地回到儿时由家庭灌输给他的信仰，回到时间意义上的过往体验，不是偷梁换柱地召唤某位"临时英雄"来搭建某个具体的系统、方案或理念，而是凭借信仰的力量超越尘世但又必须在这个尘世生活。

奥登在美国文坛早已广为人知，但与在英国的情况如出一辙，文学声誉并不能填饱肚子，他需要继续谋求写诗以外的赚钱路径。一开始，他主要靠给自由派杂志供稿勉强度日，后来找到了《国家》杂志社，主动提出要为他们撰写书评，双方很快达成了共识。不久之后，他与《新共和》和《常识》也形成了类似的合作关系。他还为《时尚芭莎》（*Harper's Bazaar*）、《时尚淑女》（*Mademoiselle*）和《时尚》（*Vogue*）等商业杂志撰稿。奥登曾戏言"我之所以来美国，是因为在这里挣钱更容易"，也曾写诗感慨"上帝保佑美国，如此广袤，／如此友好，还如此有钱"（《巡回演讲》），对奥登这样一位务实的诗人而言，金钱的确构成了他选择美国的最为直观的理由。但更重要的是，无论在现实生活还是在文学世界里，奥登就像当年他在《致拜伦勋爵的信》中对自己的预言——"到死都会是一位自私的老左派自由主义者"，他始终秉持了一种开放、探索、迎接新事物的态度。因此，奥登的散文写作带有一定的"即兴创作"色彩，也打破了高雅与通俗的古老界线，这确实不同于艾略特的体系化批评。在这种看似"散"与"杂"的文字海洋里，我们依然可以捕捉到他对艺术、道德、宗教、教育等领域的持久兴趣，以及他对艺术的本质与功能、艺术家的个性与任务、文字世界与现实世界的关系等问题的长期思考。

在本书所选的第七篇散文《文学传承》（1940）至第十三篇散文《叶芝作为一个榜样》（1948）中，奥登分别对哈代的诗歌、瓦格纳的戏剧、卡夫卡的小说、露易丝·博根的诗歌、亨利·詹姆斯的小说、波德莱尔的日记展开了精彩论述。这里尤其要提一下，奥登在此阶段十分推崇亨利·詹姆斯。就像几年前奥登眼中的里尔克一样，詹姆斯也为作家们树立了一个全心全意投身于文学事业的榜样。如果说里尔克提供了一条通过持续关注内在世界来抵御外部纷扰的文学创作路径的话，那么詹姆斯的启示之一是抵御金钱、名声以及"介入的艺术"的世俗诱惑，坚持自己的职业操守和艺术品格。这或许可以用来解释奥登散文虽然丰富多彩但绝不驳杂虚浮的原因：为了捍卫自己的艺术操守和个人荣誉，奥登通常不会为自己并不欣赏的书籍、并不知晓的领域写文章，在他看来，作者尤其是批评家应该"对他认为糟糕的作品保持缄默，同时大力宣传他认为优秀的作品"。

四

1948年夏，奥登开启了频繁往返于美国和欧洲的生活模式。他在意大利南部的伊斯基亚岛租了一座带花园的大房子，每年夏天都去该岛消夏，一直到1957年在奥地利基希施泰腾村购置了乡间小舍后，才改变了消夏地点。他的年度安排也渐渐形成了规律：每年的晚春和夏季，他一般在欧洲度过，投身于"无利可图的诗歌事业"；到了初秋时节，他往往返回美国挣钱，通常会安排短期教学、巡回演讲、撰写散文、编辑选集等工作。尽管奥登坦言写散文的目的是为写诗提供经济保障，但他其实是把写散文当成了一种特殊的练习方式，以此探索他正在创作或计划中的诗歌主题，包括道德问题、文学或韵律问题、知识分子的处境，等等。例如，在20世纪40年代末和50年代早期，奥登撰写了一系列关涉历史的诗歌（《城市的纪念》《历史的创造者》《向克利俄致敬》……），与此同时，他在散文《自然、历史和诗歌》《一位历史学家的历史》《染匠之手》（1955年奥登做客BBC时的讲稿，而非后来的散文集）中探讨了诗人与历史学家的关系，以及诗人拥有历史意识的重要性。门德尔松教授十分形象地告诉我们，在这个阶段，奥登的内心似乎被分解为两个部分，一部分是诗人，另一部分是历史学家，两者非但不冲突，还有效地融为一体。

新的生活模式反映了奥登的心境变化。他不再专注于自己的个人发展和内在危机，而是以一种更为平静的心态看待世界。这种平静在很大程度上暗含了一丝顺其自然的意味，因为他开始相信自己生活在一个日渐式微的文明之中，就像古罗马帝国的衰亡一样。更重要的是，这种平静与他的信仰"新变"不无关系。他正走出克尔凯郭尔强调精神救赎的神学，逐渐与新教神学家迪特里希·朋霍费尔（Dietrich Bonhoeffer）的基督论神学观趋同。或者说，奥登从内心生根发芽的务实而朴实的信仰认知，在朋霍费尔的文字里找到了理论依据。又或者说，朋霍费尔的言与行，不是启迪了奥登，而是让两人达到了惊人的共鸣。对照奥登自1933年以来坚持不懈地反纳粹主义的言行，以及他皈依基督教后的情感选择和关爱他人的行为，我们完全有理由相信，若是朋霍费尔没有被纳粹绞死在集中营里，而是继续讲道、生活着，他们不但会有更多的生命交集，也会成为至交好友。朋霍费尔神学思想的核心是从学理和实践的角度将耶稣基督带回人间，认为我们应该沿着耶稣基督启示的道路过一种此世性的生活，其中最富有践行意义的诫命就是"爱邻如己"。奥登在人生中后期的生活实践，实际上正是在"爱邻如己"的指引下寻求一种多元平等的"邻里"关系。

生活和心境的改变带来了诗文风格的变化。奥登深信诗歌的题材和主题、语言和风格都必须要与他本人的实际生活同步——如果作品"匮乏'现在性'，也就意味着缺失了生活"。正如门德尔松教授所言，奥登认为自己不需要刻意迎合时代环境，而要"持续不断地发现适合其年龄的新的写作方式"。从1948年夏的《石灰岩颂》《伊斯基亚岛》等歌颂"本地"生活的诗篇开始，口语化元素更为突出，不事雕琢的第一人称口吻带来了一种轻松、闲适的效果，举重若轻地为我们敞开了一个兼具个体性和普遍性的交互共享的世界。

与此同时，奥登的散文写作迎来了一个较为"体系化"的阶段，这或许是因为现在除了普通的教学工作以外，他还承接了更多的专题讲座、巡回演讲、客座教授的工作，这在客观上促使他集中探讨一些艺术话题。例如，专著《激越的浪潮》（1950）基于他在弗吉尼亚大学面向专家学者的系列讲座。在开讲之前，他以"浪漫主义文学的海洋形象"为主题做了大量的材料准备工作，事后整理出版的讲稿具有逻辑严密和内涵丰富的特点，是奥登最有趣也最受欢迎的批评著作之一。

然而，备受关注的公共角色给奥登带来了巨大的心理压力，尤其是1956至1961年在牛津大学担任诗歌教授的经历，让他一度陷入了恐惧之中。牛津大学诗歌教授是世界上唯一通过选举产生的教席，所有该校毕业生都有投票权，只要他们取得了文学硕士学位并亲自到现场投票。大约三十年前，奥登离开牛津大学时，只拿到了三等学位，而现在，他以诗人的身份回到牛津，成了万众瞩目的诗歌教授。他的任务是每年至少安排三次公共讲座，尽管他在讲座中妙语连珠，善于营造活跃的气氛，吸引了大批热情的听众，但他的内心始终被一种忐忑不安的情绪包围，仿佛自己受制于一道道无情的审查目光。门德尔松教授指出，奥登十分清楚这种情绪是不必要的内在恐慌，而不是外部和客观的原因造成的，但理智无法抚平他的内心。正因为如此，在完成了该教席的工作后，他不愿意再承担学术委任或引人注目的公共角色。在20世纪60年代，他拒绝了哈佛大学广受关注的查尔斯·艾略特·诺顿讲座的邀请，借口是自己没有可以讲的东西，转头却接受了相对不太出名的英国肯特大学的邀请，连着做了四场专题讲座，讲稿最终以《第二世界》(1968)为题出版。

得益于这些公共角色的锤炼，奥登的散文写得更优雅，也更动人。他以一种国际化的视野自如地调动语言和知识的宝库，亲切从容地分享他对诗歌、戏剧、音乐、历史、哲学、科学、宗教等问题的独到见解。他特别喜欢写那些抵御了种种诱惑而专注于自我发展的作家和艺术家，也热情地挖掘基督教神学和古典文化的启示和当代价值。更重要的是，这个口口声声抨击文学传记、拒绝他人为自己立传的人，却颇为起劲地在诗文中讲述或暗示关于自己的一切，包括早年的生活背景、求学经历、创作经验等，但他不会把重心纯粹地落在自己身上，只作为"参照者"（如《依我们所见》）或"范例"（如《诗歌中的幻想与现实》）来说出自己的故事。他越是公开地把自己的偏爱、癖好、性情和生活事件写进了作品，就越是干脆利落地把自己从模范或榜样的高位上拉了下来。正如他自20世纪40年代以来对祛魅艺术的追求，现在，他不遗余力地进行自我祛魅。他眼中的诗人，不是文学偶像，而只是一个从独特的视角感知我们共同拥有的现实世界的人；这样的诗人在分享自己的经验时，对自己所能实现的目标始终保持了诚实和谦逊的态度。

本书所选的后十三篇散文，避开了散文集《染匠之手》和《序跋集》中的篇目，尽量展现奥登后期散文写作的形式和题材的丰富性。《艾略特的诗歌与戏剧》（1953，附《悼艾略特》）和《拜伦：一个喜剧诗人的形成》（1966）是奥登为自己的"影响之魂"（influential ghosts）撰写的书评；《密西西比州的魔法师》（1960）体现了他对最新文学出版物的关注；《音乐和诗歌的创作》（1958）是他长期浸淫于音乐和诗歌等跨媒介艺术而产生的深度思考；在《哈克和奥利弗》（1953）和《岛国和大陆》（1962）中，他以亲历者的身份比较分析了英国与美国的文学、英国与欧洲的文化；《大诗人和小诗人》（1966）是他以编者的身份为《19世纪英国小诗人选集》撰写的序言；《罗马的衰亡》（1966）是他为《生活》杂志的"罗马人"专题撰写的科普性文章；《获奖演说》（1967）是他领取美国国家文学勋章时发表的演说，可谓他在人生中后期一再"捍卫语言的神圣性"的总结性陈词；

翻译也是奥登文学生涯的重要组成部分，《翻译》（1970）一文充分体现了他在长期的翻译实践中积累的经验和形成的翻译观；演讲稿《劳作、狂欢与祈祷》（1971）和《诗歌中的幻想与现实》（1971）分别体现了奥登的人生观和诗艺观；《艺术随想录》（1973）体现了奥登对格言这一写作类型的持久偏爱。

这些散文，连同前半部分的十三篇散文，从不同的角度、以不同的方式呈现了奥登散文写作的发展轨迹和整体面貌，构成了一部具有连续性意义的"全集"。

五

奥登曾将艾略特视为榜样和目标，学界也常常将两者放在一起讨论，甚至有人宣称"艾略特的终结正是奥登的开始"。在散文写作领域，如前所述，艾略特也提供了诗人撰写散文的范例，而且奥登亲口承认，他从艾略特的散文中学到了"引经据典"的方法。但两者的散文风格并不相同，学者托尼·夏普（Tony Sharpe）在谈及奥登的散文写作时，曾指出这种不可谓不明显的相异之处：艾略特的散文看起来是"甄别和精选"，奥登的散文虽然不至于"兼容和杂乱"，但在其关注的范围内，确实表现出一种独特的兼收并蓄的特质。与艾略特一样，奥登反对"情感的浪漫主义"的个人化和表现论，也抵制维多利亚晚期文学氛围中的唯美主义倾向，但他更直接的精神资源来自试图将科学、实用的原则引入文学批评的 I. A. 瑞恰兹，因为这恰好暗合了奥登自身的秉性和家学。

奥登还常常让人联想到歌德，除了因为他以亲昵的语调称歌德为"亲爱的 G 先生"、坦言要成为"大西洋的小歌德"、翻译歌德的作品并撰写关于歌德的诗文以外，还因为他们在不少方面存在共同点。与歌德一样，奥登并不是一个象牙塔式的诗人，而是热爱生活、行走世间的诗人，他喜欢四处漫游、广交文学圈内和文学圈外的朋友；与歌德一样，奥登也勇于求索，年轻时挑战传统和权威，年齿渐长后又回归了正统；与歌德一样，奥登的心灵也拥有"永远努力的、内向和外向的、不断活动着的诗性修养与冲动"，承载着无限的潜能。他们的探索与追求、他们的"诚"与"真"、他们的务实与践行，可以让我们获得关于令人满意的人生、充分发展的自我的重要启迪。

行文至此，我想谈一下奥登的人格类型，因为近几年在翻译奥登传记和奥登散文时，我发现他喜欢进行这方面的自我分析。他曾在 1940 年写给好友斯蒂芬·斯彭德的信中坦承："你知道的，我显著的能力是智性和直觉，而我的弱项是情感和感官。这意味着我必须通过前者来接近生活；我必须拥有大量的知识才能感受世界。"也就是说，奥登自认是一个"思维-直觉"型的人。同年，在散文《文学传承》中，他坦言自己是一个"内向"的人。思维、直觉、内向，这三个词组合在一起，很容易让人想到瑞士心理学家卡尔·荣格的心理（人格）功能学说。著名的 MBTI 人格类型理论发展了荣格学说，将荣格所说的四种功能发展为"外向-内向"（注意力方向）、"实感-直觉"（认知方式）、"思维-情感"（决策方式）和"判断-知觉"（生活方式）四个维度，认为每个人的秉性都会在上述四个维度中有所侧重，形成一定的人格类型。

根据奥登的剖白，我们可以知道他的人格在前三个维度上的落点。至于第四个维度，熟悉奥登生平的人只要细加推敲，便能够轻而易举地找到答案。在生活方式上，"判断型"的人倾向于"工作原则"，而不是"玩乐原则"；倾向于"建立目标、按计划完成"，而不是"随着新信息的获取而不断改变目标"；倾向于"组织和掌控生活"而不是"开放和适应生活"……这些恰恰都是奥登在日常生活和实际工作中的真实表现。概言之，奥登的人格类型是内向、直觉、思维、判断组成的"INTJ型"（通常译为"建筑师型人格"）。这类人对知识充满了渴望（例如，布罗茨基曾说，奥登的一生可以"压缩为写作、阅读和喝马提尼酒"，奥登每次见到他都会聊"我读什么，他读什么"）、对新想法和新观点持开放的态度（例如，奥登仿佛自带检索系统地穿梭于各种理论和观念之中，创造性地找到了一条沟通、融合和转换的道路）、对自己擅长的领域充满了信心（例如，奥登年纪轻轻就把目标锁定于文学舞台的中心位置，在交谈和写作中喜欢分享知识，扮演"布道者"的角色）。

多年来，我这个"INFJ型"的人，一直以笨拙而执着的方式慢慢地靠近"INTJ型"的奥登。只因青春懵懂时偶然读到了他的一首诗，此后便义无反顾地学他、写他、译他，随着《奥登诗选》（上下卷）、《"道德的见证者"：奥登诗学研究》、《奥登诗歌批评本》、《奥登传》以及这本散文集的相继出版，我希望自己是在以有限的能力，做一件通往无限的事情。

奥登宣称："尽管过去的伟大艺术家无法改变历史的进程，但只有通过他们的作品，我们才能够与死者分食面包，而如果离开了与死者的交流，就不会有完整的人类生活。"希尼在新世纪创作的《奥登风》一诗中借用了这个概念："再一次像奥登说的，好诗人需要／这么做：去咬，去分死者的面包。"现在，我们每一位普通读者，也可以尽情地享用奥登留下的"面包"，因为他说过，他的作品是以独特的视角传达了他对人类普遍处境的看法。

最后，感谢浙江省哲学社会科学规划重点课题"两战之间英国诗坛代际关系研究（1929—1939）"（项目编号：23NDJC028Z）的立项资助，为我"清心志于一事"提供了支撑。感谢我的研究生向婵、罗敏敏、屠怡敏，以及我的本科生段文琦，他们帮忙校对了译稿，减少了很多不必要的错误。还要感谢"明室"的支持和赵磊编辑的信任，在选篇环节给予我充分的自主权，更要感谢李佳晟编辑在校稿环节发挥了值得信赖的专业水准。期待读者诸君批评指正。

蔡海燕
2023 年 8 月于杭州

目 录

诗人之舌	001
心理学与现代艺术	009
诗歌、诗人与品味	030
公众与已故的叶芝先生	036
里尔克在英语世界	046
丰产者与饕餮者	052
文学传承	139
摹仿与寓言	154
流浪的犹太人	172
耐心的回报	181
亨利·詹姆斯与美国艺术家	190
波德莱尔的《私人日记》	203
叶芝作为一个榜样	217
艾略特的诗歌与戏剧	229
哈克和奥利弗	240
音乐和诗歌的创作	248

密西西比州的魔法师	261
岛国和大陆	271
大诗人和小诗人	286
拜伦：一个喜剧诗人的形成	298
罗马的衰亡	329
获奖演说	360
翻译	368
劳作、狂欢与祈祷	379
诗歌中的幻想与现实	406
艺术随想录	440

诗人之舌[1]

在众多对诗歌的定义中,"难忘的言语"是最简单的,至今仍然是最贴切的。这就是说,诗歌应该感染我们的情绪,或激发我们的智识,因为只有那些能够感染或激发我们的东西才是难以忘怀的,而刺激因素就是通过听觉传达的话语和节律,它们具有暗示和符咒般的魔力,我们不得不依从,就像我们在与密友交谈。事实上,我们必须付出完全不同于掌握其他语言用法时的心智努力,每个单词都氤氲了层层暗示的光晕,犹如原子辐射贯穿整个时空的力线,这暗示最终形成了一切可能意义的总征象。但在其他语言用法里,我们应该严格抑制单词的暗示光晕,将其含义限定在词典中的某个特定解释。基于此,科

---

[1] 这是奥登为《诗人之舌》(*The Poet's Tongue*,1935)撰写的序言。大约在1934年春,奥登和牛津大学校友约翰·加勒特(John Garrett)着手合编这本诗歌教学选集,收录的诗歌按照字母顺序出现,并不标注作者(索引中才会写明),所涉篇目不仅有教学类诗选中的常规诗篇,还包括新近诗人的作品,以及选自《圣经》的赞美诗和带有"胡话诗"特点的童谣。奥登主导了整个编选过程,意在展示"诗歌"的一切可能性,这篇导言也是他的手笔。——本书注释除特殊说明外,皆为译者注

学理论的阐述总是更适于阅读，而不是聆听。不过，就诗歌而言，如果一首技巧圆熟的诗歌听起来并不比读起来更动人的话，那它就算不得好诗。

所有的言语都有节奏，这是一切生物所仰赖的劳作与休憩交替运行的结果，也是我们习惯于强调重要之事的结果。而在所有的诗歌中，由诗人的个人价值观促成的节奏，与通过数代人的经历而塑形的语言惯性节奏之间，存在着一种张力关系。例如，英语倾向于穿插使用弱音节和重音节，传统的诗体形式包括五音步抑扬格诗行、六音步诗行或源自法国的亚历山大诗行[1]。明喻和隐喻，不仅有意象或观念的隐喻，还有押韵、元音韵和头韵[2]带来的听觉隐喻，都有助于进一步明晰、强化所描述经验的模式和内部关系。

事实上，诗歌之于散文，就好比代数之于算术，对单词的非诗意使用就是散文。诗人写的是个人或虚构的经历，但这些经历本身并不重要，直到它们耕耘于读者的内心。

---

1 五音步抑扬格诗行（heroic pentameter）是英语诗歌中的基本形式，德莱顿和蒲柏是集大成者。英国诗人自16世纪以来运用六音步诗行（hexameter），这或许是受到法国的亚历山大诗行（French Alexandrine）的影响。一个可靠的证据是，法国文艺复兴时期的"七星诗社"大量使用亚历山大诗行，而同时期的一些英国诗人，比如斯宾塞，在翻译和模仿他们的法国同行。两国的亚历山大诗行的共性在于，它们都是十二个音节，都由停顿控制诗行结构、影响节奏；不同在于，英语诗行讲究音步，发展为六音步抑扬格诗行。比如，因《仙后》而为人熟知的"斯宾塞体"，每个诗节便是由前八行五音步抑扬格律和第九行六音步抑扬格律（即亚历山大诗行）组成。
2 英诗一般会押韵，其中元音韵（assonance，一组单词的元音相同，但其后的辅音不同）和头韵（alliteration，一组相邻单词的初始辅音或元音相同）是比较特殊的韵律形式。

> 从战场归来的士兵，
> 被占领城镇的破坏者。

士兵是谁，他属于哪个军团，他参加了什么战争……诸如此类经常被提及的问题，其实都不重要。士兵是你，或是我，抑或是邻人。只有当诗行照亮了我们自己的经历，让我们宛若亲历时——例如，我们亲眼看到了郊区火车上一位股票经纪人的愁容——我们才会觉察到诗歌的重要意义。对一位诗人的检验是我们不仅会经常想起他的诗歌，而且会在各种不同的场合想到他的诗歌。

我们接着谈"难忘的言语"。何谓难忘？出生、死亡、至福异象[1]、仇恨和忧怖的深渊、欲望的犒赏与痛苦、为非作歹之徒昂首阔步而安分守己者却要像母鸡一样痛苦地觅食、欢庆、地震、百无聊赖和庸人自扰的精神荒漠、黄金时代的如期而至或不可挽回、童年时代收获的满足和遭遇的恐惧、青春期感受到的大自然影响、成年后的绝望和智慧、被献祭的受害者、堕落至地狱、兼具毁灭和仁慈的母亲[2]？是的，所有这些，但不仅仅是这些。我们记忆中的一切，无论多么琐碎——墙上的斑点、午餐时的笑谈、文字游戏——它们就像白鼬的舞蹈或乌鸦的冒险一样，都可以是诗歌的主题。

---

1 至福异象（Beatific Vision）是一个基督教术语，通常指完全净化的灵魂能见到完美的上帝。
2 这里的母亲形象与早期奥登对母亲的矛盾认知有关。比如，在他的第一部诗剧《两败俱伤》（*Paid on Both Sides*，1930）中，母亲们的形象兼具了"慈爱"（loving）和"可怕"（terrible）的双重特质。

如果只把诗歌局限于生活中的重要经历的话，我们会对诗歌造成难以估量的伤害：

> 士兵的标杆已然倾圮，
> 如今少男少女都是成人，
> 任凭月光泻地流连
> 此地再无可铭记之事。

> 他们举行了王室婚礼。
> 所有朝臣恭祝他们喜乐。
> 马儿腾跃，舞者翩翩。
> 哦，先生，这太棒了。

> 而阳刚之气蕴藏于
> 阿德里亚，亚得里亚海。[1]

这些例子，各有其合理性，对其中一个诗段的透彻理解，取决于对其他诗段的充分认识。

很多人不喜欢诗歌，就像他们不喜欢正经八百的人，误以为诗歌总是关注永恒的真理。

---

1 亚得里亚海（Adriatic sea）是地中海的一个大海湾，名称源于意大利北部小镇阿德里亚（Hadria），这是古罗马帝国著名的皇帝哈德良（Publius Aelius Hadrianus，76—138）的故乡。哈德良被称为"勇帝"，在位期间在不列颠岛北部建造了横贯东西的"哈德良长城"。这两行诗虽出处不明，但多半指涉了上述史实。

正如斯彭德先生所言，那些试图把诗歌推举到宝座上的人，只会把它束之高阁。诗歌不比人性更优越，也不比人性更糟糕。诗歌既深刻又浅薄，既老练又天真，既沉闷又诙谐，既污秽又坚贞。

尽管教育和印刷品得到了普及，但通常所说的"高雅"和"低俗"品味之间的鸿沟仍然存在，而且较之以往更加难以逾越。

工业革命打破了当时具有地方保守文化特质的农业社群，并将不断增长的人口分为两个阶级：一类是忙于工作，几乎没有闲暇的雇主和雇员；另一类是人数较少的股东，他们不工作、有闲暇，但没有责任或根基，因此全神贯注于自身。文学潮流顺势分叉，形成了两条溪流：一条为第一类人士提供补偿和解脱，另一条为第二类人士提供宗教和药品。诸如伯恩利和罗奇代尔[1]之类的城镇里的文学，与19世纪90年代伦敦厅堂里高扬的"为艺术而艺术"，实为互补。

我们今天的情况并没有多大改观，即便从整体来看，人们拥有的闲暇和教育机会在增加。如果人人皆闲暇，未就业者就会打造出第二个雅典。

艺术可能是由个人创造的，而且他们的作品可能只被少数人欣赏，但这不一定意味着作品不够优秀。然而，一门普遍的艺术，只能是一个在同理心、价值感和愿景上团结一致的社群的产物；除了在这样一个社群里，艺术家不太可能把自己的才华发挥得淋漓尽致。

这背后隐含了对知识分子的怀疑与攻击，其声势日益浩大。

---

[1] 伯恩利和罗奇代尔都是伴随工业革命而兴起的城市。

Punch[1]漫画里随处可见他的身影，戴着眼镜，佝偻着背，一口大板牙；在一片牛羊悠然自得的风景里，他只是一个无足轻重的陪衬，而在纨绔子弟和曼妙佳人相互逐猎的客厅里，他只是一个代人受过的可怜虫。这种不讨喜的形象跨越了英吉利海峡，在不止一个国家里演绎为一种实际的形式，牛津的唯美主义者对此种现象一时半会儿的回避，似乎是一场幼稚的争吵。

如果我们仍然认为诗歌是值得创作与阅读的——若非如此，便应该立即把它们从课堂里驱逐出去——我们必须针对这些反对意见给出令人信服的回应，至少要做到自圆其说。

一个"普通"人会这样说："回家后，我想陪伴妻儿，或莳花弄草。我想出去会会朋友，或开车兜风，而不是品读诗歌。我为何要去读诗呢？没有诗歌，生活照样精彩。"我们必须向他阐明实质，例如，每当他说了一个有趣的玩笑话，他便是在创作诗歌，因为诗歌的推动力之一就是好奇心，一种想要探究我们所思所感的意愿，恰如 E. M. 福斯特所言，我的表达没有呈现之前，我的思考就未有结论[2]；那种好奇心是人类唯一可以整天沉溺并且永不餍足的激情。

心理学家坚信，诗歌是一种神经官能症的症状，试图通过幻想来弥补未能满足的现实。恰恰相反，我们必须告诉他，幻想只是写作的开始。与心理学一样，诗歌是一场调和主客体矛盾的斗争，而且，由于心理真相在很大程度上取决于具体的语境，

---

1 Punch 是英国著名的讽刺漫画杂志，诞生于 19 世纪中叶。中译名另见《笨拙》《潘趣》等。
2 福斯特此言本身是一个反问句，直译为："我的表达没有呈现之前，我的思考怎会有结论？"奥登在此用作插入语，故改为陈述句。

诗歌作为一种寓言的方式，是心理学唯一适宜的媒介。

宣传者，无论是道德的还是政治的，都鼓吹作者应该运用自己对话语的操控力去说服人们采取特定的行动，而不是坐视不理。不过，诗歌并不是告诉人们应该做什么，而是扩展我们对善与恶的认知；它也许让行动的必要性变得更为迫切，让行动的本质更为显见，但这只是为了引导我们走向一种境界，以便做出合乎理性和道德的选择。

在编辑选集时，我们需要考虑这些因素。首先，我们必须克服人们的偏见，诗歌并非只能陶冶情操，而是可以迎合各个层次的思想观念。我们不想一直阅读"伟大"的诗歌，一本好的选集应该包含适宜各种心绪的诗歌。其次，我们必须消除人们的误解，诗歌绝不仅仅是逃避现实。我们有时候确实需要某种程度的逃避，就像我们需要食物和睡眠一样，作为"逃遁之地"的诗歌必然永远存在。但是，我们不能给人们一种假象，仿佛诗歌不曾自娱自乐，或者它对世界的晦暗并不在意。最后，我们必须向那些想要在诗歌中翻拣信息要点和寻找生活指示的人证明，他们犯了错，因为诗歌或许具有启发性，却不会发号施令。

在一本主要面向中小学生群体的选集中，我们还应该进一步做出限定。我们选入的诗歌，虽然可能会涉及成年人的经历，但并不需要学生们理解这些经历本身。例如，若是把多恩[1]的爱情诗或霍普金斯[2]的神秘诗收录进来的话，那绝对是愚蠢之举。

同时，务必谨记，每个孩子的个体差异很大，既要考虑到

---

[1] 约翰·多恩（John Donne，1572—1631），英国玄学派诗人。
[2] 杰拉尔德·曼利·霍普金斯（Gerard Manley Hopkins，1844—1889），英国维多利亚时代诗人。他在写作技巧上的革新影响了很多后辈诗人，包括奥登。

优秀的或早慧的孩子，也要兼顾后进生。此外，尽管孩子阅读诗歌的体验很可能完全不同于成年人，但请相信，他们的感受同样真切可贵。

再者，既然现如今的古典文学教育已经日渐式微，过去由拉丁语和希腊语课程承担的语言系统训练工作，大部分都成了英语教师的职责，那么所选的诗篇便应该包括那些需要深刻理解力的作品，或是能够为韵律学习提供范本的作品。

至于诗歌的编排方式，经过一番思量，我们决定按照字母顺序排列，并不标注作者信息。依我们所见，如果想要避免将诗歌看成一种陈列在游客云集的博物馆里的僵死之物、一种需要保存和模仿的文化传统，而看到它是一种自在的鲜活之物，那么最有效、最直接的做法应该是秉持开放的态度，打破煊赫声名和文学影响的偏见，避免人类活动的初始印象的影响，不为创作时代所累，也不受主题思想所限。当然，就考核而言，历史背景的学习仍然是有价值的，也是必要的。为此，我们附上了索引，希望能够帮助教师和学生便捷地查询与他们想要探究的诗人、时期或主题相关的诗歌。

近年来，吟诗队和戏剧社在各大学校都取得了长足的发展，适合这两者的诗歌文本已收录在内，但仅限于不那么广为流传或唾手可得的作品。每位教师都有自己的教学倾向性，因此，"第二部分"末尾的书籍列表旨在提供参照的角度，而非完备的书单。

心理学与现代艺术[1]

> 无论是青年时期,还是年齿渐长后,我都无法在内心找到对医生的职业或工作情有独钟的迹象。相反,一直以来,我是被一种强烈的求知欲,而不是自然科学的数据所鞭策,想要去探究人与人之间的关系。
>
> ——弗洛伊德

---

[1] 这篇文章的原标题是"Psychology and Art To-day",收录于英国诗人兼文学批评家杰弗里·格里格森(Geoffrey Grigson)主编的《现代艺术》(*The Arts To-day*,1935)。由于医生父亲的影响,奥登自小就熟读弗洛伊德的作品,并在之后的岁月里对弗洛伊德主义保持了终生的兴趣。弗洛伊德的"影响之魂"体现于奥登生活与创作的许多幽微之处,或许正是由于这个原因,他在听闻弗洛伊德去世之际饱含深情地写下了《诗悼西格蒙德·弗洛伊德》("In Memory of Sigmund Freud",1939),称他为"一个杰出的犹太人""一个理性的声音"。在散文领域,除了本文以外,奥登还写过《弗洛伊德》("Sigmund Freud",1952)、《弗洛伊德的伟大之处》("The Greatness of Freud",1953)等。

   需要指出的是,在本文结尾处,奥登给出了一长串参考文献。这份长长的书单,是奥登长期浸淫于精神分析学的直观呈现,既有少年奥登从医生父亲的书柜里搜罗的课余读物(如弗洛伊德、荣格的作品),也有青年奥登根据阅读兴趣追踪的最新出版物(如巴罗和莱恩的作品)。

相互宽容对方的缺点，

乃是通向天堂的大门。

——布莱克[1]

若以校勘者的方式细究弗洛伊德对现代艺术的影响，其难度不亚于探究普鲁塔克[2]对莎士比亚的影响，不仅需要极少有人能具备的博闻强记，而且即便深入细察一番也未必有实用价值。一些作家，特别是托马斯·曼和 D. H. 劳伦斯，实际上已经写过弗洛伊德；一些批评家也用上了弗洛伊德的术语，这在罗伯特·格雷夫斯[3]的《诗意的非理性》和赫伯特·里德[4]的《现代诗歌的形式》里均有所体现；超现实主义采用的方法，类似于精神分析师在诊疗室里的操作流程[5]；然而，弗洛伊德对艺术的重要性，比他的语言、技术和理论推演揭示的真相更伟大。他对生命和生活关系持有一种特殊的态度，虽不是这方面的唯一代表，但具有典型性。本文的目的就在于界定这种态度，及其对创造性艺术的重要意义。

---

1 威廉·布莱克（William Blake，1757—1827），英国前浪漫主义诗人。
2 普鲁塔克（Plutarch，约46—约120），罗马帝国时代的希腊作家、哲学家和历史学家。他的作品在文艺复兴时期大受欢迎，莎士比亚的不少剧作都取材于他的作品。
3 罗伯特·格雷夫斯（Robert Graves，1895—1985），20世纪英国文学史上一位极具创新精神的诗人。
4 赫伯特·里德（Herbert Read，1893—1968），20世纪英国诗人、艺术批评家和美学家。
5 这不是最早的例子。在伊丽莎白时代的作家看来，疯狂不是临床描述的题材，而是一种自由联想写作的机会（如《李尔王》和《马尔菲公爵夫人》）。甚至在更早前的哑剧中，那些荒唐的片段就带有此类方法的印记。——原注

有史以来的艺术家

关于最早的艺术家,那些旧石器时代的岩石绘画者,我们自然是所知甚少,但普遍认为他们的创作目的是务实的,通过刻画对象来获得掌控的权力。有人指出,他们很有可能是单身汉,也就是说,远离了社会群体的人,他们拥有闲暇时光,将群体的幻想具体地呈现出来,并且因为这种能力得到了群体的认可。尽管如此,人们一直以来都认为艺术家的社会适应能力比较糟糕,这并非没有道理。荷马可能是瞎子,弥尔顿则确凿无疑瞎了,贝多芬是聋子,维庸是骗子,但丁难以相处,蒲柏身材畸形,斯威夫特疾病缠身,普鲁斯特有哮喘,梵高有精神病,等等。然而,与此同时,人们笃信他们的社会价值。从部落首领豢养吟游诗人到如今壳牌公司[1]资助展会,这些赞助虽然鱼龙混杂,但自始至终都表明艺术为社会提供了值得褒奖的功用。关于艺术家的神经官能症倾向和艺术作品的社会价值,心理学已经对这两个方面展开了丰富的探讨。

艺术家的神经官能症倾向

弗洛伊德在《精神分析引论》中有一段著名的论述,虽然

---

[1] 原文为"the Shell-Mex",完整的翻译应该是"壳牌-麦克斯公司"(the Shell-Mex Limited)。该公司创立于1897年,最初的名称是"壳牌运输及贸易公司";1907年,壳牌运输及贸易公司与荷兰皇家石油公司合并;1921年,公司更名为"壳牌-麦克斯公司",一直沿用到1975年;之后再次改制更名,通常被简称为"壳牌"。

激怒了艺术家，但并非完全有失偏颇：

在今天你们离开之前，我还想提请诸位注意幻想的另一面，这一定会引起你们的兴趣。从幻想回归现实有一条捷径，那便是艺术。艺术家从本质上说是内倾者，与神经官能症患者相差不远。他的内心受到强烈的欲望需求的驱使，一心要追逐荣誉、权力、财富、名望和女人的青睐，却苦于找不到满足愿望的途径。于是，像其他愿望不能得到满足的人一样，他脱离了现实，将自己所有的兴趣和力比多都转移到生活愿望的创造中。通过这种方式，借助他的幻想，他实现了原本只存在于幻想中的东西。他们最终没有患病，肯定是许多因素共同作用的结果；许多艺术家的能力因神经官能症而部分受阻，也是常有之事。或许艺术家的体质天生便能产生很强的升华作用，或是造成冲突的压抑作用具有一定的灵活性。不管怎样，他不是唯一生活在幻想中的人，但他找到了从幻想回到现实的道路。幻想的中间世界是所有人的避风港，一切饥饿的灵魂都可以在其中得到宽慰和慰藉。不过，对那些不是艺术家的人来说，他们从幻想中获得快乐的能力十分有限。受压抑作用的无情影响，他们的快乐来源仅限于进入意识中的白日梦，艺术家则自有一套手段。首先，他能对白日梦进行加工，剔除个人色彩和让人感到陌生的事物，将它拿出来与他人共享；他还有办法巧妙地掩饰作品那遭人唾弃的灵感来源。此外，艺术家具备惊人的能力，可将自己的作品打磨得与幻想中的观念完全一致；通过对外展现自己潜意识中的幻想，他获得许多快感，并得以暂时摆脱压抑作用的束缚。如果艺术家能完成这一切，他便能用自己潜意识中的快乐源泉给他人带去慰藉，享受他人的感激和崇拜，并终于通过幻想得到自己梦寐以求的事物：荣耀、权力和女人的青睐。[1]

尽管这段表述可能有误导性，但至少可以让我们关注两个事实：首先，无论看起来多么"纯粹"的艺术家，都不可能心无旁骛，他期望通过艺术活动得到一定的回报，尽管他对于回报的认知会随着自己的发展而产生变化；其次，他的艺术起点，与神经官能症患者和做白日梦的人无异，都从孩童时期的情感挫折开始。

与其他类型的"高雅人士"一样，艺术家也具有强烈的自我意识；普通人的自我感知可能只是一星半点，但艺术家每时每刻都充分地感受到自我，积极而不是被动地面向自己的体验。一个挣扎求生的人，一个逃避压力的学生，或者一个带女主人私奔的厨子，他们在最广泛的意义上都是高雅人士。只有当我们无法按照自己的意愿去感知和行动的时候，我们才会思考。完全的满足就是彻底的无意识。然而，大多数人都很好地融入了社会，没有触发刺激因素的机会，除非遭遇了坠入爱河、失去财富之类的危机。[2]

---

[1] 这段引文出自《精神分析引论》的第二十三讲"症状形成的途径"。译者在此参考了徐胤的相关译文（参见弗洛伊德：《精神分析引论》，徐胤译，浙江文艺出版社，2016，第294页）。

[2] 例如，自1929年以来，经济学教材持续畅销。——原注

产生艺术家和知识分子的家庭情况自然是千差万别，但有一类家庭模式可能比较常见，即父母中的一方（通常是母亲）试图与孩子建立一种自觉的精神联系，在某种程度上类似于成人之间的关系。举例来说：

（1）父母其实并不相爱。这里有几种情况：双方的关系一塌糊涂；双方的关系如同兄弟姐妹，有共同的精神旨趣；双方的关系如同病人与看护，一方像个未成年的孩子，另一方给予无微不至的关怀；双方的关系如同老夫老妻，没有任何激情。

（2）独生子。这很容易让人在早期生活里自信满满，一旦遇到挫折，就变得像个被人抛弃的孩子，不是一蹶不振便是通过反社会行为博取关注。

（3）最年幼的孩子。父母上了年纪，整个家庭场域不富一种精神刺激。[1]

早年生活中的精神刺激会干扰身体的发育，加剧内心的冲突。漫画家往往给"高雅人士"配一副眼镜，这其实是一种符合实际情况的直觉。近视、耳聋、性发育迟缓、哮喘（呼吸是孩子的第一个独立行为），这些都是精神觉醒的儿童抗拒生活负荷的

---

[1] 在民间故事里，最年幼的孩子通常会成功，这颇有启发性。与兄长们相比，他体格弱小，缺乏自信，通常是母亲的宠儿。即便他被误认为愚蠢，也仅仅是身体协调性上的笨拙。他并非呆头呆脑，而是笨手笨脚、慢慢吞吞。（之所以笨拙，是因为天马行空的幻想干扰了感官信息。）他的成功部分得益于他的善良天性，部分得益于他面临困难时往往能够以智取胜，而不是诉诸暴力。——原注

尝试。

面对危机和困境，人们会有五种反应：

（1）装死。成了白痴。
（2）遁入幻想。成了精神分裂症患者。
（3）恐慌，也就是说，愤世嫉俗。成了罪犯。
（4）扼腕叹息，生了病。成了病弱者。
（5）理解圈套的机制。成了科学家和艺术家。

艺术和幻想

前文引用的弗洛伊德的那段论述，并没有阐明艺术和幻想的差别。事实上，这两者的差别，正如罗杰·弗莱（Roger Fry）先生曾经指出的，就像福楼拜的小说《包法利夫人》和《每日镜报》关于伯爵与女仆的系列桃色新闻之间的差别。两种不同的梦也许最能说明问题——

> 一个孩子下午经过糖果店的橱窗，很想买点在那里看到的巧克力，但遭到了父母的反对。于是，这孩子梦到了巧克力。

这是一个典型的《每日镜报》类型的梦，在梦中实现了自己的愿望。一切艺术，特别是艺术家在青少年时期的作品，都从这个层面开始。但艺术不会停留在此。我接下来要分享的梦及对其的分析，出自莫里斯·尼科尔（Maurice Nicoll）的《梦心理学》：

> 一个年轻人开始服用吗啡但并未上瘾，他做了一个梦——"我被一根绳子吊在离悬崖顶不远的地方，一个小男孩在那里抓着绳子。我没有惊慌失措，因为我知道只需要喊小男孩拉绳子，我就能安全地回到悬崖顶。"这位患者无法解释这其中的内在关联。

根据梦境的提示，这个服用吗啡的梦中人距离悬崖顶——正常的安全位置——有一段距离。他被吊在悬崖下，仍然与悬崖顶上的人保持着联系。悬崖顶上的人虽然看起来相对弱小，但不像堡垒那样死气沉沉，相反那是一个有生命的人，是一种能够从常规安全性的角度进行操控的力量。这力量拉住了坠下悬崖的梦中人，但它只能做到这一步。如果梦中人想被拉上来，他必须自己说出意愿（也就是说，这个年轻人甘愿沉迷于吗啡）。

人们普遍认为，当一个人沿着自我放纵的道路前行时，他的意志肯定会越来越薄弱，同时也意味着有些东西在增强。那增强的东西正是邪恶的吸引力。在上述梦境中，吗啡的吸引力表现为万有引力，这力量是恒定不变的。

然而，梦境中有一些可变的元素。悬崖顶上的人可以变动位置，绳索的长度也会随之改变。悬崖顶上的人还可以有不同的体格，但这不会改变这个梦的实质性内涵。如果我们根据相对可变的因素来考察绳索的长度和悬崖顶上的人的体格，那么悬崖顶上的人的弱小可能与绳索的长度息息相关，就仿佛绳索是从那人身体里幻化出来的，从而导致人变小了。

悬崖顶上的人站在坚实的地面上，这可能象征着一些习惯和习俗的力量存在于服用吗啡者的心中，他已经从悬崖边缘坠了下来，但这些习惯和习俗仍然拉扯着他远离灾难，尽管它们的影响力正在缩小。吗啡的吸引力并没有增加，但他对吗啡的兴趣却在增强。

因此，关于服用吗啡者的兴趣平衡图就这样被呈现了出来。梦境显示，位于悬崖顶上的那部分兴趣正越来越多地被拖拽下悬崖。

在这个梦中，我们可以看到一些更接近艺术的东西。审查员不仅将梦的潜在内容转化为符号，而且梦本身不再是简单的愿望实现，它变得富有创建性，也可以说富有道德内涵。"兴趣平衡图"——这是对艺术作品的绝佳描述。用布莱克的话来说，"这就像律师送达令状"。

技艺

关于诗歌创作过程，一直以来都有两类观点，一类是灵感论，另一类是技艺论，也就是说，诗人是"迷狂者"（the Possessed）和"制造者"（the Maker）。例如：

> 所有优秀的诗人，无论是写史诗的还是写抒情诗的，都不是通过技艺写出美丽的诗篇，而是因为得到了灵感，陷入了迷狂之中。
>
> ——苏格拉底

> 那种关于灵感的说法完全是胡说八道：根本不是这么回事，而是技艺的问题。
>
> ——威廉·莫里斯

与此对应的是两类想象理论：

> 自然物体总是削弱、抑制和抹杀我的想象力。
>
> ——布莱克

> 时间和教育产生经验；经验产生记忆；记忆产生判断和幻想……想象只是一种由于缺乏对象而衰退或削弱的感觉。
>
> ——霍布斯

公众喜欢奇迹，羡慕不费吹灰之力的成功，他们选择相信第一类观点（那些反映艺术家创作的影片总是如此），但诗人们自己，痛苦地意识到创作过程中的劳苦，总体上倾向于第二类观点。精神分析学最先关注的，自然是那些最容易挖掘出无意识运作机制的作品——《培尔·金特》[1]之类带有浪漫主义色彩的作品、《哈姆雷特》之类的"奇诡"戏剧、《爱丽丝漫游奇境》之类的童话故事。我不认为蒲柏的名字会出现在此类教科书里。诗人倾向于反驳说，许多文学作品都不是这种类型的，几乎没

---

[1] 《培尔·金特》(*Peer Gynt*)，挪威文学家易卜生最具文学内涵和哲学底蕴的讽刺戏剧。

有立即"输送"到意识层面的材料,也就是说,没有所谓的自动元素,即使是在一首简短的抒情诗中也不会有,更不消说那些长篇作品了。根据诗人自己的经验,他最关注的是技巧问题,辅音和元音的处理,场景的呼应,或如何在情人到来之前让丈夫下台。心理学关注的是象征,并不在意文字或符号的处理,无法解释两部基于相同无意识材料的作品在审美上孰优孰劣。事实上,在精神分析学家的出版物中,我们几乎找不到只言片语能够证明他们知晓审美标准的存在。

精神分析学促使艺术家对梦境、记忆碎片、儿童艺术、信笔涂鸦等内容产生了更多的兴趣,但这种兴趣是有意识的行为。即便是超现实主义的代表作品和詹姆斯·乔伊斯先生的最新作品,也没有任何迹象表明它们是下意识创作出来的,反而处处彰显了精雕细琢的痕迹。

意识层面的元素

创作,就像精神分析一样,是一个在崭新的情境之中重新体验的过程。这个过程主要包含三个元素:

(1)艺术家本人。一个特定的人,在某段特定的时间里,有他自己特有的冲突、幻想和兴趣。

(2)来自外部世界的素材。感官带给他这些素材,经由他自己的本能进行拣选、存储和放大,赋予它们价值和意义。

(3)艺术媒介。新的情境并不是私人财产,而是族群共有的财产（心理学对某些符号的普遍性意义的研究，证实了这一点），这使交流具有了可能性，艺术也就不仅仅是一种自传式的记录。正如现代物理学指出的，每个物体都是一个力场的中心，向外发出的辐射占据了所有的空间和时间；心理学也认为，每个单词都是一个符号，通过越来越模糊的关联最终指向了宇宙。这种关联总是比个体层面的更为宏大。媒介使其背后的创作冲动变得更加扑朔迷离。事实上，关键是媒介，熟悉艺术媒介及其所能产生的意想不到的效果，可以让艺术家从不受控制的初级幻想走向旨在理解的深刻幻想。

何为弗洛伊德主义文学

我们不能脱离当代社会的其他面貌单独考虑弗洛伊德主义，尤其是关涉能量转换概念的现代物理学，以及现代技术和现代政治。我在此绘制的图表并不力求完整或精准，不会考虑各个历史阶段之间的重叠部分，也不会考虑那些十分重要的过渡时期，如文艺复兴时期。这只是一种提示，如果大家认可我把基督教时代分为三个发展阶段——第一个阶段结束于15世纪，第二个阶段结束于19世纪，第三个阶段则刚刚开始——那么请看看各个阶段的典型特征。

	第一个阶段	第二个阶段	第三个阶段
第一因	上帝无所不在、无所不能	官方：上帝无所不能；宇宙万物机械运作 反方：上帝无所不在；浪漫的泛神论	能量以各种可以测量的方式存在；基本性质仍属未知
世界观	可见的世界是永恒的象征	官方：物质世界是一种机械装置 反方：精神世界关乎个人	被观察者和观察者相互依存
生命的终结	上帝之城	官方：主宰物质 反方：个人救赎	地球上的美好生活
实现手段	信仰和工作；教会的统治	官方：工作不以道德价值为准绳 反方：信仰	理解自我
个人驱动力	对上帝的爱；个人意志服从上帝意志	官方：自觉意志；理性化；机械化 反方：情感；非理性	理性引导无意识
成功的标志	神秘的联结	财富和权力	快乐
罪大恶极者	异教徒	懒惰的穷人（反方：体面的资产阶级）	甘愿成为非理性主义者
科学方法	不经过实验的推理	实验和理性；实验者被认为是客观公正的；纯粹的事实；专业化	有意识的人类需求引导实验
能源	动物、风、水	水、蒸汽	电
工艺原材料	木材、石头	铁、钢	轻合金
生活方式	农业和贸易；小城镇；城乡平衡	山谷城镇；工业化；城乡平衡瓦解	分散的群体通过电线连接；城乡平衡恢复
经济体系	区域化；生产以实用为目的；不鼓励放贷行为	自由资本主义；争夺市场	计划社会主义
政治制度	封建等级制度	国家民主；资本家掌握权力	国际民主；统一指令管理

错误的认知

弗洛伊德主义处于上述的第三个阶段，在心理学领域，可以说发端于尼采（尽管弗洛伊德的全部教诲都可以在《天堂与地狱的婚姻》[1]中找到线索）。这种心理学在历史上源自浪漫主义的反拨，特别是卢梭，但在大多数人眼里，此种联系的本质已经面目全非。对普通人而言，"弗洛伊德式"文学将体现出以下信条：

（1）性快感是唯一真正的满足。所有其他活动都是替代品，是不充分的、神经质的。

（2）所有推断都是合理化。

（3）在本能面前人人平等。如果我不能成为像拿破仑或莎士比亚那样的人物，那一定是父母养育我的方式出了差错。

（4）好的生活就是随心所欲。

（5）所有疾病都可以通过两种方式治愈：纵欲和自传。

弗洛伊德的本意

我不打算逐一考察弗洛伊德对作家们的影响，只想展示弗洛伊德学说的本质，读者可以自行判断。我在此尽可能地列出

---

[1]《天堂与地狱的婚姻》(*The Marriage of Heaven and Hell*)，英国诗人威廉·布莱克的诗集。

关键点：

（1）所有生命形式的驱动力都是本能；力比多本身是无差别的、无关道德的，是"一切德行和一切应受惩罚的行为的根源"。

（2）它的首要创造性活动形式体现于"躯体"这个词的普通意蕴。它将细胞结合在一起，也将细胞分离。个体之间第一个可观察的联系是性联系。

（3）随着中枢神经系统在中枢而非周围神经控制中的重要性的增长，力比多能够自行适应的满足模式也极大地增多。

（4）人类与其他有机物的不同之处在于，人类的发展尚未完成。

（5）自我意识的引入是发展过程中的彻底突破，我们所知道的一切邪恶或罪恶都是其后果。弗洛伊德不同于卢梭，因为卢梭否认堕落，将邪恶完全归咎于局部环境（"卢梭以为人的本性是善良的，却发现他们是邪恶的，没办法与他们做朋友"[1]）；他的观点也不同于神学教义，因为后者认为堕落是人为选择的结果，人类为此要承担道德上的责任。

（6）堕落的结果是分裂的意识取代了单一的动物意识，它至少包含了三个部分：由思想和理想支配的意识；非个人的无意识，生物的所有力量都来自这种无意识，但它现在基本上不受待见；个人的无意识，它遗忘并拒绝了道德

---

[1] 这句话出自威廉·布莱克的诗集《耶路撒冷》(*Jerusalem*)。

或社会的一切要求。[1]

（7）19世纪的进化论学说认为，人是从野兽进化来的，最终会导致猿和老虎的灭绝。这种学说在很大程度上是错误的。人类进化链上的祖先是温顺且友好的，而残酷、暴力、战争以及一切所谓的原始本能，都是在文明达到一定的高度后才浮现于世。相较而言，黄金时代[2]是一个历史事实（人类学研究差不多证实了这一点）。

（8）我们称为邪恶的东西曾经是好的，但已经不受控制，并拒绝被意识思维及其道德观念所规训。这就是D. H. 劳伦斯从弗洛伊德学说中紧抓不放的要点，也是他毕生诠释的内容。

人是不道德的，因为他有意识
而且无法接受这一事实。

劳伦斯作品的危险在于，他教导的"相信无意识"，实际上指的是相信非个人的无意识，但很容易被理解为"让个人的无意识自由发挥"，即安德烈·纪德所说的"无端之行动"（acte gratuit）。在实际生活中，特别是在个人关系里，这或许会对个人产生一种解放作用。"如果傻瓜坚持自己的愚蠢，他就会变得聪明"；然而，愚蠢仍然是愚蠢。正如"愤

---

[1] 这两种无意识之间的差别，在梦境中被象征性地表现出来。例如，汽车和制造物表现了"个人的无意识"，像马这样的生物表现了"非个人的无意识"。——原注
[2] 此处应该是指古希腊罗马神话中的"黄金时代"，即人类最初的时代。

怒是公正的，正义从来都不是公正的"这样的建议，在私人生活里是对情感诚实的吁求，但其实是一个腐坏的政治建议，其实质是"痛打那些与自己意见相左的人"。此外，劳伦斯专注于这样一个事实：如果你想了解一个人，就必须观察他的性生活。这往往会让许多人以为追求性目标是唯一必要的行动。

（9）不仅是我们认识到的罪恶或罪愆，所有的疾病都是目的性导向的。这是一种治疗的尝试。

（10）所有的变化，无论是进步的还是倒退的，都是由挫折或压力造成的。如果性满足是完全充足的，人类的发展就不可能发生。疾病和智力活动都是对同一事物的反应，但产生的价值并不相等。

（11）我们的道德观念的本质，取决于我们与父母的关系的本质。

（12）一切疾病和罪恶的根源都在于负罪感。

（13）治疗包括消除负罪感、宽恕罪恶、通过坦陈重新体验自己的经历、理解其意义从而得到赦免。

（14）心理学或艺术的任务不是告诉人们如何行动，而是通过让人们关注非个人的无意识想要告诉他们的事情，并通过增强他们对善与恶的认知，使他们拥有更好的选择能力，从而对自己的命运担负起更多的道德责任。

（15）由于这个原因，心理学反对一切泛化处理方式。如若强行让人们处于一种泛化的模式，总有一天会出现无法应对的新情况，届时，人们要么将泛化强加给新情况（压抑），被其反复困扰，要么采取截然相反的路径。任何劝告的价值都完全取决于具体的语境。你不能告诉人们如何行事，只能述说寓言；这就是艺术的本质，特定的故事讲述了独特的人物与经历，每个人都可以根据他的当下需求和特殊需求得出自己的结论。

（16）跟马克思一样，弗洛伊德的研究从文明的失败开始：马克思从贫穷出发，弗洛伊德则从疾病出发。两人都发现人类行为不是由意识决定的，而是由本能需求决定的——饥饿和爱。两人都希望有一个实现我们的理性选择和自我决定的世界。

他们之间的不同也是不可避免的，毕竟一个研究普罗大众，另一个却在诊疗室接待病人（或顶多是他的亲人们）。马克思在观察外在和内在世界的关联时避免向内探寻，弗洛伊德的路径正好相反，因而两人采取的方式相互抵触。社会主义者指责心理学家固守现状，妄图让神经官能症患者适应社会系统，从而使他无法成为一个潜在的革命者；心理学家针锋相对，认为社会主义者只不过是用套语标榜自己，却并不了解自己，也并不清楚金钱欲只是权力欲的表现形式之一，在他通过革命赢得权力之后，他将再次面临之前的问题。

两人都正确。只要文明依旧维持目前的状况，心理学家能够医治的病人就非常有限。等到社会主义赢得权力之后，便应该学会正确引导内在能量，这个时候便需要心理学家大显身手了。

结论

弗洛伊德对文学技巧产生了一些显而易见的影响，特别是在处理时空方面，以及使用自由联想而非逻辑序列的语言方面。他引导作者去关注那些迄今为止被忽略的素材，如梦境、神经焦虑等，去注意到目前为止尚未进入人们视野的关系，如打网球的人之间的关系。他颠覆了英雄崇拜。

那些一味逃避良知的非理性主义者篡改了弗洛伊德，但这并不是本文要探讨的内容。本文试图展示弗洛伊德的观点，集中于艺术家的创作根源、艺术家在社会中的地位和作用，以及他对严肃作家提出的要求。这个世界必然存在两种艺术：一种是"逃避的艺术"（escape-art），因为人需要逃避，就像需要食物和熟睡一样；另一种是"寓言的艺术"（parable-art），这种艺术指引人们忘记仇恨、学会爱，为此，弗洛伊德可以更为笃定地说出下面这段话：

> 我们可以坚持认为，人的智性相对人的冲动而言是疲弱无力的，而且这种想法可能是正确的。尽管如此，这个弱点还是有其特殊之处。智性的声音轻柔而低沉，同时执着又绵延，以确保自己被听见。经过无数次的述说，它确实赢得了听众。这是少数几个可能有助于使我们对人类的未来更有希望的事实之一。

参考文献

Freud. *Collected Works*. International Library of Psycho-analysis. Hogarth Press.

Jung. *Psychology of the Unconscious*. Allen and Unwin. *Two Essays on Analytical Psychology*. Baillière, Tindall and Cox.

Klages. *The Science of Character*. Allen and Unwin.

Prinzhorn. *Psychotherapy*. Jonathan Cape.

Rivers. *Conflict and Dream*. Kegan Paul.

Nicoll. *Dream Psychology*. Oxford University Press.

Trigant Burrow. *The Social Basis of Consciousness*. Kegan Paul.

Heard. *Social Substance of Religion*. Allen and Unwin.

Thomas Mann. *Essays*.

Blake. *Collected Works*. Nonesuch Press.

D. H. Lawrence. *Psychoanalysis and the Unconscious. Fantasia of the Unconscious. Studies in Classical American Literature*. Secker.

Homer Lane. *Talks to Parents and Teachers*.

Lord Lytton. *New Treasure*. Allen and Unwin.

Matthias Alexander. *The Use of the Self*. Methuen.

Groddeck. *Exploring the Unconscious. The World of Man*.

Herbert Read. *Form in Modern Poetry*. Sheed and Ward. *Art Now*. Faber and Faber.

I. A. Richards. *Principles of Literary Criticism*, etc. Kegan Paul.

Bodkin. *Archetypal Patterns in Poetry*.

Robert Graves. *Poetic Unreason*.

Bergson. *The Two Sources of Morality and Religion.*

Benedict. *Patterns of Culture.*

诗歌、诗人与品味[1]

百分之百的硬汉、经验老到的医生，以及某类社会改革家，他们都轻视诗歌。第一类人觉得读诗未免显得娘娘腔，第二类人认为这是一种幼稚且神经质的逃避方式，而在第三类人看来，这无异于在焚烧的罗马城操琴[2]。作为一位诗人，我当然有兴趣说服人们购买诗歌作品，因此我将尝试回应这些负面看法。

回应第一类人很简单。我只消问问他是否知道那首关于格洛斯特夫人的诗[3]便可。他反对诗歌，主要是不良教育的后果。学校的老师，恐怕还有很多理应对诗歌有更充分了解的人，都认为真正的诗歌只与高雅的生活有关，或者说，是一些擅长乱

---

[1] 这篇文章的原标题是"Poetry, Poets, and Taste"，刊登于 1936 年 12 月的《公路》(*The Highway*)。
[2] 这里关涉一个典故：公元 64 年，罗马城发生了一场大火，但罗马皇帝尼禄却登上高塔，在琴声的伴奏下吟诵特洛伊城被毁的挽歌。人们常用"fiddling while Rome burns"（在焚烧的罗马城操琴）表达"大难临头却漠不关心""危急关头却无所事事""隔岸观火"等含义。
[3] 此处应该是指在英国广为流传的民间童谣"There Was an Old Woman of Gloucester"（《格洛斯特有个老太婆》）。

扣帽子的自命不凡之辈所谓的"更高层次的生活"。显然，这不是事实。诗歌的主要内容和处理方式，就像人的性格一样丰富多彩。诗歌确实涉及宇宙的奥秘——即使是头脑最冷静的商人有时也会思忖"我为什么在这里"，尽管可能是在流感康复期才会这么想——但诗歌同样涉及席间的笑谈或眼前女士的面容。

    盖上她的面庞，我双眼迷蒙。她红颜薄命。[1]

这是诗歌。下面这段也是诗歌——

    一大早，还是凌晨三点半
    它们全被点亮，犹如圣诞树。
    丽儿起身准备上床睡觉，
    又抽了下鼻子，倒下死翘翘。

同样，这也是诗歌——

    而阳刚之气蕴藏于
    阿德里亚，亚得里亚海。

  有庄严的诗，也有轻松的诗；有喜剧诗，也有严肃诗；有纯洁的诗，也有下流的诗。如果说你只喜欢其中的某一种，这

---

[1] 这行诗出自英国伊丽莎白时代的戏剧家约翰·韦伯斯特（John Webster，约 1580—约 1632）的《马尔菲公爵夫人》。

就好比"我只喜欢执事长",或"我唯一需要的人就是酒吧女招待"。要真正欣赏执事长,你必须认识一些酒吧女招待,反之亦然。这个道理也适用于诗歌。

医生和社会改革家是更为棘手的反对者。我把他们放在一起回应,因为他们的批评都引出了艺术活动的本质。医生的论点大致是这样的:"我的诊疗室里有太多这类艺术家了,我知道自己的言下之意。他们的健康状况普遍糟糕,他们的精神状态完全不稳定,他们的私生活上不了台面,而且他们从不会付钱给我。看看荷马吧,像蝙蝠一样眼瞎。看看维庸吧,一个十足的骗子。看看普鲁斯特吧,他有哮喘,还是一个典型的恋母病例。诸如此类,不一而足。"

他完全正确。事实上,我们应当注意到,所有聪明的人,即便是那位伟大的医生[1],都是孩童时期心理冲突的产物,多多少少都带有一些神经官能症的特质。我相当怀疑,如果这个世界仅仅由心理状态完美的人组成的话,那么我们很可能仍然在丛林中过着餐风沐雨的生活。不过,我现在要讨论的重点是艺术家。当陷入情绪的困境或危机时,我们可以做三件事:我们可以假装并不在场,也就是说,我们可能变得意志薄弱或者干脆病倒了;我们可以假装困境或危机并不存在,也就是说,我们可能陷入白日梦;我们可以仔细地观察它,尝试去理解它,去领悟圈套的机制。艺术是后两者的结合,这其中有逃避的成分,也有科学的成分;与我们通常所说的科学不同的是,艺术关涉的对象是另一套数据整合方式。

---

[1] "那位伟大的医生"指弗洛伊德。

因此，艺术的前半部分是感知。艺术家是这样一类人，他可以站在一旁打量，甚至可以站在自身外部去观察自己的白日梦。

艺术的后半部分是述说。你随便逮住一位艺术家问问，我相信每一位艺术家都会承认他的创作是为了"赚点钱和取悦朋友"。

他是密探和长舌妇的结合体；他既是双眼盯牢旅店卧房钥匙孔的女仆，也是小教士的妻子；他是走进客厅的小男孩，可以说"我看见圣彼得在大厅里"，也可以说"我看见埃玛姨妈在洗澡，没有戴假发"。

基于此，医生错了。如果艺术家在某些时候让我们有所逃避的话，我们应该心存感激，因为我们每一个人都需要一定程度的逃避，正如我们需要睡眠一样；但与此同时，艺术家还述说了一些真相，而我们由于忙碌或羞愧，并没有看清这些真相。

社会改革家也错了。当一位艺术家将贫民窟、疾病或地狱述诸笔端的时候，他确实隐隐地希望这些东西存在，因为它们是他的素材，这就好比牙医盼望人们有一口烂牙。你很难指望他会成为一位优秀的政客，但你可以善加利用他写的东西，用他述说的真相来巩固自己的观点，也可以用来在闲暇时刻消遣。毕竟，埃玛姨妈可能会买一些生发剂。

我还想谈两点：首先，诗歌与其他艺术的区别；其次，如何区分好诗和坏诗。第一点是常规话题，第二点更重要。我认为诗歌和散文之间并没有泾渭分明的区别。"纯粹"的诗歌，在我看来，字斟句酌只是为了情感意义，无关任何逻辑意义，而散文的情况恰恰相反。实际上，世间并不存在"纯粹"的诗歌或散文，就像自然界里没有绝对纯净的物质；即便真的存在"纯粹"的诗歌或散文，也无法阅读，这跟纯净的化学物质无法发生反应是一样的情况。你能说的,无非是——

> 唱一首六便士的歌,
> 塞满了黑麦的口袋。

这两行接近我们所说的"纯粹"的诗歌,以及——

> 这张桌子六英尺长。

这接近"纯粹"的散文,但它们之间还有各种难以归类的形式。

至于品味,最终取决于每一个具体的读者。每个读者和每个年龄阶段的人都会自然而然地认为自己拥有独立的品味,但历史让我们保持谦逊。只有一条通行的法则,那就是真诚,这很容易说出口,但很难完全做到。承认自己在不同的境况之下喜欢不同类型的诗歌,如果你真的喜欢埃拉·惠勒·威尔科克斯[1]而不是莎士比亚,那就坦然承认吧。有些人永远不可能成为诗人,因为他们碰巧对语言、对艺术的述说没有任何真正的兴趣,换言之,他们对诗歌并不真的感兴趣。另一些人之所以失败,是因为他们对自己的题材缺乏兴趣,也就是说,在感知的部分出了问题。然而,在任何一门艺术中,导致糟糕后果的最常见的因素在于,艺术家虽然对某个题材很有兴趣,却假装对另一个题材饶有兴味。好艺术的奥秘与好生活的诀窍是一样的;找

---

[1] 埃拉·惠勒·威尔科克斯(Ella Wheeler Wilcox,1850—1919),美国19世纪著名的作家和诗人,主要写通俗作品。

出你的兴趣所在，无论它多么奇怪、琐碎、艰巨、令人震惊或让人振奋，你都要认真地对待，因为这就是你能处理好的一切。

事实上，"按需分配，各尽所能"[1]。就我个人而言，我想写但没有能力写的一类诗是"用普通人的语言书写智者的沉思"。

---

[1] 马克思在《哥达纲领批判》里指出，只有在共产主义社会的高级阶段，"社会才能在自己的旗帜上写上：各尽所能，按需分配"。奥登在20世纪30年代中期的"左倾"阶段非常喜欢这句话（但有意将后半部分提到前面），在与克里斯托弗·伊舍伍德合写的戏剧《皮下之狗》中，他安排演员在尾声部分唱道"按需分配，各尽所能"。

公众与已故的叶芝先生[1]

公诉方：

陪审团的先生们，我们必须清楚这个案件的实质。我们在此评判的，不是这个人，而是他的作品。因此，有关逝者的性格特点，也就是他矫揉造作的装束与举止、过度的个人虚荣心，以及令一位生前好友兼同乡称其为"历史上最伟大的文学公子哥"的诸多品性，我不打算赘述。我只想提醒你们，诗人的个性和他的作品之间通常存在密切的联系，这位逝者概莫能外。

我必须再次提请你们注意控诉的确切性质。逝者的才华毋庸置疑，公诉方对此心悦诚服。然而，辩护方希望在座各位相信，他是一位大诗人，是本世纪最伟大的英语诗人。这是他们辩护

---

[1] 这篇文章的原标题是"The Public v. the Late Mr. William Butler Yeats"，刊登于1939年春的《党派评论》(*Partisan Review*)。在20世纪30年代中期，叶芝对奥登的诗风产生了重要影响。他在1937年写道："我过去常常竭尽全力去写一首诗，尽量让每一个词语都是必要的。这导致写诗的过程变得无聊、滞涩。"而叶芝让他学会了一种"松弛"的风格，是他此刻的大师，其重要性就像哈代和艾略特之于早些年的他。事实上，叶芝欣赏青年奥登的诗才，曾不吝赞誉之词，但也诟病他的晦涩难懂。（转下页）

的论点，但公诉方认为有必要对此予以最坚定的否决。

一位大诗人。诗人通常需要做到如下三个方面才配得上这个美誉：第一，在语言方面有极高的天赋，能够写出令人难忘的诗行；第二，对他所生活的时代有透彻的理解；第三，对时代最进步的思想具有基本的认知，并且怀有支持的态度。

逝者是否具备这些？先生们，恐怕答案是否定的。

关于第一个方面，我将简明扼要地陈述。我那位博学的朋友，也就是辩护方，他肯定会竭尽全力让你们相信我错了。他有实例，先生们。是的，一个很好的实例。我在此只提请你们对逝者的作品进行一个非常简单的测试。他有多少诗行是你们

（接上页）叶芝溘然辞世之际（1939年1月），恰逢奥登漂洋过海去了美国，为此他写下了移居美国后的第一首诗歌《诗悼叶芝》（"In Memory of W. B. Yeats"，1939），很快又完成了讣文《公众与已故的叶芝先生》。评论界常常将这一诗一文对读，从中挖掘奥登在生活和信仰发生骤变时的诗学倾向，诗中的名句"诗歌不会使任何事发生"一度成为不少人拒绝对艺术作品进行道德判断的有力依据，讣文中的论点"艺术是历史的产物，而不是其根源"进一步强化了艺术的非功利性并且否认了艺术的现实功用。如果仅仅因为奥登写下了这些文字就断定他主张艺术"无用"论的话，未免过于草率。奥登真正批判的是"介入的艺术"，即认为诗歌可以在结构和形式上构成一个艺术伦理寓言，承担了教诲的伦理功能。

另外，需要注意的是，奥登后来坦承自己在这个阶段"刻薄"地对待过叶芝，也就是说，并没有对这位大师表现出足够的敬意。在这篇讣文中，奥登将已故诗人安放在一个虚拟法庭的审判席上，自己则身兼公诉方和辩护方的双重角色，对叶芝在诗歌领域的是非功过展开论辩。公诉方提出了不少充满敌意的批评，辩护方并没有彻底反驳，这与《诗悼叶芝》中指责叶芝"愚钝"是一致的。

不过，青年奥登虽然指责叶芝对所处时代的现实问题和思想观念缺少必要的关注，以及忽视了"科学方法"，反而沉浸于魔法之中，但对叶芝的语言天赋和诗歌技艺赞佩不已。这可以在他同期写成的《叶芝：文辞的大师》（"Yeats: Master of Diction"，1940）和《客观的传记：叶芝和他的世界》（"An Unbiased Biography of Yeats and His World"，1943）等散文中看出端倪。

铭记在心的?

此外,一个有语言天赋的人能够在其他人身上辨识出同样的天赋,这种假设并非不合情理。我手头有一本逝者编选的《牛津现代诗选》(*The Oxford Book of Modern Verse*),由一家备受推崇的公司——克拉伦登出版社出版。迄今为止,克拉伦登出版社为我们国家的诗歌事业做出了巨大的贡献,但我斗胆向在座各位提出异议,《牛津现代诗选》是该公司有史以来出版的最糟糕的一本书。

无论如何,我们大家都是受过教育的现代人。我们的父辈认为诗歌存在于它自身的私家园林里,与日常生活完全无关,因而只能以纯粹的审美标准来评判。我们现在知道这是一种错误的观念。那么,让我来谈谈第二个方面。逝者理解他的时代吗?

他欣赏什么?他谴责什么?他颂扬了农民的美德。棒极了!然而,如果农民学会了读书写字,如果他攒够了钱置办一家商店,试图通过诚实的商业活动改变自己粗鄙的处境,哦,这是多么令人遗憾的变化啊!若果真如此的话,他就成了敌人,成了可恶的贩夫,根据逝者不太得体的自夸,那样的血脉从未流经他的腰肾。[1] 如果这位诗人选择住在戈尔韦[2]的一间泥屋里,与乡巴佬为伍,干一些愚昧迷信的事,那我们或许错怪了他,反而要钦佩他的知行合一。但他这么做了吗?哦,天哪,完全没有。

---

[1] 这里影射了叶芝的诗歌《序诗》("Introductory Rhymes",1914)。叶芝在这首诗中回顾了家族史,其中有一句"商人或学者留传给我的血脉/从未流经任何贩夫的腰肾"。

[2] 戈尔韦,爱尔兰西部港市。

因为在他看来，还有另一个世界，不仅同样令人着迷，而且更适宜居住。在那个满是贵族府邸的世界里，富人和名流往来于宽敞的客厅，流连其中的大多数是女性。我们不必费劲或费时去思量，便能发现这些事实之间的关联。逝者骨子里带有封建意识。他称颂的穷人是始终一贫如洗和逆来顺受的穷人，是毫无怨言地供养一小群沉湎于古风的文学地主的穷人，而事实上，如果没有他们的辛勤劳作，那些文学地主一刻也无法生存。

对于我们这个时代为建立更公正的社会秩序而进行的伟大斗争，他只有因恐惧而产生的愤恨。诚然，他确实曾在爱尔兰独立运动中发挥了一定的作用，但我并不认为那位博学的朋友可以帮助你们注意到这一事件。富庶人士开启了各种各样的自我逃避模式，民族主义是其中最便捷和最虚伪的模式，它允许不义者对不公正行为尽情宣泄义愤填膺的情绪，并且经常激励男男女女做出英雄主义和自我牺牲的选择。为了一个自由的爱尔兰，诗人皮尔斯[1]和马克维奇伯爵夫人[2]倾尽全力。我们的这位逝者如果真的投身于这场运动之中，那么他的参与也是十分有限的。在1916年复活节（星期天）起义发生后，他以此为题材写了一首诗，人们称之为杰作。当然是杰作。在这样的非常时刻，他成功地写出了一首既不会冒犯爱尔兰共和派也不会冲撞英国军队的诗，绝对是一项了不起的成就。

---

[1] 帕特里克·皮尔斯（Patrick Pearse，1879—1916），爱尔兰诗人、作家、民族主义者和政治家，1916年爱尔兰复活节起义的领导人之一，在起义失败后被处决。
[2] 马克维奇伯爵夫人（Countess Markievicz，1868—1927），爱尔兰独立运动的倡导者，在复活节起义失败后被判处死刑，但不久之后被赦免。

现在，我们来看第三个也就是最后一个方面。回顾过去五十年，哪怕是最浮光掠影的一瞥也足以告诉我们，在争取更大平等的社会斗争中，人们在智识层面越来越多地接受了科学方法，同时不断地克服了非理性迷信的误区。逝者对此秉持什么态度呢？先生们，我简直无话可说。他最初的作品试图唤起我们对精灵世界的向往，他最喜欢写那些名字拗口的野蛮英雄的传说，他写的东西可以被恰当而诙谐地描述为"无用的麸皮"，我们对此还有什么可说的呢？

但是，你们可能会辩解，他那时还年轻——年轻总意味着罗曼蒂克，年轻时的愚钝恰恰是其魅力的组成部分。也许是这样的。那么，我们略过他的青年时代，看看他的成熟时期吧，我们完全有理由期待从中品读出智慧和常识。先生们，当我们发现逝者的愚钝非但没有消失，反而愈演愈烈的时候，我们很难再宽容以待。他在1900年相信精灵的存在，这已经够糟糕的了；但到了1930年，我们不得不面对一个沉迷于胡言乱语的魔法和胡说八道的印度神秘学的成年人，这简直是可怜又可悲的现象。他是否真的相信这些东西，或仅仅觉得它们值得把玩，抑或幻想它们可以哗众取宠？真相已经不重要了。显而易见的事实仍然是，他让这些东西成了作品的重心。先生们，我不想再说下去了。逝者在他的最后一首诗里漠视社会正义和人之理性，并且为战争祈祷。似乎某个外国政治运动表达了类似的观点，而每个热爱文学和自由的有识之士都认定这是人类的公敌，我这么说应该没错吧？

辩护方：

陪审团的先生们，我相信你们和我一样愉快地聆听了公诉方的长篇大论。我之所以说"愉快"，是因为任何精彩绝伦的东西都会带给人愉悦，比如工程壮举、诗歌作品，甚至是慷慨激昂的演说。

我们已经听到了公诉方对逝者性格的分析，据我所知，这种分析可能是真实可靠的，也可能是耸人听闻的。这能否佐证他的诗歌价值，完全是另一回事。请允许我引用那位博学的朋友的话："我们在此评判的，不是这个人，而是他的作品。"我们被告知逝者自负、势利，在现实生活中是一个懦夫，对当代诗歌的品味并不稳定，而且不通物理和化学。如果这还不是在评判一个人的话，那我简直无言以对了。这与早前所传伟大的艺术家必须正派的观点有何不同？去掉华而不实的说辞，公诉方的论点可以简化为："一位大诗人应该对所处时代的关键问题做出正确的解答。逝者给出了错误的答案。因此，逝者不是一位大诗人。"按照这种逻辑，诗歌是一种社会测验的补充，若想以优异的成绩[1]通过考试，诗人的分数不能低于百分制的七十五分。我无意冒犯那位博学的朋友，但不得不说断无此理。我们往往情不自禁地如此评判当代诗人，因为我们确实有我们真正想要解决的问题，所以倾向于期望每个人——政治家、科学家、诗人、牧师——都能给我们答案，而当他们没有满足我们的期

---

1 "优异的成绩"对应的原文为"with honours"，也有"荣誉学位"的含义，涉及英国本科学位分类系统——荣誉学士学位（Bachelor with Honours Degree）和普通学士学位（Ordinary Degree），前者对本科均分有严格要求。

待时，便不分青红皂白地指责他们。但是，谁会以这种方式解读以往时代的诗歌？彼时，在一个民族主义抬头的时代，但丁以无限憧憬的心情回望了罗马帝国时代。这在社会层面更进步吗？难道只有天主教徒才会承认德莱顿的《牝鹿与豹》[1]是一首好诗吗？难道布莱克拒绝接受牛顿光学理论就要被谴责吗？难道华兹华斯不像贝克[2]那样了解蒸汽机就要排名靠后吗？难道这种逻辑能够解释"嘲弄埃米特，嘲弄帕内尔／嘲笑所有倒下的著名人士"[3]是优秀的，而"不知何故我觉得你就像一棵树"是糟糕的？虽然我指出了其中的荒谬性，但并不是说艺术独立于社会而存在。艺术和社会之间的关系，正如公诉方所宣称的那样密切而重要。

社会和物质环境时不时地影响着个体，每个人都会由此在情感和智识上萌生一种激情。这种激情在有些人身上产生了我们称之为"诗歌"的语言结构，如果该语言结构能够振奋读者，我们便认为这是好诗。事实上，诗歌天赋是一种可以使个人激情在社会上可资利用的力量。诗人，即具有诗歌天赋的人，当他们停止对所处世界做出反应时，便再不能写出好诗。这种反应的本质，无论是积极的还是消极的，无论在道德上是可钦可佩的还是丢人现眼的，都无关紧要；最重要的是，反应必须真正存在。华兹华斯的后期作品不如早期作品的原因，并不在于

---

[1] 《牝鹿与豹》（"The Hind and the Panther"）是英国诗人约翰·德莱顿（John Dryden, 1631—1700）的诗作，颂扬了罗马天主教会，把它比作洁净的牝鹿，辱骂英国国教为凶残的豹。

[2] 本杰明·贝克（Benjamin Baker, 1840—1907），英国工程师，苏格兰福斯湾铁路桥的首席设计师。

[3] 出自叶芝的诗《三支进行曲》（"Three Marching Songs", 1938）。

他的政治观点动摇易帜,而在于他不再有强烈的感受和强劲的思考,哎,随着年齿增长,我们大多数人都会经历这种变化。现在,我们来看看逝者的情况,这是一位具有伟大的诗歌天赋的诗人,他的激情不仅贯穿生命的始终,甚至持续在加强,委实令人惊叹。两百年后,我们的子孙后代将创造出一种全然不同的社会秩序(我希望那是更好的社会秩序),我们的科学发展将超越所有的现存认知,到那个时候,除了历史学家,谁会介意逝者在爱尔兰问题或灵魂转世问题上的是非曲直?然而,使他的诗歌得以产生的激情是真诚可信的,除非我大错特错,否则它们仍然能够振奋他人,尽管他们的处境和信仰可能不同。

不过,既然我们并没有生活在两百年后,那就让我们扮演一下教师的角色,参照我们这个时代的历史来审视逝者的诗歌。

在过去四十年,最显著的社会现象是自由资本主义民主制度的失败。这种制度赖以存在的前提是每个人生来都自由平等,每个人都是独立于他人的绝对实体,合乎规范的政治平等、选举权、公平审判权、言论自由权,足以保证他在社会关系中的行动自由。但结果如何呢?我们大家都再熟悉不过了。通过否认人格的社会属性、忽视金钱的社会力量,这种制度催生了世界上有史以来最泯灭人性、最呆板机械、最有违公允的文明,身处其中的所有阶层都只有一种共同的情感——个体与他人的疏离感,而经济不平等导致的对立情感——穷人具有正当性的嫉妒和富人因自私产生的恐惧——撕裂了整个文明。

如果说后一种情感对逝者而言无甚意义的话,部分原因在于爱尔兰与其他西欧国家相比经济落后,那里的阶级斗争意识不强。我那位博学的朋友嘲笑爱尔兰的民族主义,但他和我一样清楚，民族主义是走向社会主义的必要阶段。他嘲笑逝者没有拿起武器反抗，就好像射杀是唯一体面和有效的社会抗争形式。难道艾比剧院[1]对爱尔兰没有任何助益吗？

但是，让我们回到诗歌上来。叶芝的诗歌自始至终都表达了一种对工业主义造成的社会原子化的抗议，其语言和思想都为克服这一现象而进行了不懈的斗争。早期作品中出现的仙女和英雄，是一种通过民间传统找寻社会聚合力的尝试，后期作品中的"世界之灵"（Anima Mundi）理论是这种努力的更高形式，抛弃了那些纯粹的地方性特色，取而代之的是逝者所期望的具有普遍性的东西，换言之，他在寻求一种世界性的宗教。当然，仅仅是宗教方案未必行得通，但他的孜孜求索至少是对社会罪恶的真实感知的结果。同样，逝者所称颂的农民和贵族的美德，以及所谴责的商业阶层的罪愆，都是现实生活中存在的美德和罪愆。社会的和谐来自抚育培养，公正仰赖对症下药，创建这样一个和谐公正的社会是政治家的任务，而不是诗人的责任。

这是因为艺术是历史的产物，而不是其根源。艺术不像其他产品（如科技发明），它不会作为一种有效的推动者重返历史，从这个角度来说，关于艺术是否应该成为宣传工具的讨论是不切实际的。公诉方的论据建立在错误的信念上，认为艺术可以让任何事情发生。然而，先生们，真实的情况并非如此，假如没有一首诗被写出来，没有一幅画被画出来，没有一段音乐被

---

[1] 艾比剧院（Abbey Theatre）又名爱尔兰国家剧院，创建于1904年。叶芝是创建者之一，对该剧院的发展做出了不可磨灭的贡献。

谱出来，人类历史实质上依然是这副样子。

但有一个领域，那就是语言的领域，诗人置身其间是一个行动派，逝者的伟大之处在此领域最为彰显。无论他的观点多么错谬或有违民主，他的措辞都显示出一种不断趋向我们可以称之为正宗的民主风格的演变。真民主的社会美德是互爱和智慧，而相应的语言美德是力量和明晰，这些美德在逝者相继出版的诗集里越来越突显了出来。

《盘旋的楼梯》(*The Winding Stair*)体现了一个正直之人的措辞，正因为如此，正直的人们必会永远视其作者为大师。

里尔克在英语世界[1]

在过去四年里，一个有趣的现象是，里尔克对英语诗歌的影响越来越大。事实上，里尔克在英美国家的读者群可能要比在德语世界里更广，受认可度也更高，这就像拜伦和爱伦·坡对德

---

[1] 这篇文章的原标题是"Rilke in English"，刊登于 1939 年 9 月 6 日的《新共和》（*The New Republic*）。根据奥登的个人经历和各类作品透露的信息，我们可以推断他在 1928 至 1933 年阶段性地旅居柏林期间掌握了德语，接触了里尔克的作品。但是，奥登真正受益于里尔克诗风是在 1936 年之后的三五年。这种影响是多方面的，包括语调、措辞、意象等技法的试炼，组诗《战争时期》（"In Time of War"，1938）表现得最为明显，后来的《新年书简》（"New Year Letter"，1940）和组诗《探索》（"The Quest"，1940）也带有鲜明的里尔克色彩。

在与里尔克的"蜜月期"，奥登写了两篇有关里尔克的散文，分别是《里尔克在英语世界》和《诗人在战争时期》（"Poet in Wartime"，1940）。在第一篇散文里，奥登除了谈及里尔克的艺术成就，也谈到了诗人的战时选择，不仅是为里尔克辩解，也有为移居美国自辩的成分。在第二篇散文里，奥登重申了前者的主要观点，提醒我们捍卫内在生活的行为不是"自私又懦弱的漠不关心"，也不是"唯美式的文艺爱好倾向"。然而，奥登在 1956 年的讲座中谈到自己对里尔克的态度转变："厌倦并不一定意味着厌恶；我依然认为，里尔克是伟大的诗人，尽管我已读不下去。"而在稍后的散文《诗人与城市》（"The Poet and the City"，1962）里，他试图界定艺术家可能会误入歧途的两类"异端"：一类是以托尔斯泰为代表的"介入的艺术"；另一类则是以里尔克、（转下页）

法两国同时代人的影响,要比对他们同胞的影响更深远一样。

若认为一个人真的能以非母语读者的身份评判诗歌的优劣,这难免是一种一厢情愿。真实的情况是,我们只能给出脑海里留下的大致印象。不过,既然《杜伊诺哀歌》的英译本已经面世了,而与之并称为里尔克作品的最后精华的《致俄耳甫斯的十四行诗》也有了英译本,那么里尔克的绝大部分诗歌都可以在英语世界里找到相应的版本,我们便可以尝试评价他的诗歌艺术。

里尔克对英语诗歌最直接和最显著的影响在于措辞和意象。诗人们一直以来面临的问题之一是如何用具体的语词表达抽象的思想。伊丽莎白时代的诗人通过拟人手法解决了这个问题:

> 他被捕时,那东西跌入了巡警的圈套

玄学派诗人运用了独具匠心的巧智:

> 你的美丽如此灿烂,自东方冉冉升起
> 这些花儿,犹如在她们的根部酣然而眠。

除了布莱克之外,随后两个世纪的诗人们都没有找到合适

(接上页)马拉美为代表的"赋予非实用的东西一种属于其自身的魔法效用"的艺术,人们"对他们作品的最终印象是某种虚假的、不真实的东西"。更严厉的指控出现在《六十岁的开场白》("Prologue at Sixty", 1967)里——"而我所生活的时代,已培养出/闲暇时啃读里尔克的刑讯专家",直指审美和道德的严重脱节。我们可以沿着这条态度转变的曲折路径,看到奥登的思想变迁和艺术发展。

的解决方案，因此，当他们试图处理抽象问题时，往往显得捉襟见肘。他们习惯于抽象地进行陈述，让诗歌沦为说教的产物。

里尔克几乎是自17世纪以来第一位发现新的解决之道的诗人。他采用的方法与伊丽莎白时代的诗人们截然不同，但他通过实物符号而非智识符号展开思考的做法，又与伊丽莎白时代的诗人们一起，站在了玄学派诗人的对立面。例如，莎士比亚是从人类的角度审视非人类的世界，里尔克则恰恰相反，他提出了"物"(die Dinge，英译 things)[1] 的概念。正如他自己所言，这是一种全新的思维方式，为此必须调动孩童而不是成人的特性。对孩童来说，桌子、玩具、房子、树、狗，等等，就像他自己，也像他的父母双亲，都具有鲜活的生命。孩童确实不是从人的角度，而是基于事物和动物的视角看待生活的，他们通常在进入青春期之后才会有意识地对人产生兴趣。

> 假如你能够做到这一点，你需要携带一部分断奶后成长过程中的那种感受，重温孩童时代全神贯注的某一样事物。想一想，与这"物"相比，还有什么东西能让你感觉更贴近、更亲密、更重要……难道不正是因为这"物"，你才第一次交出你幼小的心灵，就像一片面包要给两个人分食？

因此，从风景角度诠释人类生存是里尔克最显著的策略之一：

---

[1] 批评家普遍认为里尔克的中期创作以"物诗"为主要表现形式，这种诗歌技法潜藏着全新的认识论，意味着主体与物象之间不再是二分的，主体需要摒弃自身的先验观念，进入与物象共处的"敞开域"中，捕捉物象与主体相触动的瞬间。

> 哦，少女，
> 这一点：我们在体内爱，不是爱一个物，
> 一个未来之物，而是无数汹涌之物；
> 不是爱一个单纯的孩子，而是一代代父亲，
> 他们像群山的残骸铺垫在我们的根基；
> 而是一代代母亲的干枯的河床——；
> 而是整个沉寂的风景，在阴晴变幻的
> 厄运之下——少女，这已先你而存在。[1]

这种意象处理方式已经开始出现在英语诗歌里（例如斯蒂芬·斯彭德的《1814年的拿破仑》），而且我认为可能会变得更加普遍。

然而，里尔克的影响并不仅仅局限于艺术技巧层面。随着国际危机愈演愈烈，越来越受作家们关注的这位诗人应该会认同，干扰他人的生活是一种傲慢无礼和自以为是的行为（因为每个人都是独一无二的存在，每个肉眼可见的不幸很有可能正是他自身的救赎之道），而且他应该会始终如一地专注于自己的内在生活。这份推测源自他曾写下的一段话：

> 艺术并不会因为我们试图紧跟并极度关注他人的苦难而发挥作用。但是，只要我们更加热忱地承担自己的苦难，不时地给忍耐一个也许更为清晰的定义，并且为我们自己

---

[1] 出自里尔克的《杜伊诺哀歌》第三首，译者在此选取了林克的译本。

找寻一种能够表达内在痛苦的方法,这个征服的过程,比起那些不得不把自己的精力放在其他事务上的人的做法,显得更牢靠,也更确切。

我们不能沾沾自喜地用"失败主义"予以驳斥。事实上,上述论调并没有否认政治行动的重要性,而是意识到一个作家要是不想伤害他人和自己的话,就必须比以往更加谦逊、更加耐心地思考自己是一个什么样的人,以及他真正的职责是什么。当船着火了,毫不犹豫地奔向水泵汲水似乎是很自然的反应,但这或许会加剧现场的混乱和恐慌;安静地待在原地祈祷,尽管看起来自私怯懦,却可能是最明智、最有助益的做法。

一篇评论的篇幅无法详细道尽里尔克的思想。他和 D. H. 劳伦斯的观点有惊人的相似之处。两人都羡慕动物尚未分裂的意识,两人都痴迷于死亡问题(可以对读劳伦斯的《灵船》和里尔克的《杜伊诺哀歌》第十首),而且套用里尔克的朋友卡斯纳[1]和劳伦斯常说的话,两人都回顾了"父辈"的贵族式物质世界,而不是向前展望"儿子"的民主式精神世界,因此都对基督教信仰怀有敌意,甚至都对伊特鲁里亚墓[2]兴趣浓厚。不过,对我们和未来的作家而言,重要的不是他们结论的真实或虚假,而

---

[1] 鲁道夫·卡斯纳(Rudolf Kassner,1873—1959),奥地利作家、翻译家和文化哲学家。里尔克十分珍视两人的友谊,不仅将《杜伊诺哀歌》第八首题献给了他,还在弥留之际深情回忆了他们的交往点滴。
[2] 在古罗马尚未建国时,伊特鲁里亚人是意大利的主人,而罗马人后来将这里的文明破坏殆尽。庆幸的是,伊特鲁里亚人深信死后会有另一个世界,"事死如事生",他们生前的生活面貌全都呈现在坟墓里,因而伊特鲁里亚墓是伊特鲁里亚文化成就的见证。

是他们对作家的真正职责的看法，以及他们谦逊地为此做出的毕生努力。

我不清楚也不太关心学者对这些翻译的评价。世上并不存在完美的翻译，每一代人都需要进行重译。但我可以自信地说，利什曼先生和斯彭德先生的这个译本[1]对我们这一代人来说肯定意义重大。

---

1 指 J. B. 利什曼（J. B. Leishman）和斯蒂芬·斯彭德合译的《杜伊诺哀歌》。

丰产者与饕餮者[1]

一

在饕餮者看来,丰产者似乎已在他的锁链之中,但事实并非如此,他只能掌握存在的一部分,却幻想这就是全部。

然而,除非饕餮者像汪洋大海一般吞噬了丰产者多余的欢愉,否则丰产者将不成其为丰产者。

地球上总是存在这两类人,他们应该互相为敌;任何

---

[1] 这篇长文的原标题是"The Prolific and the Devourer"。奥登从1939年春开始酝酿这篇作品,在形式上效仿帕斯卡尔的《思想录》,同时他在很大程度上受惠于英国浪漫主义诗人威廉·布莱克。在创作期间,他告诉友人自己正忙于"一场天堂和地狱的新联姻",此言明显指向了布莱克的作品《天堂与地狱的婚姻》。文章标题亦与布莱克有关,这位前辈诗人将艺术家和政治家分别刻画为"丰产者"和"饕餮者"(前者创造,后者消费),奥登沿用并拓展了这两个形象。当然,这也符合他一贯以来的"分类癖"(尤其是二分法)。1939年夏,奥登集中精力,奋笔疾书,但似乎在9月初战争爆发后不久就停笔了。他生前没有将其中任何一部分拿出来发表,全文只以打字稿的形式保存了下来,为我们提供了他在这一阶段的思想活动画卷。门德尔松教授将此文收录于《奥登散文全集》时,略微修正了奥登混乱的打字方式,尤其是在意义模糊的地方插入了逗号,方便读者更好地理解原文。(转下页)

试图调和他们的人,都是在摧毁存在本身。

——威廉·布莱克《天堂与地狱的婚姻》

人不仅按照自己的形象创造世界,而且不同类型的人创造了不同种类的世界。可以参照布莱克的这句话:"傻瓜和智者看到的不是同一棵树。"

生命的所有奋斗都是为了超越二元性,构建统一或自由。意愿,无意识,这就是对自由的渴望。我们的欲望是我们对存在何种二元性的认识,也就是说,意识到我们的意愿遭遇了什么障碍。我们无法自由地意欲不自由。

(接上页)《丰产者与饕餮者》显然可以算奥登取悦自己的作品,更接近于他真实的内心世界。全文由四部分组成。第一部分采用了显而易见的格言体,否定了艺术家应当参与政治的观点,包含自传元素以及对20世纪30年代政治化写作的反思。从第二部分开始,奥登收敛了格言体,放长了段落,在内容上转向了一个日益占据他所思所想的话题——宗教信仰。在第二部分,奥登从完全世俗的、人道主义的、非超自然的角度靠近基督教,将耶稣塑造为一个精神导师,而不是一个神圣人物。在第三部分,奥登将视线转向了教会,认为它错误地把对耶稣的敬畏变为一种偶像崇拜。第四部分可谓奥登的"教理问答"(一种基督教的传教方式,指导者和被指导者以口头问答的方式巩固教理),审视了他自己的信仰状态和思想状况。

若要更好地理解第四部分的"提问者"和"回答者",以及他们各自的立场,我们还需借助于门德尔松教授提供的一个细节。根据门德尔松教授的推测,在1939年8月拜访好友伊舍伍德期间,奥登得知他们共同的朋友爱德华·厄普华写信批评伊舍伍德转向了和平主义者的立场。可能有感于此,奥登才决定写《丰产者与饕餮者》的第四部分:共产主义者爱德华·厄普华化身为"提问者",和平主义者伊舍伍德有可能是"回答者",而奥登在此阶段的观点更接近伊舍伍德。

弗洛伊德把快乐原则与现实原则对立起来，使我们误入歧途。这是隐藏的清教主义。"我想要的是我自己之外的世界无法给予的。因此，我想要的东西是错误的。死亡本能：从未出生无疑是最佳状态。"但恰恰相反，我的欲望和其他任何东西一样，都是现实的一部分。

说我们真正的渴望是回到子宫，这是不正确的。我们之所以如此描绘自由，是因为我们最初的"统一"体验是在子宫，我们只能根据已知的过去描绘未知的将来。

起初，婴儿认为自己的四肢属于外部世界。当他学会了控制四肢，他就会接受它们是自己的一部分。事实上，我们所说的"我"，是我们的意愿立即发挥作用的领域。因此，如果我们牙痛了，我们似乎分解成了两个人，一个是痛苦的"我"，另一个是由牙齿组成的充满敌意的外部世界。一个男人的阴茎从不完全属于他自己。

独裁者谈起"我的人民"，恰如作家谈起"我的公众"。

人们对我们来说是"真实的"，即他们是我们生活的一部分，我们越是意识到我们各自的意愿会相互影响，这种真实感就会越强。

我们对现实的一部分认识是通过不可避免的个人接触自发产生的，其余部分则通过调用智慧而产生。

一种是我们没有个人经验因而也没有情感经验的事实，另一种是我们拥有经验的事实，它们之间的关系经由智慧向我们敞开，智慧借此使我们能够感受到前者，从而在我们的行动中受到前者的影响。智慧拓宽了心灵的疆域。

救赎（即统一或自由）的宗教定义，"天国""因他使我们和睦"是最好的，因为它们最普遍。得到救赎，就是只想要自己拥有的东西。

在道德或通俗意义上，邪恶或神经质就是想要大多数人不想要的东西。在宗教或现实意义上，邪恶或神经质就是想要一个人不能拥有的东西。这两者经常重合，但并不总是如此。

即使禁欲主义者谴责了所有一心追逐荣誉、权力和女人之青睐的人，他也没有谴责所有不这样做的人都是神经官能症患者的心理学家那么邪恶。不轻易评判。

神经官能症患者是指从一个特定的事例中得出错误的一般性结论的人。X曾经被他的爸爸有违公允地扇了一巴掌，于是终其一生都认为这个世界一定不会公正地对待他。有时，这种认知只是限制在特定范围内的：象征性的恐惧，比如，对龙虾和阉割的恐惧。

只有一种救赎，但有多少类人，就有多少条路通往救赎。

有三类人，对应着三条通往救赎的道路。

他们分别是——

（1）通过与非人类事物打交道：农民、工程师、科学家。

（2）通过与其他人打交道：政治家、教师、医生。

（3）通过与自己的幻想打交道：艺术家、圣人。

每个人都以不同的比例将这三种生活结合在一起。例如，当我们吃饭时，我们是科学家；当我们与人相处时，我们是政治家；当我们独处时，我们是艺术家。然而，这三种生活在每个人身上的比例不尽相同，这一点足以使每个人处于完全不同的世界中，以至于他们很难理解彼此。

从本质上讲，科学是对能力的训练，以确保我们在物质世界中的有形存在。寻找乳房的婴儿是一个科学家。

艺术是精神生活，科学为艺术的存在提供了可能性。

物质幸福是由科学创造的。

精神幸福是由艺术创造的。

政治不创造任何东西，却是一种分配上述生活的技术。

普通人，也就是普罗大众，是被动接受经验的人：他的知识仅限于通过直接的个人经验自动获得的东西。真正的科学家、艺术家和政治家是知识分子，他们试图扩展自己的经验，寻求直接给定的经验以外的东西。

在我们的独特领域之外，我们都是普通人。如果我们不是政治家，我们就无法理解个人关系之外的政治；如果我们不是艺术家，我们就无法理解不反映我们个人幻想的艺术；如果我们不是科学家，我们就无法理解显然不是基于常识经验的科学。

"工作"是由他人的意愿强加给我们的行动。"除非你这样做，否则我不给你任何吃食。除非你学会这个不规则动词，否则我就揍你。"当年我上学的时候，上课对我来说就是娱乐，而踢足球意味着工作。

每个人的目标都是如何在不工作的情况下生活。要做到这一点，一个人必须继承遗产或窃取财物，抑或必须说服社会为他做的自己喜欢的事情（即娱乐）支付报酬。

政治家（名副其实的政治家、教师、医生等）的真正目标应该是创造一个没有人必须工作的社会。也就是说，在这样的社会里，每个人都能意识到自己喜欢做的事情，并不存在必须做的事情。一个反其道而行之的政治家往往试图说服人们喜欢必须做的事情（或者更常见的是，政治家认为必须做的事情），并要求他们视之为自己的社会责任，这其实就是暴君。

当被问及打算做什么的时候，人们经常听到一个没有天赋的年轻人说"我想写作"，但他真正的意思是"我不想工作"。政治和科学也可以成为"娱乐"，但艺术最不依赖于他人的善意，看起来最容易实现。

象牙塔,就像小数点,其实只是一个有用的数学概念,并不实际存在,它意味着与所有经验完全隔绝。现实生活中最接近于此的是精神分裂症。

最常见的象牙塔是普通人的象牙塔,即对经验的被动接受状态。

我们可以理直气壮地指责19世纪90年代的诗人奉行象牙塔主义,不是因为他们宣称自己远离政治,而是因为他们作为诗人看到的生活只是小小的碎片。事实上,以他们的社会地位、教育程度和收入状况,他们看到的政治和科学居然与普通人无异。

"对某些事了解很多,对每件事都了解一点点"是一句相当拙劣的格言。相反,我们首先要发现自己是一个什么样的人,然后学会透过自己的天赋之镜去看待一切。只有当一个人学会了以艺术家、科学家或政治家的方式看待整个宇宙的时候,才能摧毁自己的象牙塔。

"孩子是成年人的父亲。"成长并不意味着我们变成了一个不同的人,事实上,我们从出生到年迈都不曾改变。然而,成熟意味着知道自己是谁,而童年时期是不知道的。成熟就是意识到必要性,知道自己想要什么,并准备为此付出代价。失败者要么不知道自己想要什么,要么不愿承担代价。

在葡萄园做工的寓言[1]。大自然有她的宠儿，她让他们以低价拥有一切。还有一些人什么也不会得到，除非付出高价。不管怎么样，他们都必须付钱。

我出身于一个中产阶级的职业家庭，是三兄弟中最小的一个。我父亲是一名医生，我母亲拥有大学学位。书房里塞满了有关医学、考古学和古典学的书籍。草坪上有一个雨量计，家里还养了一条狗。早餐前，全家会祷告；黄昏时，会骑自行车去收集化石或在教堂的铜器上乱涂乱画，抑或留在家中大声诵读。我们几乎不太与人交往。母亲经常生病。

在某种程度上，我们很古怪：我们是英国国教高教会派信徒。每个星期天，我们都要参加伴随着音乐、烛光和焚香的礼拜仪式；每逢圣诞节，餐厅里会布置一个马槽模型[2]，由手电筒电池点亮，我们则围着它唱赞美诗。

这让我形成了一些永远都不会改变的观念（你们要是称之为偏见也没关系）：对知识的求索是为了知识本身；对医学、疾病和神学的兴趣；对生活是由神秘力量支配的信念（尽管我

---

1 出自《新约·马太福音》第20章第1—16节。一个葡萄园的主人在一天不同的时间内雇短工。那些在早上就受雇的人工作了一整天，那些在下午才受雇的人工作了较少的时间，但主人支付他们每个人同样的工钱。先受雇的人抱怨说，他们的工作时间更长，却没有得到更多的钱。主人给出了自己的理由："朋友，我不亏负你，你与我讲定的，不是一钱银子吗？……我的东西难道不可随我的意思用？因为我作好人，你就红了眼吗？"学者们提出了许多解释，不少人认为这个寓言关涉管理者和劳动者的关系。

2 根据《圣经·新约》记载，耶稣诞生于马槽。

不知道自己是否曾持有过任何超自然的观念）；对陌生人和啦啦队的反感，以及对商人和所有为利润而非薪水工作的人的蔑视（我父亲从事市政医务工作，而不是私人医生工作）。

我父亲的藏书不仅给了我阅读的机会，还引导了我的阅读选择。它不是一个文学工作者的藏书，也不是一个视野狭隘的专科医生的藏书，而是各种学科门类的书籍的大集合，不过小说作品并不多。因此，我的阅读一直是宽泛的，也是随机的，一点也不学究，而且主要偏于非文学。

小时候，我对诗歌没有兴趣，但对文字充满了热情，而且单词越长越好，当我像地质学家那样说话时，阿姨们都惊讶不已。时至今日，文字对我的影响力如此之大，以至于一个色情故事比一个活人更能让我产生性冲动。

除了文字，我几乎只对矿区及其机械感兴趣。我对人的兴趣始自青春期。

小时候的兴趣和知识，不仅欺骗了我自己，也蒙蔽了我父母，我们认为这是一种地地道道的科学兴趣，我有成为矿业工程师的天赋（我的意思是，我将成为一名矿业工程师）。一位心理学家，如果注意到我在机械方面压根儿没有实际的天赋，就会意识到这种兴趣是象征性的。从四岁到十三岁，我狂热地喜爱上关于水轮机、卷扬机、滚筒破碎机等机械装置的图片，它们在我眼里充满了魅力，而且我身处地下世界时的心情最为愉悦。

上述心理学家也会轻而易举地发现导致这种喜爱的复杂情结，但对未来而言，重要的不是神经官能症方面的因素，而是我本应该选择用象征性的幻想来表达我的内在冲突，而不是用行动或任何其他方式。我现在看任何东西都要寻找它与其他事物的象征关系。

我想，如果一个人同时拥有两种热情——对词语和象征的热情，那么他必然会成为诗人。不管怎么说，在我十六岁那年，有一天，一位同学偶然问我是否写诗，尽管我从没有写过一行诗，甚至从没有愉快地读过一行诗，但在那一刻，我决定把写诗当成自己的天职。尽管当我看着自己的作品时，经常有一种羞愧和厌恶的情绪在心中油然而生，但我知道，无论我写得多么糟糕，这都是我所能驾驭的最适宜的领域了，而且我看清事物的唯一方法就是借助词语和象征。

我的政治教育始于七岁，那时我被送入了一所寄宿学校。每一个出身于中产阶级的英国男孩，都会在一个由善神或恶魔统治的原始部落中度过五年光阴，然后作为一个公民在极权国度度过五年。[1]

上学后，我第一次接触到家庭圈子之外的成年人，发现他们是声音刺耳、习惯古怪的多毛怪，经常喜怒无常，完全不可理喻，看起来似乎拥有绝对的生杀大权。他们扎根于乡村，与

---

[1] 奥登先是被送入英格兰的圣埃德蒙学校寄宿，五年后入读格雷欣公学；又过了五年，考入牛津大学基督教堂学院。他曾坦言："我反对法西斯主义的最正当的理由是，我的校园生活完全是法西斯式的。"

自己的父母保持了安全距离，一生都在教育小男孩，他们的生活方式会让自己囚困在一个庸常社会里。当我在历史书中读到约翰王[1]怒气冲冲地啃草席的故事时，我一点也不惊讶，因为学校里的老师们就是如此表现的。

从那以后，纵使我有了进一步的认识，但我对政客最深刻的印象是，他们就像危险的疯子，需要尽可能避免跟他们接触，需要谨慎地顺从他们的心意，最重要的是，永远不能对他们说实话。

在英国的公学里，没有经济阶级的划分，取而代之的是严格的基于资历的阶级区分。新入校的男孩起初属于无产阶级，地位卑微，受到剥削；熬到第三年，他就进入了体面的资产阶级；到了第五年，要是他在政治上可靠的话，他已经成为一名肩负重任的警察或公职人员，得到了内阁的信任，有时内阁还会征求他的意见。

这委实是一个研究阶级情感和政治野心的绝佳实验室。

在这一方国度里，似乎每个人都有平等的机会提升地位，而社会的回报完全取决于功绩。毫无疑问，这比社会阶级固化的国度更可取，但它肯定不是乌托邦。

我很快就学会了区分三种公民：政治公民、非政治公民、反政治公民。

1　约翰王（King John，1199—1216年在位），英国历史上最不得人心的国王之一。

政治公民的价值观与国家价值观一致。在学校里，他运动能力强，善于交际，雄心勃勃但不会野心过大，拥有道德感但不会拘泥于道德。他迅速地爬上社会阶梯，成为一名称职但刻板的法律管理者——他不会质疑法律的正确性。他得到了认可，而且感到幸福。

非政治公民的利益与国家利益并不一致，但没有形成矛盾冲突，这通常意味着他们不与人民产生关系。也许他是一名摄影师、观鸟员或无线电技师。他只想独处，为了规避麻烦而很好地履行了自己的社会职责，并慢慢地爬到了一个不太牢靠的安全位置。他是一个天生的、理智的无政府主义者。

反政治公民的利益和价值观完全与国家利益和价值观相悖。他毫不掩饰自己对体育运动的厌恶，毫不收敛自己的不良道德行为，蓄意搞破坏。然而，反政治公民有两个亚种：有一类反政治公民，如果社会的价值观更符合他的趣味，他就有可能变成非政治公民；另一类反政治公民，在上述情况下会变成政治公民。后者才是真正的革命者：他的无政府主义只是达成政治目标的一种手段。他是潜在的改革者还是潜在的暴君，取决于他的个人野心是否与其智力水平相当。

我还从痛苦的经历中认识到了另一种类型——雄心勃勃的反政治者。他为自己没有在社会上取得成功而感到羞耻，试图将自己伪装成一个政治人物。正是这种类型的人，成了警方的线人或施虐的官僚。

学校生活让我明白，我是一个反政治的人。我喜欢独处，写写诗歌，选择自己的朋友，过自己中意的性生活。无论过去还是现在，我的敌人都是政治家，即想要组织他人的生活并让他人遵守规则的人。纵使他身披伪装的外衣，变成公职人员、主教、中小学教师或政党成员，我也能一眼认出他。哪怕再偶然的相遇，我都不禁对他感到恐惧和憎恶，暗暗期待他（或她，因为他们当中恶劣至极的人往往是女性）受到公开羞辱。

起初，我以为自己是一个简单的非政治无政府主义者，在特殊的环境里被迫成为反政治破坏者，但在成为一名中小学教师后，我发现自己比想象中有更多的政治野心，更喜欢对他人施加影响。

毕业后，有几年我成了"食利者"[1]，也就是说，仰赖于父母的资助过活，曾经的"国度"对我而言已经不复存在了。

批评食利者是他人劳动的寄生虫，这是一件轻而易举的事情，但如果可以的话，一个诚实的人恐怕不会拒绝过食利者那样的生活。由于有了私人收入，幸运的持有者可以慈眉善目、宽以待人、意气风发，也可以周游世界，与形形色色的人交往，而我们拥有的这种文明在很大程度上就是由食利者阶层造就的。我们的食利者阶层中的许多成员其实都自私自利、令人不快，但如果他们真的形成危害的话，通常只会对他们自己造成伤害，而且我认为食利者阶层中令人不快者的比例很可能低于其他阶层。

---

[1] 食利者（rentier），政治经济学中的一个概念，指那些完全脱离了生产过程而专以吃利息为生的人。

所谓的象牙塔艺术家，往往被认为是典型的食利者。事实上，食利者作家聪明而敏感，他们拥有更多的行动自由，同时没有仓促完成作品的经济压力，比起那些被禁锢在固定工作岗位上的穷同行们，他们的生活体验更深刻，也更广泛。

我警觉地发现，那些或多或少意在消除经济压力和刺激的政治体系，似乎不得不代之以社会和政府的压力，这其实与英国公学里的情况十分类似，而我对于这种相似性一点都高兴不起来。只有当政治家能够创建这样一个社会，在顶住食利者阶层造成的社会压力的同时，消除食利者阶层依赖的经济不公正，他才会成功。

我不知道这是否能够实现，但即使有可能，我也怀疑这位政治家能否将其视为自己的目标，因为实现这一目标意味着摧毁他的职业生涯——社会压力就是他的媒介，就像语言是诗人的媒介一样。

到了二十二岁，父母对我的资助停止了，我不再是一个食利者，而成了一所面向富裕家庭子弟的寄宿制预备学校的教师[1]。还是小男孩的时候，这个由恶魔统治的原始部落曾一度令我恐惧和着迷，而如今当我摇身一变，成为教员的时候，它已经褪去了奇诡的光环，变成了一家在自由放任的资本主义制度下运转的私营企业，一家其成功取决于比竞争对手更能吸引顾客的商店——这与所有其他类型的商店一样。我有生以来第一次意识到金钱的力量、广告的技巧和公众的轻信。

---

[1] 1930年夏，奥登入职英国苏格兰地区的拉知菲学院，这是一所小型的私立男校。

在政治上，私立学校是一个绝对的独裁政权，助教们扮演的角色就像校长希特勒的戈林、罗姆、戈培尔和希姆莱[1]。同样充满了钩心斗角和飞短流长，同样时不时进行大清洗运动。任何仰赖于他人善意的人（即便是校长也仰赖于父母的善意，就像独裁者必须哄骗群众一样），都无法避免成为一名政治家，这个过程不仅涉及无数别有用心的顺从，还涉及大量彻头彻尾的谎言。

被迫政治化就是被迫承受一种双重生活。对那些可以在主观上将两者分离，并且知道哪一种生活是真实需求的人来说，这或许不是什么问题。然而，若想在任何事情上取得成功，一个人就必须相信它，至少在当时的情况下应该如此，但虚假的公共生活往往吞噬并毁灭了真正的私人生活。几乎所有的公众人物都变成了讨人嫌的老家伙。

一边是公共生活，另一边是私人生活，妄图过两种生活是愚蠢的。没有人可以同时侍奉两位主人。

在公共生活和私人生活的矛盾冲突中，公共生活往往会占上风，因为前者才能填饱肚子。

作为一个组织机构的成员，要想在精神上自立，一个人就

---

[1] 戈林、罗姆、戈培尔和希姆莱都是希特勒的得力干将。

必须拥有某种特殊的才能，让自己处于一个不可或缺的位置，以至于几乎任何令人发指的行为都可以得到赦免。妓女和歌剧演员在革命中幸存了下来。

还有一种方法。每个人的内心都隐藏着一个无政府主义者，即使管理人员也概莫能外，这让每个社会都能容忍甚至需要愚人（受到官方认可的"活宝"批评者）的存在。查理·卓别林和马克斯兄弟[1]的受欢迎程度有目共睹。但社会只会容忍极少数这样的人，而且，这种令人羡慕的位置是不稳固的。愚人随时有可能玩得过火，难逃被惩罚的命运。

教学是一种政治活动，是假扮政治之父"上帝"，是试图以自己的方式塑造他人。幸而每个人都是独一无二的，所以不可能进行这种自我复制。但糟糕的教师不知道这一点，也可能只是一厢情愿地以为他们没有干预他人。

教师很快就会发现，只有少数学生是他能够提供帮助的，许多学生是他爱莫能助的（除了教一些考试技巧以外，什么也做不了），还有一些学生是他可能会造成伤害的。我关注的孩子，要么是后进生（即那些尚未发现自己的真实本性的孩子），或与我有着相似兴趣的聪明人，要么是厌恶学校的无政府主义者，我在他们这个年纪亦是如此。对于后者，我在鼓励他们反叛的同时，试图传授他们一种通过伪装避免受难的技巧。对于那些

---

[1] 查理·卓别林和马克斯兄弟都是著名喜剧演员。

热衷政治的学生,我能做的不过是尽力动摇他们的信念。

在学生离开学校走向世界后,教师若能与他们保持联系,那么在研究其工作对一个人的影响方面,他就处于一个十分有利的位置。

职业病。这是首要的政治问题。现今,在开放给人们的职业中,有很大一部分对他们是有害的。

维多利亚时代的父亲说,他宁愿女儿死,也不愿意看到她在舞台上抛头露面;现代父母欣然让孩子从事广告或新闻工作。前者并不见得比后者愚昧。

一个人的职业决定了一个人所做的事情,也替他选择了他的社交圈子。他的行为和他的圈子塑造了他这个人,就像这世上不存在身为理想主义者的证券经纪人。

一个人穿过一家进行大规模生产的工厂,不可能不觉得自己身处地狱。再多的职工管理也无法改变这种感觉。

人类的大脑有一种仁慈的机制,阻止人们获悉自己有多不幸。只有当不幸结束后,人们才会意识到它的存在,然后人们很想知道自己到底是如何熬过这一切的。如果工人有机会离开工厂生活六个月,这个世界就会发生一场前所未有的革命。

农民——技术工人——科学家——厨师——旅店老板——

医生——教师——运动员——艺术家。真的有其他适合人类的职业吗？

法官、警察、批评家。这些才是真正的下层阶级，他们过着卑鄙、狡诈的生活，任何正派人士都不应该在家里接待他们。

诸如科学研究这样的职业，已经得到了社会的认可与褒奖，自主选择这种职业的年轻人实属幸运，走向了通往"美好生活"的康庄大道。

许多职业对我关上了大门，因为我缺乏必要的资质。我不懂数学，我永远也无法成为一名工程师。不过，在那些对我开放的职业中，有些会让我发挥所长，使我变得越来越人性化，还有一些尽管也会让我发挥所长，却会使我变得越来越野蛮。医生和行刑人需要相同的资质。

但是，你会说，这是不切实际的资产阶级理想主义。我们必须要有警察，只有大规模生产才能让工人的钱袋子负担得起汽车、冰箱、电动剃须刀。也许你是对的。也许有必要让成千上万的人为"共同利益"牺牲，而布莱克称"共同利益"为伪君子和恶棍的托词。不过，如果可以的话，我和我关心的任何人都不应该成为牺牲品，而且我觉得人们对牺牲的默许实在令人恶心。

既然富人虚伪地否认物质的重要性，那么社会党人就没有理由采纳美国吸尘器推销员的价值观。

有人说:"要事优先!首先让我们提高群众的物质生活水平,然后让我们看看能为精神生活问题做些什么。"说出这种话的人,无法让人信赖。

在完全不考虑后者的情况下去实现前者,他将创造出一台巨大的工业机器,届时除非经历经济动荡和破产,否则这台机器是无法改变的。

危机。文明正面临危局。全世界的艺术家团结起来。象牙塔。逃遁者。鸵鸟[1]。

是的,危机重重,但如果我们盲目地东闯西跩,彻底陷入恐慌忧怖之中,我们就永远无法克服它。

那些在1931年左右,开始把政治当作一个令人兴奋的新写作主题的艺术家中,几乎没有人意识到自己陷入的困境。他们被卷进了一波猛浪之中,那浪潮的速度快得让他们无暇思考自己正在做什么、要去往哪里。然而,如果他们不想毁掉自己、不想损害他们为之奋斗的政治事业的话,他们就必须停下来,重新思考他们的位置。他们在过去八年的愚蠢行径会为他们提供充足的思考材料。

回顾一下世界知识分子在过去八年中的政治活动,如果算

---

[1] "鸵鸟"的潜在含义是"逃避现实、不愿正视现实的人"。

上他们发给报社的所有署名信件、他们发表讲话的所有平台、他们参加的所有大会，人们就不得不承认，除了他们出于人道主义目的而帮忙筹集的资金（这些资金的价值不容低估）之外，他们的联合作用几乎为零。就一系列政治事件的进程来看，他们可能什么都没做。而从他们自身工作的角度来看，有少数人从中获益了，但获得的是那么少。

那场运动终将失败；知识分子们正在支持它。

世界不会原谅政治失败。除非一个人对所做之事不仅充满了热情，而且保持必胜的信心，否则他无法在任何事情上取得成功。你有这份兴趣吗？你有这份信心吗？如果没有，那么你必须对责任和朋友的呼喊充耳不闻，对丧父的儿童和丧夫的寡妇视若不见，因为你无法提供助益。

自认出于道义而伸出双手的人，其实是在自欺欺人，这会毁掉他所接触的一切。

给予与得到并存，否则便无法给予。你希望从政治活动中得到什么？刺激？经验？务必诚实。

艺术家本身不是改革者。贫民窟、战争、疾病是创作素材的组成部分，因此他热爱它们。像海明威和马尔罗这样的作家，确实以写作者的身份从西班牙内战中获了利[1]，也许确实起到了一些实际作用，他们在那里度过了一生中的黄金时光。

诱惑者的声音："除非你参加阶级斗争，否则你不可能成为一名重要作家。"

天主教、马克思主义等基本思想观念，其框架体系在组织作家经验方面的价值因人而异。人们可以援引但丁证明它们无比重要，也可以援引莎士比亚证明它们微不足道。但这种框架体系的价值不在于它的科学真理，而在于它的直接便利性。科学假设是组织未来经验的临时框架；艺术世界观是艺术家选择的最适合组织过去经验的固定框架。

一个基本的思想观念若对艺术家发挥了效用，那么它必然会包含最矛盾的经历，以及最微妙的变化和最反讽的阐释。政治家也会发现某个基本的思想观念是有效的，但就他的目的而言，这是为了确保行动的一致性，微妙和反讽恰恰是缺点。一个思想观念的政治优点是简单明晰和绝对可靠。

"如果一个人通过不断改变一种学说的外在结构来传播不确定性和不信任感，那么他怎么能让人们对这种学说的正确性充满盲目的信心呢？"（希特勒）

艺术家的格言："凡一概而论之辈，皆已迷失。"

---

[1] 美国作家海明威和法国作家马尔罗都曾加入支援西班牙共和国的国际纵队。

政治家的格言:"悬案出恶法。"[1]

我们不批评过去的艺术家持有与我们不同的宗教、政治或科学观念。我们却这样批评当代的艺术家,只因我们对自己的时代感到困惑,拼命地四处寻找问题的答案,不分青红皂白地责怪没有给出答案的人,忘记了艺术家并没有自诩为答案的给予者。

即使艺术家看起来持有了某种宗教或政治的信条,但这些信条对他们来说,与对教会或政党的组织者而言并不是一回事。我和克洛岱尔[2]对生活的看法,与克洛岱尔和波士顿主教对生活的看法相比,会有更多的共同点。

丰产者与饕餮者:艺术家与政治家。让他们意识到他们是敌人,也就是说,他们各自都有一个彼此无法理解的世界愿景。但也要让他们意识到,他们都是必要的,也是互补的,进一步而言,有好政治家和坏政治家,也有好艺术家和坏艺术家,好政治家和好艺术家必须学会相互认可和相互尊重。

遇到陌生人时,艺术家会问自己:"我喜不喜欢他?"政治家会这么问自己:"他是民主党人还是共和党人?"

---

[1] 谚语"hard cases make bad law"的含义是,我们很难从极端案件中得出一般的原则。
[2] 保罗·克洛岱尔(Paul Claudel,1868—1955),法国著名诗人、剧作家和外交官。作为法国天主教文艺复兴时期的重要人物,他的大部分作品带有浓厚的宗教色彩。

像 D. H. 劳伦斯在《羽蛇》[1]中那样试图构建自己的政治体系的作家们，总是不可避免地让自己出尽了洋相，因为他们根据自己的经验来构建政治体系，将现代国家当成了一个小教区，将政治视为个人关系中的小事务，而现代政治几乎完全关涉非个人的关系。

因此，劳伦斯的格言"愤怒有时是公正的，正义从来都不是公正的"是针对恋人们的一条极佳的忠告，用在政治领域只意味着"痛打那些与自己意见相左的人"。

法西斯主义最强大的吸引力之一在于，它假装国家是一个大家庭：它之所以坚持血缘和种族的重要性是为了蒙蔽普通人，让他们误以为政治关系是一种个人关系。一个普通人，如果他的政治知识仅限于个人关系，而他对现代工业生活的客观复杂性充满了困惑和怨怼，那么他便很难抗拒一场以个人化语调鼓动人心的运动。使我认清法西斯主义虚伪面目的最充分的理由之一是，它太像一帮乌托邦艺术家在深夜的咖啡桌前谋划出来的东西了。

艺术作品是由个人独自创作的。尽管每个出版社都会耍花招，但艺术家和公众之间的关系依然是一种真正适合用自由放任经济学解释的关系，因为这种关系里既没有强迫，也没有竞争。因此，艺术家与自耕农一样，都是无政府主义者——他们憎恶

---

[1] 《羽蛇》(*The Plumed Serpent*)，D. H. 劳伦斯的长篇小说。"羽蛇神"是中美洲文明（尤其是墨西哥）普遍信奉的神祇。

政府，从他们自身的角度出发，政府的干预完全没有必要。

根据我的观察，左翼知识分子感受到的共产主义吸引力，无一例外都在于它的浪漫承诺——随着共产主义的胜利，国家将不复存在。

同样，你在罗伊·坎贝尔[1]的诗里不难发现，对他而言，法西斯主义意味着一种英雄般的生活：斗牛、赛车、猎艳，以及光着头，挺着肩，大步走向黎明。

纪德和乌纳穆诺[2]的命运证明了艺术梦想遭遇政治现实的后果。

对崭新经历的渴望，对不公不义和残忍行为怀有人道主义的义愤，这些即便有目光短浅的弊端，至少也可以成为人们参与政治活动的体面动机。不过，另一些人的动机就不那么体面了，我们中极少有人能与之撇清关系。

我们的政治活动里蕴含着一种古老的向上爬的动因，它远比我们愿意承认的更多。获得社会的认可，让自己的作品广受赞誉，即使出于错误的理由，也是令人欣慰的，但这并不意味着艺术或政治上的成功。每当我听到此类话题的时候，我总是

---

[1] 罗伊·坎贝尔（Roy Campbell，1901—1957），南非诗人，西班牙内战时期曾站在佛朗哥一边。

[2] 安德烈·纪德（André Gide，1869—1951），法国作家，一度成为共产主义的"同路人"。米格尔·德·乌纳穆诺（Miguel de Unamuno，1864—1936），西班牙作家，曾因反对独裁统治而被流放。

告诉自己，通俗艺术需要迎合大众。

"人们会在政党里最兢兢业业的人中发现被上帝抛弃的人，比如身处哈勒尔的兰波[1]。"（康诺利[2]）

遗憾的是，很多时候，他们没有坦然接受自己被抛弃的事实，也没有让自己去尝试更适宜的活动，反而始终无法割舍艺术，当起了批评家。失败的痛苦扭曲了他们写下的一切。

今天，有很多人，包括一些艺术家，他们借助政治逃离不幸的私人生活，就像人们曾经在修道院寻求庇护一样。在嫉妒和仇恨的驱使下，他们无论走到哪里都会散播不安的情绪，摧毁了他们周围的一切。一个高明的政党不会与他们产生瓜葛。

然而，如果说艺术家对政治一窍不通的话，那么政治家对艺术也是如此。在过去，一个属于地位稳固的统治阶级的人在闲暇时刻有机会成为鉴赏家和政治家。但在今天，这样的机会不复存在。

现代国家对艺术的赞助。真可怕。想想矗立在华盛顿的建筑吧。想想那些树立在世界各地的代表工人阶级、法西斯胜利、新闻自由的巨大雕像吧。想想国歌吧。

---

[1] 阿蒂尔·兰波（Arthur Rimbaud, 1854—1891），法国著名诗人。他少年成名，但很快就放弃了文学事业，辗转去往非洲的埃塞俄比亚，很长一段时间在商业中心哈勒尔经商。
[2] 西里尔·康诺利（Cyril Connolly, 1903—1974），英国作家、文学评论家。

在如今这样的危机时刻，艺术家和政治家可以相处得更好，只要后者能够意识到，这个世界的政治历史面貌并不会因为一首诗被写出来、一幅画被绘出来或一段音乐被谱出来而发生任何变化。

如果衡量艺术的标准是其煽动行动的力量，那么戈培尔就是有史以来最伟大的艺术家之一。[1]

托尔斯泰知道艺术不会让任何事发生，就放弃了艺术，他比那些为了让过去的伟大艺术家进入国家万神殿而寻找各种巧妙理由的马克思主义批评家更值得尊敬。

二

"一"是完美和善，是内在的统一。
"二"是最不完美的数字。
无限完美的一切是"三"。

——克里斯托弗·斯马特[2]

---

[1] 戈培尔曾担任纳粹德国时期的国民教育与宣传部部长，被称为"宣传的天才"和"纳粹的喉舌"。
[2] 克里斯托弗·斯马特（Christopher Smart，1722—1771），英国诗人。中世纪以来，西方人认为"一"代表了概念宇宙的统一性，"二"代表了不确定性，"三"是具有空间维度的第一个数，它是一个整体，有开端、中间和结束。

然而，无论你是谁，艺术家、科学家还是政治家，你的生活方式仍然是个问题。不管你做什么或假装什么，个人的救赎而不是他人的救赎才始终是你真正追求的东西。你可能偶尔允许自己追求他人的救赎，但只是顺手为之。作为一个主观目标，它不过是暴君的自负。

"我们都是来此帮助他人的，我不知道他人来此到底是为了什么。"

让我们像帕斯卡尔[1]那样，从一个观察和一个假设开始：

> 总的来说，人往往是不幸的，而不是幸福的。
> 这种不幸是非自然的：人不仅渴望幸福，而且应该幸福。

从来没有人认真地否认过上述观察，尽管有些人（比如帕斯卡尔）夸大了这种不幸的状态。人之所以渴望幸福，是因为他们在某些时刻经历过幸福，或在他人身上看到了幸福。

上述假设经常被部分地否定，也就是说，在关涉这个世俗的物质世界的时候；全盘否定它就是否定宇宙的合理性，尽管已经有人这么做了。

如果我们两者都接受，则会得出如下结论：

---

1 布莱兹·帕斯卡尔（Blaise Pascal，1623—1662），法国数学家、物理学家、哲学家和散文家。

（1）人类生活是有法则的。

（2）当我们按照这些法则生活时，我们会感到幸福，而当我们有违法则时，我们就会感到不幸。

（3）在大多数情况下，我们过着有违法则的生活。

不过，这些法则，就像科学法则一样，无法与人类的政治法则相提并论。人类的律法是一种通过外力强加给特定意志（particular wills）的普遍意志（generalised will）。律法始终是律法，即使遭到人的违背。然而，在这些律法——为了方便起见，我们称之为神圣的律法——中，在整体的意志和部分的单独意志之间不可能存在对立。如果没有外部的干扰，它们会自然而然地发生。我们对这些律法的了解，源于我们对特定细节的观察。如果我们找到了一个例外情况，那就意味着，不是律法不存在，而是我们对律法的理解出现了偏差。

人生哲学有且只有两种：真哲学和假哲学。所有表面上无限的变化都是虚假的变化。或者更确切地说，只有正道（True Way）和假哲学。正道不可能被整理为一种哲学，那样做就是假设对整个现实的完美认知是可能的。事实上，正道已经为人所知。正道只是一种途径，如果我们要获得任何有效的知识，就必须经由这种途径。

一切形式的假哲学都源于二元论，或是整体和其部分的二元对立，或是整体的一部分和另一部分之间的二元对立。一边是善，拥有永恒存在的绝对权利；另一边是恶，没有存在权。

进步在于两者之间的斗争，在这场斗争中，善会获胜，只有彻底消灭恶才能获得救赎。二元论可能是超自然和神学的范畴——上帝和撒旦；可能是形而上学的范畴——身体和灵魂、活力和理性；可能是政治的范畴——睿智的国王和卑微的群众、国家和个人、无产阶级和群众。

布莱克和马克思主义者的诊断可能是正确的：二元论是根据人类政治的经验来思考创造的。"詹姆斯国王是培根的原动天[1]……暴君是最可怕的疾病，也是所有其他疾病的根源。"

人类的律法建立在外力和信念之上，人们深信其正确性。正道建立在信仰和怀疑之上：坚信神圣的律法是存在的，坚信我们对它的认识是可以提升的；怀疑我们对这些律法的认识是否可以抵达完美——要想拥有完美的知识，我们必须了解全部，也就是说，成为宇宙般的存在。

我们信仰的理由：人的不幸。
我们怀疑的理由：同上。

我们只能相信我们关于现在或过去的个人感官体验。我可以相信我昨天看到了一头牛；我只能信仰[明天我将会看到一头牛]。尽管信仰和信念并不相同，但信仰是信念引起的效果。

---

[1] 培根曾得到詹姆斯一世的大力提携，于是平步青云，扶摇直上，后来又被免除了一切官职。"原动天"（Primum Mobile）是天文学术语，根据古罗马天文学家托勒密的宇宙结构说，原动天是第九层天，不包含任何光体，但它的存在带动了其他各层天的运转，但丁的《神曲·天国篇》根据此说描绘了天国结构。

我的信仰告诉我明天将会看到一头牛，这是基于我相信我昨天看到了一头牛。因此，卡夫卡此言有误："对进步的信仰并不等于相信进步已经达成。那将不存在信仰。"相反，在相信迄今为止没有取得任何进步的基础上仍然怀有进步必会发生的信仰，这其实不是信仰，而是迷信。因为荒谬，所以信仰。[1]

让我们从我们对物质世界的了解开始：

（1）物质世界的存在是坚不可摧的。物质或能量既不能被创造也不能被摧毁。所有可以改变的，都是它的组织形式。

（2）这种存在不是静止的，而是处于不断变化的状态。

（3）物质世界显然是和谐的，并且遵循恒常的法则，因此它的活动方式是可以预测的。

（4）科学决定论并不像神学预定论那样，预设了一种神秘的超验自由意志作用于大量惰性粒子。相反，每一颗物质粒子都有自由意志，现状不过是这些自由意志相互作用的反应总和。预测未来状况的能力（即将变化视为已决定）与我们所能观察到的意志数量成正比。不可能预测单个原子在真空中的行为，但可以预测数以亿计的原子在联合作用中的行为。

---

[1] 此句原文为拉丁语"Credo quia absurdum est"，是著名的基督教神学家和哲学家德尔图良的名言，他认为在建立和接受宗教信仰的过程中，信仰第一，理性或是处于第二位，或是完全没有必要。

那么，让我们站在反二元论的角度，给出以下截然不同的观点：

（1）并没有"善"或"恶"存在。凡存在皆为善，也就是说，他们享有同等的自由，也享有同等的存在权利。万物皆神圣。

（2）一切存在都与其他存在产生联系，并相互施加影响。

（3）恶并不是一种存在，而是存在之间的不和谐状态。

（4）道德上的善并不是一种存在，而是一种行为，也就是说，是一种消除了存在之间不和谐状态的重组。

（5）我们的科学知识足以证实我们的猜想，无机世界中并不存在恶。只有当生命出现时，我们才能观察到不和谐，即规律的缺失。

（6）所有生命，即使是最底层的生命，都表现出对自身以外的物质的意识，他们的行为也与这种意识相一致："他们接受了存在的一部分，并将其视为全部。"因此，在创造的本质中，恶并不是真正的不和谐，而是由个体生命的错误行为引起的局部紊乱。这种错误行为不是由普遍的堕落意志导致的，而是由他们各自存有缺陷的意志导致的。

（7）"主动的'恶'胜过被动的'善'。"

一种行为不可能在意图上是恶的，因为这将否认其施动者作为创造物的一部分的存在权；也不可能在最终效应上是恶的，因为一种行为的效应是无限的，这意味着一个单独的行为可以破坏宇宙中所有以往的规律，以至于不可能观察到任何规律。一种行为之所以是恶的，是因为它被误导了，无法直接实现其意图，于是通过一系列相互否定的碰撞和反应来迂回地实现其意图。意图的误导是可能的，因为施动者不知道或得到了错误的信息，不了解它自己与其他施动者之间的关系的性质和程度，也可以说，它因为误导而误会了自己的性质，这两种说法是一回事。

纯粹的恶是纯粹的被动，是存在对自身与任何其他存在的关系的否定。这甚至对电子来说也是不可能的。

（8）作恶就是违背自身利益。所有生命都有可能作恶，因为他们对自身利益的理解是错误的，或不充分的。因此，进化完成的动物，即那些对自身与其他造物的关系的了解是确定不变的动物，可以作恶，但不能犯罪。

但是，我们是一种由许多自我组成的分裂的存在，每个自我都误解了其自身利益，我们所做的大多数事情都是有罪的，因为即使是我们各个自我的虚假的自身利益，我们的行为也极少让它们都得到满足。我们的大多数行为都是为了迎合其中一个自我的利益，而牺牲了其他自我的利益，并且我们迎合的那个自我并不总是同一个。意识到我们的行为违背了其他自我的利益，这就是我们的罪感意识，因为犯罪就是有意识地违背自身利益。我们对这种自身利益的认识可能是错误的，而且确实经常出错，但这并不影响我们的有罪意识。这就是为什么当我们观察人类时，我们总会发现有罪的证据。不过，对于使人感到有罪的对象和行为，人们的感受实在是天差地别，以至于我们唯一可以确定地概括的东西是有罪的普遍性，即我们有关自身利益的概念各不相同，但往往是错误的。

　　如果我们的各个自我真正了解他们各自的自身利益，我们就只能以一种让他们全都满意的方式采取行动，因为他们会知道他们的利益是一致的。我们不仅应该成为一种未分裂的意识，从而像动物那样不能犯罪，而且应该成为一种对自己有着真正认知的未分裂的意识，从而无法作恶。

路西法的堕落是一个关于生命创造的神话：蛇自己不能吃"分别善恶树"的果实，它只能引诱夏娃去偷食。他可以作恶，但不能犯罪，所以可以不加掩饰。

　　人的堕落并不意味着曾经有一段时间他没有作恶，而只是曾经有一段时间他没有犯罪。浪漫主义者、卢梭、劳伦斯等人，都试图回到这种状态。这是一种徒劳的希望，但同样徒劳的是像帕斯卡尔这样的禁欲主义二元论者的希望，以为人类能够达到一种可以有罪但不可作恶的状态。

　　堕落在每个人的生活史中重演，因此我们对伊甸园有双重的记忆，其一来自个人经验，其二来自社会历史。这两种记忆并不总是相同。

　　罪得赦免并不意味着我们行为的效果被取消了，而是向我们展示了这种效果。由此得到的知识是我们唯一的惩罚，这惩罚包括知晓我们的意图失败了，它消除了我们的罪感，因为罪感在一定程度上是无知——不知道我们的行为对他人的确切影响；在某种程度上还是一种恐惧——害怕它对我们自己根本没有任何影响，害怕我们是如此微不足道，以至于会被神圣的正义忽视。

我们的良知是我们对自己行为效果的认识。我们并非生来拥有良知——婴儿就没有良知——良知是经验的果实。

谈论恶者[1]是合情合理的，这倒不是因为他存在。存在的只是我们自己的恐惧和无信仰状态，我们的否定性情绪，但这是我们常有的情绪。在截然不同的情境下却有着如此相似的经验，这赋予了我们人格的所有特征。精神分析学家称之为稽查员。

我们每一个人在一生中都会遇到一些这样的人，虽然不多，但肯定存在：我们觉得他们该死，而且他们往往聪明敏感，拥有良好的地位。

地狱之门总是敞开着。迷失者可以随时自由地离开，但这样做意味着承认大门洞开，也就是说门外还有一种生活。他们不敢承认这一点，不是因为他们从现在的生活中获得了任何快乐，而只是因为外面的生活将会有所不同，如果他们承认了它的存在，他们就必须过那种生活。他们知道这一切。他们知道自己可以离开，也知道自己为什么不离开。他们的知识是地狱之火。

我们遇到的许多人，也许是大多数人，都处于地狱里善良

---

[1] "恶者"对应的原文为"the Evil One"，在基督教语境中，往往指恶魔、魔鬼。

的异教徒的位置。他们生活在欲望之中，了无希望。但林勃是炼狱的最低层，而不是地狱的最高层。[1] 他们不否认，他们心甘情愿，但他们从未得到教导。

"山丘那边是什么？更多的山丘。"

天堂是一种领悟的和谐状态。我们不断地进入天堂，但每次只有一瞬间，因为在实现和谐的那一刻，我们认识到，以前似乎是我们意识所能抵达的极限的整体，现在又是一个更大整体的一部分，因而有一种新的不和谐需要去调和。

必然会不断地失去天堂，如果我们强留其中，天堂也就变成了地狱，这种认识是炼狱的痛苦。怀旧的告别。

对天堂至福的记忆给予我们勇气再次进入炼狱，并希冀重新获得至福。如果我们从未经历过那种幸福，我们就不会拥有信仰。

社会的道德观关涉为了生存而必须做和必须避免做的事。它所认为的必要之事取决于许多因素，包括环境、技术和政治发展等。此外，还有一些行动实际上也是必要的。因此，在任何特定的时期，任何特定的社会都有神圣的律法以及人类对它们的认知，无论后者是多么错谬。

---

1 根据但丁《神曲》的描绘，林勃位于地狱的第一层，凡是不信仰基督教而曾立德、立功或立言的圣哲和英雄，以及未受洗礼而夭殇的婴儿都在这一层，异教徒显然也在此。奥登有意颠覆了传统的说法。

随着社会的变化，神圣的律法也在变化。普遍的惰性及其统治阶级从人类的律法中获得的优势，将会使后者的发展落后于前者。人类的律法曾经合理地近似反映了神圣的律法，但现在已经不复如此了。当这种差异造成的压力达到一定程度的时候，它会作为一种罪感进入善感者的意识。

因此，有两种相互冲突的罪感来源：一种源自违反了人类的律法，人们相信这律法是正确的，就像狗把家里弄得一团糟会感到内疚一样；另一种源自意识到人类的律法不再与神圣的律法相匹配，人们相信除非打破人类的律法，否则社会就会趋向毁灭。

只有当一个社会的各个成员处于不同的发展阶段（例如，儿童和成人），并且以不同的速度发展时，人们才有可能想要去打破人类的律法。社会生活在经济和政治上变得越错综复杂，人类的律法完全符合其意愿的人就会越少，遵守律法的人自然也就越少了。因此，通过直接胁迫、培养恐惧的方式，或通过教育、培养罪感的方式强制人们服从变得愈发必要。

随着社会变得越来越复杂，也就是说，随着个人的生活变得越来越独特，神圣律法发挥的作用对每个人来说都变得越来越特殊。事实上，编纂神圣的律法将会成为不可能之事。这就是天主教会必须始终反对"进步"的原因。

伊甸园。黄金时代。这并不意味着人类曾经是良善的，而只是意味着曾有过一个更简单、更均质的社会，那时似乎可以编纂神圣的律法；也就是说，人类的律法不被认为是强制性或不完美的。那时，靠信念生活仍然是可能的，但还没有必要靠信仰生活。

原始宗教具有实践性和政治性：为了一天天存活下去，需要有一份清单，规定了需要操作和执行的行为。这样做了，就可存活。犯罪的代价是死亡。他们认为社会将永远保持不变。

晚期宗教基于对社会发展变化的认识，并试图预测变化的方向。他们设想了一个未来的理想社会，尝试推断出它的神圣律法，而且现在就把它们落实下来，以便等到人类抵达那个阶段的时候，可以有万全的准备，知道如何行事。在那之前，他们一定是有罪的。

我们对主流宗教的判断，将取决于我们对其历史预测准确性的估量。

耶稣使我信服，因为随着社会的发展，他教导的东西越来越成为人类必要且合理的态度，也就是说，他正确地预测了我们的历史演变轨迹。如果我们拒绝福音书，那么我们就必须拒绝现代生活。只有当我们接受耶稣的人生观时，工业化才行得通，反过来说，他的人生观只有在工业化的文明形式下才更为可行。无论是异教哲学家，还是佛祖、孔子和穆罕默德，都没有表现出他那样的历史洞察力。

伊壁鸠鲁主义只适用于富人，斯多葛主义只适用于受过高等教育的人。佛教使社会生活变得不现实；儒家思想只适合乡村生活；伊斯兰教在城市中堕落。

"凭着他们的果子，就可以认出他们来。"[1]

如果说今天有一种方法让我们有充分的理由怀抱信心的话，那么就是信仰和怀疑的科学方法，因为它一直表现良好。如果说有一种方法一直失败的话，那么就是由外力支撑的教条化信仰的方法。但这个基于可观测结果的标准，本身就是一个科学的标准，而不是一个教条的标准。因为科学的态度其实是一种爱的态度，对于爱而言，它不会拒绝任何事实，哪怕是最卑微的事实，它不抗拒恶（难以处理的证据），也不评判，而是耐心地等待，相信一切，憧憬一切，忍受一切。

耶稣的教导是一种从特殊到普遍的推理，他第一次将这种科学方法运用于人类的行为。教会很快就退回到了希腊的方法，他们从普遍开始，然后通过外力将普遍强加给一个个特殊的存在。然而，种子一旦播下，就会隐秘地生长。我们所谓的"科学"，是将"正道"应用于我们与非人类世界的关系。

任何宗教教义，归根结底，都是对人类如何在进化的奋斗历程中取得成功的审慎建议。这样做，你就会活下去。罪的代价就是死亡。相信死后有一个超自然的世界，不过是相信进化会持续发生。

---

[1] 出自《新约·马太福音》第7章第16节。

"人若不爱他所看见的弟兄,怎能爱没有看见的神呢?"[1]

"你们中间谁有儿子求饼,反给他石头呢?求鱼,反给他蛇呢?"[2]

在他关于爱的教导中,无论是就其基本内容还是寓言法的使用,耶稣从不要求任何人接受任何东西,除非基于他们对人类之爱的个人体验。他用"父与子"而不是诸如"国王与臣民"之类的措辞来表达神与人之间的关系,使这种关系成为一种生理上的关系,而非一种智力上的关系,因为正是在父母与子女之间,生理关系才是不可否认的,因为人类父母很难不爱自己的孩子,而这种爱完全超越了道德判断。他们当然也可能不爱自己的孩子,但这对他们来说比那些没有明显生理联系的人要困难得多。事实上,耶稣在断言心理学家已经确认的事情:其实,一个人总是从自己与父母的关系出发看待自己与生活的关系,当他与父母的关系不良时,他对生活的态度就会发生扭曲。不过,纵使父母的爱往往不完美,但这份爱已经足够好,而且常常好到让我们毫不怀疑它原本的模样。无论父母表现得是好是坏,我们都认为父母爱他们的孩子,因为根据我们的经验父母通常是这样的:我们希望生理关系凌驾于道德关系之上。在谈到上帝的"天父"身份时,耶稣教导说,上帝之所以爱我们,不是因为我们"善",也不是因为他非常"善"和仁慈,而是因为他必须爱我们,我们是他的一部分;即使我们表现得糟糕,他也不会厌弃我们,就像一个人不会厌弃自己疼痛的手指一样——

---

[1] 出自《新约·约翰一书》第4章第20节。
[2] 出自《新约·马太福音》第7章第9节。

他只希望它能好起来。

"爱人如己。"[1]

耶稣再次把爱建立在最原始的本能之上，即自我保护。那些憎恨自己的人，会憎恨他们的邻人，或者赋予他们不切实际的完美特征。尼采、D. H. 劳伦斯等新浪漫主义者误将这条诫命解读为"爱邻人，胜于爱自己"，并基于这种误读，以及许多关于穴居人本性和生存斗争的虚假生物学攻击基督教。耶稣从来没有这样说，只有教会说过。

相反，耶稣在最后的晚餐上吃了东西，这是所有行为中最基本、最个人的行为，这是最重要的自爱行为，这是唯一的不仅人类而且所有生物（无论物种、性别、种族或信仰）都必须做的事情。耶稣使之成为"普遍之爱"（universal love）的象征。

"让小孩子到我这里来，因为在天国的，正是这样的人。"[2]

耶稣一次次地反对那些认为美好的生活与我们的动物本性相悖的人，反对肉体不神圣的观点。哲学家们都说过："你当然不想爱你的邻人，但你必须爱，因为这是你的职责，如果你不爱你的邻人，你将遭受惩罚。"

---

[1] "爱人如己"（Thou shalt love thy neighbour as thyself）这一诫命在基督教中十分重要，《圣经》中多有提及，比如《旧约·利未记》《新约·马太福音》《新约·马可福音》《新约·路加福音》等，有时译为"爱邻如己"。

[2] 出自《新约·马太福音》第19章第14节。奥登在引用时做了删减，原文是"让小孩子到我这里来，不要禁止他们，因为在天国的，正是这样的人"。

再往上,把野兽全部吞尽,

让猿猴和老虎死去吧。[1]

耶稣却告诉我们:"你能够爱你的邻人,不是因为你应该爱,而是因为你真的想爱,因为这源自你所属的特定生物物种的本性。你天生既不是猿猴也不是老虎,如果你想证明这一点,如果你想知道你的生物本性的原貌,那就看看你的孩子,尽管这让你尴尬至极,但你必会承认他们自然而然地爱并信任他们的邻人,完全无关他们的性别、阶级、肤色或道德,除非他们的信任遭到了背叛。"

关于我们的生物血统以及爱与智慧的关系,生物学家已经证实了耶稣的说法。他们的研究表明,人类的祖先是非攻击性的、相互关爱的和社会性的,集体生活建立在比家庭单位更大的社会单元之上,长时间的未成年状态需要得到父母的照护。

生物学家对动物智力行为的研究还发现,只有在动物无所畏惧的时候,智力才会发挥作用。充满爱和信心的氛围是至关重要的。

如果问题库太难,或审查员不够耐心,恐惧的反应就会出现,并使智力无法正常运作。换言之,从生物学的角度来看,爱先于智力。人之所以是最聪明的动物,正是因为人最懂得关爱。

也许对老虎来说,谁救了它的命,谁就救了它,但人的情

---

[1] 出自丁尼生(Alfred Tennyson,1809—1892)《悼念集》第41章的引言。

况不同。

因此，耶稣就如何在这一生中取得成功提出了切实可行的建议："你们只要求他的国，这些东西就必加给你们了。"[1] 由于缺乏信仰，仇恨对智力造成了极大的危害，对智慧的动物来说，这甚至带来了生存危机。

"神的国就在你们心里。"[2]

"天国好像一粒芥菜种……"[3]

"一粒麦子不落在地里死了，仍旧是一粒，若是死了，就结出许多子粒来。"[4]

"人若不重生……"[5]

在反对关于高等自我和低等自我的二元论主张，并将爱的源泉放在我们动物般的孩子气天性中时，耶稣并没有陷入浪漫主义的谬误。他既不否认成长的必要性，也不会说成长是错误的，人是没有未来的。恰恰相反，他将人类已知的过去视为未知的未来的信仰基石。如果我们的动物天性没有为我们提供"正道"的证明，我们就不会拥有信仰，而只能陷入迷信之中，盲目地服从于某些权威。耶稣用来描述精神成长的所有比喻都是生物

---

1 出自《新约·路加福音》第12章第31节，《新约·马太福音》第6章第33节也有类似的表达。
2 出自《新约·路加福音》第17章第21节。
3 出自《新约·马太福音》第13章第31节，此句完整的内容是"天国好像一粒芥菜种，有人拿去种在田里"。
4 出自《新约·约翰福音》第12章第24节。
5 出自《新约·约翰福音》第3章第3节，此句完整的内容是"人若不重生，就不能见神的国"。

性的比喻，也就是说，他主张成长是持续性的过程。因为种子实际上并没有死亡，而是变成了别的东西。即使是突变，也只是重组已经存在的元素。我们没有被要求破坏或否认我们天性中的任何成分，而是允许它生长和转化。帕斯卡尔和卢梭都缺乏信仰，所以人在他们眼中无法成长，一个剥夺了人必要的活力，另一个剥夺了人必要的智力。

成人和孩子之间的区别，首先是基于经验而加强的信仰，其次是基于对自己行为影响力的认识而加强的良知。成人能够爱那些伤害过他的人，孩子却无法做到这一点；成人能够理解行为背后的意图。成人不再愿意像孩子那样，因为只看到立竿见影的效果而不可避免地做错事。

"神不是死人的神，乃是活人的神。"[1]

耶稣是如此小心地避免发表任何支持或反对死后生活和超自然世界存在的言论，以至于人们只能得出结论，他认为这方面的信仰并不重要，但对之产生的焦虑是危险的。

超自然世界可能存在，也可能不存在，但像帕斯卡尔那样认为它的存在与否会对我们此世的生活产生影响，就是假设因果关系链中有一处中断，或者更确切地说，它被分成了两条支链，一条在这个世界上正常运作，另一条处于隐秘的静止状态，人死后才开始神秘地运作起来。

这就好像有两个神，一个是统治自然世界的不义之神玛

---

[1] 出自《新约·马太福音》第22章第32节。

门[1],另一个是掌管下一个世界的正义之神。你难免要违背其中一个神的律法,但由于前者只能惩罚你七十年[2],而后者可以永远惩罚你,所以慎重之人会选择把赌注押在后者身上,违抗前者。

这就是冒犯圣灵的罪,就是否定真理的统一性。冒犯圣父的罪是可以得到宽恕的,例如,认为生活是由恐惧而不是爱主导;冒犯圣子的罪是可以得到宽恕的,例如,憎恨伤害自己的人。因为这些罪源于无知和恐惧本能。然而,相信两套真理,就是认为一个人凭理性知道的东西是错误的。

那些困扰于死后生活的人,要么是世俗不公正的受害者,他们遭到了蒙骗,将不公正当成了公正,要么是被诅咒的不幸之人,他们心存侥幸,以为不会永堕地狱。事实上,神圣的律法,无论其性质如何,都在此时此地运作。正如卡夫卡所说:"我们之所以能够用'审判日'这个名称,完全基于我们对时间的概念;事实上,它是一个持续开放的简易法庭。"

我对帕斯卡尔的感觉,就像帕斯卡尔对蒙田的感觉一样。在所有二元论者中,他无疑是最高尚、最迷人的。和我们大多数人一样,他让自己缺乏的能力凌驾于自己拥有的能力之上,让心灵凌驾于理性之上,并塑造了一个与他自己相反的形象。这个神经质的人,小时候一看到父母在一起就大发雷霆,实际

---

[1] 玛门(Mammon)意为"钱财",在《新约》中耶稣常用该词指责门徒贪婪。
[2] 按照《旧约·诗篇》第90篇第10节的说法,"我们一生的年日是七十岁"。后来的基督教信徒大多沿用人生七十年的观点,比如但丁在《神曲》开篇写道:"在人生的中途,我发现我已经迷失了正路",专家普遍认为当时但丁三十五岁。

上是一个内心堕落、智力纯正的分裂者。

从表面上看,他本该受到谴责,但他得到了救赎,并不像他想的那样是通过心灵得到救赎,而是通过理性,因为正是理性告诉他,他的心灵是堕落的,所以人类的爱不适合他。

"这三个问题(旷野中的三个诱惑)仿佛把往后的人类史全部归纳在一起并做了预言,通过它们汇集了人类本性中所有未解决的历史矛盾。"——陀思妥耶夫斯基[1]

"吩咐这些石头变成面包。"[2]

把石头变成面包是一个超自然的奇迹。这意味着有两套法则——此世的科学法则和超自然世界的高级神圣法则。

只有一种方法可以把石头变成面包,那就是因为饥饿刺激而产生幻想。在我们的流行文学中,女帮厨嫁给了白马王子,而这种奇迹以及类似的奇迹会在其中不断上演。

原始人和孩子一开始认为,他们的意志是无所不能的。一个事物就是我所希望的样子。"朕即国家。"[3]他们从观念开始,对自己充满了信心。

他们必须慢慢地、谨慎地摆脱这种信念,因为一旦这种信

---

[1] 这句话出自陀思妥耶夫斯基的代表作《卡拉马佐夫兄弟》中的"宗教大法官"一章。所谓"三个问题"和"三个诱惑",指耶稣在旷野中受到魔鬼诱惑的故事,陀思妥耶夫斯基据此设想了耶稣受到来自宗教大法官的三个诱惑,奥登在下文阐释了这三个诱惑与问题。

[2] 出自《新约·马太福音》第4章第3节。

[3] 这句话出自太阳王路易十四之口,原文为"L'état c'est moi",直译应该是"国家即朕",但汉语中多译为"朕即国家"。

念突然之间破灭了，他们就会在一瞬间从相信自己无所不能变成以为自己绝对无能：他们会遭遇心理创伤，成长也随之受阻。因为成长在于放弃信念、获得信仰，而他们只不过是从一种信念过渡到另一种信念。

撒旦知道奇迹是不可能的，他希望说服耶稣去尝试，让耶稣在失败的打击中失去信仰。

"你若是神的儿子，可以跳下去。"[1]

再一次试图诱惑耶稣去执行一个不可能的奇迹来摧毁他的信仰。第一个诱惑是童年的诱惑，而这是青春期的诱惑。

孩子相信他的感官欲望无所不能。随着年齿渐长，他发现事实并非如此；他觉察到自己是一个与宇宙其余部分彻底分离的"我"，并进一步成为一个思考的"我"、一种意识，他的身体自我变得与其他人和事物一样，都是思考的对象。与孩子相信动物欲望无所不能对应，此刻他相信智力无所不能：不再认为思想是欲望的造物（幻想宇宙是面包），而认为物质是思想的造物。我可以从庙宇上跳下来，因为只有在我认为庙宇、街道和重力存在的时候，它们才会存在。我可以认为它们不存在。

通过反转耶稣对第一个诱惑的回应，我们可以认为他已经回答了第二个诱惑："人活着不是单靠话语，乃是靠神手里每天所出的面包。我和我的父是一体。"[2]

---

[1] 出自《新约·马太福音》第4章第6节。
[2] 根据《新约·马太福音》第4章第4节记载，耶稣对第一个诱惑的回应如下："人活着，不是单靠食物，乃是靠神口里所出的一切话。"

"你若俯伏拜我,我就把这一切都赐给你。"[1]

前两个诱惑与奇迹有关,与相信意志的绝对自由有关,被认为是欲望或思想。最后一个诱惑是成年的诱惑,与信念无关,而与信仰有关。撒旦无法诱使耶稣相信错误的观念,转而诉诸理性。

"当然,"他说,"我对你要了这些幼稚的把戏,但从未指望你会上当。你是一个对世界有着丰富经验的成人。我现在意识到,你和我是同僚,对真相怀有共同的热情。和我一样,你也是一个有信仰的人:我们都相信神圣的律法是存在的,并且有可能发现一些关于它的东西,尽管我们都知道,所有的教条和学说充其量都是临时的暂代品,会随着时间的推移而变得陈旧和充满误导。

"我经常对人们说——我希望你也这样做——不要相信观念和权威,而要探索他们自己的经验。'天国在你心中,'我告诉他们,'你们祈求,就给你们;寻找,就寻见。'[2] 因为我们只有一种检验方法,去验证我们关于真理的认知是否准确,那就是我们成功或失败的经验。正道即生效之道。

"如果我所说的这些,你早已了然于心,那么请原谅我浪费了你的时间,但他们告诉我,你到处跟人说,正道就是全心全意地爱真理和爱人如己。

"我相信他们一定误解了你所说的'爱人如己'(人们总是

---

1 出自《新约·马太福音》第4章第9节。
2 出自《新约·马太福音》第7章第7节。

习惯于一知半解），因为在我看来，这与'爱真理'是矛盾的。除了我这个结论，我不认为任何热爱真理的人能得出其他的结论。也就是说，正道就是看到自己比邻人更强大，因为事实是我们只爱自己，厌恶那些违背了我们意愿的人。这就是神圣的律法，即使我们想要改变它，你和我都无能为力，当然，我们没有去改变它，因为我们全都受制于该律法。

"所以，如果你真的跟人们说了那些话，我恳请你扪心重新审视这个世界、审视人类历史，给自己一个诚实的答案，以免让自己遭受天谴，因为所谓的天谴，正是你看到了真理却仍然否认它。"

撒旦声称能够将人间王国赐给耶稣，这就是在宣称自己是上帝，因为如果人间王国真的属于他，那么耶稣就错了。

撒旦的论点可以在许多书中找到依据，例如《理想国》《君主论》《利维坦》《我的奋斗》，但没有比陀思妥耶夫斯基的《卡拉马佐夫兄弟》中的"宗教大法官"一章更完整、更有说服力的了。耶稣并没有回答宗教大法官，就像他没有回答撒旦或彼拉多[1]一样，因为他不需要回答：他们自己的经历已经做了回答，他们非常清楚自己的所作所为，也知晓自己的失败，他们饱受失败和仇恨的折磨。他们哭喊着：

"你为什么要来阻碍我们？你为什么要用温和的眼睛默默地探视我？愤怒吧！我不要你的爱。"

---

[1] 彼拉多（Pilate），罗马帝国派驻犹太行省的总督。他因为私心、胆怯和懦弱而顺从邪恶，判了耶稣死刑。

然而，如果他不是在听大法官本人说出的话，而是在听一个只是重复主人话语的仆从的话，他可能会按照如下思路依次回应大法官的主要论点[1]。

"对人类和人类社会来说，再没有比自由更难忍受的东西了。"

你的主人已经告诉你了，我给人自由。我给了，但自由并不是一种可以无差别地做任何事情的状态，也不是没有任何事似乎比另一件事更有必要做的状态。那会是一种孤独和恐怖的状态，确实让人无法忍受。

但恰恰相反，我给你的自由，与他声称给你的自由是一样的，是唯一的自由，是知道真理的自由，一旦你知晓了，你要么服从，要么消亡。

我们之间的区别在于，他声称要告诉你真理的实质，但我知道我不能告诉你。我只能告诉你如何去寻找它。真理就在你的内心。寻找，就寻见；叩门，就给你们开门。[2]

我对真理有自己的体验，如果你愿意，我可以试着用语言表达，但如果我说的话对你有任何意义，那不过是因为你认识到它们表达了你已经拥有的认知。没有人能来到我的跟前，除非天父让他过来。如果你不回应，那么我有关真理的描述就对你毫无价值了，因为尽管真理是唯一的，但我们对真理及其运用的看法因人而异，我们被创造为独一无二的、不断成长的个体，两个个体永远不可能变为一个，只有通过个人的信仰和努力才

---

[1] 下文中，三句在开头引用的话都出自《卡拉马佐夫兄弟》。
[2] 出自《新约·马太福音》第7章第7节。

能找到真理。

你的主人知道这一切，但为了他的统治欲[1]，他不会向你坦白这一连他自己都承认的最致命的罪。

他告诉你，你是软弱和罪恶的。但你并不需要他来告诉你，因为你每时每刻的经验早已说明了这一点。不过，在宣称自己是你绝对可靠的向导时，他其实是说自己不会犯错。当他说"我和你一样是一个软弱有罪的人，但我代表的教会及其教义是绝对可靠的，是通往救赎的必经之路"时，你千万不要被他虚伪的谦逊所蒙蔽。事实上，他心知肚明，教会和教义是人的产物，与所有其他东西一样都有限制。

他告诉你要仰赖权威，这也不需要他来告诉你。在你人生的每一个阶段和每一项活动中，你都信赖那些似乎比你自己更有经验的人——父母、老师、朋友，但前提是他们说的话是可信的，或者至少没有与你自己的经验相抵触。否则的话，你会咨询他人或信赖你自己，因为任何权威都需要依靠自愿接纳才能成为权威。你的主人也知道这一点，因此必须竭尽全力阻止你去咨询除他之外的任何权威：他必定会审查你的阅读材料和人际关系。

假先知一定会到来，你们若听从他们，必会迷途。然而，但凡追寻真理，就不可能不犯错。没有假先知，就不可能有真先知。

---

[1] 统治欲（Libido Dominendi），也译为"宰制意志"，古罗马历史学家萨卢斯提乌斯提出了这个概念，认为"统治欲"在罗马帝国的扩张中起到了重要作用。后来，奥古斯丁借用了他的阐释，将之含纳到基督教的历史框架中，认为人类生活最大的悲剧就在于堕落至一种建立在统治欲之上的强权社会。

"这种对共同崇拜的需要乃是人们——无论是个别人还是全人类——亘古以来最主要的苦恼。"

你的主人再一次用含混的话欺骗了你。崇拜不是任何特定的行为、言语或信念,而是一种爱的状态。共同崇拜(community of worship)是指个体在互爱之中的任何聚会,包括两三个人以爱和真理的名义团聚在一起。这样的聚会一直在世界各地出现,有成千上万种不同的形式:情侣约会、家庭团圆、运动会、科学或艺术讨论会、施工队完成某项建筑工程。有时候,信念认同(identity of belief)是此类聚会的成因,但十分罕见,而且理应局限于小范围,因为两个人之间不可能有完全的信念认同,即使是近似的认同覆盖的范围也不是很大。

人并不渴求信念认同,他们渴望给予和得到爱。你的主人试图说服你,爱取决于信念认同,我们只能爱那些与我们信念相同的人,但这是一个谎言,你自己的社交经验完全可以证明这一点。人之所以相爱,主要是因为他们是同类,属于同一个物种,离开了彼此就寸步难行。这就是为什么我要选择把满足生理饥饿当作一种共同崇拜的类型,因为它是唯一不涉及信念的行为,也是唯一可能实现全体共同崇拜的行为,因为它是我们生活中首要的共同关注点。是你的主人让"最后的晚餐"神秘化了,而不是我。我告诉你,即使是扶轮社[1]的晚餐也比弥

---

[1] 扶轮社(Rotary Club),最著名的以社会服务为目的的国际联谊社团之一,1905年创立于美国芝加哥,后逐步发展为全国性组织,并走向了世界。"利人即利己"和"大公无私"是其标语。

撒[1]更合我意。

"我们纠正了你的作为，将其建立在奇迹、神秘和权威之上。"

奇迹并不像你的主人引导你思考的那样，是对自然法则的超自然干扰，因为真理本身不可分割。当你对某些创造物十分了解，达到了可以准确地看到事件之间的因果关系并且足以预测未来的程度时，你称之为科学或自然法则。你所谓的奇迹，是与你的预测相反的事件，通常是你希望发生的事件，因为你一般不会把坏事称为奇迹。其实，你的预测之所以出错，是因为你的知识不够完美。

发生的一切都是真理的见证。奇迹的特殊价值在于，它们见证了人类知识的不完美，激励人类进一步探索——它们引发了谦逊和好奇。直到一个奇迹为人所理解，也就是说，直到它不再是一个奇迹，并且可以随意地被复现，它才能结出果实。

当我在世间行走的时候，我创造了许多这样的奇迹：我治愈了病人、驱逐了魔鬼；但达成这些的不是我，而是病人和着魔者，或者更确切地说，是他们内心的真理。我所做的只是引起他们对真理的关注，只有在他们不是信从我而是相信我告诉他们的东西是真理的情况下，我的所作所为才会生效。当我告

---

1 弥撒，天主教的主要宗教仪式。天主教认为此仪式是以不流血的方式，重复耶稣在十字架上对天主的祭献，并认为经过祝圣的酒和饼，实质上已变成耶稣的圣血和圣体。

诉瘫痪的病人"你的罪赦了"[1]，我只是提醒他注意他患病的真正因由。赦免他的不是我，甚至不是上帝。因为审判者不是上帝，而是人。被赦免意味着一个人要认识到，谁也不能审判他，除了他自己。

我不希望这些奇迹被谈论，因为我很清楚这会带来危险，人们可能会让我个人对他们负责，他们不会将我看作一个比他们更清楚地认知真理的人，而误以为我是一个特殊的存在，不受制于支配他们生命的法则。他们的态度犯了偶像崇拜的罪，而偶像在人们眼中是一个凌驾于法则之上的人或物，崇拜偶像，无论对方是一个人、一个机构还是一种教条，都是为了信念而放弃信仰，为了魔法而放弃科学。

没有人比你的主人更渴望奇迹，因为他知道奇迹在确保你对他的信念方面是有用的，但恰恰是在他摧毁你的信仰的所作所为之中，他剥夺了使奇迹成为可能的那个条件。不过，完全摧毁信仰是不可能的，奇迹总是不断地发生，大多数都在他的信徒之外。

人们总是询问，我以哪个权威的名义说话和行动。我总是把这个问题放在一边，因为每个人都知道答案：只有一种权威是不可违背的，那就是我们对真理的理解，无论这个理解是正确的还是错误的。所有其他权威都建立在外力之上，因此是不现实的。

我一次次地告诉我的门徒，重要的不是我——耶稣，一个

---

[1] 耶稣治好瘫痪的病人的故事在《马太福音》《马可福音》《路加福音》等中均有记载。

木匠的儿子，生活于罗马帝国时期的巴勒斯坦——而是目前我作为喉舌说出的真理。我一遍遍地告诉他们："不要称我为善。除了上帝，没有善。你们会比我创造更大的奇迹。"我之所以选择"人子"作为自己的称号，是希望他们不要将真理与我的个人存在捆绑在一起。那个发现"正道"的人迟早会降生于世。即使不是我，也会有另一个人。伟大的画家们明白这一点，这就是他们把我描绘为婴儿或死者的原因，也就是说，我即人类，而非一个人。

可惜的是，我的门徒以及后来越来越多的信徒都不明白这一点。犹大明白，所以他失望了，把我出卖给大祭司，而其他人在误解中背叛了人类。你的主人建立了世界上有史以来最伟大的组织，把我当成了一个历史人物。信奉我，信奉以我之名流传的众多传说，相信它们的历史真实性，信奉饱学之士用我的只言片语搭建的知识结构，相信它们是永恒真理，这已经成为规避此世的迫害和来世的天谴的唯一途径。人们无视我的祈祷，被教唆要信奉我，却不再信仰那个派我来的神。

毫不奇怪，在教会的腐败、暴政和谎言曝光之后，大失所望的人们纷纷投入反教会的运动之中，而我的言说和我被塑造成的虚假偶像在他们心中是如此密不可分，以至于他们在拒绝偶像的同时，也拒绝了这些言说。

天国和尘世会逝去，但我的言说永不消逝，因为它们是真实的，人们所做的一切都必定证实它们。他们只需要审视自己的成功与失败，审视自己的生活与历史，就可以得出同我一样的结论，如此一来，从某种意义上说，即使我从未出生过，也没什么关系。事实上，我的言说已经被背叛和曲解了，人们很可能不得不忘记关于我的一切，为了他们自己而重新发现真理。

不管怎么说，如果必须这样做的话，必将导致一场悲剧，数以百万计的人类将陷入失败和苦痛之中，而他们的失败和苦痛本可以避免，只要他们愿意放下仇恨，不再仇视那些声称以我的名义说话的人，并阅读我的话语，就仿佛他们以前从未听说过我一样。

我愿意接受他们的判断，因为商业、科学、艺术、宗教等领域并不是一个个分割的世界，而是遵循着同一种法则；只有一种生活和真理，如果我的任何话语与人类经验相矛盾的话，那么无论我自称是谁，它们都是虚假的。

三

> 这世界的一大罪行——年轻人变老，
> 它的穷人是公牛，迟钝而目光呆滞；
> 不是因为他们饥饿，而是饿得毫无梦想，
> 不是因为他们耕种，而是他们很少收获，
> 不是因为他们服从，而是他们无神可拜服，
> 不是因为他们僵化，而是他们像绵羊般僵死。
> ——韦切尔·林赛[1]

进步就是进步，即朝着一个方向不断前进。无论发生何事，

---

[1] 韦切尔·林赛（Vachel Lindsay，1879—1931），美国诗人。

只要能被视为方向一致的系列历史事件中的一环，这就是进步。如果发生的事情与我们有关应该发生之事的理念相冲突，这只意味着我们有关应该发生之事的理念、我们有关进步的看法是错误的。一个历史事件是"好"还是"坏"，基于它在多大程度上推动了系列事件在历史时间里的延续，或阻碍了系列事件朝着大方向发展，也就是说，基于它在多大程度上与神圣的律法相合。

如果耶稣是对的，那么：

（A）历史的大方向一定是这样的，而且必将沿着这条轨迹继续前行——
（1）人的统一，承认人类具有共同的人性；
（2）人人平等，通过承认所有人都遵循同样的神圣律法。
（B）
（1）爱和理解之道，在本质上必须指向这个方向，必须总是有助于事件的进展；
（2）仇恨和强迫之道，无论是为了统一和平等，还是相反，一定对系列事件的进展造成了阻碍，也一定未能最终阻止它们。

如果历史没有提供这些证据，那么耶稣就错了，而撒旦和大法官对了。

耶稣的教导具有明确的启示性特征，这既是撒旦的最大希望,妄图借此证明耶稣错了,也是撒旦的最大恐惧,唯恐历史会毫无疑问地向人类证明耶稣对了。

马克思主义对我们理解历史做出了巨大的贡献,它强调人是生产者,是财富的创造者,而不像早期的历史学家那样,沉迷于人是政治家、消费者的论调。马克思主义让我们认识到,历史是由大量个人行为组成的,到目前为止,其中更多的不是战争或外交,而是用物质材料、泥土、石头、金属等进行体力劳动,生产者才是历史变革的主要推动力,因为他们创造了政治家为之奋斗的消费性财富。

修昔底德[1]和塔西佗[2]以降的政治史研究往往引发了悲观情绪,而马克思主义修正了这种倾向。政治家们对人性的评价一直很低。但是,如果他们的经验代表了全体人类,如果人类的行为都如雅典人在米洛斯谈判上的表现[3]一样,那么福音书不仅是有害的无稽之谈,而且人类也早就灭绝了,因为世上将不存在可争取的财富。

生产者,即那些与非人类世界产生关系的人,如耕种者、牧民、工程师、艺术家,他们一直遵循着"爱之道"(the way of love)。他们早已发现,对大自然做出道德判断、惩罚甚至意

---

[1] 修昔底德(Thucydides,约前460—约前400),古希腊历史学家、文学家和将军,代表作为《伯罗奔尼撒战争史》。
[2] 塔西佗(Tacitus,约56—120),罗马帝国时期的历史学家、文学家和演说家。
[3] 根据《伯罗奔尼撒战争史》第17章记载,米洛斯是一个中立的小国,雅典人想要说服米洛斯成为自己的同盟,但他们在谈判中始终秉持高傲的态度,认为强权者可以为所欲为,弱小者只能默默承受。

欲征服大自然都是徒劳的，切实的成功取决于人的意志和大自然的意志之间的和谐一致。

富人很难进入天国，不是因为财富，更不是因为占有财富而获罪（财富总归是好的），而是因为典型的富人纯粹是消费者，不像穷人那样是生产者和消费者的结合体。因此，富人对人性的了解仅限于他对政治家的了解，即处于人际关系中的人，仅限于最无法贯彻"爱之道"的人类行动领域。当然，他并非对"爱之道"一无所知，因为他就像我们所有人一样拥有父母双亲，但相较于穷人而言，他更难拥有信仰，毕竟穷人不仅像他那样了解政治家，还了解生产者，因此穷人对"道"有着双重的体验——其一来自童年，其二来自成年后的实际生活。

在强调人类行为的经济动机时，马克思主义揭示的不是人性的自私，而是人类之爱的真正基石——不是血缘关系，也不是道德上的善与恶，而是相互需求。我们可以"爱人如己"，因为我们对彼此的需求是平等的。没有互惠就没有爱，甚至不可能有母爱，因为如果吮吸的行为不能满足母亲的感官需求的话，婴儿就会饿死。

只因我们的堕落，我们才没有意识到金钱本质上只是一种在空间和时间中延伸爱的技术。

帝国主义，即一切形式的剥削，在一段时间内是可能存在的，只因被剥削者需要剥削者，也就是说，他们之间有真正的爱之基石。但从长远来看，它是行不通的，因为它无法满足剥削者而不是被剥削者的需求。

举例来说，帝国主义一开始以为可以通过窃取致富，最终却发现成功的窃取会毁掉窃贼。如果它专注于国内生产，那么就会发现自己面临着国内工资太高和国外市场太穷而购买力不足的问题。如果它专注于劳动力成本低的国外生产，那么将面临国内失业和贫困的问题。

帝国主义奉行"我需要，但不必被需要；我爱，但不必被爱"，这违反了经济学规律，而经济学规律可以归结为一点——"不付出就不可能得到"。

尽管我们所有的观念（不管正确还是错误）都是我们经验的产物，即我们生活方式的产物，但将观念视为人类历史变革的主要推动者也是合理的，因为如果离开了人的思考能力，人类的进化就与动物无异。一种观念有两层目标：一是证明我们的满足具有正当理由，二是找到方法消除我们的欲望。从正当理由的层面来看，观念纯粹反映了我们的物质生活，既不能作为有效的推动者重新进入历史，也不想这么做。从消除欲望的手段这个层面来看，观念要求我们改变行为，从而成为变革的推动者。只要观念是正确的，即实现了它的主观意图，那么观念和历史变化之间的因果关系就是显而易见的——例如，技术发明的历史作用。

不过，说到错误的观念，虽然它也能像正确的观念那样成为推动者，但产生的作用与它的主观意图大相径庭，因而我们看不到它与历史之间的因果关系，只能看到它的辩护性目标，这尤其是因为在我们的思维中，真理的主要障碍源于我们对正当理由的渴求；因此观念的错误越严重，它的辩护性因素也就越明显。

一切宗教和政治意识形态都存在错误，正是它们的种种错误导致人们得出了不正确的结论，以为这些思想观念只不过是盲目的、顽固的沉思，在任何意义上都不是具有自由意志的推动者。

罗马帝国妄图大一统，在人类的律法面前实现人人平等。但是，为了做到这一点，帝国诉诸武力，让人类的律法变得不平等，也就是说，因为相信帝国主义而摧毁了自己。罗马帝国的意图是在尘世创建美好的生活，但这场失败带来的后果是，几个世纪以来人们放弃了其意图而不是其手段。在大失所望之中，人们把所有的希望都寄托在个人不朽和超自然世界上。

在耶稣受难后的几年里，信徒们一直坚信耶稣基督会在他们有生之年再临，坚信他们能够在自己的生活里实践"正道"，但他们的思维已经形成了二元模式——他们已然对自己心目中的天国失去了信心，而基督复临变成了一种外部干预，不是源于他们自己以及子孙后代的努力，而是神圣意志[1]的权威行为。一旦这种希望破灭，他们所犯错误的后果也就昭然若揭了。在这个尘世，统一和平等是无法实现的，除非是信仰上的统一和平等。

---

[1] 神圣意志（Divine Will）在基督教语境里指的是上帝，该术语也译为"神的旨意"，或直接译为"神"。

这种对基督教教义的曲解，并不是少数神学家的阴谋诡计，而是罗马帝国意欲在尘世构建上帝之城失败后所引发的大规模恐惧的结果。

只有那些感官存在缺陷的人，例如盲人，才需要拥有关于物质世界本质的信念，而我们的感官给了正常人一个共同的信仰。然而，在一个我们没有直接共同经验的精神世界里，只有信念的统一才能实现共同信仰。如果精神世界的存在是它值得诞生的唯一保证，那么绝对可靠的信条对人类生活来说就是不可或缺的。

君士坦丁正式接纳基督教[1]并不是导致教会腐败的原因。世界需要创建一种普遍的超自然宗教，政治家们必然会选定这样或那样的宗教。教会并不是因为被恺撒[2]选定而变得政治化，并产生金钱崇拜；事实上，正是因为它的影响力和财富，它才得以被恺撒选定。

教会逐渐异教化，这源于它误解了自己的成功。它之所以获得了青睐，不是因为它的二元论，而是因为它不像竞争对手那样纯粹是二元论。无论它做什么，它都致力于传授"爱之道"，从而能够让追随者的身上结出快乐与和平的果实，其他竞争对手则无法做到这一点。

教会的政治化并没有错——它别无选择。然而，如果教会

---

[1] 君士坦丁一世（Constantine，306—337年在位），被尊称为君士坦丁大帝。他不仅授予基督教合法地位，还强行将"三位一体"的信仰确立为正统教义，实际上使基督教获得了国教的地位。

[2] 此"恺撒"不是指恺撒大帝，而是古罗马君主的头衔。

意识到其优越性并不在于教条（尽管这些教条确实很优越），而在于其传授的"道"，它本可以利用自己的政治影响力来推进这种"道"，然后顺带推进教条。但实际上，教会颠倒了两者的重要性次序，不可避免地走到了压迫这一步。宗教裁判所假定"道"是信仰的结果，而不是其原因，这个论点听起来很有道理。按照这一说法，离经叛道者是最恶劣的罪犯，因为他们的存在威胁到了"道"；现在就烧死他们，比让他们以及可能受他们蒙骗的人永远受苦更为仁慈。

通过拉拢以剑的形式存在的世俗权力，而不是世俗权力本身，教会否认了其成功的源头。它摧毁的不是"道"，而是它致力于的天主教会的合一性。

宗教改革不是教会和敌对的异教信仰之间的斗争。自耶稣受难以来，无论基督教的形式多么落后（基督教在这一点上很难占优势），其他信仰和基督教之间从未发生过冲突。只有关于福音书教义的对立阐释之间产生了严重的分歧。

只要世界的其余地方对世界未来的绝望超过了教会，那么纵使教会存在种种缺点，也依然是文明、科学、艺术、知识等领域的守护者和开拓者。只有当人们恢复了勇气，变革的必要性才会突显出来。

我们的世界在中世纪被穷人拯救了，也许一直都是穷人在拯救世界。对这个世界完全丧失信心是不可能的，因为如果发生了此类情况，人类便既不会耕种，也不会生养。人类继续生生不息，扩展贸易，对个人判断充满了信心。宗教改革是穷人和商人阶级联手反对封建贵族的阶级斗争，但这并不意味着剥削者绝对不公正，也不意味着被剥削者完全公正，只是后者作为财富的生产者永远不会对这个世界失去信心，他们不得不正确地——也就是说，通过研究他们所见的邻人——探究从未见过的神圣律法。商业总是在削弱教条化的信仰，因为它让人们意识到，人与人之间尽管信仰不同，却可以拥有共同的需求，而那些有着所谓的邪恶信仰的人，可能过着一种被认为是"良善"的生活。换言之，"正道"和信仰之间的联系并不是绝对的。

君主专制实际上告诉我们：在这个世界上，律法面前的统一和平等是可能的，但只有用剑才能实现。天主教实际上说的是：在这个世界上，统一是可能的，但平等是不可能的，两者的结合只能在另一个世界实现，且必须通过"爱之道"而不是剑的方式。然而，这个世界是由剑统治的，如果可以的话，你务必让自己不被尘世玷污——遵循"正道"意味着世俗意义上的失败和贫穷。

但事实上，你根本无法规避尘世的玷污，因为你必须生活和饮食——人人皆罪人，不可能始终如一地遵循"正道"。

教会可以帮你克服这个困境。如果你相信它的教条、参加它的圣礼，并且积极行善，你的罪就会得到赦免，你就会得到救赎。

这种二元论促使教会以一种堕落的方式走向世俗化，因为聪明人在这个世界上不会蓄意谋求失败，尤其是如果他们能够通过忏悔和仪式活动为来世铺路的话。

对此的回应是将平等置于统一之上。新教实际上告诉我们：我们同意，只有来世才能找到统一和平等，而此世是由恐惧统治的，但在这个世界上，平等是可能的，统一才不可能。天主教徒嘱咐你们不要被尘世玷污，同时又坦言不可能实现，这就是虚伪；天主教徒宣称贫穷是善，而他们自己的行为揭示了谎言，这就是虚伪。

有两个神：其一为常识经验之神（God of common-sense experience），他是操纵星辰、主宰经济和政治律法的工程师，对爱一无所知；其二为爱之神（God of love），只有凭个人的良知才能通往他。

违抗任何一个神都是有罪的，但我们无法规避这一点。天主教徒宣称仪式活动和慈善行为可以抵消我们的罪，这是邪恶的傲慢。人类罪大恶极、孤立无援——只因上帝选择拯救人类，人类才得到救赎，不是因为一个人的所作所为，仅仅因为上帝愿意这么做。

新教认识到这个世界的法则正是必须被理解和遵循的神圣律法，因而促使科学和物质的进步成为可能，但它认为这些法则与爱不相容，认为"正道"只能以个人而不是公民的身份去实践，这导致它实现了与意图相反的结果。天主教旨在实现统一而否定平等，实际上却破坏了物质上的统一，维护了某种精神上的平等；新教的情况也类似，它旨在实现平等而否定统一，实际上却破坏了精神上的平等，创造了物质上的统一。

科学已经使世界成为一个单一的经济体，时至今日，一个人不可能不具备对全人类，以及我们对彼此的需求的认识。科学也创造了经济上的富足。

与此同时，科学否认了私人生活和公共生活之间的关系，这导致了个体与个体之间、群体与群体之间的相互理解变得越来越困难。

助力天主教生存的世俗智慧，反过来阻碍了它的发展。在继续坚持甚至强化信仰统一的方针的同时，天主教始终致力于制定自己的基本教条，以便含纳适合不同认知水平的多种阐释（例如，神学家和文盲农民有关"肉身复活"的理解大不相同），并且包容各种形式的奇思异想，例如圣心崇拜[1]、对化为圣人的地方神的崇拜，这些古怪做派在不损害天主教中心地位的情况下满足了少数人的偏好。如此一来，没有其他组织可以呈现出这般广泛性和多样性，尽管其政治表现一直很糟糕，尽管其等级制度可能是最腐败的，但它培养的圣人数量也是最可观的。

我们或许可以粗略地概括，天主教背叛了理性，新教背叛了心灵。前者伤害了那些有能力对世界本质进行推理的人，因为它坚持权威立场，否定了智性探究中的平等。我遇到的天主教知识分子（我把艺术家排除在外，因为艺术家从不相信任何东西），无一例外都让我觉得他们正在背叛自己的良知。

但在承认信仰平等的情况下，它给予穷人和未受教育者——他们认为自己的信仰是理所当然的——过信仰生活的权利。

另一方面，新教承认理性上的平等，允许知识分子在过信

---

[1] 圣心（Sacred Heart）指耶稣肉体的心，17世纪的耶稣会和加尔都西会的一批司铎首倡圣心崇拜。

仰生活的同时，对信仰持怀疑态度，但它［通过］否认情感上的平等（因为它让崇拜变得私人化和不可沟通），迫使未受教育者依靠不规范的粗俗信仰和道德准则过活。知识分子的崇拜是私人的，而大众，无论贫穷还是富裕，只能进行一种枯燥乏味或令人生厌的集体崇拜。

我们称之为浪漫主义的一整套思想，其实是新教试图从自身找寻天主教式的统一，因为分离私人生活和公共生活的恶劣后果已经有目共睹。

浪漫主义实际上说：

天主教认为，在这个世界上，只有统一是可能的；新教认为，只有平等才可能。两者都认为，只有在来世，统一和平等才能同时实现，而此世须由恐惧统治。这并不完善。人不能过双重生活：人渴望在这个世界上实现统一和平等，渴望过一种爱而不是恐惧的生活。如果人信赖内心而不是理性，就能做到这一点。天主教徒相信理性信仰的统一，但人思考得越深入，就越会陷入狐疑；新教徒相信理性上的平等，但科学没有爱。爱来自心灵，来自肉身，因为我们的物质生命是相似和平等的。在人类开始思考之前，这个世界是统一和平等的。只要人能够相信自己本能的动物天性，放下自己智识上的傲慢，人就可以回到当初那个状态。

浪漫主义否认了天主教关于物质世界的邪恶本质的断言，也否认了新教关于物质世界不受爱支配的断言，这委实向前迈出了一大步。但它仍然相信两个神——爱之神和恐惧之神，只不过是将古老的自然世界和超自然世界的二元论，换成了身体和精神、心灵和理性的二元论。

由于对爱的律法在人类理性中的效用缺乏信心,浪漫主义虽然宣扬普遍之爱支配世界,实际上却加剧了物质主义和群体仇恨。这是因为理性构成了维系我们的直接经验和间接经验的力量,只有理性才有可能让我们去爱从未谋面的邻人、爱我们的敌人,理性让我们理解他们的意图。

如果理性是邪恶的,那么我们必须比天主教徒更进一步,他们至少相信正确的思考是可能的,而我们应该彻底阻止理性的发展。真正的敌人是知识分子,不管他们的想法是什么,都是敌人。这种防范措施无法通过天主教圣事或新教推理来实现,但可以经由直接的身体行动和人类意志的盲目力量来实现。

浪漫主义对善与恶的影响是巨大的。它的动力来源于它的双重信仰,其一是相信在这个世界上实现统一和平等是可能的,其二是相信物质世界的内在善。如果说它的大规模政治影响几乎完全是恶劣的,那是因为它只相信情感和个人关系,缺乏组织的能力,同时刺激了煽动性言行和最愚蠢的人道主义,从而引发了对暴行和官僚主义的崇拜,其影响至今都清晰可见。但在人性化的社会关系、性关系、亲子关系、教育、体育等方面,浪漫主义造成的影响几乎完全是正面的。

天主教历史学家是对的,他们认为宗教改革带来的教会分裂是一场悲剧。如果是伊拉斯谟而不是路德获胜[1],我们不仅可

---

1 伊拉斯谟(Desiderius Erasmus,约1466—1536),中世纪尼德兰(转下页)

能已经建立了欧洲合众国，而且还能完全摆脱教条化信仰。

事实上，天主教、新教和浪漫主义划分了真理。它们每一方都占据了一份必不可少的真理，又缺失了一份极为重要的真理，因而每一方都不会消亡或取胜。

从公正的社会秩序的角度来看，天主教接受社会和经济的不平等，但同时也相信上层对下层的社会责任。英国的政治体系体现了典型的天主教传统，带有明显的等级制度和机会不平等的特征，与此同时，公共服务长久以来由地主、政治家、公职人员等士绅阶层提供。

天主教宣称人是不平等的，这一点可谓正确，但它误以为这种不平等源于出身，错误地认为下层阶级的人必然生出下层阶级的人。

新教纠正了天主教的错谬，但宣称人在实际生活中平等，从而否认了人的社会责任。因此，美国的政治体系既有优点，也有缺点。

浪漫主义反对天主教和新教，坚持认为物质世界是良善的，这一点可谓正确，但它错误地反对它们二者对理性良善的认识。

社会主义试图综合这三者，将天主教对社会责任和理性的坚持、新教对平等和理性的坚持、浪漫主义对物质世界和情感的坚持结合起来。通过融合对理性和情感的信念，社会主义能够扭转浪漫主义对过去的怀旧情绪，并自耶稣以来首次恢复了

（接上页）著名人文主义思想家和神学家，他对宗教改革家马丁·路德（Martin Luther，1483—1546）的影响很大，但后来两人交恶。

关于历史的启示性愿景,看到历史朝着统一和平等的方向前进。然而,它失败了,明显失败了,原因之一是它在"过去-现在"意义上的"史前史"(Pre-History)和未来意义上的"历史"之间造成了绝对的分裂,这种分裂与天主教造成的此世和来世之间的分裂、新教造成的私人生活和公共生活之间的分裂、浪漫主义造成的心灵和智性之间的分裂一样绝对。

没有人比马克思主义者更清楚他们的对立互补理论。根据这种理论,没有什么是可以摧毁的,发展是持续的,合题并不来自通过反题清除正题,然而他们表现得好像这个奇迹是可能存在的。他们说:"明天的物质世界将由爱统治,国家将消亡。今天的物质世界由恐惧统治。恐惧的统治,在政治上是现实的,基督复临将会发生。"

社会主义认为世界将不可避免地成为社会主义世界,个人的行为只不过是加速或阻碍这种发展,此言可谓正确。然而,他们接受在今天使用暴力和仇恨,相信今天统治历史的律法与明天统治历史的律法并不一致,他们的所作所为违背了他们的所思所想:他们实际上是把自己放在了阻碍者的一边。

这个错误的影响已经十分明显。随着社会主义秩序的到来不断地被推迟,大众对社会主义的启示性愿景失去了信心,只保留了对暴力革命的信仰。

法西斯主义在某种程度上是对未来失去了信心的社会主义[1]。它的口号是:"要么现在,要么永不。"它对独裁者的需要,

---

[1] 值得注意的是,法西斯主义出于各种理由,盗用了社会主义的术语、(转下页)

实际上是回到了早期基督徒的需求，即通过一个超自然的奇迹来实现此世的美好生活。

然而，尽管法西斯主义制造了种种恐怖事件，但它在社会主义方面更进一步，它的崛起也归功于此。它之所以有吸引力，是因为它坚持认为一个国家内的所有个人都有彼此的共同需求，而它否认国家关系之间的共同需求这一事实无损前者的客观存在。

全体共有的国家将会出现，但不会由法西斯主义创建，因为我们不可能用鞭笞的手段逼迫人们相爱，也不可能把个人对国家负有责任这一信念与各国为争取优势地位而自由斗争的信念协调起来。

民主和社会主义在与法西斯主义的战斗中失败了，因为这二者在是否只有爱和宽容才奏效的问题上存分歧，而且也不相信全心全意引入爱和宽容的可能性——他们违背了他们更为出色的判断。法西斯主义拥有一心追求某个目标的动物那样的确凿判断。

现在，人们普遍意识到了一个困境：要对抗法西斯主义，自己就必须成为一个像法西斯主义者那样的人。

（接上页）口号，甚至还有论点，因而被一些人称为"国家社会主义"，但它实际上是反马克思主义的。

四

问：这一切听起来都言之有理，能让人欣然接受。不过，若谈论的话题涉及宇宙和历史时期，难免令人存疑，因为我们是生活于特定时间和特定世界中的特定人群。那么，我们就谈谈这些细节吧。先从你自己开始。坦白说，你相信上帝和超自然的存在吗？

答：如果你所谓的上帝是一个超然独立于创造物之外的创造者，一个无所不能、拥有自由意志的非物质推动者，那么，我不信。我想，我所信的，与一般人无异：

（1）我们必然认为存在之物存在着，我们置身于一个宇宙，个体意识在其中不过是沧海一粟。

（2）以我们人类对存在的认知，我们必然相信存在具有本质、形式和运动，但这些都是从各种各样的经验中抽象出来的概念知识。一切本质都蕴藏于形式之中，一切形式又都在运动之中。换言之，谈论形式的独立存在是一种抽象，就像谈论时间中的"秒"一样。

（3）我们对存在的认知是自发形成的。我们必然通过存在的活动方式、运动中的形式彼此之间产生的关系，看到规律或法则。

（4）我们必然认为真理是一个不可分割的整体，不会自相矛盾。

如果有人选择把我们关于存在的知识称为对上帝的认知，

把本质称为圣父、把形式称为圣子、把运动称为圣灵，我对此并不介意：命名法纯粹是为了方便起见。马修·阿诺德[1]曾说，诗歌可以代替宗教发挥作用。他错了，因为宗教不过是我们生活的方式，而诗歌不能取代生活。不过，任何宗教教条（即我们对生活的感性体验的系统组织）都只能是诗歌，就像再没有人把科学理论看成便利手段以外的东西一样，人们也不再被要求"相信"一种诗意的陈述。

（5）我们作为人类的成功，无论是在情感、智识还是物质生活中，都取决于——
（a）我们对这些法则的认知的准确性；
（b）我们的行为和认知之间的一致性。

此外，我相信我们的经验迫使我们去思考支配形式关系的法则的本质，当用来描述有意识的人类之间的关系时，我们称之为"爱"。

对此，你或许会认可，也或许不认可，但我坚持认为，你用以检验这点的方法，与你检验任何其他关于存在本质的表述的方法一样，都是经验证明。

你的接受或否决必然事关信仰，而不是迷信。无论对你还是对我来说，这都不能成为一种教条化信仰，因为我们对宇宙的认知永远不可能全面。

至于超自然，再说一遍，如果你指的是一个由法则掌控的

---

[1] 马修·阿诺德（Matthew Arnold，1822—1888），英国诗人、评论家。

世界，而这些法则与我们所知的法则毫无关联的话，那么我完全不信。我只相信，我们的知识是有限的，但可以不断扩展。例如，在死后生活这样的问题上，我个人并不相信其存在，但我应该对此做好准备，如果哪天——

（a）有人可以说服我，我们的感官证据迫使我们承认它的存在；
（b）我们对此世的解释和对来世的解释可以协调为一个统一的真理。

问：那么，你相信一个由诗意的自由思想家们组成的教会吗？

答：不。我认为天主教徒和新教徒都是对的，也都是错的。崇拜本身不是一种行动或信仰，而是成功地做任何事情（无论是自己做，还是与他人合作）所必需的心理状态，也就是说，一种兴趣或爱的状态。

教会只是一种联合，聚集了有共同需求的人，他们从事共同的活动。天主教徒认为天主教必须涵盖全人类，这是正确的。这已经做到了，但不是信仰皈依的结果，而是地理探险和对外贸易的产物——世界一体化了，不再有任何孤立的存在。

不过，宗教仪式就像两人或两人以上的聚会一样数量繁多，也像聚会一样性质各异。

新教徒认为，通常被称为宗教仪式的活动（即旨在激发崇拜状态的活动）是私人的，而不是公共的。此言可谓正确。没有所谓的集体崇拜，集体行动总是指向特定的目的，崇拜的目的使集体行动成为可能。新教徒的错误在于,他们认为私人崇拜可以在没有权威指导的情况下成功进行。私人崇拜需要技巧,技巧需要老师,如果可能的话,学生应该自主选择老师。真正的牧师是任何领域的合格私人顾问;然而,他的权威并不仰赖于他的资格证书,而在于他的个人技能,以及他在取得成效方面的成功。

一直以来,组织化的基督教的一大缺点是,它对崇拜技巧的兴趣集中于发展一种完善的礼拜仪式。个人冥想、沉思、祈祷以及诸如此类被冠上其他称谓的技巧,从未成为专门的传统,却以无关紧要的、业余的方式存续着,成为个人神秘主义者的一系列孤立的发现。这必须引起我们的重视,因为技巧与理论不同,既不能把它写下来,也不能从书中习得,而必须通过师徒关系亲身传授。天主教在这方面做得比新教好,例如,在忏悔活动中,天主教强调适当的资质和娴熟的指引是必要的。

新教派系"公谊会"[1]本该成功,却以失败告终,如果说主要原因在于赋予教徒与生俱来的权利和它的平等信仰相矛盾,那么还有小部分原因在于它缺乏适当的个人冥想技巧。公谊会召集会议的技巧很有价值,可能对任何民主组织的运作都有不可或缺的借鉴意义,但他们高估了团体对尚未融入教派的个体的影响力。尽管将"公谊会"与"牛津团契"[2]进行比较是一种侮辱,

---

1 公谊会(Society of Friends),又名"教徒派""贵格会",是17世纪中期兴起于英国的新教派系,由激进派清教徒发起。其特点是没有成文的信经、教义,主张废除礼仪,反对暴力和战争,具有一定的神秘主义倾向。该派信徒人数并不多。

2 20世纪前半叶,美国路德宗牧师布克曼(Frank Buchman,1878—1961)在英国牛津大学发起了信仰复兴运动,一些信徒按照绝对诚实、绝对(转下页)

但他们确实存在共同点，都有过于乐观的弊病。"公谊会"信赖"内在之光"（Inner Light），却没有掂量他们自己是否准备好去接受它，或者是否有能力去阐释它。天主教徒高估了专业人士的能力，加尔文主义或卡夫卡之类的作家过分强调人的普遍之恶，认为人完全无法捕捉真理，他们的观点对那些误以为人在任何条件下都可以通过几次冥想和祈祷改变生活并了解全部真理的人来说，可以成为一种很有价值的矫正。我们的恐惧和仇恨不是那么容易消除的。

在东方，个人冥想长久以来得到了更好的传承，也许是因为组织化的宗教、政治和社会生活过于败坏，对那些已经达到了一定思想高度的人来说，公共生活已经行不通了。

在西方，人们借助医学而不是组织化的宗教认识到此类技巧的必要性。宗教改革以降，对人的物质生活和肉体生命的科学研究实实在在地开展了起来，已经达到了这样的认知高度：身体的崩溃与治愈和心灵的崩溃与治愈密不可分，没有训练有素的沉思生活就不可能有蓬勃向上的积极生活，反之亦然。一个越来越有目共睹的事实是，常规医学、心理学、体操训练和营养学、西方的神秘学和东方的瑜伽，其实是殊途同归的。尽管他们仍然不知道或忽视彼此，但一种技巧与另一种技巧之间的关系愈发明显。

作为西欧人，我们是唯一拥有兼具经验主义和理性主义的

（接上页）纯洁、绝对无私和绝对的爱这四大道德标准自发组织一些小组，这些小组被称为"牛津团契"（Oxford Groupers）。该运动很快发展到欧美其他国家，吸引了一大批成员。不过，该运动持反共产主义的立场，并且因反纳粹不力而广受谴责。

知识传统的群体，也就是说，这个知识传统让我们既不会否认证据，也不会否认真理的统一，并防止我们成为纯粹的极端新教徒或盲目的正统天主教徒。因此，我们的任务是将这些不同的碎片整合为一种共同的、不断提升的技术。

问：我从这一切得出结论，你已经接受了和平主义。太让人震撼了。就像我们之前推测的那样，要是我们中的一人成了罗马天主教徒，剩下的另一人必定惊讶无比。事实上，此时此刻我就是这种感觉。

答：当然，我的立场不允许我以战士的身份出现在任何战争中。但是，如果你说的和平主义仅仅指的是拒绝携带武器，那我就没什么好说的了。没有比这更省事的了，因为没有人愿意拿起武器。任何社会性的孤立或监禁，都不会像面对刺刀冲杀那样令人难以忍受。就我个人而言，我宁愿面对行刑队。

历史是现在和过去的个人行为的集合体。战争不是由少数政客凭空造成的，而是无数充斥着恐惧、暴力和仇恨的个人行为共同导致的结果。那些认为拒绝当兵就够了，然后作为一个普通公民随心所欲的人，其实非常愿意挑起一场战争，他们只是不想承担后果罢了。在这一点上，我更敬佩希特勒。

问：那么，当世界正在毁灭的时候，你真的打算静心耕种自己的园地和修炼自己的精神吗？

答：不。精神修炼当然是必要的，离开了精神修炼，一个人的行动毫无结果。纵使你否认了暴力的有效性，也不能免除你采取政治行动的责任，即与其他人一起行动的责任；相反，它使行动变得更加迫切,因为你不得不承认主动的恶胜于被动的善。然而,它确实决定了你可以采取的行动类型。它把行动限制在那些不涉及暴力或煽动仇恨的类型上,而这些行动当然又受制于你自己的特定才能。

过去在大多数地方,而今在少数地方,社会生活可能是这样的:只有纯粹的私人生活才可能免除暴力。然而,西方社会已经不是这样了。即使在战争期间,我想你也必然会承认,有许多行动既是非暴力的,也是必要的,足以涵盖几乎所有的能力范围。在和平时期,这种情况只会更多。若要向我自己证明一项行动的正当性,它就必须看起来既是非暴力的,也是必要的;若要向他人证明其正当性,那么只要他们认为它是必要的,就足够了。消极被动得不到任何人的支持。

问:你其实是反对革命的,但与法西斯主义者不同,你表达反对的方式不是使用反击的力量,而是运用和平(灵活变通)的手段。事实上,你会站在法西斯主义者一边反对社会主义者,但你会使用其他攻击方法。让我提醒你,你是个作家。如果你想在法西斯主义和共产主义的冲突中保持真正的中立,你就必须避免宣扬你的和平主义观点,因为这些观点肯定会伤害你碰巧接触最密切的一方。

答:对作家来说,他述说的内容以及何时何地述说这些内容,当然是一个十分棘手的问题。你说我如果想保持中立的话,就应该避免表达我的观点,这是对的。我之所以发言,正是因为我相信社会主义是正确的,但革命的理论与实践是错误的,从这个意义上而言,我不相信它能够战胜法西斯主义并实现社会主义。因此，我一定要试着说服社会主义者，让他们认识到自己的革命观点有误。

另一方面，我发现人们很容易接受别人话语里的负面信息。既然如此，说服他们放弃革命行动，而没有代之以任何建议，这种消极被动总是有害的。

例如，我认为所有的抗议集会，无论是社会主义者反对法西斯暴行的集会，还是和平主义者反对战争的集会，都是有害的；一次集会应该有一个具体、积极的目的，决定行动方案、筹集资金、享受生活，等等。

身为作家，必须区分艺术和宣传。我认为宣传是一种可以通过智识而不是情感加以理解的陈述，即可以通过自己的经验来证实；而写作是忽视不同的人处于不同的发展阶段这一事实。

类似于所有这些言论的直接陈述，只能用来说服那些像你一样的人，都是我个人认识的人，或者用来帮助那些早已认同我的人厘清想法。

至于其他人，你必须使用寓言。你必须选取恰当的素材作为自己的艺术题材，让非暴力的真理以不会冒犯到他人的方式说服对方，并引导他们自己把结论扩展至其他领域。在某些情况下，例如现实中的战争时期，发表任何作品都可能是不明智之举，最好专注于与写作无关的事情。

问：你并不认为革命能够解决问题。当然，它不能。诚如福斯特所言："生活不会有结果。"但和平主义者总是用神秘的绝对来解决问题。战争是邪恶的，因此，历史上任何时期的任何战争都一样恶劣，无论它们造成了一千的伤亡还是一千万的伤亡，无论它们带来了百年的滞后还是文化复兴的机遇。战争是邪恶的，因此，作为战争双方的中日两国政府都一样恶劣，无论哪一方获胜，结果都必然有害。这些都是不成熟的谬论：首先假定了一个不容置疑的绝对，称之为"善"；接着假定了另一个不容置疑的绝对，称之为"恶"；随后很有逻辑地断言两者是水火不容的关系。但现实中并不存在绝对的"善"和"恶"。根据马克思主义的观点，战争有两种：反动战争和进步战争。1914年的那场战争是第一种，中国抵御日本的战争是第二种。一切受压迫的阶级或民族抵御压迫者的战争，都是正义的战争，被压迫者获胜远比压迫者获胜更有利于人类的发展。

要是你认为被压迫者永远无法通过抗争来改善他们的处境的话，那么我觉得我们之间完全没有共同语言。

你知道我是厌恶暴力的，这会让我成为一个非常糟糕的革命者。我知道这是一个弱点，我不想为此开脱。

答：我赞同你说的每一句话，我刚才说的正是这个意思。当然，如果战争的影响在绝对意义上是邪恶的，那么人类早就荡然无存了。但你认为生活不会有结果，这一点我不敢苟同。我觉得这与你宣扬的马克思主义是背道而驰的。马克思主义的核心要义无疑是，古往今来历史运动的方向不会因为个人或阶级的干涉与阻挠而发生偏离——换言之，生活正在发展。完美当然可以算一种神秘的绝对，它不会真正存在，但马克思主义教导我们，历史发展是一个逐渐接近完美的过程。这个发展过程不会一帆风顺；它是螺旋式前进的，尽管蜿蜒曲折，但总体方向十分清晰。

当然，中国人赢了还是日本人赢了，这很重要；当然，被压迫者可以通过成功的抗争来改变自己的处境。然而，即便中国人输了，或者被压迫者的抗争遭到镇压了，历史也不会就此止步，只不过发展速度较之于中国人或者被压迫者获胜的情况来说要缓慢一些。不管怎么说，要是能够避免战争的话，总归更好一些。如果取胜或者战败的结果是绝对的，如果除了暴力以外不存在其他有效的抵抗行动，也就是说，如果非暴力行动无法产生历史效果，那么拒绝战斗的做法将是站不住脚的。

你说你对暴力的厌恶是无法辩解的弱点？为什么？因为你觉得这种厌恶不过是一种神经脆弱的表现，一种仅仅因为某件事令人不快就否认了其必要性的反感心理？要是你真这么认为的话，我想你是在欺骗自己。当涉及到伤害我们个人不熟悉的人时，特别是如果能够保持安全距离的话，我们大多数人并不像我们自己想象的那样神经脆弱。当墨索里尼的儿子宣称向阿比西尼亚的村庄投掷炸弹是多么有趣的一件事时[1]，人们都大为震惊，但十有八九的人，包括我自己，会有同样的感受：如果他们不能做出反击，我应该会像享受射杀兔子一样享受射杀远处的德国人。

若是拉近了距离，这又是另一回事了。当一个人亲眼看到血肉模糊的空袭受难者，亲耳听到死难者亲友的声声哀泣时，他会惊骇不已，因为他设身处地为他们着想了。仇恨暴力的情感基础是自爱，它的智识基础是自我认知。一个人憎恨施加在自己身上的暴力，所以他明白，即使此刻一个人迫于暴力而服从他人，其实质效果是让这个人永远铭记并且永不原谅，他等

---

[1] 埃塞俄比亚原称阿比西尼亚，地处非洲东北部。意大利法西斯头目墨索里尼上台后，入侵了埃塞俄比亚，曾大规模地使用炸弹和毒气弹。

待着复仇的时机。当校长一边惩罚你一边宣称"这对我的伤害大于对你的伤害"时，你很清楚自己对这位校长的真实看法。当你说厌恶暴力时，你其实是在承认，你怀疑暴力并非像你的领袖们说的那样行之有效，因为任何人都不可能相信暴力对他们有什么益处。

你的疑虑也许是错误的，但无论如何都需要得到解决。想要通过称其为无法辩解的弱点来打发掉它们，这并不是诚实的做法。

问：我知道了，你相信暴力总会自食恶果。这是错误的。"持剑者必亡于剑"很接近事实。但暴力并不总是受到惩罚，即使是来自他人的惩罚；大多数拿起剑的人也不会死于剑下。1914年战争中的大多数士兵都活了下来，很少有将军不是寿终正寝的。

答：我完全同意你的最后一句话，但我的本意是，今天的世界状况足以证明1914年的暴力受到了惩罚。暴力的问题在于，大多数惩罚都落在了无辜者身上。这可以揭示一个事实：即使你认为自己是在为最崇高的目标而战，但如果得知是你的子孙后代而不是你自己要为你的暴力付出更惨重的代价，你必定会犹豫不决。

问：在谴责暴力的时候，你陷入了把手段和目的粗暴地一分为二的古老谬论。手段影响了目的，反之亦然。用刀刺入人的皮肉是恶劣的行径吗？答案是肯定的，如果你是在加害于他。答案也可以是否定的，如果你是在切开脓肿。

答：手段受目的和知识的制约。举例来说，为了成功地完成一个实验，我必须要有一个目的，比如说制作氯化钠，还必须知道一些化合反应的规律。如果我用错了方法，把铜和硝酸混合在一起，我将无法实现我的目的。然而，我也可以从这些原料开始，经过一系列的实验，最终合成氯化钠。

在我看来，使用暴力来实现社会主义，就像一个不熟练的化学家操作的实验。

至于你的医学类比，我对你们这些人使用"身体-政治"的论据感到惊讶，因为我一直以为这是法西斯主义者惯用的手法。不用我说你也会明白，国家是有意识的个体的集合体，身体是单个的意识；脓液中的细胞不像人类那样承受痛苦、记忆和仇恨，也没有亲朋好友；就社会的层面而言，手术的决定与执行不是由一个超然的意识做出的，而是由其他细胞给出的，它们推测出哪些身体组织是健康的，哪些又是不健康的，因此手术和革命的效果截然不同。（顺便提一下，随着医学知识的不断进步，人们对外科手术的质疑与日俱增。）

最接近的类比是，社会暴力就像通过手术治愈了癌症患者，却导致他患上了神经衰弱症，然后疟疾治愈了他的神经衰弱症，却又导致他患上了其他疾病……

问：你一直在回避真正的政治议题。当然，如果可以的话，被压迫者最好在没有战争的情况下获得自由，但你和我一样清楚，这不可能。难道你真的认为阿比西尼亚人和西班牙共和派应该放弃抗争，直接让意大利人和佛朗哥掌权吗？

答：现在是你在追求神秘的绝对。历史从来不是一个绝对意义上的"应该"的问题。正如我之前所说，任何特定时期的历史都是所有行为的综合。这些行为是什么取决于行为本身的意图，以及实施者有关如何最好地实现其特定意图的知识，而意图和知识取决于他过去的行为以及其他在世和离世的人的行为。"政治"，即一个阶级或一个国家的大规模行为，大致符合组成该阶级或国家的个体的普遍意图和普遍知识。它可能比平均水准更好，也可能更糟，但不会偏差太多。在那些有独裁者或绝对的统治阶级的国家，偏离常规的程度可能比民主制国家更大，但政治家脱离大多数人意愿的行为独立性正日益减弱。只有秘密警察而没有宣传的话，任何独裁者都不可能存在。

若问阿比西尼亚人、西班牙共和派或中国人是否应该抵抗，这与询问意大利人、反叛军或日本人是否应该进攻一样，都是不切实际的无稽之谈。之所以发生这些战争，是因为双方的大多数人都想得到某些东西，并且相信只能通过暴力的手段得到这些东西，至于他们是否上当受骗，这与我们的讨论话题无关。

如果阿比西尼亚和中国的全体国人，或者他们中的大多数人，认知水准达到了拒绝使用暴力的程度，就不会发生战争，因为同样的认知水准必然也会出现在侵略者的国家里。在这个世界上，一个地区的发展不可能比另一个地区超前太多，更不可能出现一个国家秉持非暴力的原则而另一国家坚持暴力原则的情况。今时今日，世界各地息息相关。

对于一个国家或阶级的政治行为，一个人所能依据的唯一合理的道德判断（同样适用于评判个体行为）："这个行动是否与实现其目的的最充分认知相一致？也就是说，首先在于是否最大限度地体现了普遍知识。"

然而，国家和阶级并不是理想主义的实体，而是个体的集合体。选举政治领导人和决定政治行动的平均意识水平，取决于每个人的意识——单个个体的意识增减会改变平均值，尽管影响幅度极其轻微。个体对政治的影响虽然微小，却真实存在，这种影响与他对政治感兴趣与否几乎完全无关，因为对大多数人来说，政治只是他们生活中很小的一部分，他们的政治影响来源于他们行为的总和。

例如，你自己的政治影响很大程度上不是来自你所做的具体政治工作，而是来自你的日常工作和私人生活——你花在教学上的时间，你在商店、公共汽车、电影院等地方消费的金钱，等等。

对个体而言，他应该持之以恒地增加如何有效行动的知识，并尽量不采取与自己的知识相悖的行动。只有这样，大众的平均水平才能得到提高，从而改善政治行为。

问：你的意思是，一切政治都是肮脏的游戏，应该留给无耻之辈。那伙人说只有心灵的改变才能拯救世界，你是否成了他们中的一员？是这样吗？

答：不。我只是说，今天的政治家依赖大众的支持，如此一来，他们代表了他们的国家和时代的普罗大众，有时候表现得略高于平均值，有时候则略低于平均值。如果他们偏离平均水平太多，他们就不会成功，因为大众不会接受这样的政治家。哲学家们一直幻想由至善者（Best People）来管理政府，但这个梦想从未实现，毕竟任何人都不可能在短时间内被改变。如果进行民主选举，你会发现至善者不会当选。那些自诩为至善者的人（即使他们真的是至善者）一旦掌握了权力，就会发现自己被迫成了暴君，因为他们远远高于平均水平，普罗大众既不能理解他们，也不会喜欢他们。

这意味着，如果你的理解力和敏感性远高于平均水平，你可能就无法在狭义的政治领域做太多事情，因为你很快就会发现自己不得不做一些你不完全认可的事情，也就是说，你在实际操作中会失败（除非一个人完全认可自己所做之事，否则任何结果都算不得成功）。当你说你对暴力的仇恨会让你成为一个糟糕的革命者时，你已经承认了这一点。

我当然不认为只有心灵的改变才能拯救世界。我相信世界会被拯救；我相信通过各种渠道（比如战争、技术、心理学，等等）而产生的历史发展，将会改变我们的心灵；我相信无论是犯错还是成功都会增强我们的理解力，后者是直接的影响，而前者在引发另一种错误的过程中构成了间接的影响。我知道，人们通常所说的政治，只是历史发生变化的一小部分原因。

我认为，你的态度，你所谓的私人生活和政治之间的分歧，首先是由于你对历史朝着社会主义方向前进没有信心，一种你身为马克思主义者不应该缺乏的信心；其次是由于你高估了所谓的政治行动的历史作用，低估了所谓的私人生活的历史作用，而事实上，正如马克思的唯物主义方法所证明的那样，私人生活才是历史最大的组成部分。你既过于自负，又太过谦逊。你对自己的"政治"生活影响力过于自负，这使你无法认识到，正是因为受希特勒影响的人远多于你，所以希特勒间接与不自觉地为促成社会主义而做的事情，比你的政治行为所能做到的事情要更多。

你对自己的"私人"生活的谦逊让你无法看到，你以及无数人每天开展的不计其数的社会主义行动（即你将思想和意图统一起来，以爱和平等的态度对待他人的行动），与其说是在创造历史并打败希特勒,不如说是在创造一个让希特勒之流无法存在的世界。

我并不是说你应该消极被动,只是希望你能够全身心地投入那些你完全相信的行动,即你可以取得成功的行动。至于这些行动是什么,你必须自己决定。在未来的许多年里,暴力和战争都不可避免,他们肯定会有所作为,但你应该将行动留给那些真心相信它们的人。

问:那么,你不相信政党或党纪?

答:不太相信。发达国家的政府越来越接近于一个政党,也就是说,无论他们是什么名称,他们的措施都大同小异,因为他们必须代表大众。工业化和通识教育都使阶级结构变得如此复杂,以至于任何一个政党都不可能通过满足社会中某一方的利益来取得成功,无论对方来自失业群体还是石油公司。今天的主要政治斗争,是更聪明、更敏感之人和其余人之间争夺政党控制权的内部斗争。

在民主国家,没有什么比党纪更能败坏民主了。普罗大众并不是愚蠢到会上当受骗的人:看到政府支持者投票赞成某些措施时,他清楚这些措施是他们批评的;看到反对党成员投票抵制某些措施时,他知道假如他们掌权的话,他们就会执行这些措施。

在独裁国家,我认为情况反了过来:党纪和无力批判败坏了独裁。

问:你是否准备好与严格意义上的政治产生关联?

答：就我个人而言，我觉得还有其他事情是我更感兴趣的，也是更适合我做的。这仅仅是我个人的情况。我当然认为人们参与政治是极其重要的，但前提是他们做的是一些建设性的事情，例如市政事务、社会人类学（了解选民的真实状况）、救济工作，或是挖掘令人不快的隐藏事实，诸如此类，不一而足。在我看来，纯粹的反对主义是一种极为危险的政治活动。反对和批评是必要的，也是有价值的，但我认为左派在抗议性的集会和复兴反法西斯活动上花费了太多时间，恐怕这一错误将会让他们在争取选民支持的过程中付出惨痛的代价。

问：不过，政党真真切切存在。难道你支持或投票给哪一个政党并不重要吗？

答：不，我真心认为这很重要，但选择取决于具体的选举情况。有四个因素需要考虑在内——

（1）政党纲领的总体性质。
（2）评估政党力量，如果该政党当选的话，理应实现其纲领。
（3）政党领导人的品格和能力。
（4）地方候选人的品格和能力。

投票时，这些因素在我心中的重要性排序为 3-1-2-4。

文学传承[1]

我无法客观地评说托马斯·哈代,因为我曾深爱过他。

一直到十六岁,我才开始读诗。我成长于一个偏重科学而不是文学的家庭,自小构建了一片由铅矿、窄轨电车和上射式水车组成的梦幻国度,而我是那里唯一的主宰者。但在1922年3月,我决定要成为一位诗人,之后一年多的时间里,我在学校图书馆信手翻阅,没几周就换一位诗人品读,接触过德·拉·梅尔[2]和戴维斯[3]的作品,甚至还有豪斯曼[4]的诗歌,但一直没有找

---

1 这篇文章的原标题是"A Literary Transference",刊登于1940年夏的《南方评论》(*Southern Review*)。奥登大约是在1923年开始阅读哈代的作品,迅速从这位"将英国维多利亚时代的传统文学与20世纪现代文学紧密联系起来"的诗人身上找到了创作的新方向。恰如他在《答谢辞》("A Thanksgiving")中所坦承的:"当我开始写诗,/我马上就迷上了哈代……"哈代的悲观主义论调很快就在奥登的少年习作里显露出来。这些诗作往往以凄凉或悲怆的方式收尾,通常还附加了对生命意义的追问,难免有"少年不识愁滋味,为赋新词强说愁"的意味,因而过了一段时间后就从他的诗歌里消失了。然而,奥登的确从哈代那里学习到了一些东西,它们在他余生的艺术世界里余韵悠长。
2 沃尔特·德·拉·梅尔(Walter de la Mare,1873—1956),英国诗人、小说家。
3 W. H. 戴维斯(W. H. Davies,1871—1940),英国乔治时期的著名诗人。
4 A. E. 豪斯曼(A. E. Housman,1859—1936),英国诗人、古典学者。

到我真正想要的东西。

我尚未遇到那种年龄在三十岁以下的性格不那么内向的诗歌爱好者,或者他虽然内向但青春期不那么郁郁寡欢。在校园里,特别是在寄宿学校里(我就是这种情况),他可能会看到外向的人成功、快乐、善良,而他自己不受欢迎、被人忽视;但最难以忍受的,并不是自己黯淡无光,而是自惭形秽,觉得自己卑微、差劲、胆怯和笨拙,一切都是自作自受。除了这种生活状态,他并不清楚社会的其他面貌,竟然仓促地确信这就是永恒法则的组成部分,认为自己注定会有一个充满失败和嫉妒的人生。直到他长大了,直到多年以后,他偶然遇见校园时代的那些风云人物,才发现他们已经泯然众人,变得平庸乏味,他才意识到内向的人是幸运儿,最适宜在工业文明里生存,因为工业文明的集体价值观实在是幼稚浅薄,而他可以独自成长,培养了自己的幻想能力,学会了如何汲取内在的生命资源。然而,在青春岁月那会儿,他的内心委实苦闷,根本不可能想象出一个他能自由惬意地置身其中的社会,同时还被某种神秘的本能所警示,无法转身向童年记忆里的那些或亲切或可怕的人物寻求慰藉,于是他从人类走向了非人类:他患了思乡病,但他找寻的不是自己的母亲,而是连绵山野和秋日丛林;他形单影只,静静地观察野蛮动物们坦率自然的一面;他不断丰盈壮大的内在生命能量决意要通过音乐来宣泄,借助思量变化无常和死亡来找到一个突破口。艺术对他而言弥足珍贵,却是一种悲观厌世、敌视生活的东西。如果艺术涉及爱情,那必定是饱受挫败的爱,因为所有的成功在他眼里都是嘈杂而庸俗的。如果艺术涉及说教,那给出的建议必然是坚忍的顺从,因为他知道的世界从来都自行其是，不会做出任何改变。

> 深沉得像初恋，遗恨绵绵无尽，
> 生中之死啊，一去不返的往日。[1]

* * *

> 此刻呵，无上的幸福是停止呼吸
> 趁这午夜，安详地向人世告别。[2]

* * *

> 因为死者永远不会复生
> 因为即便最缓慢的河流
> 　也会一路蜿蜒安然入海。[3]

* * *

> 爱人们躺着一对一对
> 也不问是谁睡在谁旁

---

[1] 出自丁尼生的《泪，空流的泪》("Tears, Idle Tears")，译者在此选取了黄杲炘的译本。
[2] 出自济慈（John Keats，1795—1821）的《夜莺颂》("Ode to a Nightingale")，译者在此选取了屠岸的译本。
[3] 出自斯温伯恩（Algernon Charles Swinburne，1837—1909）的《冥后的花园》("The Garden of Proserpine")。

做新郎官的酣眠竟夜

永不翻身向他的新娘。[1]

对青少年来说,这些诗句就是真正的诗意音符,无论是丁尼生、济慈、斯温伯恩、豪斯曼还是其他诗人,谁是第一位在他的生命乐章里敲响这个音符的人并不重要,重要的是他由此被唤起了一种模仿的激情,哪怕他的诗歌品味在后来岁月中会经历淬炼并走向成熟,但基本上不会有彻底的改变。对我而言,1923年夏天的哈代敲响了我的音符。有一年之久,我不再读其他人的作品,而是时时刻刻手里揣着本装帧精美的威塞克斯版哈代作品——上课时偷偷地看,星期天散步时随身带着看,回宿舍也带上以便大清早可以看,尽管在床上阅读如此大部头的书实在是不太方便。到了1924年秋天,我内心的王国发生了一场"宫廷政变",哈代不得不与爱德华·托马斯[2]共享荣耀,之后到了1926年,他俩在"牛津战役"中被艾略特[3]击败了。

哈代除了是我心目中的诗人典范,还是当代景观的表达者。他既是我的济慈,也是我的卡尔·桑德堡[4]。

我一开始就觉得,他看起来很像我的父亲:浓密的髭须、光秃的前额,以及布满皱纹、神情悲悯的脸庞,属于"情感-感官"型的那类人,而我与我母亲一样,是"思维-直觉"型的人。[5]

---

1 出自 A. E. 豪斯曼的《西罗普郡少年》(*A Shropshire Lad*)第十二首,译者在此选取了周煦良的译本。
2 爱德华·托马斯(Edward Thomas, 1878—1917),英国诗人、随笔作家。
3 指 T. S. 艾略特。
4 卡尔·桑德堡(Carl Sandburg, 1878—1967),美国诗人、传记作者和新闻记者。
5 奥登一度对荣格的思想观点感触颇深,认可荣格的四种心理(人格)(转下页)

我清楚他是这样一位作家，他的情感即使有时候显得单调沉闷且多愁善感，也会比我自己的情感更深刻、更诚恳，他对尘世的依恋比我更牢固、更敏锐。

> 一位骑马少女的倩影。因冥思苦想，
> 　　他日渐憔悴萎靡，
> 　　她却神采依然，
> 　　在他痴迷的追忆里，
> 　　她一骑欢颜似当年，
> 　　驰在葱茏的坡地，
> 　　在那大西洋边
> 　　恰似初遇时那样
> 正勒起马缰对着滚滚潮水歌唱。[1]

　　　　　　＊＊＊

> 尖顶、树木或塔楼的影子，
> 　　伴随地球的运转，
> 不会覆盖我的坟茔，转瞬间
> 　　却偷爬上你的坡地；

（接上页）功能的说法。荣格认为，每个人的内心都拥有思维、情感、直觉和感官功能，但这四种功能在一个人的内心不会均衡发展，有一两种功能会尤其发达，影响了这个人的行为和个性。

[1] 出自哈代的《幻觉中的骑马少女》（"The Phantom Horsewoman"），译者在此选取了刘新民的译本。

知更鸟从不会在我俩的绿茵出没。[1]

这些重游故地、追忆往昔的诗歌深深地打动了我,不仅是因为感同身受——我当时正情场失意,而且源自我的天性——我可能比想象中更疏离、更善变,因而羡慕那些时常深沉地感怀的人。

此外,哈代描绘的世界正是我童年时代的世界:它淳朴而传统,是专业阶层组成的英格兰,有牧师、医生、律师和建筑师。它在很大程度上沿袭了维多利亚时代的作风:人们会在星期天去教堂两次,每天早餐前要做家庭祷告;不太可能出现离婚的人,也几乎没有坑蒙拐骗的人;乘坐双轮轻便马车出门,或骑自行车出去探险,在铜器上乱涂乱画,收集各类化石;以家庭为中心开展娱乐活动,朗读、莳花、散步、钢琴二重奏和猜字游戏……最重要的是,这个世界与伦敦、政治或法国文学无甚关联。

学校里有几个伦敦人,都是矫揉造作的家伙——有一个居然声称读拉辛是为了取乐。回首过往,我觉得自己很幸运,那时候的笨口拙舌和不擅交际,让自己没有机会去结识和效仿他们,而他们欣赏的作家并不适合我,只会让我装模作样地深陷于一种与自己的个人经历毫无关联的生活。过早地变得老练通达和接触"现代"作家实在是危险之举,当代艺术学科的课程设置已经让我看到了太多不良的后果,以至于我深刻地怀疑这些课程的价值。我很幸运地找到了哈代,他是唯一一位描写我

---

1 出自哈代的《在死亡中分离》("In Death Divided")。

的世界的诗人。如果不是哈代，我可能会轻易地迷恋上乔治时代的某位诗人，但肯定收获甚少，因为他们都是站在外部观察的伦敦人。

> 耶尔汉姆山脚有个鬼魂，在大声抱怨夜的降临，
> 弗鲁姆溪谷有个鬼魂，裹着白尸布，嘴唇薄薄脸无表情，
> 火车里有个鬼魂，每次我不愿她在附近出现
> 总见她紧挨车窗，吐出些我讨厌听的闲语怨言。[1]

* * *

> 于是，我步履踉跄往前赶，
> 这时四周正落叶缤纷，
> 北来的寒风穿行在棘丛间，
> 传来她不停的呼唤声。[2]

* * *

> 教堂的屋檐下冰柱悬挂，
> 旗缨在风中飒飒作声，
> 大雪纷飞，行人裹着头匆匆回家。
> 而我仍在路上行进——

---

[1] 出自哈代的《威塞克斯高地》（"Wessex Heights"），译者在此选取了刘新民的译本。
[2] 出自哈代的《呼唤》（"The Voice"），译者在此选取了刘新民的译本。

只剩一人……黝黑和白皙的他们，都已逝去；
剩下的我，也命在旦夕。[1]

* * *

但上帝知道，如果他全知道，我喜爱第一百篇古老赞美诗、圣斯蒂芬教堂、
锡安山、新安息日、迈尔斯巷、圣安息、阿拉伯半岛和伊顿。[2]

* * *

我来到了大理石街道的小城，
　它的"声音"划破了长空
　　犹如扑面的海盐气息；
我看见了潮起潮落起伏不定
　　仿若她在那里时一样。
各国的船只穿梭往来于此，
　乐队在阳光下酣畅淋漓地
　　奏响律动的华尔兹曲；
女学生们在高地[3]漫步调笑

---

[1] 出自哈代的《五个学生》("The Five Students")，译者在此选取了刘新民的译本。
[2] 出自哈代的《教堂风琴师》("The Chapel-Organist")。
[3] "高地"（the Hoe），即普利茅斯高地（Plymouth Hoe），是普利茅斯市地标。

仿若她也在其中一样。[1]

哈代在诗歌里呈现的所有这些东西，都是我的生活体验的组成部分，所以我能够感同身受。它们足够老派，能够让我真正理解其奥义；它们又足够现代，可以使我受到启发。

哈代出生于农业社会，一个几乎没有沾染工业文明和城市价值观的社会，而当他去世的时候，这种社会模式基本上已经瓦解了。曾经让丁尼生困惑不已的科学和信仰的冲突问题，也一直折磨着哈代，但他寿命更长，才能超越丁尼生的妥协。叔本华的悲观主义和斯宾诺莎的决定论当然不是最终的解决之道，可是对特定处境之下的某些人来说，它们是心性稳步发展历程中的必经阶段。

这不仅仅是历史时间的问题。波德莱尔和兰波在巴黎面临的境况，是英格兰外省地区在第一次世界大战之后才不得不面临的处境。这就是他们的作品让人感觉如此"现代"的原因。任何社会或个人都不能跳过他们发展历程中的某个阶段，尽管他们可能会缩短这个阶段。1907年，我出生的那一年，无论英格兰外省地区的本质属性是什么，它看起来都是丁尼生式的；1925年，我进入牛津大学的那一年，无论英国给人的外在观感是什么，它在本质上都是"荒原"。我无法想象还能有哪一位作家可以带领我经历这段发展变化。

哈代是一位富有创造力的艺术家，对我而言，他不可能只

---

[1] 出自哈代的《大理石街道的小城》（"The Marble-Streeted Town"），写的是英格兰西南部的港口城市普利茅斯。

是个保姆型的人物，不是我一旦成长便可以抛诸脑后的人。我们这个时代最为难缠的问题是个性发展的问题。那些夺取我们的忠诚和信仰的力量，那些在维多利亚时代被理解为教条主义和科学主义的力量，现在已经有了一系列新的称谓方式——个体和集体、意识自我和无意识本我、意愿和意志，正是在这一点上，哈代的诗歌具有最为独特和恒久的魅力。维多利亚时代的人之所以都是自信满满的个人主义者，只不过是因为彼时的世界和传统的共同纽带依然牢固。我们这一代人出生得太晚，既无法承继传统，又无法体验个性解放的激情，因而太容易陷入对集体主义的病态崇拜之中。

迄今为止，我在哈代那里最受裨益的是他的"鹰的视域"。他站在极高的位置俯瞰生活，就像诗剧《列王》的舞台说明和小说《还乡》的开篇第一章那样。他观察个体生命的时候，不仅将之放置于时代性的、地方性的社会背景中，而且还与人类的漫长历史、地球上的所有生命、头顶的满天繁星联系在一起，让我们同时感受到自信和谦卑。此种观照视角让个体和社会之间的差异无限缩小，因为两者都变得微不足道，以至于后者不再是一位拥有绝对权力的令人敬畏的神祇，而是成了与前者同等的存在，都要遵从发展与消亡的定律。基于此，个体和社会的调和并不是不可能的。

任何学会了此类观照视角的人，都不可能再接受那种以自我为中心、过度理性的人道主义，因为它只会一厢情愿地设想自己能够主宰自己的生活，也不可能接受那种反对个人的自由意志、宣称人类社会能够自治的伪马克思主义。

我从哈代那里第一次领悟到厄洛斯和逻各斯的关系[1]。

——"啊,你还不知道她的秘密吗?她那徒然掩饰的茫然,
  当它发生的时候,她稀里糊涂地伤害了所爱的生活。
不可见的球状物由她孕育了吗?——她对此全然无知
  带来了那可怕的未竟之事,那穿过她领域的红色风暴
    所有的造物都为此呻吟……

……"那么,就让她摸索着前行,不必轻蔑,不必咒骂;
  不久之后你就会紧紧握住那只伤害了所爱生活的手;
当她举棋不定地艰难前行,在痛苦的幽暗之地,
  请凭你造物的依存关系,以可能的方式对她施以援助,
    因为你便是她的尘土。"[2]

对于这样的问题——"逻各斯(一种由意愿形塑的意识观念,世间万物的公平尺度)从何而来?它是一种额外的恩泽,还是由厄洛斯创造?"——哈代没有回答。理论上,他可能同希腊人一样,认为意识足以改变意愿。然而,"真知本身足矣"在今天似乎站不住脚,因为机器已经把厄洛斯从古老的外在约束中

---

[1] 厄洛斯(Eros)是希腊神话中原初爱神和小爱神的名字,象征"爱欲";逻各斯(Logos)是欧洲古典时期和中世纪常用的哲学概念,一般指世界可理解的一切规律,也有"理性"的含义。因此,奥登此处应该指的是"爱欲和理性的关系"。

[2] 出自哈代的《缺乏理智》("The Lacking Sense"),全诗以对话体的方式述说了一个女人因"爱欲"成为母亲,乃至遭受生活捶打的故事。

解放了出来，而或许只有一种公开计划但由个体实践的苦修才能够让我们免于混乱和压抑的痛苦。无论如何，既然哈代以及其他人让我们看到了这个问题，我们便不得不面对它。

哈代安抚了尚处于青春期的我，而且还拓宽了我的视野，但他给予的帮助远远不止这些。就我个人而言，我在一个更重要的方面——诗歌技艺上受益良多。关于这一点，我难免再次感慨自己的选择十分幸运。首先，哈代作为诗歌匠人的缺点，包括笨拙的节奏和古怪的用词，即使对一个中小学生而言都是显而易见的，年轻人恰恰可以从中大获裨益，因为他们不会心怀畏惧，而是放心大胆地品评。莎士比亚或蒲柏总是令人赞叹不已，但也因此让人望而却步。其次，恐怕没有一位英国诗人像他那样运用了如此丰富、如此复杂的诗节形式，哪怕是多恩和勃朗宁[1]。任何模仿他的诗风的人，都至少学会了一件事，那就是如何使文字贴合复杂的结构，而如果他在这个方面能够心领神会的话，那么他还会充分意识到形式对内容的影响。[2]

> 夜色如厚厚黑盖将我笼罩，
> 　独自在罗斯海域
> 　一小岛的岬角边——
> 　我一身窟窿，秃顶、皱纹满脸——
> 　四周一片漆黑寂静，我的灵魂悄悄

1　罗伯特·勃朗宁（Robert Browning, 1812—1889），英国诗人、剧作家。
2　哈代对复杂诗歌结构的喜爱，可能与他曾经接受的建筑师培训不无关系。——原注

> 伫立着沉思。[1]

这种不同寻常的诗歌形式有助于模仿者发现自己需要述说的内容：像十四行诗之类的传统诗歌形式，在思想和情态上有约定俗成的定式，不成熟的模仿者几乎难逃窠臼。另一方面，模仿者兴许觉得自由诗容易写，但实际上困难重重，因为只有那些成功融合了表达意图和表现能力的人才能够写好自由诗。那些把自己的创作局限于自由诗的人，往往认为严苛的形式必然会导致内容失真，可惜他们并不理解艺术的本质。事实上，由语言、传统以及纯粹的偶然所馈赠的美，是多么广博、多么玄妙，而一位崇尚自我意识的艺术家在这方面显得多么渺小。

哈代帮助我避开了这个陷阱，此外还教会我在诗歌中直接嵌入口语化的用语，尤其体现于措辞和句法，而不是意象上的直截了当。

> 我知道你在干什么，是想把我引去……[2]

* * *

> 在那片海岸上，我们被彻底遗忘了，

---

1 出自哈代的《被屠杀者的灵魂》("The Souls of the Slain")，译者在此选取了刘新民的译本。
2 出自哈代的《一次旅行后》("After a Journey")，译者在此选取了刘新民的译本。

先生们！¹

* * *

他这个人向来留意这样的景象。²

这是一种"现代"修辞。比起艾略特的"煤气厂""耗子脚"³等写法，哈代的修辞更丰富，也更适合引入不同的主题。再则，我们虽然可以从艾略特那里"剽窃"，却绝无可能化为己用。

哈代是我的"诗歌上的父亲"，我现在很少再读他，这可能是因为他早已深入我心，我不再需要刻意地翻阅。他离开了，他所熟悉的世界也消逝了，我们正踏上别样的道路，但他对大自然的谦逊、对苦难和无知的悲悯，以及他所表现出的比例意识⁴，无论是过去还是现在，同样都必不可少。

我在滴水，滴滴答答
来自大西洋的雨水，
像那些被扬净的谷物

1　出自哈代的《一位老人告诉老人们》("An Ancient to Ancients")。
2　出自哈代的《身后》("Afterwards"), 译者在此选取了刘新民的译本。需要注意的是，此句在哈代原诗中是一个疑问句。
3　"煤气厂"(gas-works)和"耗子脚"(rats' feet)同时出现于艾略特的名篇《荒原》，但奥登的引用比较随意，艾略特原诗的拼写是"gashouse"和"rats' foot"。
4　"比例意识"对应的原文"sense of proportion"，通常译为"分寸感"，但奥登此处应该指的是哈代身兼建筑设计师的审美意识，而不是处世哲学，所以译为"比例意识"。

一把把地随风散落,
又像潸然而下的泪珠
沿晷针滑入我的底座,
它们的污渍兀自渗透
让晷面黯然失色——
直至我感觉自惭形秽,
成了毫无意义的摆设!

然而,我不禁设想
在绝望之中暗自思忖
尽管谁都没有看见,
他却一直在那上面,
无论何时,无论何方
可能都会俯身眺望;
不是为了帮助钟表匠
让他们测量和校准,
而是充满善意地许我
继续述说自己的行当。[1]

---

1 这是哈代的《雨天的日晷》("The Sundial on a Wet Day")。哈代在原诗末尾处标注了"St Juliot",应该是指康沃尔郡的圣朱利奥特,他曾在当地考察教堂修复和重建工作,留意到该教堂陈旧的日晷。

摹仿与寓言[1]

当技术、形而上学或两者联手都无法解决社会面临的问题时，社会就会陷入崩溃的局面。事实上，技术的每一次进步都需要形而上学并肩同行。我们称之为文明的东西，是人类活动和社会群体处于理性的秩序状态，各自都清楚自己的特定功能

---

[1] 这篇文章的原标题是"Mimesis and Allegory"，收录于1940年的《英语研究会年鉴》(*English Institute Annual*)。奥登在这篇散文中以"摹仿"和"寓言"这两个术语表征艺术的两个自相矛盾的特点，而他通篇的论据集中于瓦格纳歌剧。这里不得不提一下奥登对瓦格纳的态度变化。奥登自小受到母亲的音乐熏陶，对瓦格纳歌剧不可谓不熟悉，甚至能够与母亲合唱瓦格纳的名作《特里斯坦与伊索尔德》。不过，这种熟悉随着求学生涯而中断。他就像大多数英国人那样鲜少再接触歌剧，而且也接受了英国人的普遍观点：莫扎特歌剧是伟大的，瓦格纳歌剧是俗不可耐的。自从1939年与"歌剧迷"切斯特·卡尔曼相识以后，奥登真正进入了歌剧领域。他在1940年向朋友宣称："我已经成为瓦格纳的粉丝了。"

除了在这篇散文中借瓦格纳歌剧论述自己的艺术观点以外，后期奥登多次提到瓦格纳歌剧，比如在散文《巴兰和他的驴》("Balaam and His Ass"，1954)中，他借《特里斯坦与伊索尔德》这部歌剧论述艺术作品中"主仆隐喻"的一种特殊情况：拒绝成为任何"终极目标"(telos)的奴隶的人，只存在于歌剧之中，就像瓦格纳创造的特里斯坦和伊索尔德形象，他们的浪漫激情存在于有限而短暂的歌声之中，圆满只是一种即将发生却从未发生的东西。

和相互关系,这需要借助一神论的命运观才能实现,一种连神祇也必须在其中扮演好既定角色的公共视域,认定大千世界全都依循了一套法则,任何人的艺术都无法改变它。

古典文明崩溃的原因,至少有一点是未能将这种抽象的观念与具体的现象世界结合起来,它沦为了高雅人士把玩的对象。历史总是可以证明一个错误的命题无法成真、一个相对的预设无法变成绝对,但历史不可能产生绝对的预设。雅典人失去了对众神的信仰,但哲学家们无法用他们自己的经验所能理解的任何东西来取代这种信仰,因此很容易得出欧里庇得斯在《赫卡柏》[1]中表达的虚无主义结论:"众神纵使强大,仍受制于习俗。因为按照习俗,我们信仰了众神,定义了正义和非正义。"在把阿里乌主义和摩尼教斥为异端[2]的过程中,基督教会得以融合了普遍性与特殊性、精神与物质,为文明的技术进步创造了条件。

同样,显微镜的发明需要贝克莱[3]的唯心主义来平衡。除非人们意识到自然界的存在——"万事万物在其中得以产生和运动"[4]——不是一个可以通过实验证明其真假的命题,而是一个绝对的预设,一种信仰的行为,否则科学很可能会把时间浪费

---

1 《赫卡柏》(*Hecuba*)是古希腊悲剧家欧里庇得斯的代表作品之一。赫卡柏是特洛伊战争时期的特洛伊王后。

2 阿里乌主义(Arianism),曾任亚历山大主教的阿里乌创立的学说,认为耶稣次于天父,反对教会占有大量财富,后被斥为异端。摩尼教(Manichaeism)是由波斯人摩尼创立的世界性宗教,主要吸收祆教、基督教等教义而形成了自己的信仰,被正统基督教斥为异端。

3 这里指的是爱尔兰著名哲学家乔治·贝克莱(George Berkeley,1685—1753),近代经验主义的重要代表之一。他在1709年发表了一篇关于人类视觉的科学论文《视觉新论》,在当时引起了科学界很大的争论。

4 R. G. Collingwood, *An Essay on Metaphysics*, Oxford, 1940。——原注

在证明物质的存在上。

我们当前危机的独特之处在于，技术因素在其中起到的作用似乎微不足道——我们对物质自然的征服已经是既成事实。如果说我们正走向崩溃的边缘，那么，我们的失败在很大程度上是形而上学的原因。对整个生活而言真实的东西，对艺术来说尤其如此。一种不健全的审美观或根本没有审美观对艺术造成的损害，可能与一种不完善的道德观导致的伤害一样大。

我之所以把本文命名为"摹仿与寓言"，是为了用这两个术语表征艺术的两个明显自相矛盾的特点。我们首先期望艺术在一定程度上与生活相似，尽管我们可能分别用"相似"和"生活"表达了截然不同的东西。对一些人而言，艺术也许意味着对现象世界的事实进行再现，其顺序和重点与感官呈现给意识的一样；对另一些人而言，艺术意味着对心理意象进行再现，其顺序和重点与无意识呈现给意识的一样；对第三类人而言，艺术意味着对支配生命的法则进行揭示。

与此同时，"艺术"这个名称本身就意味着它或多或少不同于生活。即便是最热情的现实主义者，也必然会使用与其创作题材并不等同的媒介。理查德·施特劳斯[1]也许会兴高采烈地惊呼"很快我们就能准确地摹仿刀叉碰到盘子的声音了"，但他肯定不是简单地想把刀叉用作管弦乐器。在原始社会中，人们对艺术和生活之间的区别只有模糊的认识。诅咒的咒语被认为与刀刺一样有效，但审美只有在意识到一个人诅咒对方是因为无法谋杀对方时才会发生。艺术之所以不同于生活，还有其他方

---

[1] 理查德·施特劳斯（Richard Strauss，1864—1949），德国晚期浪漫主义作曲家。

面的原因：艺术试图表现的生活可能过于抽象，只有借助特殊的情况才能传达出来；或者过于私密，其独特性只能借助普遍的情况才能进行传递；或者涉及某种不良的禁忌因素，必须借助一些虽然与之相关但令人舒心且被普遍认可的东西来表达。

"摹仿"和"寓言"便于我们理解艺术的对立面。事实上，艺术与生活的"不同"存在两种类型——寓言和象征。寓言是一种有意识的修辞手法，其形式之一就是隐喻。就象征而言，物的附加价值超过了表面价值。对一个人来说只是寓言，对另一个人来说可能是象征。有一幅美国漫画，画面上是一头大象和一头驴，一个外国人认出了这是一幅关于两个政党的寓言作品；但一个热情的共和党人的观画感受也许会截然不同，大象激发了所有与父亲、自由和上帝有关的情感，而驴不仅会让他想到白宫里的那个人，还会让他想起自己幼年的噩梦、鲜血、无能和死亡。

寓言作为一种有意识的表达方式，是一维的、扁平的；象征是朦胧的、圆形的。兴许是由于这个原因，像梅尔维尔这样善用象征的作家，比兰格伦[1]和班扬[2]这样的寓言作家显得更"现实"。正因为象征的意义更模糊、更远离象征物，所以它的描绘必须更精确。此外，根据艺术家的经验，艺术作品的创造是一种有意识的行为，而象征的意义是无意识的，因此艺术家本人会倾向于对具有象征意义的人物进行寓言式的阐释。德莱顿和

---

[1] 威廉·兰格伦（William Langland），生活在14世纪的英国诗人，相传他是教诲长诗《农夫皮尔斯》的作者。
[2] 约翰·班扬（John Bunyan，1628—1688）的代表作《天路历程》被誉为"英国文学中最著名的寓言"。

蒲柏的美学（侧重于智慧和幻想，而不是想象力）是片面的，因为艺术家对自己经手之事的经验是片面的。艺术家总是过分强调了无意识元素。浪漫主义美学是读者的美学。

我的论述将集中于理查德·瓦格纳的作品。我之所以选择他，是因为在我看来，他是最伟大、最有代表性的现代艺术家，是我们这个时代高雅和低俗品味的先驱，从许多方面来说也是这些品味的缔造者。

在普鲁斯特或乔伊斯之前，是瓦格纳打着现实主义的旗号，以个人之力重新塑造了世界。他一方面指向了左拉逼真的现实主义，另一方面指向了象征和英雄。在高德温先生[1]出生之前，瓦格纳就已经发现人们会去观看一场演出，仅仅因为它耗资百万美元，而且舞台上会出现真正的马匹。正如瓦格纳观察到的，如果 A 作品的演出时长是 B 作品的两倍，那么人们会认为 A 作品的重要性是 B 作品的两倍。与此同时，正是瓦格纳为幽微情感的不同表达提供了范式，甚至连亨利·詹姆斯都无法超越这一点。但也正是瓦格纳用管弦乐的情调和噪音肆无忌惮地刺激神经，创造了对沃利策管风琴的品味。正是瓦格纳向超现实主义者们展示了原始、悖理、纯粹的偶然才是真正的革命艺术，他在西贝柳斯[2]和格特鲁德·斯泰因[3]之前发现，如果把同一件事重复四次，几乎没有什么效果，但重复四百次就可以取得显著的效果。大概除了歌德的《浮士德》之外，瓦格纳的

---

1 塞缪尔·高德温（Samuel Goldwyn，1882—1974），美国电影制作人，电影工业的先驱之一。
2 让·西贝柳斯（Jean Sibelius，1865—1957），芬兰著名音乐家。
3 格特鲁德·斯泰因（Gertrude Stein，1874—1946），美国文学家、剧作家。

歌剧是最先剥离了基督教信仰的重要作品。最后，作为艺术民族主义的缔造者，瓦格纳的政治影响颇为深远，而我们都知道这必然背负了代价。不管我们喜不喜欢，我们都是他的继承人，而且他比我们更伟大。

> 他颓废得颇为天真。这是他的自发性。他相信这一点，他没有在任何颓废的必然后果面前停步。其他人犹豫不决；这是他们的区别；岂有他哉……只要完整出现，其他半成品就会报废。瓦格纳是完整的。他是勇气，他是意志，他是颓废的信念。[1]

让我们以《尼伯龙根的指环》为例。它关涉什么？它在哪些方面是对我们所知道的生活或所经历的生活的摹仿？它在哪些方面呈现了一幅寓言式的画面？我们立刻遇到了一个悖论。它的故事情节和人物设定都是寓言式的，但根据左拉的判断，它在歌剧形式的限制下尽可能地接近了现实。瓦格纳打破了意大利传统的正式咏叹调和重唱，理由是它们不够自然，他将宣叙调发展为"无终旋律"[2]，认为这才符合日常说话的节奏。我们先来看寓言式的故事。总体而言，它关涉旧秩序的消亡。由于历史是一个绵延不绝的动态过程，这种情况便会不断地重复发

1　Nietzsche，*The Case of Wagner*，Thomas Common 译，第 50 页。——原注
2　瓦格纳在 1860 年写的《未来音乐》一文中提出了"无终旋律"（infinite melody），指出其特征是不间断性，为此音乐结构要始终保持开放和展开性，避免歌曲形式的封闭结构或段落感。

生;瓦尔哈拉诸神¹寓意的秩序,取决于具体的历史时期或观众的地理位置。然而,从瓦格纳的角度去看,这个寓言还涉及一个特定的秩序。历史学家将看到一幅19世纪德国反动的贵族(神族)、攫取钱财的资产阶级(侏儒)、强大但愚蠢的无产阶级(巨人族)之间争斗不休的画面,而无所畏惧的英雄(齐格弗里德)和被唤醒的女人(布伦希尔德)从他们手中拯救了德国²。正是基于这个原因,尽管布伦希尔德对烹饪和儿童缺乏兴趣,纳粹还是接受了这部剧。

不过,这种解释在《诸神的黄昏》³里变得困难重重。齐格弗里德和布伦希尔德并没有创造新世界,他们与旧世界一起被熊熊大火吞噬,文明的"指环"又回到了原始的莱茵河。我们都知道新世界会得到重建,但如何以及由谁来重建却模糊不清。同样,如果我们把它看成是一个特别的寓言,也就是说,一幅由具备意识、能够进行推理和行使自由意志的人组成的画面,那么人物的行为就变得极为怪诞,倒不是因为他们犯了错,之后不得不为此遭受惩罚,而是因为他们事先就知晓自己的所作所为是错的。在《俄狄浦斯王》中,观众知道俄狄浦斯所做之事,但他自己一无所知。到了《尼伯龙根的指环》,演员们总是不

---

1 《尼伯龙根的指环》的创作灵感来自北欧神话,其中瓦尔哈拉(Valhalla)是北欧神话中的天堂之地(亦译作"英灵殿"),由众神之王沃坦(Wotan,或作"奥丁")统治,传说中的英雄和国王也会来到这里。
2 在《尼伯龙根的指环》中,善良的女武神布伦希尔德因为违背沃坦的命令,被流放到人间的一座荒山之顶沉睡,周围环绕着熊熊大火。后来,勇敢的青年英雄齐格弗里德冲过烈焰唤醒了她,成了她的丈夫。
3 《尼伯龙根的指环》是四联剧,由《莱茵的黄金》《女武神》《齐格弗里德》《诸神的黄昏》组成。

厌其烦地解释即将发生的事情,以及它将有多可怕——他们否认自己的知识。例如,瓦尔哈拉神殿会被世界之树[1]上的柴堆点燃。沃坦为什么要把这么危险和易燃的东西留在那里?如果沃坦知道他的权力取决于遵守条约,那他为什么要用诡计建造瓦尔哈拉神殿?如果他能够创造一个憎恨众神的拯救种族,那他为什么要向弗里卡[2]让步?如果他知道自己的造物皆为身不由己之辈,那他为什么选择创造他们,或者,如果是他做出了这种选择,那他为什么还要介意?他说:"虽然众神都要消亡了,但我并不感到痛苦,因为这合乎我的心意。"如果是这样的话,那他为什么要把结局推迟那么久?阿尔贝里希[3]舍弃了爱情,但沃坦完全是一个缺乏爱之能力的形象。

这些难题使批评家不禁联想到,瓦格纳一开始是政治革命者,后来对叔本华产生了兴趣,正是后者教导他意志是邪恶的,而历史是一个无休止的循环。

我们也可以换一种说法,采用精神分析的方式。假如现象世界中的所有行为都是以超现象冲突的戏剧化方式呈现,那么这个故事意味着什么?莱茵河是潜意识,瓦尔哈拉神殿是意识;诸神是思维和情感的有意识官能,侏儒和巨人是直觉和感觉的无意识官能。潜意识本能的宝藏只能由一个愿意放弃乱伦愿望的人打造成"艺术和文明的指环",只能由一个不畏惧潜意识本

---

1 原文为"World Ash Tree",通常写为"World Tree"(世界之树),据说是一种白蜡树(Ash Tree)。
2 在北欧神话中,弗里卡是众神之王沃坦的妻子。
3 在《尼伯龙根的指环》中,阿尔贝里希抛弃了爱情,从莱茵水仙手中攫得了莱茵的黄金,用那黄金铸成的指环能使他成为宇宙间最有权势的人,沃坦用诡计从他手里取得了指环。

能的人锻造成"目的性的行动之剑"。智力（沃坦）无法遵守自己的逻辑，因为它总是受到情绪（女人）的影响，无法放弃早期的乱伦愿望（沃坦与智慧女神爱尔达结合生下了布伦希尔德）。

事实上，《尼伯龙根的指环》自始至终都存在乱伦行为，正是这种乱伦之爱绵延不绝。作为一个政治寓言，英雄通过齐格蒙德和齐格琳德的乱伦行为而诞生[1]，这可能是合理的，因为只有那些不受其文化禁忌束缚的人才能改革它，但作为一个心理寓言，乱伦是一种倒退。

同样，心理寓言在《诸神的黄昏》里变得含糊。在《齐格弗里德》的第三幕中，年轻的英雄唤醒了布伦希尔德，歌词清楚地表明，他视她为母亲，而她视他为儿子，甚至从某种意义上说，是一个年轻的父亲。到了《诸神的黄昏》，我们看到的是成长的戏剧化呈现：布伦希尔德要嫁给贡特尔，而齐格弗里德要娶古特鲁妮；但这种行为被描绘成由魔法引起的不忠，导致两人都走向了致命的终点。总之，寓意似乎是这样的：文明只能由那些放弃乱伦的人来建立，但那些放弃乱伦的人在自我毁灭的同时也摧毁了文明。

正如行星轨道的不规则现象可以引导我们发现一颗迄今为止未知的行星一样，寓言中的不一致之处也指向了艺术家自己并未意识到的东西。他相信自己的寓意是 A，但可能在不知不觉中接近了 B。批评家若想找到 B，就必须把注意力从艺术作

---

[1] 在《尼伯龙根的指环》中，沃坦与一个凡间女子结合，生下一对孪生兄妹，男的叫齐格蒙德，女的叫齐格琳德，两兄妹后来生下了英雄齐格弗里德。

品转向艺术家。

每个艺术家都试图给世界绘制一幅客观的图画，可是他自己就是世界的一部分，因而这种客观永远不可能达成；更何况瓦格纳远没有大多数艺术家那样客观。尼采以其超凡的洞察力直指这个层面的瓦格纳：

> 瓦格纳的女主人公们，只要摘掉了英雄的假面，看上去全都是包法利夫人的模样。真的，大体而论，瓦格纳看来对别的问题毫无兴趣，除了那些目前让精致的巴黎颓废派感兴趣的问题。总是离医院近在咫尺。十足的现代问题，十足的大都市问题。[1]

在瓦格纳看来，他述说了垂死秩序的瓦解和英雄壮举的涌现的寓言，但从尼采的角度来看，它变成了对工业文明中资产阶级生活的摹仿。正因为如此，瓦格纳才广受欢迎。小人物们害怕失去手头的工作，他们迷失在现代生活的迷雾之中，确实觉得自己任由无法掌控的命运摆布；他们经常萌生打破一切的念头；他们的确会像特里斯坦[2]一样，欢迎做梦的夜晚来临，以此缓解工作日的沉闷；他们对孩子们的叛逆之举无所适从。

当我们将瓦格纳视为艺术家而非公民的时候，这一点变得愈发明显。他的人生饱受苦难的折磨，而"痛苦"正是他最善于表达的东西。他塑造的角色往往会有不合逻辑的行为，当我

1　Nietzsche，*The Case of Wagner*，第34页。——原注
2　特里斯坦是亚瑟王传说中的一位骑士，瓦格纳以此为题材创作了《特里斯坦与伊索尔德》。

们意识到他这么设定是为了继续写自己擅长的那种音乐时,角色的不合逻辑之举也就变得可以理解了。

　　在表达肉身的痛苦(安福塔斯)、暗恋的痛苦(汉斯·萨克斯)、自我之爱的痛苦(特里斯坦和伊索尔德)、爱之背叛的痛苦(布伦希尔德)[1]……简言之,在表达失败的痛苦方面,瓦格纳是有史以来最伟大的天才之一。然而,瓦格纳的才华只体现于对痛苦的表达,或者说"摹仿"。幸福、社会生活、神秘的喜悦、成功的体验,这些都超出了瓦格纳的范畴。他最精彩的段落是独白,两个以上的人出现在舞台上的段落通常会破坏音乐。即使是《纽伦堡的名歌手》的终场部分,也难免令人联想到阅兵式场景,总归是不太自然。他笔下的人物缺乏意志,而瓦格纳本人却拥有惊人的意志力,个中反差委实非同寻常。但转念一想,这也许并非无迹可寻。从路德说"我别无选择",到希特勒看着华沙的废墟说"他们为什么要反抗我的授意",我们看到意志坚强的人通常是决定论者,如果他恰好是艺术家的话,那么他与艺术媒介的关系就进一步加深了这种倾向性。像瓦格纳或惠特曼这些打破了传统形式的艺术家,更甚于此——创作活动中的方方面面似乎都是无意识决定的,是一种权威的个人话语。

　　那么,瓦格纳的作品在哪些方面可以说是优秀的,或拙劣的?假设批评家认为艺术应该真实地反映生活,而他所谓的"真实地反映生活"意味着艺术应该展现受到特定规律支配的事件,那么他对艺术作品的评判是否取决于他的信条?如果这位批评

---

[1] 安福塔斯是瓦格纳的三幕歌剧《帕西法尔》中的圣杯骑士之王。汉斯·萨克斯是瓦格纳的三幕歌剧《纽伦堡的名歌手》中的鞋匠诗人。特里斯坦、伊索尔德和布伦希尔德,如前所述,也都是瓦格纳歌剧中的人物。

家是叔本华的信徒，那么他会认为《尼伯龙根的指环》优秀吗？如果他是罗马天主教信徒，那么他会认为《尼伯龙根的指环》拙劣吗？另一方面，如果"真实地反映生活"是指准确地反映了生活在特定历史时期的特定人物的行为与信仰，那么《尼伯龙根的指环》的价值是否取决于观众的历史观点和心理视角？对那些只看到表层价值的天真之人而言，这部剧虚假吗？而对那些能看出潜藏寓意的内行之人而言，这部剧真实吗？

我必须承认，我自己无法解答这个难题。个人经验告诉我，虽然人们不一定要接受艺术作品中表达的信仰才能欣赏它，但这些信仰不容忽视，有时它们看起来愚蠢至极，以至于会引起审美上的厌恶情绪。另外，观察别人让我明白，虽然两个人对同一部作品都反馈良好，但其中一个人的反应可能暗示了对拙劣艺术的上不了台面的满足心理，而另一个人则是对他认可的优秀艺术的回应。

最后，我隐隐觉得，当一个人欣赏的作品包含了他并不认同的信仰时，他不会像柯勒律治认为的那样"心甘情愿地搁置信仰"，而是试图将之寓言化，从历史关系上把它们与他自己信仰的历史绝对背景联系起来，而这就是并不具备此类心智习惯或缺乏必要历史知识的诗歌读者倾向于坚持信仰认同的原因，I. A. 瑞恰兹博士[1]已经在他的《实用批评》中阐明过这一点。

这些问题必然涉及道德。我们有两类体验：一类是对意识之外的世界的客观体验，我们以感官图像或无意识记忆的形式

---

[1] I. A. 瑞恰兹（I. A. Richards, 1893—1979），英国文学批评家、美学家、诗人和语言教育家，"新批评派"理论的创始人之一。

获得这种体验，它由因果必然性支配，也就是说，它是独立于我们的意志而呈现给我们的，可能赏心悦目，也可能令人不快；另一类是主观体验，是我们对自身意识缺陷的认知，它可以通过意志获得，并且受到我们有关逻辑要求和道德准则的观点的支配，我们正是在这个层面做出了道德判断和行为决定——相关体验可能是善的，也可能是恶的。同样，也有两类事件：一类是我们不能通过自己的行动改变或阻止的事件，另一类是我们能够改变或阻止的事件。在第一类事件中，有些事件无法变更，只因它们远远超出了我们的能力范畴，如战争、洪水、疾病、星体运行等，而另一些事件之所以无法改变，只不过是因为它们已经发生了。如果我们把不愉快的事件称为"不可改变的磨难"，把邪恶的事件称为"可预防的诱惑"，那么科学和艺术都主要与磨难有关，尽管它们各自的路径不同。科学的目的是将磨难转化为诱惑，将无法解决的被动忍耐问题转化为可以解决的行为问题，将不愉快转化为邪恶。让我们以心理治疗为例。想象一下，有一个拘谨的年轻人饱受幻想的折磨，而在他的幻想中，他正切割着女人的喉咙。他当然不会真的这么做，不仅是因为他的理智，还因为他惧怕警方和舆论。他试图压抑自己的幻想，但他失败了，幻想愈发张牙舞爪。他受尽煎熬，直到他找了一位心理医生，在医生的帮助下解开了心结，终于获得了平静。也就是说，他的幻想消失了，他对女人的态度回归了正常，他不再认为性欲在任何情况下都是邪恶的。不久之后，他爱上了一位已婚女子。这一次没有心理学家可以帮到他，警方对此也漠不关心。他面临着意识的诱惑，唯有他自己才能决定是屈服还是抵抗。科学并没有让他变得更好或更糟，只加重了他的责任。

但总有一些磨难,科学至今无法将之转化为诱惑,也永远无法做到这一点,因为它们已经发生了。艺术正是与这些磨难有关——缪斯女神是记忆的女儿[1]。虽然已经发生的事件无法改变,但我们对它们的态度可以改变。它们可以被接受,它们之间的关系以及它们与现在的关系可以被理解。道德家之所以攻击艺术,是因为他混淆了艺术与科学。例如,一本关于佃农的书,它的科学价值与它改变佃农境况的功能成正比;它的美学价值,则取决于它在多大程度上帮助佃农理解这些境况,直到它们发生了改变。显然,这两种价值并不总是一致。当我们说艺术超越善与恶的时候,我们真正的意思是,"善"和"恶"这两个术语只适用于我们自己有意识的选择,而不能用于过去,因为过去已经发生,也不能用于我们之外的世界,因为那不是我们的所有物。我们并不是说艺术没有道德效果,而是说艺术的道德效果取决于我们每个人自身的反应。

许多要求艺术具有道德性的人只不过是希望被告知,道德行为是容易的,可以使人幸福和富足。然而,既然体面的公民会犯错,那么放荡不羁的无政府主义艺术家也会犯错。事实上,从波德莱尔到19世纪90年代的"为艺术而艺术"派,这些不切实际的叛逆者都具有强烈的道德感,甚至是过于道德了。他们的基本信条很简单:"善"即资产阶级所行之外的事。资产阶级投身于制造业,因此像阿尔贝里希这样的制造者便是邪恶的。资产阶级认为乱伦是邪恶的,因此像齐格蒙德这样的英雄会乱

---

[1] 在古希腊神话中,天帝宙斯与记忆女神结合,生下了九位缪斯女神。

伦。在这样一个内含否定信条的基础上，或许可以产生喜剧，但无法生成悲剧。对资产阶级来说，他们不会因为深爱别人而产生自杀的念头，所以《罗密欧与朱丽叶》只能是一本心理病历、一个治安法庭的卑陋案例。对放荡不羁的艺术家而言，他们认为对自身性冲动的任何限制都是荒谬的，因而会赞成自杀，即便他自己不会这么做，也会认同他人的做法，所以这部戏剧必然是一部浪漫喜剧、一个美丽的童话故事。只有当我们意识到罗密欧和朱丽叶在爱的强度上超越了我们时，这才是一部悲剧，但即便如此，自杀在道德上也是错误的。由于我们意识到了死亡对他们的诱惑何其强大，因此这就不会是一个治安法庭的案例；他们最终屈服于死亡的诱惑，因此这不是一部喜剧。

这两种错误的道德态度都源于试图在艺术中找到一种支持，或找到一种替代品来填补人们失去的信仰，其实都是对新教的浪漫反抗的症状。与民主一样，新教也基于这样一种假设，即争议是一种合作形式，是最终达成真理的唯一途径，而普通人有足够的能量和兴趣参与到寻找真理的进程中，有足够的智慧去认识逻辑的必要性，有足够的谦卑去服从这一必要性。如果一个人懒惰、无聊、愚蠢或自负，那一定会失败，因为你要么自己寻找真理，要么接受他人告诉你的真理；真理不会自动来到你身边。

关于这一点，克尔凯郭尔说得很有道理：

> 路德确立了最高的精神原则：纯粹的内心。它可能变得如此危险，以至于……在新教中，世俗可能被尊为虔诚，并得到高度重视。我认为这在天主教中是不可能发生的。

但为什么它不可能在天主教中发生呢？因为天主教有一个普遍的前提——我们都是彻头彻尾的混蛋。为什么它会在新教中发生呢？因为新教的信条关涉一个特定的前提：有一个人经受了死亡的痛苦，在恐惧与战栗之中，在诸多磨难之中——这是空前绝后的，没有任何人有过此等强度的遭遇。[1]

实际上，浪漫主义运动一直试图寻找一种崭新的非超自然的天主教，并且因为艺术是一种共享的东西，从这个意义上来看天主教，作为一种浪漫主义症状，极大地夸耀了艺术作为生活指南的重要性，而对于艺术本身，它强调无意识、童真以及非理性，希望借此找到人类的统一性。我们只需将瓦格纳的歌剧与莫扎特的歌剧进行比较，就可以清楚地看到这种变化：如果说艺术要摹仿的生活是指我们有意识的日常社会生活的话，那么莫扎特的歌剧就更为现实；而如果我们指的是无意识的梦想生活的话，那么瓦格纳的歌剧就是更好的摹仿。

现代艺术家进退两难。如果他拥有信仰，而且意识到不能指望受众具备这些信仰，他就会倾向于在自己的作品中强化信仰，仿佛一位兢兢业业的传道者，向信徒们播撒宗教或政治的大道理。如果他没有信仰，他要么像瓦格纳一样被吸引到富有神秘色彩的象征里，要么像《时代》杂志那样走向现实的报道中，通过呈现类似于生活本身的模棱两可的东西来回避信仰问题，从而使受众与他的作品处于相同的境况，恰似他对待生活的态

---

[1] *Journals of Søren Kierkegaard*, London, 1938, 第513页。——原注

度。我想，I. A. 瑞恰兹有关艺术如何构建信仰态度的描述是正确的，但我们评判这种构建之价值的标准却在艺术范畴之外。不过，这一点并非总是显而易见，因为我们分析的作品通常篇幅很短。如果我们把注意力局限于太阳和地球的运动，那么托勒密理论或哥白尼理论[1]同样可以很好地适用于我们的观察；只有当我们在一个更宽广的领域内考量它们时，过往的假设才显现出弊端。同理，只有当我们接触到一部大型艺术作品（如《尼伯龙根的指环》）时，信仰问题才突显了出来。这也许就是大多数现代作品都篇幅短小的原因，或者，假使它们像瓦格纳、普鲁斯特和乔伊斯的作品那样宏大的话，它们往往在幽微之处而非在整体面貌上让人难以忘怀。

许多人极力推荐的一个解决方案是某种新形式的天主教信仰，然而，尽管他们抛出了铿锵有力的粗俗口号，但选择的自由、职业的专业化以及科学发展带来的社群日益去地方性的问题，都为当前能否沿着这条道路前行打上了问号。我们还有一种选择：每个人都接受自己的孤独，担负起孤独带来的责任，克服自己与生俱来的反感或迟钝，去思考那些与工作没有直接或显著关系的事情，愿意根据自己和他人的经验不断重新审视自己的绝对臆断。艺术既不是形而上学，也不是行为表现，艺术家在艺术作品中太过直接地坚持自己的信仰通常是不明智之举；但假如艺术的背景框里缺乏一种充分且明晰的形而上学的话，那么艺术对生活的摹仿就必然会沦为主要吸引心理学家和

---

[1] 托勒密理论指古希腊天文学家托勒密发展的"地心说"；哥白尼理论指文艺复兴时期天文学家哥白尼提出的"日心说"。

历史学家的东西，要么是艺术家精神错乱的个人化寓言，要么是偶然生活细节的静态性复刻，没有模式可言，也不具备意义。

  他们可以选择是做国王还是国王的使臣。就像孩童一样，他们都渴望成为使臣。于是，现在有众多的使臣，他们散布在世界各地，由于没有了国王，他们互相呼喊，传递着陈旧过时的无意义讯息。他们乐意结束这了无生趣的生活，却不敢妄自行动，因为他们曾宣誓效忠。[1]

---

[1] Franz Kafka，*The Great Wall of China*，London，1933，第 265 页。——原注

流浪的犹太人 [1]

> 不可欺骗，即使是胜券在握的世界。
>
> ——卡夫卡《格言》

一位批评家近来直言，卡夫卡有成为某类派系偶像的危险。这确实是一个遗憾，虽然他的作品富于想象、风格奇诡，但没有一位现代作家能够像他那样，如此坚定和坦率地站在欧洲的传统之中。正如但丁、莎士比亚和歌德之于他们各自时代的意义，若论我们这个时代的类似人选，卡夫卡肯定是最先被想到

---

[1] 这是奥登为卡夫卡的《美国》、《城堡》和《卡夫卡文集》的英译本撰写的评论文章，原标题是 "The Wandering Jew"，刊登于1941年2月10日的《新共和》。奥登深受卡夫卡的影响，在长诗《新年书简》中直接提到了卡夫卡，并在将该诗收录于《双面人》(The Double Man) 时添加的注释里多次引用卡夫卡的《格言》；他还创作了组诗《探索》，与卡夫卡的"探索"息息相关。就散文而言，奥登至少写有三篇关于卡夫卡的文章，前后有很大的一致性——分别是《流浪的犹太人》、《K的探索》(K's Quest, 1946) 和《探索的英雄》(The Quest Hero, 1961)。从篇幅和文风方面考虑，译者选择译出第一篇，有兴趣的读者不妨进一步查阅另两篇，其中《探索的英雄》还大量论及托尔金的《魔戒》三部曲。（转下页）

的艺术家。何其有幸,我们最优秀的翻译家埃德温·缪尔[1]竟然推出了卡夫卡作品的英译本,但来自出版商的消息难免令人沮丧,因为后续不会有一整套权威的简装版本。例如,在我看来,《中国长城》[2]涵盖了卡夫卡最优秀的作品,当然也最能体现他的艺术特色,可惜并没有出现在这个集子里。

卡夫卡在他的三部长篇小说中采用了最古老的文学手法——探索,因此,我们把他的作品同这一类文学中某些较早的实例进行比较,也许是最佳的切入方式。

在神话故事中,探索的目标是寻获一件神圣之物(如生命之水、金羊毛等),拥有宝物的人可以得到神奇的力量。这件宝物往往落入邪恶势力之手,巨人、恶龙或女巫借此为非作歹。某位英雄成功夺取了宝物,而制胜的关键在于仁慈的守护神对他青睐有加,若非神灵庇佑,他定然会像先前的探索者那样一败涂地。虽然他迷人的魅力和服从白魔法师[3]的意愿均源自他的

(接上页)卡夫卡通常被认为是颠覆传统、表现时代新气象的现代主义作家,但对奥登而言,卡夫卡并不是一个前卫的创新者,而是一个立足于欧洲传统的继承者。我们可以从卡夫卡身上学到的是,我们目前面临的问题异常复杂,既包括传统的精神上的问题,也有新时代的政治问题。卡夫卡和奥登都知道,任何企图简单地回到金羊毛或圣杯的时代的想法都不切实际,唯一的道路是前行,在穿越重重困境的过程中再次找回真实、重新设定探索,这更为务实,也更为明智。奥登的解读角度无疑丰富了卡夫卡研究的疆域。

1 埃德温·缪尔(Edwin Muir, 1887—1959),苏格兰诗人、文学批评家和翻译家。
2 《中国长城》(The Great Wall of China)应该指的是奥登在此期间阅读的卡夫卡作品集,《摹仿与寓言》的收尾处引用过这部作品集,而与标题相关的小说,通常的英译名是"At the Building of the Great Wall of China"(《中国长城建造时》)。
3 西方神秘主义者认为,白魔法是对人有正面影响,或依靠神力施展的魔法,与此相对的概念是黑魔法,而这些魔法的操控者即魔法师。

个人秉性，但这一切以及他的成功，实乃命中注定。他是预言中的英雄，是幸运的第三子[1]，必须要有他的参与，才能将神圣之物复归特定的所有者。

在中世纪的圣杯传说中，情形已经发生了变化。神圣之物，也就是圣器，仍然存在，但它并没有被黑魔法窃取，也不是任何人的私有物。它曾经一视同仁地显露在世人面前，但他们的罪恶让它消失了。世人不能占有它，只能膜拜它。虽然它是超自然之物，但它不会赋予任何人魔力，唯一的酬劳便是获准看到它。从理论上而言，凡是清白无罪的人都可以找到它，但实际上，如果没有超自然的恩典，一个人就不可能过清白无罪的生活，所以只有命中注定的骑士加拉哈德爵士[2]才找到了圣杯。

宗教改革后，神圣之物（绝对的具象化）不复存在，探索的目标变成了个人救赎。[3]"基督徒"[4]和浮士德是作为个体而被拯救的，也就是说，他们的命运遭际并非上天注定，也无关他

---

[1] "幸运的第三子"的说法，与奥登的自我认知有关。奥登是家中三兄弟中的老幺，得到了母亲的特殊关照。他后来经常借童话和传说故事阐明家中老幺的得天独厚，二哥约翰后来回忆道："威斯坦［奥登］在我们三兄弟中最小，多年后，他跟我妻子说起过，如同童话故事里经常发生的情形，他年纪最小，因此最受宠爱，注定要去发现伟大的宝藏。"他还在诗歌《死神之舞》（1937）中写道："归根结底，我这人有好运气，／我是逍遥自在、被宠溺的第三圣子。"虽然这首诗是以一个死神（或者说它的化身）的口吻写的，但关于第三子的描述显然来自他自己的切身体会。

[2] 加拉哈德爵士（Sir Galahad）是亚瑟王传说中的圆桌骑士之一，传说他找到了圣杯，但也因无欲无求而将圣杯归还，他自己的灵魂随后升入了天堂。

[3] 《白鲸》是一个例外。这部小说并没有拯救这一主旨，白鲸是神圣之物和邪恶守护者的结合体。——原注

[4] 即下文提到的《天路历程》（*Pilgrim's Progress*）的主人公，这部由约翰·班扬创作的寓言体小说，叙述了一个名叫"基督徒"的人历经艰险前往天堂的朝圣之旅。

人的救赎。他们之所以成功,不是因为他们完美,而是因为他们永不放弃追求完美。然而,在《天路历程》和《浮士德》之间,已经插入了一个全新的音调——反讽。"基督徒"可能会忽略他得到的启示,但这些启示本身从来都不是模棱两可的;探索的道路或许充满了艰难险阻,但道路本身必定真实可靠。"猜疑"是一个巨人,要么征服他人,要么被他人征服。可是,到了《浮士德》,就连天主都发了话:

> 在所有否定的精灵中间,促狭鬼最不会使我感到累赘。人的行动太容易松弛,他很快就爱上那绝对的安息;因此我愿意给他一个伙伴,刺激他,影响他,还得像魔鬼一样,有创造的能力。[1]

浮士德之所以得到拯救,是因为他永远不会满足,而他之所以永不满足,是因为梅菲斯特费勒斯永远不会让他停歇:魔鬼输掉赌赛的原因在于他自身。

在《培尔·金特》中,反讽更加意味深长。那些安排培尔在剧末死去的制作人都不得要领,索尔薇格对他的问题"真实的自我去了哪里"的回答——"在我的希望中,在我的信仰中,在我的爱中"——并不比之前的任何一个答案更具决定性,因

---

[1] 这段文字出自歌德的诗剧《浮士德》开篇的"天堂序曲",提出了全剧的主旨:撒旦来到天堂,请求上帝允许他下凡诱惑浮士德,而上帝深信浮士德具有不断进取的精神,不会受到诱惑,因此允许了这个请求。可以参看歌德:《浮士德》,绿原译,人民文学出版社,1994,第9页。

为他将再次见到纽扣匠。[1] 不仅所有的答案都只是暂时性的，而且拯救的可能性本身也存疑。

浮士德和培尔这两个人物的反讽色彩同样鲜明，以任何通行的道德标准来看，他们都是一对道貌岸然的无耻混蛋。加拉哈德和"基督徒"之所以与众不同，是因为他们在道德上高于传统的平均水准，而浮士德和培尔的特殊之处在于道德品质较为恶劣。英雄摇身一变为波希米亚人。那么，为什么一切对他们来说都如此轻而易举？为什么上帝和世人都对他们青眼相加？这是因为他们忠实于"保持自我"，因为他们认为蕴藏于自身的"专横"（Arbitrary）是必要的东西。

或许，对卡夫卡式英雄的最简便的界定，就是将之描述为浮士德的镜像形象，即否定之否定者。

他的目标，像早些时候的那些探索一样，也是清晰可辨并得到普遍认可的。每个人都想要供职于俄克拉何马自然剧院，每个人都愿意遵纪守法，每个人都渴望住在城堡附近，但对所有其他人而言，他们抵达成功的唯一途径是以特定的方式成为有个性的人，而对 K（《城堡》的主人公）来说，正是他的与众不同造成了特殊的甚至也许是致命的困难，尽管他难以道明自己的独特之处何在。卡夫卡其实在说："得到救赎就是要拥有信仰，而拥有信仰意味着要承认某些东西是必然的。个人的信仰是否错位，这并不重要；事实上，从绝对的意义上而言，错位时常发生。浮士德和培尔·金特远非特殊的个人，他们是那种

---

[1] 这段文字涉及《培尔·金特》的尾声部分：浪荡子培尔·金特晚年回到家乡，一位纽扣匠告诉他，他的一生已完结并将被铸成纽扣，培尔尽力逃避这个结局，最后在昔日情人索尔薇格的歌声中得到了安宁。

浅薄的普通人（如果这样的人真的存在的话）。他们之所以能够得到救赎，是因为他们犹如孩童，一直以来都持有动物般的原初信仰，从不询问道路通向何方，纯然享受前行的过程。成为有个性的人——也就是说，成为懂得深思的人——便需要发现必然本身，而从人类的视角来看，这种必然似乎是专横的。在浮士德那里，一切都轻而易举，因为他并没有认识到自己服从的对象是专横的；在K这里，困难无穷无尽，因为他再也不能对自己隐瞒一切事物彰显的专横，他无时无刻不处于危险的情境，不断面临着否认自己无法理解的必然、失去他自己的信仰的危险，而失去信仰便是毁灭。"

对像浮士德这样的文艺复兴之人而言，辩证法是外在的。他的伦理问题是如何调和两种互不相容的审美关系，即他与自己的关系和他与他人的关系；他面临的诱惑是否认两者的互不相容，这意味着回返神话故事中的审美泛神论。而对现代人K来说，外在和内在的分裂早已瓦解。他的伦理问题是如何区分他必须服从的东西和他必须决定的东西，如何既避免妄自尊大又不至于迁延怠惰；他面临的诱惑是接受两者的互不相容，不是把它当成人类罪恶和局限的表层，而是将之视为真实且最终的存在，他可能会成为一个二元论者，要么以一种出世的宗教路径将必然贬黜到另一种生活，要么以一种出世的政治路径将必然贬黜到另一个时代，但这两种情况都承认"专横"是此时此地的唯一现实。

卡夫卡会让那些认为只有美学问题而没有道德问题的自由主义知识分子感到不安，同样也会让那些承认存在道德问题但希望将之简化为二元形式的革命者无法再等闲视之。

因此，克劳斯·曼先生[1]在为《美国》撰写的序言中谈及卡夫卡的"宗教迫害妄想症"，而精神分析学家们满腔热情地挖掘他与父亲的关系。事实上，卡夫卡比他们更为清醒地认识到了这一点，他写道："这些所谓的疾病，尽管看起来很可悲，但都是信仰，是一个处于困境之中的人向坚实的母土抛锚停泊的努力。"心理疗法若要产生一定的疗效，必须认识到神经官能症的真正价值在于目的论导向，通常所说的创伤体验，并不是偶然事件，而是孩子在漫长的翘首等待中把握住的机会，以便找到自身存在的必然之物和发展轨迹，赋予生命严肃的意义。即使这次没有握住它，下次还会有一个类似的稍纵即逝的机会。当然，如若不必承受这样的创伤，或许会更轻松一些，但他心下却很清楚，仅仅依靠他自身的力量是无法成功的：神经官能症是守护天使，生病是宣誓。卡夫卡面临的问题，以及他的天赋所在，其实与他的父亲没有多少关系，因为后者能够为他做的事情，无外乎驱使他接受了自己的天命，帮助他抵御了拒绝自身洞见的诱惑（即拒绝相信必然总是以专横的面目出现），让他不至于安逸地沉溺在庸常的观念里。

同样，在斯洛科沃教授（Professor Slochower）看来，卡夫卡的"唯我论"令人担忧，这导致他无法呈现"真实的境况"。[2]为什么卡夫卡无法认清那城堡是一座神奇的城堡、那审判是阶

---

[1] 克劳斯·曼（Klaus Mann，1906—1949），德国文豪托马斯·曼的长子，奥登名义上的妻子埃丽卡·曼的弟弟。奥登移居美国后，起初与同样在美国生活的曼一家人相处融洽，但后来由于观念不同而逐渐分道扬镳。
[2] 奥登在此引述斯洛科沃教授的观点时，将K这个角色与卡夫卡本人同等看待。

级不平等的体现,而真理和正义与佩皮同在?[1]然而,卡夫卡并不是一个唯我主义者,他置身其中的世界,一直以来都有芸芸众生,也有充满神秘色彩的力量在运作。他也不是一个失败主义者。他总是想方设法要进入城堡,一再自证身份,甚至还找了活干;总是愿意与他人建立关系,无论他们多么令人不安。当局真正担心的是他的思想观念;当克拉姆[2]、法官等人的行为举止在他看来有违伦理道德时,他从来不会说:"这就是现实,这就是宇宙运行的方式,我必须照此行事。"相反,他只会这样说:"我觉得这似乎是不道德的,现实不应该如此。如果我能够看透这一切,我就应当按照那潜藏力量的运作方式行事,也就是说,我不能按照它们显露出来的表象行事。"

卡夫卡对我们至关重要,因为他的主人公的困境正是所有当代人的困境。工业文明让每个人都成了一个独特的善于思考的K。卡夫卡的犹太人身份是恰到好处的背书,因为犹太人长期以来一直处于我们现在所面临的处境,一个没有家的处境。关于犹太人的评说林林总总,那些看起来合理的说法其实可以归结为一点:反思的人,流浪的人,永远都不会轻易地拥有信仰,但如果失去了信仰,便会陷入困境。当代反犹主义者在犹太人身上看到的是他们自己命运的影像,他们对此惶惑无措,奋力奔跑想要躲进同一个类型(即种族)的避难所。他们缺乏胆识,也毫无希望,他们听不到那个对犹太人和基督徒一视同仁的声

---

[1] 这里涉及到《城堡》的具体情节,其中佩皮是《城堡》中的一个酒吧女仆,后来成为前台,她视K为恩人。
[2] 克拉姆是《城堡》中的城堡办公室主任,K一直想找到克拉姆,让其承认他的土地测量员身份。

音:"有许多避难所,但只有一个救赎之地;然而,通往救赎的途径,就像避难所一样不计其数。"

耐心的回报[1]

天赋只有一个内在目的,它不断地发展自己,在此过程中的自我发展本身就是它的作品。因此,天赋绝不是慵懒的,它在其内部辛苦劳作,可能比十个商人的工作还要艰辛,但它的任何成就都不会沾染外在的目的。这既是天赋的仁善,也是天赋的骄傲:它的仁善在于,它并没有在目的论上定义自己与他人的关系,就好像有任何人需要它似的;它的骄傲在于,它只与自身有内在关联。夜莺不要求任何人听它唱歌,这是夜莺的谦逊;但它也毫不在乎是否有人听它唱歌,这又是夜莺的骄傲……受到抬举的公众,专断强势的大众,他们希望天赋表现出它的存在是为了他们。他们只看到天赋二重性中的一面,恼怒于它的骄傲,

---

[1] 这是奥登为美国诗人露易丝·博根(Louise Bogan,1897—1970)撰写的评论文章,原标题是"The Rewards of Patience",刊登于1942年7—8月的《党派评论》。博根不仅是优秀的女诗人,也是出色的诗歌批评家,是最早关注和评论奥登的美国批评家之一。早在奥登移居美国之前,博根就写文盛赞奥登的诗才,认为"奥登的诗歌天赋自一开始就引人注目,在深度和广度上持续加强"(出自1935年刊登于《新共和》的评论文章《行动与仁善》)。(转下页)

却没有发现骄傲的另一面恰恰是谦逊和谦虚。

这是克尔凯郭尔在1847年写下的文字。他没有预见到的是，到了1942年，大众获得了如此巨大的购买力，以至于在许多情况下，天赋会将其自我发展视为一个学习如何成功地把自己兜售给公众的过程。诗人真正的歌唱已经不同于夜莺的歌唱了，他自身的变化导致他的歌唱持续地发生变化。他会试图把自己的歌唱与自己的本性完全分离，直到后者的变化受到制约，不是由他自己的变化所决定，而是由公众品味的变化所决定——换言之，他会成为一个新闻工作者般的人物。

公众是一个分裂的共同体。共同体是一个由理性的人组成的社群，他们出于一种对事物共同的爱而形成了维系的纽带；公众则是一群乌合之众，他们因各自惧怕的事情而消极地聚合在一起，其中最大的恐惧之一是害怕作为一个理性的人对自我发展担负责任。因此，但凡哪里有公众，就会出现一种悖论——理论上对艺术有巨大的需求，但实际上对艺术几乎是全盘否定。之所以有需求，是因为艺术作品确实可以帮助人们走上自我发展的道路，而公众比以往任何时候都更加无助；之所以要否定，

（接上页）奥登移居美国后，与博根成了相互激赏的好友。博根除了继续夸赞奥登的诗才以外，还发现了隐藏在他天赋之下的品德。她曾在写给朋友的信中这样描述奥登："我确实认为他是一个随性的实在人。当然，也复杂得要命，我自然不想和他作对，但他基本上是可靠的、温和的，不吝溢美之词和爱。"奥登认为博根不仅是她那个时代最重要的四位美国诗人之一（其他三位分别是艾略特、玛丽安·摩尔和劳拉·莱汀），也是美国最好的诗歌批评家之一。博根去世后，奥登在美国艺术文学院发表悼词，高度赞扬了她的诗艺和品格："认识她是一种荣幸。读她的作品也永远是一种荣幸。"

是因为艺术只能帮助那些自救的人。艺术可以为人们指明方向，但前提是他们有这样的内在需求；艺术不可能给予人们眼睛或意愿，但公众需要的正是这两样东西，并期望用金钱和掌声买下它们。

主观上而言，诗人的处境也同样举步维艰。在过去还有一种所谓的共同体存在，他的作品正是他自我发展的体现，无论是赞成还是反对，至少在一定程度上源自他隶属于共同体以及作为共同体成员的生活；而在一个只有公众的时代里，他的自我发展得不到此类外部滋养，除非他代之以深思熟虑的自我谋划，接管指导自己生活的重任，否则他的成长以及他的诗歌都将受制于个人事件、风流韵事、疾病苦厄、丧亲之痛，等等。

再则，他以前正是在共同体中才找到了自身之外的价值源泉，除非他现在可以用别的什么东西来代替这个消失的源泉，或者至少能寻找它，否则他对经验唯一的鉴赏标准就是"兴趣"，而"兴趣"实际上与他的童年和性生活息息相关，结果他没有成为一个奉承公众的新闻工作者，却成了一个讨好自己的新闻工作者——经验的选择与处理仍然受其新闻价值的制约。因此，就那些"高级"诗歌而言，公众不认可它们是完全正确的做法，尽管存在不合理之处。这不是因为它们如公众认为的那样太艰涩了，而是因为一旦人们熟悉了它们的风格特点，就会发现它们其实很简单。人们可以轻而易举地将之转换成"新闻日报"语言，而且还能保留原本的意指。这些诗歌早已远离了初衷，也被公众拒绝：

  尖叫的天堂悬挂在人们的头顶之上

这是公众的要求，但他们在其他地方找到了更好的容身之地：

> 他们将坟茔安置在沉默的大地里[1]

在我们的时代，一本优秀的诗选，如露易丝·博根的这本诗选，意味着对集体自我和个体自我的双重胜利。正如她在题词中引用的里尔克诗句所言——

> 我们与之搏斗的，何等渺小，
> 与我们搏斗的，大而无形[2]

紧随其后收录的诗篇，就是这种信念的产物。多年来，博根一直在坚持和实践，她的自我发展是一个自我交付的过程，因为"自我"需要全神贯注于所有的经验，但没有任何回报。

> 年轻人的消遣玩物
> 在游戏中悉数破碎
> 全都破了，理应如此。[3]

博根女士在创作初期运用天赋的方式是有迹可循的。通常情况下，诗人们一开始用它来解读自己的弱点。天赋和弱点是辩证的关系，因为只要有天赋，无论它属于何种类型，就会有

---

1 以上两行诗出自露易丝·博根的《卡桑德拉》（"Cassandra"）。
2 出自里尔克的《观看者》（"Der Schauende"），译者在此选取了杨武能的译本。
3 出自露易丝·博根的《留存》（"Kept"）。

一个见不得光的秘密相伴而生，宛若身体里的一根刺。年轻诗人第一批成功的诗作，往往是不满情绪的宣泄。

> 哭吧，歌声，哭吧
> 并聆听你的茫然哭泣[1]

诗人在这个阶段的作品通常篇幅短小，字里行间都是充满魔力的抒情短语，它们仿佛不知不觉地进入诗人的意识层面，让诗人被一股巨大的创作激情环绕，犹如灵光乍现。

一些优秀的诗人，如豪斯曼和艾米丽·狄金森，从未超越这个阶段。带有宣泄性质的创作越成功，人们就越害怕生活或艺术的变化，因为生活的变化会威胁到艺术的根源，而艺术是他们唯一的慰藉，艺术的变化只能通过停止索求慰藉来实现。博根女士意识到了这种诱惑，并抵制了它。

> 我的唇舌，也许，学好了一件事，
> 我的身体只听见了自己的回声，
> 但绝望的头脑，疯狂而骄傲，
> 将会找出风暴，从痛苦的魔咒逃离。[2]

然而，成长的代价和特权是，那个被抵制的诱惑被更糟糕的东西取而代之。就在头脑想要脱离"痛苦的魔咒"时，满嘴谎言

---

[1] 出自露易丝·博根的《有些天真的歌》("Chanson Un Peu Naïve")。
[2] 出自露易丝·博根的《十四行诗》("Sonnet")。

的撒旦[1]开始窃窃私语——

> 人的理智被迫要选择
> 生活，或工作的完美[2]

诗人若摆脱了那种将生活与作品直接划等号的错误观念，不再将作品视为生活的镜像，那么就极易陷入否认两者之间存在关系的错谬之中，误以为只要诗人找到了一种适宜的神话，诗歌便可以自主发展。在他们看来，神话拥有一整套客观的价值观念体系，通过提供个人兴趣之外的其他重要标准，打破了诗歌与经验之间的一对一关系；与此同时，神话不是宗教，也就是说，不必在现实生活中被相信，而信仰总是意味着付出与痛苦。

于是，我们发现，现代诗人都渴求一种普遍的观念，并不关心它是否真实，而在意它是否激动人心、是否有助于创作。他们无论是像叶芝那样被拜占庭和月相所吸引，还是像叶芝的才华不那么出众的年轻后辈那样被本我和历史所吸引[3]，动机和举措都如出一辙。

但需要注意的是，对自我的逃离中如果缺失了自我交付的

---

[1] 此处对应的原文是"the lying Tempter"，直译为"说谎的诱惑者"，但首字母大写的"Tempter"又可以指撒旦，在《圣经》中被称为"谎言之父"，是人类的诱惑者。
[2] 出自叶芝的《选择》（"The Choice"），译者在此选取了傅浩的译本。
[3] "才华不那么出众的年轻后辈"是奥登的自谦说辞，他曾被以"本我"为代表的弗洛伊德主义和以"历史"为代表的马克思主义所吸引。另外，"历史"对应的原文是"Miss History"，直译为"历史小姐"，其实是奥登自20世纪40年代以来使用的戏谑伎俩，就像他称呼上帝为"上帝小姐"（Miss God）一样。

成分，那么这种逃离必然是一种幻觉，因为正是自我选择了特定的逃离路径。叶芝，这位反抗童年时代的达尔文神话的浪漫主义斗士，不再相信机器和自动进步（Automatic Progress），采用了"贵族面具"（The Aristocratic Mask）和"时间循环理论"（The Cyclical Theory of Time）等令人困惑不已的学说作为自己的诗学"组织者"，与此同时保留了自己的个性，他就像艾略特的那句调侃所说的是"一个相当明智的人"。其他人则从清教徒家长和上流社会教育的反面出发，塑造截然不同的形象。即便如此，他们的个人底色依然以否定的形式出现，带着某种虚假的戏剧性，集聚在与自我无关的"营地"里。更确切地说，当诗人援引并不真正持有的信仰作为诗意地整合经验的手段时，虽然可能写出好诗，但诗歌的内涵完全局限于上下文之中。他们创造了即时性的诗歌，缺乏超越诗歌语言框架之外的共鸣。（例如，大家可以比较叶芝的《再度降临》和艾略特的《东科克尔村》。）

诗人发展到这个阶段，真切地面临着此般诱惑，接下来就要抵制它，要认识到生活与作品的关系是辩证的，其中任何一方的变化都以另一方的变化为前提；还要认识到信仰与行动的关系亦是如此，也就是说，信仰若不虔诚便毫无价值，一个人不可能从书本中读出信仰，也不可能靠顿悟完成信仰，而只能通过生活的实践通往信仰。明白了这一点，也就知道一个人的诗歌发展需要与自我发展同步，不能让诗歌发展太过超前，也不能让自我发展太过落后。

阅读博根女士的作品，我们能看到这种自律的代价与回报。

那些草率的读者几乎没有注意到她的发展，以为她的主题和形式没有明显的变化。他们会想："博根女士，是啊，一个很好的抒情诗人，但所有这些女诗人，你知道的，都无足轻重。她们的弓上只有一根弦，她们只写一种诗。"只有一遍遍地阅读她的作品，我们才能体会到她稳步增长的智慧和技巧，她对安于现状，以及其他各种为了达成诗学目的而采用的戏剧化手段的持续抵制。她实现了个人经验的客观化，这是许多人追求的目标，但只有少数敢于直面复仇女神[1]的人才能做到。

> 你知道我们心中所爱，只驱使我们去了解它；
> 你手执蛇鞭发出了嚎叫，承载着真理和孤独；
> 你与人类不同，这么做是为了掩盖你们的仁慈。
>
> 当被鞭笞的人最终迎面承受它时，你放下了鞭子，
> 当猎物转身停止了奔跑时，你不再是追逐的猎人
> 静默地站立并等待着，直至把目光投向他的凝视。
>
> 宛若孩童般美丽，被愤怒和泪水打湿的丝丝发缕
> 紧紧地贴附于脸庞。现在我或许可以抬头看看你，
> 终有一次对上你的眼睛。你却睡着了，将我遗忘。
> 虽子然一身却平静坚定，只因我已与你有过对视。[2]

在这本诗选的最后两个部分，例如，在《动物、植物和矿物》和《疯

---

[1] 复仇女神，古希腊神话中的三位女神，她们的任务是追捕并惩罚犯下严重罪行的人，传说她们手执蛇鞭。
[2] 出自露易丝·博根的《沉睡的复仇女神》（"The Sleeping Fury"）。

人院之夜》等诗篇中，博根女士转向了非个人的主题，草率的读者或许又要对此发表高见了："不值一提，还是早期的作品好。"他们无法理解，一个正直的艺术家不会让自己的感受肆意宣泄，只因她深知任何对困难的规避都会招致必要的惩罚。

在一个人人必须为自己而活的时代，成为艺术家可谓困难重重，但自有其回报。对于强者而言，知晓现在已经没有任何避难所可以供人安卧，其实是一件值得高兴的事情，因为如此一来，一个人就必须在勇往直前和知难而退之间做出选择，在危机四伏的生活和碌碌无为的生活之间做出选择。

因此，我们今天不可能预测一个诗人的未来命运。未来不再是一个单一决定的结果，而是在一个不断做出选择的过程中逐渐被创造出来的。在这个过程中，诱惑和机遇总是相伴存在，它们不停地更新，永远无法让人猜透。可以说，博根女士对此一清二楚，我们完全不必担心她作为诗人掌控自己创作方向的天赋以及持之以恒的耐心，而且无论如何，她已经写出了具有恒久价值的作品。当然，未来的诗人会像我们一样愚钝，但他们的愚钝像我们或任何一代诗人一样，将主要影响他们对自身处境的判断，当下总是比愚蠢的过去更"有趣"。

我想，当很多现在带有一定新闻价值的人（恐怕也包括我自己）都理解了这一点时，博根女士就会赢得她应有的尊重。

亨利·詹姆斯与美国艺术家[1]

先生们,以往时代的经济环境和心理氛围是何种状况?比起我们的时代,以往时代是否更有利于艺术家的生存?我们无法确知,但肯定无法想象还有哪个时代比当代更糟糕,因为在今天,只要看看自己的同行,或者问问自己的内心,没有一位艺术家不会承认当代社会对自己的艺术操守和个人荣誉的威胁何其复杂、何其严重。

---

[1] 这是奥登在 1946 年 10 月 24 日发表的演讲,文字版以《亨利·詹姆斯与美国艺术家》("Henry James and the Artist in America")为题发表于 1948 年 7 月的《哈珀杂志》(*Harper's Magazine*)。奥登看到了亨利·詹姆斯对现代道德生活中的矛盾、悖论和危险的觉察,欣赏他在个人生活和艺术作品中都坚持追寻道德价值,赋予艺术发人深省的伦理内涵和微妙隽永的审美意蕴。更重要的是,亨利·詹姆斯的人生轨迹跨越大西洋两岸,长期关注英美两国深层次的历史关联,从而使他的写作和思考都具有了一种宽广的文化维度,这或许是奥登一再想起亨利·詹姆斯的重要原因。移居美国后不久,大约是在 1941 年春,奥登曾去凭吊亨利·詹姆斯,留下了一首著名的《在亨利·詹姆斯墓前》,诗中有云:"一切自有评判。微妙和疑虑的大师,/ 请为我、为所有活着或已故的作家祈祷:/ 只因很多人,其作品的格调 / 比他们的生命更高,只因我们职业性的 / 虚荣永无休止,请代为说项求情 / 为所有庸碌俗辈的背信弃义。"(转下页)

在所有这些考验和危险的处境之中，劝诫犹如隔靴搔痒，几乎无法提供任何助益。我们寻求的帮助和慰藉，如果有的话，只存在于他人的亲身经历：以往的艺术家成功地熬过了类似的磨难、战胜了类似的诱惑，这才能让我们相信，我们也有可能熬过并战胜这一切。

在那片耀眼的——多么美好啊——终其一生都对自己的使命秉持矢志不渝的信念的亲历者之林中，鲜有人能比他精妙而多产的一生更光彩夺目的了，我们今晚聚集此地，以示敬意。

关于他的作品的美学价值，人们已经写了很多，而且写得很好，许多人把他在文学等级中的地位放得太低，有些人则把他抬得太高。这类批评，纵使我能跻身其中给出真知灼见，我现在也不想凑上前去。相反，我更愿意聚焦于亨利·詹姆斯其人其作所表现出的始终如一的正直品格，不管怎么说，这是毫无争议的方面。

在世的美国小说家被告知，两次世界大战之间唯一重要的文学作品是由他们创作的，近来不断有杰出的外国人士帮助他们加强这一印象。他们必定十分尴尬，至少我希望他们会感觉到这一点。我认为，值得一提的是，为什么恰在此时，欧洲对美国文学产生了如此强烈的兴趣。

我想知道，你们大多数人，生于斯，长于斯，是否意识到

（接上页）在亨利·詹姆斯的众多作品中，奥登应该最喜欢《美国掠影》。他不仅为美国出版社编辑再版这部作品，还对小说中的不少细节如数家珍。在人生中后期，奥登喜欢讲述这么一个故事：20世纪40年代初，他的寓所安装了电话后，接线员让他说些话来测试设备，他背诵了《美国掠影》中的一长段内容。直到人生暮年，他依然乐此不疲地在不同场合向人们讲述这件趣事，比如，20世纪60年代，他在牛津大学基督教堂学院又一再跟人说起了这件事。

对像我这样的新移民来说，美国文学显得多么奇特。

作为一个欧洲来客，我的最初始、最强烈、最持久的印象是，无论何时何地的文学都不会像美国文学这样，几乎步调统一地传达出一种消沉的音符。要知道美国在世界上享有最乐观、最合群、最自由的国家的声誉，却在一群最敏感的成员的视角下摇身一变，成为一个由无助的受害者、阴暗的人物和流离失所者组成的社会，这屡屡带给我震惊的感受。我不得不给出这样一个结论：美国文学之所以在欧洲突然流行了起来，是因为欧洲分崩离析的结果。"我很无助，我很阴暗，我流离失所，"她说，"这里有一部作品描写了我的处境，而我自己的作者却未能做到这一点。"

美国最伟大的小说的开场白——"叫我以实玛利"[1]，可以成为众多主人公的座右铭。埃德加·爱伦·坡小说中的犯罪人物，在后继者的故事中持续出现。

但我想谈的不是无家可归或为非作歹（我认为美国文学在这些方面给出了一幅独特而准确的图景），而是对自由意志和道德责任的拒绝，因为这是近期才出现的一大特点，在美国重要的传统作家中并不显见，但在过去三十年的作品中却日益突显。直到最近，人们才在一部又一部小说中看到了缺乏荣誉或历史的主人公：这些主人公如此轻易地屈服于诱惑，以至于根本不能说他们受到了诱惑；他们虽然在世俗意义上功成名就，但仍然只算是被动地接受成功的幸运儿；他们唯一的道德品质是坚韧不拔地承受痛苦与灾难。

---

[1] 即赫尔曼·梅尔维尔《白鲸》（1851）的开头。

严格说来，小说家以这种方式描绘人类生活是滑稽的。既然写书就像打棒球一样，完全不是必需品，那么一个缺乏自由意志的人就不可能执笔写作。因此，那些将人物刻画为受环境摆布、没有选择能力的绝对受害者的小说家，仅就他们的创作活动这一事实而言，就与他们在小说中传达的信条自相矛盾。在我们这个时代，这种矛盾是如此普遍，又如此隐晦，人们不可避免地形成了一种观点，仿佛我们大多数人都承认人有可能做出审美选择，不可能做出任何其他的选择。越来越多的年轻人渴望成为某种类型的艺术家，这很好地印证人们的猜测，只有最狂热的超现实主义者才会否认这一点。因此，艺术家，以艺术家的身份立世，是唯一的自由存在。

如果没有其他方面的考量的话，为了出版商的广大读者，我认为应该反对这种观点。为此，亨利·詹姆斯的小说在某种程度上提供了最为强大的武器。

对亨利·詹姆斯最常见的抱怨之一是，他笔下的人物缺乏真实感，一个个都苍白无力、敏感脆弱，他们看起来衣冠楚楚，却没有激情，言谈举止完全不像我们的左邻右舍。尽管他的崇拜者会对此提出异议，但我想，我们大多数人都会承认，与司汤达、托尔斯泰或陀思妥耶夫斯基笔下的人物相比，亨利·詹姆斯的人物确实没有那么鲜明和丰富。这实属正常，就像在座诸位可能会惊叹于詹姆斯建构的巧妙精致的形式美，但我们务必牢记，这种特殊的魅力需要付出的代价是高昂的，如若所有小说家都朝此方向努力，那是完全没有必要的。

但这不是问题所在。我们关注的不是高雅与粗俗、敏感与激情、客厅与酒吧、风格化的措辞与人们真正使用的语言之间的区别，而是负责任的施动者与不负责任的受害者之间的区别，在这里，毫无疑问，伟大的大师和亨利·詹姆斯站在一方，而太多的当代作家，无论评论家如何用"鲜活的""勇敢的""诚实的"这些词来形容他们，都是另一方。

据我所知，亨利·詹姆斯笔下的人物无一例外都与道德选择有关。他们可能选择恶，但我们确实知道了他们选择恶的重要性。他有一个故事描述了未能做出选择的人物，应该算是他写出的最恐怖的故事，这种现象绝非偶然。在《丛林猛兽》中，最终的毁灭性打击，不是自然或命运的外部力量，不是国家的动荡或君主的强权，而是主体的自主意志在关键性选择中的退缩。

我们，他的继任者，务必留意这一警示。我们沉迷于复现这个或那个社会环境、这个或那个行业、充满戏剧性的荒唐事件或触目惊心的恐怖事件，就目前而言似乎颇有成效，受到读者们的广泛追捧，但这些描写永远不会超过詹姆斯所说的"兴趣环境"（circumstances of the interest）。"兴趣"本身是个人意志的自由，不是去否认它在其中运作的命定事实领域，而是与这些命定的事实同在，但又不受它们支配，从而创造一种人物角色。

如果完全拒绝这种自由，以公开或迂回的方式忽视它，一个人的兴趣就会消失。再精雕细琢的描摹、再富有技巧的对话，都无法弥补兴趣缺失带来的损失。即便是激情也于事无补，因为激情只是欲望的必要来源。激情不能与其自身冲突。正是在欲望的层面上才发生了冲突，做出了选择，生成了兴趣。要是没有欲望的参与，无论一个人多有天赋，他写的书充其量只能与比奇科默虚构的那位女小说家（人们称她为"赫特福德郡的阿纳托尔·法郎士"）的作品为伍[1]，其内容不是关于人类的，而是类似于她的杰作《禁止再次交易：为老马们巧妙书写的祈祷》(*No Second Churning: A Tactfully Written Plea for Old Horses*)。

当代创作分为通俗和高雅两大类型，在我看来，它们各自都只说对了一半。西部片、肥皂剧等的流行暗示了一种观念，即每个人都是非善即恶，不是警长就是逃犯，我们可以通过角色的行为判断他们的善恶。高雅文学蕴含了另一种观念，相信每个人都是善恶共存体，我们无法很好地把他们一个个区别开来。

显然，前者错误地认为，一旦成为英雄，就永远是英雄，一旦成为恶棍，就永远是恶棍；不过，这类文学坚信人的行为非善即恶，不可能既善又恶，这一点是正确的。同理，高雅文学有关每个人都是善恶共存体的想法自然是正确的，但错误地认为我们不能通过行为来判断一个人的善恶。两类创作都缺乏真正的自由概念：通俗文类的作家把善恶当成了命运的必然事实，高雅文类的作家让善恶交织于行为，使善恶变得不可分割。

这是我们的时代的典型特征，既然人们的许多选择都是放弃，那么我们可以认为詹姆斯塑造的人物没有活力，甚至认为

---

[1] 比奇科默（Beachcomber）是几位英国幽默专栏作家——主要是 J. B. 莫顿（J. B. Morton，1893—1979）——使用的笔名。这些幽默作家为《每日快报》(*Daily Express*)的专栏"附言"("By the Way")设定了一系列反复出现的人物，包括法官、律师、上尉、科学家、拳击手、诗人、女作家、女演员等，嘲讽了新发明、政客、自命不凡的艺术、公学等社会现象和事物。另外，阿纳托尔·法郎士（Anatole France，1844—1924）是法国著名作家，赫特福德郡是英国地名。

这些人物缺乏意志力。只有在一个两类创作都存在本质缺陷的时代，才会如此混淆激情和意志。在这个时代，每个小娜拉都学会了摔门而去[1]，每个小特里斯坦都学会了给自己最好的朋友戴绿帽子（无论有没有强效药水的帮助）[2]，一个作家如果请求轻轻关门或独自睡觉，会被认为古板，抑或古怪，要是冷眼旁观而不必考虑这种现象带来的可怕后果的话，我们倒是可以一笑置之。

对许多致力于高雅文类的人来说，我们这个时代的艺术需要的正是"一只克制的手"，就像詹姆斯的作品体现的那样。我们有太多像郊区一样蔓延的书，它们最终呈现的状态是旨趣之间自由竞争的偶然产物，而一本结构精良的书会是一种可喜的调剂，其架构的指导原则是尽可能地缩减它所包含的内容。然而，在这些人中，恐怕很少有人愿意将自己的认知从审美领域扩展至道德领域。他们止步于审美领域，这其实是对詹姆斯的误读。事实上，我们可以从道德领域看到詹姆斯的伟大之处，他笔下作为道德实体的人物，与他自己作为艺术家相比，并没有少了自由、缺了良知，他在作品内外都没有改变自由和良知的本来面貌。

这就引出了我接下来想要谈的内容，詹姆斯是个人操守的典范。

那些意欲成为独创性艺术家却以失败告终的人可以分为三

---

1 指易卜生的《玩偶之家》，在这部戏剧的结尾处，女主人公娜拉面对丈夫的指责，毅然决然地摔门而出。
2 指亚瑟王传说故事中的骑士特里斯坦，他爱上了与康沃尔国王订了婚的爱尔兰公主伊索尔德，在迎亲的船上与她共饮爱药，两人相爱终生不渝。

类：第一类是没有天赋的人；第二类是一心追逐荣誉、权力、女人的青睐和世间财物的人，弗洛伊德错误地认为这些是一切艺术创造的诱因；第三类人最为可悲，他们被魔鬼最微妙的引诱所蛊惑，渴望通过自己的艺术行善。

第一类人的规模在今天构成了一个严重的问题，但我并不想多谈，因为这与我们没有多大关系。我暂且简单地引述曾经说过的话。很少有年轻人认为从事医生或工程师的行当不需要必备的天赋，不过，假如你遇到了一个年轻人，在他或她的身上看不出任何特定职业的天赋，他或她很有可能会宣称自己有写作的意向。我认为，他们真正感兴趣的不是写作，而是自由，因为在他们眼中，艺术创作是唯一存在自由选择的领域。

至于第二类人，那些被尘世所惑的人，詹姆斯写了几个堪称他的优秀作品的故事，它们的总体寓意是，艺术是一种使命，艺术的价值并不等同于这个世界的价值，因此艺术是一种必须付出代价的行当，而保持一个人的艺术操守的代价，与这个世界诱使他失去艺术操守而提供的回报一样高昂。

据我所知，在这个问题上，没有哪位作家像詹姆斯那样，毫不妥协地直面一个显而易见但不容乐观的事实：婚姻的责任和艺术天命的责任可能而且多半会发生冲突。更糟糕的是，对许多人而言，任何浪漫关系都有可能构成威胁。一个人的秉性越是无私和高尚，就越有可能成为一个甘愿为了所爱之人而出卖自己的艺术的人（谁能说他错了？），他觉得这是自己的责任，尽管他绝不会为了自己这么做。因此，也许更多的艺术家——数量要比人们通常想象的多——应该成为独身主义者，维持孑然一身的可怕前景，正如詹姆斯本人终其一生自觉践行的那样。

在某些方面，美国作家可能比欧洲作家更难抵御为了销量而廉价兜售其作品的诱惑，他们因无法取得通俗意义上的成功而痛苦，欧洲作家在一定程度上远离了这些烦恼。美国作家成长于一个商业风气占主导地位的社会，他很难不相信艺术是一种商品，即便不是，也应该是一种类似于商品的东西，就像汽车，其销量和利润是价值的准确指标。相较而言，欧洲文化继承了中世纪的神职观念[1]与沉思生活的社会价值，接受这种文化洗礼的欧洲作家不会产生美国作家的疑惑，反而更有可能对那些"交易"悄然滋生不必要的蔑视心理。

例如，欧洲人一直无法理解像詹姆斯这样的作家居然会忧心自己缺乏公众吸引力。自从来到了这个国家，我终于意识到他的忧虑体现出十足的美国特色，因为我在这里遇到的作家，无论他们的格调多么高雅，都会对评论和销售上心。然而，我从未见过一位严肃的欧洲作家会对他人的意见感兴趣（除非他有债务在身），他只看重并信任少数几个朋友的批评见解。在这个国家，有些情况下，公众舆论的影响看起来似乎并不存在，但拯救世界的主张，以及对一个盲目崇拜的排外圈子的需求，都暴露了这种秘而不宣的影响力。那么，对所有美国作家而言，詹姆斯一方面像他们那样承受着考验，另一方面既不谄媚于大众也不屈从于小圈子，这一点应该会使他成为一座在他们黑暗的沮丧时刻依然耸立着的力量之塔。

---

[1] 此处对应的原文"clerk"通常被简单地翻译为"文书""职员"等，但需要注意的是，其词源"clergy"指的是"神职人员"，旧时大多数人不识字，神职人员在履行神职的同时，也从事记录、文书方面的工作。结合上下文，"clerk"在此应该与神职有关。

幸运的是，他们生活在维多利亚时代晚期和爱德华时代的宁静的金色光晕中——现在看起来是多么遥远的时代——那时，西方文化的宏伟大厦坚定地傲然挺立，虽然地窖里可能老鼠横行，管道也是千疮百孔——詹姆斯并不是没有意识到这些，尽管如此，除了托尔斯泰以外，没有一位艺术家不是心安理得地享受追随自己的天命的权利。他们或许高估了天命的重要性——我认为詹姆斯本人也有这种倾向——但专注于自己的事情，运用上帝赋予自己的特殊才能，这似乎是人类天生的权利和义务。

在此阶段，我提到的第三类人屈服的诱惑还没有出现。它们属于我们这个分崩离析的时代，西方的屋宇宅院破败成一堆堆冒烟的碎石瓦砾，饥饿的人们为填饱肚子无所不用其极，光亮的白天陡然化为一片浓重的黑暗，从中发出了层层恐惧和无限绝望的哀嚎。

面对此情此景，无能为力的当局把最后的希望移交至艺术家手中，并向他们承诺，只要他们放弃了艺术的生活，成为真正的魔法师，利用自己的才能在疲弱的群众中激发当局认为可取和必要的社会情绪，他们就可以得到共进午餐的机会、带录音机的办公室、额外的配给卡、免费的歌剧票和不限额的支出账户。

艺术家应该屈服吗？就让每一位艺术家自行决断吧，但至少他应该诚实地承认，魔法，无论是黑魔法还是白魔法，都不是艺术，因为魔法是一种统摄孩童以及所有没有自主意识的人的手段，是一种欺骗和强权，而艺术，就像所有的真理，是自由人的乐趣之一。一个艺术家在任何情况下，哪怕是遭遇威逼利诱，都不应该沾染魔法，无论是以外交文化使团这样的得体形式，还是以更恶劣的其他形式。当然，我这么说并不意味着我认为艺术具有神圣的重要性。相反，我知道，从最深层的意义上讲，艺术与大多数人类活动一样，是无足轻重的。有一件事，而且只有一件事，是真正重要的，那就是"爱邻如己"。我的意思是，艺术家缴械投降的动机是如此混杂，现金和声望的回报是如此巨大，他的道德败坏将不可避免地随之而来。今天，无论是不是艺术家，都很难成为一个具有良知的人。那些心存良知的人，在听到可怜人呼救时，不会因为萌生了以下想法而坐立不安：也许他应该放下手头的事情，以某种谦逊的方式在余生致力于减轻他们的痛苦。如果一个人拒绝了这种想法，除了自私之外，我们给不了其他的合理解释。然而，魔法是另一回事。

幸运的是，我们的美国艺术家仍然处于上一个阶段，我们的主要诱惑还是以往的类型，好莱坞、百老汇、书友会，等等。如果我们屈服于这些诱惑，我们至少知道这是为了金钱，而不是为了抚慰不安的良心。在这一点上，正如我所说，我认为我们是幸运的，因为对可怜的缪斯女神而言，一个旅行推销员的怂恿要比一个主教的鼓动少一些道德困惑。

假设艺术家，当今的作家，他们决定继续追寻自己的天命（无论是否合理），那么他们的义务是什么？对于这个问题，我相信亨利·詹姆斯给出了正确的答案——他们必须国际化，他们必须孑然一身。

人们在"移民"这个话题上写出了大量乏味的垃圾，以至于不会再有人愿意参与其中。然而，这个话题很重要，艺术家不应该对此保持缄默，也不应该采取中立的态度。在前工业化时代，一个家庭可以在同一栋房子里一代又一代地生活，父亲老去后，儿子接替了他的位置。但世易时移，年青一代如果想要真正成长，就必须离开家庭。我认为，我们现在已经进入了一个新的发展阶段，就像孩子需要离开自己的家庭一样，知识分子也需要离开自己的祖国，但离开不是为了远离，而是为了重新创造。那些出于对祖国的仇恨而移居的人，和那些憎恨父母的人一样，都纠缠于过往的经历。不，一个人必须像敬爱父母一样热爱自己的祖国，并带着这个理由告别它，将它保存在心里，然后，如果上天眷顾，就能结出可爱的新果实。

众所周知，我们今天生活在同一个世界里，但并不是每个人都意识到，生活在同一个世界就是生活在孤独的世界里。带红木桌子和欧洲"三大家"（但丁、歌德和莎士比亚）[1]雕像的主书房，精彩纷呈的沙龙，廉价咖啡馆里义愤填膺的革命团体，代价巨大的浪漫关系，一切古老的魅力和松弛感都永远消失了，每一次重构的努力都犹如梦幻泡影，注定会一无所获。就像流浪的犹太人，每一个人都必须沿着自己的道路孑然前行，每一步都必须通过痛苦的试炼和可耻的错误来吸取教训，永远无法在任何胜利上停留太久，很快就会面临一些更艰巨的全新挑战，极有可能遭遇彻底失败的风险。

在这条道路上，他能找到的老师极少；即便面对这些老师，他也应该保持警惕。但是，谢天谢地，他会找到一些典范，一些像塔米诺王子[2]般的人物——在他们岁月的牢笼中敢于接受水

---

1 此处对应的原文是"Daunty, Gouty, and Shopkeeper"，出自乔伊斯的小说《芬尼根的守灵夜》。
2 莫扎特歌剧《魔笛》中的人物，代表了善良和真理，他经历重重磨难，进入了神圣森林中的智慧神殿。

与火的考验，成功进入智慧神殿。如果他用英语写作，那么他会发现，在这些伟大的先行者中，最经常浮现于他的脑海、最令他受益匪浅的人，就是我们高尚的、我们伟大的、我们亲爱的——是的，让我们冒着他从最可怕的阴影中对我们的放肆之举不屑一顾的风险吧——亨·詹。

波德莱尔的《私人日记》[1]

艺术家与他所处时代之间的重要而复杂的关系,一直以来都是许多优秀批评家有失偏颇的关键所在。有些批评家否认这种关系的重要性,以此态度看待艺术作品的时候,就仿佛艺术家——批评家也一样——完全生活在无时空的精神世界中;另一些批评家否认这种关系的复杂性,认为艺术作品是纯天然的产物,就像海滩上的卵石一样,完全可以从其物理成因上加以解释。(然而,这些批评家通常不愿意将同样的假设应用于他们自己的评判。)

人既不是纯粹的精神,也不是纯粹的自然。如果只是其中

---

[1] 这是奥登为美国版波德莱尔的《私人日记》撰写的序言。1929年,奥登从朋友处得知有家出版公司想找人翻译波德莱尔的《私人日记》,便力荐好友伊舍伍德来做这件事,并宣称伊舍伍德精通法语。这纯粹是奥登的谎言。所幸伊舍伍德在一位法国朋友的帮助下完成了这项翻译工作,1930年由布莱克默出版社推出,诗坛前辈艾略特撰写了一篇序言,落笔洋洋洒洒,认为波德莱尔代表了他那个时代,"对时代的创新很敏感,但同时也容易受到时代所犯的错误的影响",包括承继了浪漫派对神灵的亵渎和风靡一时的黑弥撒现象。时隔多年后,也就是1947年,伊舍伍德翻译的这本《私人日记》在美国再版,此次奥登干脆亲自操刀撰写序言,侧重于探讨艺术家的社会处境。

之一的话,他就不会有历史。他存在于它们对立的两极之间,并作为它们之间的张力而存在,任何朝向两极的路径都会导致偏差。因此,就文学批评家而言,第一种类型在坚持审美价值属于精神领域且可以直观地加以辨识时是正确的,例如,有关伊丽莎白时代和维多利亚时代的比较研究无法解释莎士比亚诗歌优于勃朗宁诗歌的原因。第二种类型在坚持审美特征基本上与自然领域息息相关时是正确的,如果要理解莎士比亚诗歌不同于勃朗宁诗歌的原因,那么研究它们各自的生成环境便必不可少。

第一类批评家秉持品鉴欣赏的原则,若一以贯之的话,就会把批评限定于译本和选集的范畴;第二类批评家专注于推敲因果关系,会把批评扩展至探究所有印刷的文本,包括菜单和电话簿。

在波德莱尔的《私人日记》里,与诗歌艺术有关的内容很少,大多数是对从古至今人们普遍关心的问题的思考,如爱、宗教、政治,等等;不过,这也是一位生活在19世纪中叶巴黎的诗人的反思。

基于此,波德莱尔的《私人日记》要求我们同时以四种不同的方式来阅读,而这在很大程度上正是它的迷人之处:作为一个与时空无关的人类精神的言论;作为一个与时空无关的诗人的言论,区别于具备其他天赋和从事其他职业的人;作为一个19世纪法国人的言论;作为一个19世纪法国诗人的言论。

尽管波德莱尔随手写下了这些日记,但大多数内容都围绕着一个核心命题——是什么让一个人成为英雄,即个体(individual);反言之,是什么让一个人成了鄙夫,即在人类社会中仅仅是一个单位，没有任何真正属于他自己的个体意义？

"个体"这一术语包含两种含义，我们在讨论中必须谨慎对待，仔细甄别正在使用的含义。在自然领域，"个体"意味着成为有别于他人的人，拥有独特性；在精神领域，"个体"意味着成为自己意欲成为的人，拥有自主的历史。

在第一种含义上，个体性（individuality）是命运的赠礼，就像这条狗是白色的，而那条狗是黑色的，或者这个人是聪明的，而那个人是愚笨的。这在客观上显而易见，因为一个公正的观察者只需两相比较就可以辨识出它；而且，由于它涉及存在（being），而不是形成（becoming），时间要么无关紧要，要么因为变化的维度而成了敌人。在第二种含义上，命运要么是敌人，只因成为自己意欲成为的人，通常意味着一个人的命运不是他自己的意愿；要么是无关紧要的东西，只有在罕见的情况下，一个人才会通过重复自我来成为他意欲成为的那种人——在这里，关键是他想要的东西其实早已被赋予了，而这纯粹是一个偶然。对旁人来说，这第二种含义的个体并不容易辨识，因为它不是在一个客体和另一个客体之间进行比较，而是在主体认为的"他是什么人"和"他意欲成为什么人"之间进行比较，旁人无法看到这一点，只能相信主体说的话。此外，由于它涉及"形成"，时间就是它的必要维度，没有时间它便不可能存在。

由于人既是自然也是精神，也就同时拥有了这两种个体性，他在理解自我时面临的主要问题之一，就在于确定每种个体性的相对重要性，以及如何协调二者。

作为一个欧洲人，波德莱尔继承了关于人类个体的三个主要概念，其中有两个来自希腊人，还有一个来自犹太人。希腊诗人从自然的角度看待英雄，也就是说，他是一个卓尔不凡的人，命运赋予了他"德性"[1]，而他完成的卓尔不凡的公共行为彰显了这一点，但最终命运会公开地羞辱和毁灭他。精神只能以伪装的面目，作为英雄得罪众神的狂傲（hubris）进入他们的诗作——因为除了英雄意欲成为幸运者而他实际上已经是幸运者以外，这种狂傲还能是什么呢？这与基督徒违背上帝律令的傲慢之罪不同；如果二者相同的话，我们就可以说悲剧英雄在他生命中的某个时刻做出了错误的选择，但其实我们决不能这么说。不，悲剧英雄的狂傲恰恰在于说出了"我之所以卓尔不凡是因为选择，而不是命运"。

希腊哲学家，特别是柏拉图，采取了相反的路径，从精神的角度看待英雄，也就是说，作为神圣理念的知晓者，他因命运而成为鄙夫，被囚禁在身体及其短暂的激情流之中，但他通过自己的意志超越了自己的命运，将自己提升至善的永恒领域。这种超越是不会展现给他人的，除非他们愿意接受他成为他们的导师。只有英雄本人才明白摆脱了激情的自由和关于善的知识。一旦达到此种境界，他就不可能失去它，因为关于善的知识决定了他的意志。这一次，自然伪装成了美好的爱欲（eros），即一个人认识善的欲望先于明白善。这实际上是一份命运的赠礼，使他区别于野蛮的大众，即英雄和鄙夫仍然可以通过比较来辨识——只不过，此刻不是诗人在高贵的强者和粗鄙的弱者之间进行比较，而是在圣贤和无知者之间比较。

---

[1] 原文"areté"是一个希腊词，大意是"卓越"，卓越带来荣耀。后世主要译为"德性""品德"等。

英雄的第三个概念公正地对待人的自然和精神，这可以在《旧约》中找到，并且以一种更为自觉的发展形式出现在正统基督教中。

亚伯拉罕[1]不是诗剧意义上的英雄，因为他没有卓尔不凡的天赋，只有人人皆有的自然属性。他之所以卓尔不凡，是因为他虽然在表面上是一个普通人，却服从上帝的召唤，完成了一项卓尔不凡的任务。亚当则失去了真正的自我，不是因为他对自己的力量过于自信或无知，而是因为他的不服从。当阿伽门农[2]为了希腊联军而牺牲自己的女儿并为此蒙受苦难时，亚伯拉罕受命献祭自己的儿子，以此作为信仰的考验，由于他心甘情愿地服从了指令，他的儿子以撒得救了，他也得到了神恩。约伯[3]遭遇了命运的逆转，希腊人可能会认为这是被神厌弃的迹象，但实际上并非如此——降临在他身上的灾难不是对有罪者的审判，而是他借以证明自己清白无辜的试炼。

另一方面，亚伯拉罕和约伯也不是哲学意义上的英雄。他们坚持认为，不可能像哲学家认识理念那样去了解上帝的心思，而试图揣摩它本身就是一种亵渎——人只能选择服从或不服从上帝的律令。然而，这类英雄拥有一种悲剧英雄和哲学英雄所不具备的精神自由。诗剧的英雄必然因狂傲而获罪——不然的

1　根据《旧约》记载，亚伯拉罕是一个笃信上帝的义人，上帝命他以爱子以撒献祭，他甘受这一残酷的天命，从而经受住了考验。

2　阿伽门农是希腊传说中的迈锡尼国王，特洛伊战争中的希腊联军统帅，在出征时因得罪狩猎女神而以长女献祭，其妻为此怀恨在心，后与情人一起谋杀了他。

3　根据《旧约》记载，约伯是一个忠心不渝、敬畏上帝的义人。上帝确信他的忠诚，允许撒旦去试炼他，夺走他拥有的一切，而他也经受住了重重考验。

话，有些英雄定会永远幸运；但实际上，我们知道并不存在这样的英雄。诗剧的鄙夫必然是无辜的，因为命运没有给他们改变自己的机会。哲学的英雄必然一直是英雄，因为他一旦提升了自己的境界，便不再能拒绝这个境界，就像心智无法拒绝四则运算的基本规则一样。哲学的鄙夫必然一直是鄙夫，因为他缺乏命运的赠礼——爱欲，而只有作为先决条件的爱欲才可以推动他从无知走向知识。不过，随着英雄和鄙夫的区别变成了一种选择——服从和不服从，那么，任何人在任何时候都可以进行选择。因此，诗剧和哲学的英雄们只有一段短暂的个人历史——前者存在于从伟大走向死亡的过程中，后者存在于从自然走向精神的过程中。只有宗教英雄在生活的每时每刻都是一个历史的个体。

我们可以在《旧约》中依稀看到诗剧层面的个体性概念，因为亚伯拉罕和约伯最终赢得了世俗的成功并被公认为英雄，但这些痕迹在《先知书》和《新约》中消失不见了。在信仰的目光下，宗教的英雄就像受苦受难的仆人，又像受轻视、被拒斥的人，诗剧和哲学看不到他们的个体性——确实，按照它们的标准，宗教的英雄看起来既软弱又无知。

面对自己的自然天性和19世纪的社会现实，波德莱尔设想并坚守了一个内在对立的自己——至少在他发疯之前。一方面，他是一个浪荡子，或英雄式的个体；另一方面，他属于粗鄙的大众，是女人、商人、比利时精神[1]中的一分子。

---

1 比利时精神（l'esprit belge）放在这里，乍看之下有些突兀，实际上彰显了奥登对波德莱尔的熟稔，这与波德莱尔的个人喜恶有关。波德莱尔曾在比利时首都布鲁塞尔住过一段时间，演讲遭到冷遇，比利时出版商对他也并（转下页）

浪荡子：

> 他是伟人和圣人，为了他自己
> 在镜子面前生活和睡觉。
> 他有闲并接受了常规的教育。
> 他有钱并热衷于工作。
> 他做起事来漫不经心。
> 他所做之事一无是处。
> 他是诗人、教士或战士。
> 他孤独。
> 他忧郁。
> 他的手套像朋友那样多——为了防疥疮。
> 他自认优于芸芸众生而趾高气扬。
> 他不屑与大众为伍，除了去羞辱他们。
> 他从不碰报纸。

他的反类型：

> 他们自然而然——饿了就要吃。
> 他们十二岁离家——不是为了追寻英雄的冒险旅程，
> 　　而是为了营生。
> 他们还在摇篮里就妄想以百万的价格售卖自己。

（接上页）不友好，为此他写下《可怜的比利时》和《比利时讽刺集》，从习俗、教育、政治、环境等方方面面嘲骂比利时人，发泄他对比利时资产者的憎恶。

> 他们每个人都想一个人当两个人用。
>
> 他们相信进步——也就是说,靠邻人
>
> > 为他们尽义务。
>
> 他们与伏尔泰一样。[1]

我们可以看到,浪荡子像诗剧的英雄那样需要一些命运的赠礼,比如金钱和闲暇,又像哲学的英雄那样需要被赋予某种意志,使自己脱离所有人与生俱来的腐化天性,从而成为浪荡子。另一方面,浪荡子既不是一个行动的人,也不是一个追求智慧的人;他的志向既不是要被众人崇拜,也不是要认识上帝,而仅仅是要在主观上觉得自己独一无二和与众不同。他其实是一个完全倒过来的宗教英雄,也就是说,是路西法,是叛逆者,一个通过不服从任何律令——不管是来自上帝、社会还是他自身天性的律令——来捍卫自身自由的反抗者。真正浪荡的行为是"无端之行动",因为只有完全不必要的、不受任何特定要求驱策的行动,才能是绝对自由地自我选择的个体行动。

从逻辑上而言,浪荡子应该保持贞洁:如果他像波德莱尔一样,缺乏这样做的意志力的话,那么他至少可以选择沉湎酒

---

[1] 这些关于"浪荡子"和"他的反类型"的描写,基本上出自波德莱尔的《私人日记》,或是直接引用,或是些微改写。比如,关于浪荡子"在镜子面前生活和睡觉"的说法,便出自《私人日记》中的"敞开我的心扉"部分——"浪荡子应该不断地追求崇高;他应该在一面镜子面前生活和睡觉";而关于"他们与伏尔泰一样"的说法,则出自这段话——"我在法国感到厌倦,尤其是因为人人都像伏尔泰……他是闲逛的人的国王,是肤浅的人的君主,是反艺术家,是看门人的宣教士……"参见波德莱尔:《巴黎的忧郁》,郭宏安译,上海译文出版社,2013,第299、309页。

色的放荡生活，也就是说，故意屈服于他所鄙视的东西，并尽可能地使之卑鄙可厌，直到摒弃了爱欲中的一切愉悦，只知自己是在有意作恶，他通过这种方式从自然欲望中争得了一定程度的自由。同样，从逻辑上而言，浪荡子应该成为一个隐士：如果他像波德莱尔一样，无法忍受与他人缺乏联系所带来的孤独的话，那么他至少可以选择消极地处理社会关系，也就是说，通过有意冒犯他人使自己从社会关系中获得自由。波德莱尔这样说道："当我激起了全世界的恐惧和厌恶时，我将征服孤独。"

即使考虑到每个作家都喜欢夸张，波德莱尔的结论在任何更早的时代都会显得相当另类；如果我们没有对此大惊小怪的话，那是因为我们自己经历了引发这些另类言行的极端处境。爱伦·坡和波德莱尔是现代诗歌之父，因为他们是诞生于现代社会的第一批诗人（布莱克可能是个例外），世代相承的传统封闭社会瓦解了，取而代之的是充满了潮流和选择的开放社会，他们意识到这是一个具有决定性意味的变化。这一变化不是一蹴而就的，直到现在都尚未完成。它并不是在所有活动领域和所有经验层面上都步调一致，传统信仰可能会先于传统道德崩溃，反之亦然。一种艺术风格，一种修辞方式，即使在其得以生成的思想和情感的惯性模式消失的情况下，也仍然有可能继续存在。诗歌作品可能已经显露出了现代性，而音乐维持着过去的风貌。但是，变化迟早会降临到各个领域，一旦它出现了，就是决定性的、不可逆转的——因为无论在哪个领域，只要我们意识到了还有其他的选项，固守陈规的道路便不再畅通无阻，我们要么必须做出深思熟虑的选择（也就是说，变成一个批评家和行动者），要么变得日益麻木。只有当他人的权威被认可，也就是被选择的情况下，我们才有可能依赖于他人。一般而言，我们不太可能依靠公众的舆论，即无法依赖寻常的多数人，因为他们面临的情况与我们的处境别无二致，如此一来，不可避免的结果就是个体性的相互摧毁。

客观地看，按传统生活和按舆论生活之间似乎没有什么区别。一个旁观者会发现，在这两种情况下，会有许多人相信同样的事物，或以同样的方式行事，但不会有人站出来亲自查证或做出属于个人的信仰行为。然而，主观上来说，两者可谓天差地别：信奉传统者没有意识到任何其他的替代性选项，因而不会心生疑惑——即使他对自己相信的东西深信不疑的真正原因在于邻人们相信它，他也不可能察觉到这一点，而只会以为自己是因为它真实可信才会毫不动摇。另一方面，信奉公众舆论之力量的人则会意识到替代性选项的存在，或意识到它们可能存在，并且对自己没有选择去考虑它们心知肚明——于是，即使他相信的东西恰好是真实可信的，他也必然知道，他并不是因为这个理由才深信不疑，而是因为邻人们相信它；同时他也明白，邻人们会做出同样的选择。正因为如此，生活在现代社会的人，比以往任何时候都更容易陷入失去个体性的险境。

传统社会的成员——比如在中国农村——他们还没有完全独立发展，但他们并没有失去发展的潜力，因此可以说，就他们的发展和我们知道的情况而言，他们是个体。公众社会的成员——比如傍晚时分聚集在时代广场的人群——他们获得了充分发展的可能性，但他们拒绝发展，因此失去了被称为个体的权利。打个比方来说，虽然两者都不能做父亲，但未及青春期的男孩可以被界定为男性，阉人则不可以。

在一个已经形成了公众的社会里，像波德莱尔这样有天赋的人处于一个特殊的位置：他的天赋使他无法加入人群的意识更加清晰鲜明；天赋迫使他直面种种问题，而公众会不约而同地压制这些问题。例如，他必定会像波德莱尔那样发问：

> 我们为什么在此处？
> 我们是从别的地方来的吗？
> 何为自由意志？
> 它可以与上帝的律法共存吗？

最重要的是，他必定会问：我想要成为什么样的人？或者说，我应该成为什么样的人？也就是说，我如何成为一个个体？

同时，无论是他的天赋、自然、上帝，还是社会，都无法给出一个确凿无疑的答案。他必须选择自己的答案，而选择关乎意志，并不是天赋的问题。因此，毫不奇怪，在我们这个时代，有天赋的人经常陷入反思的圈套，他的意志阻止自己意欲去做任何特别的事情，以至于他像波德莱尔一样苦于"怠惰：修士之病"，并极度渴望一种前意识的状态——

> 一片真正的理想乐土……在那里，井然有序映射出令人欢愉的美好……混乱无序、杂乱无章和动荡不安都被排除在外……在那里，食物本身充满了诗意，既丰盛又刺激。

他力求自然和社会为他的精神无偿提供一段历史（而这并不

在它们的能力范围之内），无论是妄图从新奇事物中创造一个神——

> 潜入深渊之底，地狱或天堂又有什么关系？
> 潜入未知的渊底，去探索全新的事物——

还是在没有个性的公众中创造一个恶魔。

没有自我意识的人可以安于他的自然层面的个体性，也安于他与众不同的事实，但一旦他拥有了自我意识，事情就没有这么简单了——他必然立刻想要成为一个精神的个体。到了这个阶段，他面临的危险是犯浪荡子的错误，试图把前一种个体性转变为后一种个体性，也就是说，他会把成为一个精神的个体当作成为一个不同于他人的人，而不是成为一个自己希望成为的人。

然而，贯穿《日记》的脉络，甚至自一开始就与浪荡子夸耀自我独特性的调子背道而驰：

> 没有一种崇高的愉悦不能归结为卖淫。在剧院里，在舞会上，每个人都享受占有一切的欢愉。上帝是所有生命中最出卖自身的那位，因为他是每一个人最亲密的朋友，是所有人共同拥有的取之不尽的爱之源泉。

因此，波德莱尔刻意引出了相互对立的术语，将基督教对爱的阐释理解为"博爱"（agapé），把浪荡子持有的柏拉图式的爱称为"爱欲"，两者形成了鲜明的对比。他承认，爱并不是欲望,无论被渴求的对象有多高尚(甚至是自我的完善);爱是交出自己,事实上,一个人能够意欲成为自己的唯一方式,就是愿意为邻人的需求而交出自己。

在1862年1月23日的危机之前,波德莱尔似乎只是偶尔萌生了此类想法,而在这一天,他写道:"我以欣喜和恐惧培养歇斯底里……今天我收到了一个不寻常的警告:我觉得疯狂之翼的风吹拂过我。"在这条日记之后,题为"敞开我的心扉"的部分的最后几页,可谓是文学领域最可怕也最可悲的篇章。它们彰显了一个与时代抗争的人,他致力于根除思想和感情上的终身惯性,力求让自己整饬有序和获得历史。

他曾写下这段话:

> 无论何时,只要你收到一封来自债权人的信,就在某个九霄云外的话题上写五十行吧,这样你便得救了——

如今却写道:

> 让娜三百,母亲二百,我自己三百,每个月总共八百法郎……立即工作,哪怕做得不好,也比做白日梦强。
> 向上帝祈祷……请把生命和力量赐予我母亲以及我自己。把我挣的钱分成四份:一份供日常生活之用,一份给我的债权人,一份给我的朋友们,一份给我的母亲。遵守最严格的节制原则,首先是要戒除一切刺激物,不管那是什么。

我认为，在浪荡子和这种状态之间有一种真正的变化，之后，在诗人兰波决意成为商人兰波的那个更令人惊叹的举动中，这种变化是不存在的。在兰波那里，似乎只是从一种浪荡变成了另一种浪荡，有着同样的骄傲，散发着同样的对独一无二的欲求。而在波德莱尔这里，谦卑的音符之所以听起来真实，是因为他并没有打算在职业上做出任何表面看起来引人注目的改变，也没有打算从诗歌之中隐退，进而消失于公众之群。他没有这么做——只是祈祷自己能够更好地使用天赋，而且认为尽管拥有天赋，但他这个浪荡子，其实与女人、普吕多姆先生[1]或比利时人一样脆弱。

从自然的角度来看，他太迟了。他一开口，飞鸟就俯冲而下并开始攻击。然而，从精神的视角来看，我们完全有理由相信他正当其时——因为，尽管精神需要时间，但一瞬间就足够了。

---

[1] 普吕多姆先生（M. Prudhomme），法国19世纪的漫画人物，其形象是一位矮胖、愚蠢、墨守成规的巴黎中产阶级人士。

叶芝作为一个榜样[1]

从事艺术行当的人总有一个缺点,而且是最大的缺点,那就是很难站在客观的立场欣赏同行们的作品,无论他们是在世还是已逝。

例如,当一位诗人阅读他人的诗作时,他往往不太关心后者通过作品呈现的实际水准,而是以读者的身份检验后者是否

---

1 这篇文章的原标题是"Yeats as an Example",刊登在1948年春的《凯尼恩评论》(*Kenyon Review*)上。奥登视叶芝为第一代现代主义诗人领袖之一,他承认自己曾真诚地学习过叶芝,也曾在时过境迁之后刻薄地对待过叶芝,这种学习、质疑、理解、对话的"接受史"脉络,体现了奥登对于艺术与生活之间的关系的持续反思。相较于《公众与已故的叶芝先生》(1939),奥登在这篇文章中更为客观地评判叶芝作为诗人留下的宝贵遗产。

但需要注意的是,奥登对叶芝诗学影响的反思并没有就此止步。他之后又写了些文章讨论叶芝,比如《一个公众人物的私生活》("The Private Life of a Public Man",1959)。大约在1964年,他写信告诉斯蒂芬·斯彭德:"关于叶芝,我恐怕无话可说,他本身肯定没有问题,只是他已经成为我自己的不真实之恶魔的象征,我必须努力从自己的诗歌当中消除这一切,虚假的情感、夸张的修辞、空洞的呐喊……他的[诗歌]让我成了追逐谎言的娼妓。"在其他场合,他还说叶芝让他写下了"违背我的个性和诗性的诗歌"。但无论如何,奥登在去世前不久写成的《答谢辞》里饱含深情地宣称叶芝为一个"帮手"。(转下页)

为他眼下面临的诗歌难题提供了解决之道。因此,他很少采用纯粹审美的角度评判诗歌;一般而言,他往往更喜欢一首当下能够学到一些东西的劣诗,而不是一首无甚可学的好诗。他与纯粹批评家的看法总是有所出入,这在评价那些直接影响了他的诗歌创作的前辈诗人时更为突出。代代相传,总有共通之处,青年诗人自然而然地要拣选与自己生活经历相似从而写作困境类似的人,从他们那里寻求最大的帮助。他一开始会盲目崇拜自己时代的一位或多位成熟的诗人。但随着年齿渐长,他越来越清楚地意识到自己属于另一代人,他的当代英雄们无法帮助他解决问题,先前对他们的崇拜很容易演变为同样盲目的敌意和轻蔑,这种现象在生活的其他领域也是司空见惯的。我们中的一些人,比如我自己就是,都曾经自以为竭尽所能地学习过叶芝,而且确实受益良多,但这些人往往更加敏感、更加挑剔地对待他诗歌中与自己不相容的元素,其实本不该如此。有时候,我们的批评在客观上可能是正确的,但我们借此表达的主观不满显然有违公正。进一步而言,只要我们带着这种不满的情绪,我们自己的诗歌发展便会遭遇危机重重的障碍,因为诗

(接上页)另外,爱尔兰诗人谢默斯·希尼曾发表了题为《叶芝作为一个榜样?》的演讲,有意回应奥登的这篇文章。希尼在解释了演讲题目后继续说道:"叶芝向从事写作的作家提供的,是一个劳作、锲而不舍的榜样。事实上,他是一位人近中年的诗人的理想榜样……"但与此同时,希尼也批评了这种"苦心经营""有意图的"艺术的危害,他更欣赏较少斧凿痕迹的诗歌。希尼对叶芝的反思,虽然与奥登的观点并不完全一致,但都是为了解决自己作为诗人面临的一些核心问题。正如希尼在新世纪创作的一首《奥登风》("Audenesque", 2001)中所言:"再一次像奥登说的,好诗人需要 / 这么做:去咬,去分死者的面包。"——押头韵的动词"咬"(bite)和"分"(break),生动地体现了诗人之间的代际关系。

歌和现实生活一样，过自己的生活意味着沿父母的生命轨迹过活，并在其中重温所有先辈的生命体验。当务之急既不是复现过去，也不是全然否定，而是使之复兴。

基于此，我在这篇文章中并不想回答诸如"诗人叶芝何以优秀？""哪些是他最好的诗作？""为什么持这种观点？"等问题，这是比我出色的批评家以及后人们要做的事。我在此只想将之视为一个诗坛前辈，其重要性无人会否认，也否认不了，从而提出这样的问题："与我们相比，叶芝作为诗人曾遇到哪些问题？那些问题与我们自己面临的问题有没有相似之处？又有什么相异之处？就两者的差异而言，我们在处理自己的问题时，可以从叶芝在他那个时代处理问题的方式中借鉴到什么？"

让我从他作品里的宇宙观以及他对神秘学的关注谈起，这些东西看起来与我们的生活风马牛不相及。我认为，这其中蕴藏了一个奇怪的现象。在大多数情况下，一位大作家对初学者的影响往往会延伸至他的写作题材、他的思想观点以及他的风格特色——想想哈代、艾略特或 D. H. 劳伦斯的影响吧；然而现在，尽管叶芝的影响几乎渗透于每一首抒情诗的风格和节奏里，但叶芝的另一个面貌，那个在《幻象》[1]里集中呈现的面貌，实际上没有留下任何影响的痕迹。

纵使我们的基本观点不尽相同，我也觉得我们大多数人对他的神秘学都会有一种反应：我们不禁揣测，一个像叶芝那样天赋绝伦的人，到底为什么会相信那些无稽之谈？我还有一个

---

[1] 叶芝在《幻象》(*A Vision*) 中总结了一直以来的带有神秘主义倾向的历史循环论，认为历史的发展周而复始，当一个周期完成后，又进入下一个周期，如此不断循环。

疑惑，听起来有点儿势利的意味，但或许是由于我的英国教育背景：对贵族文化、祖传宅邸和礼仪传统拥有高度审美力的叶芝，何以接受了那些本质上算是中下阶级——或者我可以说南加州人——的东西，不可避免地与郊区别墅和无趣之人关联在一起？A. E. 豪斯曼的悲观坚忍在我看来也是胡扯，但至少那是一位绅士可以去相信的胡扯，可是灵媒、符咒、神秘的东方，这些东西委实荒诞不经。事实上，叶芝抛开了个中顾虑，这当然是他的过人之处，对我而言正是一个范例——就算他的世界观是荒谬的，我们也不能因为拒绝了我们无法接受的东西而邀功，更不能否认此类作品的价值。那么，我们应该考虑如下几点：首先，凯尔特神话出现在他的早期阶段，神秘的象征主义出现在他的后期阶段，它们吸引了叶芝却无法打动我们的原因是什么；其次，吸引我们的同类信仰是什么，而且为何如此；最后，神话、信仰和诗歌之间是什么关系？

叶芝那代人成长于一个理性教条和感性想象、客观真理和主观真理、公共和个体相冲突的世界。

进一步而言，理性、科学和整体似乎居于主导地位，想象、艺术和个体处于下风。双方各持己见，正是进攻的一方定义了他们的对手必须捍卫的问题，当科学家说"科学是关于现实的知识，艺术不过是幻境"时，艺术家们不得不回应道："即便如此，幻境也是有趣的，而科学很无趣。"当前者说"艺术与生活没有关系"时，后者反唇相讥："这真要谢天谢地了。"面对"每个人都能认识科学的绝对真理，但艺术的价值完全是相对的，是个人品味的主观臆断"的指责时，针锋相对的回答是："独特的个体才有价值。"

如此一来，倘若我们发现叶芝采用的宇宙观明显是从纯粹的审美立场出发，也就是说，不是因为它真实，而是因为它有趣；或乔伊斯试图把整个存在转换成语言文字；甚至像萧伯纳这样的论辩高手，在对科学家的自命不凡进行了最激烈、最有力的抨击之后，转而又自相矛盾地支持起拉马克学说[1]……我认为，我们如果要理解他们，就必须看到他们做出这些反应的实质。随着自然科学的长足发展，理性和想象走向了对立面，他们不得不面对激烈论争的危局。他们几乎没有选择余地，只能拿出人类捍卫狭小疆域时的那股蛮劲来对抗大举进犯，妄图以此颠覆两边的砝码。

我们的情况则有些不同。真正的自然科学，如物理和化学，不再宣称能够解释生命的意义（这种奢望已经被所谓的社会科学接棒了），而且——至少在原子弹爆炸以后——如果他们执迷不悟，人们也不会再相信了。我们感受到的时代矛盾，不再是理性和想象的对立，而是善与恶之间的斗争；不再是客观和主观的对立，而是思想和情感之间的整合与分裂；不再是个体和大众的对立，而是社会性的个人和非个人的国家之间的问题。

我们面临的危机也就不尽相同。我们不太可能仅仅因为某个东西看起来有趣就去相信它，但我们很有可能做出非此即彼的选择，要么认为一切都是相对的，不存在绝对的真理，要么认为那些与我们观点相左的人之所以态度坚决，完全是出于恶意。

现今，如果两个人有所争辩，他们不是竭尽所能找寻证据来支撑自己的观点，而是把半数的时间和精力用在挖掘对方坚

---

[1] 拉马克学说（Lamarckism），法国生物学家拉马克创立的生物进化学说。

持己见的隐藏动机。要是他们被逼得恼羞成怒了，他们不会直言"你是个傻瓜"，而是辱骂"你是个坏人"。

现今，人们已经不再断言艺术不应该描写不道德的人或行为，但许多人坚持认为艺术必须立场鲜明，那些站在正确一边的人或行为应该被视为"完美的善"，反之则是"完全的恶"。今天的艺术家不太可能像前辈们那样把自己的行当摆在突出位置，倒是极有可能为了经济或政治上的回报而牺牲自己的艺术操守。

现今，没有一个普通公民会认真地思考"这里是与众不同的我，那里是所有其他人"，而是觉得"这里是同在一条船上的我们所有人，那里是政府"。我们不太可能自命不凡——毕竟富丽堂皇的建筑物都成了国家机构的所有物——但很容易变成无政府主义者，或是抱着听之任之的态度拒绝参与政治生活，或是单纯地为了自身利益才站出来盲目行事，恰恰因此失去了我们本想保留的个人自由。

我们从生活回到诗歌：现今的任何诗人，就算他否认信条对生活的重要性，也能够看到神话对诗歌的助益，例如，叶芝借助神话把自己的私人经验公共化，同时把自己对公共事件的理解个人化。他还清楚地知道，诗歌里的所有信条都变成了神话，也就是说，无论诗人和读者是否真的相信诗歌里表达的内容，这首诗的审美价值都不会发生变化。于是，他四处求助于神话——他觉得任何神话都是可行的——期望借此实现自己的创作目标。令他始料未及的是，那些对他真正有所助益的神话，必然与信条有一个共同点，即前者与诗人的关系，正如后者与灵魂的关系，应该是一种个人层面的关系。叶芝把凯尔特神话编入了自己的童年生活——他真的参与了降神会[1]的活动,并且认真地研读了所有那些神神叨叨的书籍。你无法把精神分析学、马克思主义或基督教这样的观念体系用作诗歌创作中的神话,除非它们深刻地扎根于你的情感世界。如果没有这种承袭的基础,你的情感世界永远不可能接纳它们,除非将之视为更加严肃的东西,而不仅仅是神话。

与我们一样,叶芝也面临着现代性的问题。传统的纽带已经被割断,人们对此却依然无知无觉,每一个希望把秩序和连贯性里里外外地赋予感官洪流、情感体验和思想意识的人,都不得不为自己去做那些在以往时代里由家庭、习俗、教会和国家代劳的事情,即做出事关原则和前提的选择,以便理解自己的生活与经历。当然,每个领域都会有权威人士,但究竟哪位值得咨询、哪位值得信赖,只能依靠他自己的判断来自由选择。这对艺术家而言是一件烦心事,因为它占用了大量的时间,而他更愿意把时间花在自己的创作上,他在这方面才是行家,而不是外行。

叶芝接受了这样一个事实,我们已经失去了过往岁月里的那只上帝之手,成了满怀疑虑的残缺造物:

> 胆怯、纠结、空虚、窘迫
> 失去了旧友们的鼎力相助

---

[1] 降神会(seance)是一种与死者沟通的尝试,各种文化中都存在类似的"交鬼"活动,比如中国的"笔仙"、西方的"碟仙"等。

叶芝接受了这种状况，视之为创作的环境，并且迎面而上，是所有后辈诗人的榜样。这是他被推举为大诗人的原因之一，当然还不止于此。

大诗人和小诗人的区别，与好诗和坏诗的区别无关。事实上，我们经常会看到一位小诗人可能比一位大诗人写出了更多的完美诗篇，这是因为大诗人有一个显著的特点——他持续不断地发展自己，一旦掌握了某一种类型的诗作写法，就会进行别的尝试，引入新的主题和新的写法，或者两者兼而有之，这种尝试很有可能不尽如人意。他的内心，就像叶芝所说的，总是被"难度的魅力"所吸引，或如叶芝在一首诗中所写的：

> 我为我的歌儿缝就
> 一件长长的外套，
> 上面缀满剪自古老
> 神话的花边刺绣；
> 但蠢人们把它抢去，
> 穿上在人前炫示，
> 俨然出自他们之手。
> 歌，让他们拿去，
> 因为要有更大魄力
> 才敢于赤身行走。[1]

此外，大诗人不仅试图解决新产生的问题，而且他抨击的

---

[1] 出自叶芝的《一件外套》("A Coat")，译者在此选取了傅浩的译本。

问题往往触及传统的核心，由此写出的诗行虽然是他的独创，却一点也不奇诡，反而为后辈诗人提供了借鉴。尽管我很欣赏霍普金斯的作品，但我依然认为他是一位小诗人。我持这种观点的原因之一是，他试图发展一种能够取代丁尼生的修辞，可惜他创造的修辞实在是古怪，这证明他对后辈诗人没有产生任何有效的影响，他们只能模仿他。叶芝与之不同，他带来的革新对每个诗人都有所裨益。我认为，他的贡献不是对新主题的探索挖掘，也不是对诗歌材料的组织运用，艾略特已经在这些方面做出了重要贡献，不仅使英语诗歌能够处理现代城市生活的方方面面，而且创造了具有音乐性而非逻辑性的诗歌结构。叶芝固守的是传统的浪漫主义风格和循规蹈矩的诗节结构，他留给我们的遗产主要有两个方面。第一，叶芝改变了即兴诗。这种类型的诗歌，要么是带有非个性化炫技倾向的公开表演，要么是琐碎庸常的社交应酬，但经叶芝的妙笔生花，它成了兼具个人和公共旨趣的严肃深沉的诗歌。

像《纪念罗伯特·格雷戈里少校》[1]这样的诗篇，在英语诗歌史上绝对是开创性的、影响深远的。这首诗的抒情主人公在特定的情境里缅怀自己的朋友，私密的个人化语调贯穿了全诗（同类型的其他诗歌未必做到了这一点，例如，雪莱和济慈的个人形象在《阿多尼斯》[2]中都消失不见了），与此同时，场景和人物获得了象征性的公共意蕴。

---

1 罗伯特·格雷戈里（Robert Gregory, 1881—1918），英国皇家空军飞行员，在第一次世界大战期间命丧意大利前线，叶芝为此写下了《纪念罗伯特·格雷戈里少校》（"In Memory of Major Robert Gregory"）。

2 《阿多尼斯》（"Adonais"）是雪莱为纪念济慈所做的挽歌，也译为《阿童尼》。

第二，叶芝让严谨的诗节更加自如，无论是沉思式还是抒情式的诗歌，都不必恪守千篇一律的抑扬格——伊丽莎白时代的人采用此种方式是为诗剧服务的，鲜少用于抒情诗和挽歌。于是，我们可以看到这样的诗歌：

> 年轻的母亲——一个形象在她膝上，
> 为"生殖之蜜"所捉弄。
> 且必将睡眠，哭叫，挣扎着要逃亡，
> 一如回忆或那药物所决定——
> 会怎样看她的儿子？假如她只把那形象——
> 它头上有六十个或更多的寒冬——
> 当作对生他时剧痛的一份补偿，
> 或对为他前程担忧的一份补偿。[1]

或是这首诗：

> 熟人；伴侣；
> 一个亲爱的聪颖女人；
> 最有天赋者，特选者；
> 都被他们的青春所败坏，
> 全都，都被那非人的
> 苦涩的光荣所毁灭。

---

[1] 出自叶芝的《在学童中间》("Among School Children")，译者在此选取了傅浩的译本。

但是我已清理了
废墟、破烂和残骸；
我辛苦多年，终于
达到如此深刻的一个思想，
以至于能够召回
他们全部勃勃的生气。

这些是什么人的影像：
目光呆滞转过脸去，
或推卸时光的肮脏负担，
伸直衰老的双膝，
犹豫或停留？
什么人的头或摇或点？[1]

  这两首诗韵律多变，而且都使用了半韵，给了诗人充分的表达自由，让诗歌语言显得极为自然和明晰。尽管如此，诗歌的形式基础——第一首是五音步抑扬格，第二首是三音步抑扬格——这些韵律节奏，以及赋予了诗歌连贯性和音乐性的押韵模式，仍然可以抵达我们。
  据我所知，《时尚》杂志正在筹划推出两个系列图集，一个是"当代最伟大的人"，另一个是"当代最有影响力的人"，我

---

[1] 出自叶芝的《思想的结果》（"The Results of Thought"），译者在此选取了傅浩的译本。

觉得这个项目必然会招致人们相当大的反感。一个人是为自己所取得的成就而更自豪，还是为自己对后人成就所产生的影响力而更自豪？诗人的两种墓志铭——"我写出了我那个时代最美丽的诗"和"我把英语抒情诗从坎皮恩[1]和汤姆·穆尔[2]的不散阴魂中拯救了出来"——他更喜欢哪一种？我觉得，出乎读者的意料，多数诗人会更喜欢第二种，尤其是像叶芝这样的诗人，他们很清楚只要第二种情况成立，那么第一种也就成立了。

---

1 应该是指托马斯·坎皮恩（Thomas Campion，1567—1620），英国文艺复兴时期集诗人、作曲家、音乐理论家多种身份于一身的艺术家，对英国文学的发展产生了一定的影响。

2 汤姆·穆尔（Tom Moore），完整的写法是"Thomas Moore"。英国文学史上有两位诗人叫"托马斯·穆尔"，一位是爱尔兰诗人托马斯·穆尔（1779—1852），另一位是英国诗人托马斯·穆尔（1870—1944），他是叶芝的朋友和通信对象。从生卒年来判断，这里应该是指第一位。

艾略特的诗歌与戏剧[1]

一个作家越重要,他的独立作品就越像交响乐的乐章一样,构成了他的"全集"的从属部分,只有在"全集"完成之后,那些独立作品才能够得到恰如其分的品评。例如,我们在1925年阅读《荒原》(*The Waste Land*,1922)的感受肯定与现在大不一样,因为那时候的《荒原》只有一首后续作品《空心人》("The Hollow Men",1925),但现在我们可以在《四首四重奏》(*Four Quartets*,1943)的比照下审视这首诗:

---

[1] 这是奥登为美国出版公司推出的《艾略特:诗歌与戏剧全集》(*The Complete Poems and Plays*)撰写的评论文章,刊登于1953年3月的《格里芬》(*The Griffin*)。乍看书名,读者或许会诧异,艾略特明明尚在人世,出版社何以火急火燎地出版"全集"?正是带着这种疑问,奥登将该文命名为"T. S. Eliot So Far"(《迄今为止的艾略特》),并且开门见山地"炮轰"出版社的"欺诈"行为——"现在是购书的公众抗议出版商近乎弄虚作假之举的时候了,他们竟然一再为在世作家的已有作品冠上'选集''全集'等书名。例如,我们面前的这本书,其书名在今日看来纯粹是一个'谎言'。除了歪曲事实之外,这种书名容易导致读者忽略一个现象——我们对当代作品做出的判断只是暂时的。"为了突出文章内容,译者改了标题,并将开篇三句话节录于此。(转下页)

> ……每个句子是结束也是开端,
> 每首诗都是一则墓志铭。

问题是,当时没有人,甚至连诗人本人也无法言明诗中的"生"和"死"的确切意蕴。诗人至少知道一件事:他的批评家往往没有那么畏首畏尾。

要成为一流的诗人,仅凭才华必然不够;一个人还须出生在恰当的时间和地点。例如,要想成为一个伟大的革新者,一个人需要在历史环境造就了情感氛围的真正突破口之时步入成年。那些较早出生的人无法与自己的过往割裂,而那些较晚出

(接上页)艾略特对奥登的影响已经是学界的共识。奥登将以艾略特为代表的诗坛前辈视为第一代现代主义诗人,称他们为"开创新范式的勇敢拓荒者",而他自己是第二代现代主义诗人。艾略特的那位披着现实"荒原"面纱的缪斯女神,带给奥登的不仅仅是震撼,还有持续的汲取与消化。从20世纪20年代末开始,他们就一直维持着亦师亦友的良好关系。艾略特称赞奥登为近年来出现的最优秀的诗人,他的提携与帮助对早期奥登的诗歌事业无疑有着重大的推动作用。而奥登对艾略特始终怀有一份敬意,即使已经走向了艺术的成熟期,他对世界的理解也仍然带有一丝艾略特的痕迹。他们都选择离开了自己的祖国,漂洋过海到异国他乡定居,但他们的航线刚好是交错的。不同的人生航向,恰似一个生动的隐喻:奥登面向了"新世界",艾略特却选择回到"旧世界"。有关"新世界"和"旧世界"带给艺术家的不同际遇,奥登已经在各种场合反复提及,该文也言及一二。

奥登在20世纪50年代为艾略特的不少作品写过书评文章,但篇幅都较短。在艾略特去世后,奥登在1967年受肯特大学坎特伯雷校区的艾略特学院(Eliot College)邀请,开展四期艾略特纪念讲座。奥登在讲座开场白部分直言不讳地谈到,艾略特在世的时候,围绕他作品的讨论已经滋生了蔚为壮观的文化产业,令艾略特本人啼笑皆非,所以他只在第一期讲座"作为殉道者的戏剧英雄"中聚焦了艾略特的作品,后面三则另择选题。限于篇幅和主题,译者没有翻译这些讲座内容,而是将奥登的《悼艾略特》(1965)附在文后,以便各位读者参看奥登对艾略特的整体性评价,即真正的"全集"。

生的人只能眼睁睁地看着革新工作业已落幕。

要成为一个实实在在的艺术探索者,看起来得在1870至1890年间出生。80年代尤为突出,包括毕加索、斯特拉文斯基[1]、乔伊斯和艾略特在内的许多艺术探索者都在这个时间段出生。我们这些较晚出生的后辈来不及承担英勇豪迈的开拓者角色,但我希望可以成为务实有用的开拓者。

此外,就英语诗歌而言,重要的是不要出生在英国,在所有英语国家中,美国似乎是最佳出生地。抛开艾略特的影响力不谈,如果没有美国诗人罗伯特·弗罗斯特[2],就不会有爱德华·托马斯的诗歌;如果没有美国诗人劳拉·莱汀[3],就不会有罗伯特·格雷夫斯的后期诗歌;更有甚者,如果没有美国诗人埃兹拉·庞德[4],就不会有叶芝的后期诗歌。

世纪之交,英国诗人们被禁锢在浪漫主义运动创造的情感和技巧的版图里,被限制在华兹华斯、柯勒律治、济慈和雪莱开辟的领地内,而这一领地后来被丁尼生、勃朗宁和阿诺德所占据。他们觉察到自己受了束缚,传统风格不再契合他们的真正需求,但习以为常的惯性致使他们找不到挣脱束缚的路径。斯温伯恩和拉斐尔前派[5]试图进入一个唯美的世界,他们的创新

---

1 伊戈尔·斯特拉文斯基(Igor Stravinsky,1882—1971),美籍俄国作曲家、指挥家和钢琴家,西方现代派音乐的重要人物。
2 罗伯特·弗罗斯特(Robert Frost,1874—1963),20世纪最受欢迎的美国诗人之一。
3 劳拉·莱汀(Laura Riding,1901—1991),美国诗人、批评家、小说家和散文家。
4 埃兹拉·庞德(Ezra Pound,1885—1972),美国诗人和文学批评家,意象派诗歌运动的重要代表人物。
5 拉斐尔前派(Pre-Raphaelites),19世纪中后期活跃于英国文化圈的团体,其成员包括诗人、艺术家和艺术批评家。

之处在于完全脱离了当时的物质环境。哈代、霍普金斯和道蒂[1]是三位杰出的诗人，他们另辟蹊径，但他们的路径无法为他人所用；他们的作品卓尔不凡，但透露出一丝古怪的气息。

美国作家正因为没有承继本土的悠久传统，所以总是比他们的英国同胞更好奇其他类型的传统诗歌，而不仅仅是英国的诗歌。例如，像朗费罗[2]这样温文尔雅的诗人对欧洲诗歌所表现出的兴趣，与丁尼生的封闭保守形成了强烈的对比，后者只囿于自身的古典教育传统。不仅如此，他们还可以用一种全新的超然态度反观英国的传统诗歌。例如，《圣林》[3]的影响，与其说是源于文集中的批评言论，不如说是源于富有启示意义的旁征博引。艾略特坦言，他的文论风格得益于像约翰·韦伯斯特这样的伊丽莎白时代后期的剧作家，以及像拉弗格[4]这样的法国象征主义者。许多英国诗人试图从伊丽莎白时代的戏剧中寻求灵感，却往往无功而返，因为他们只能通过浪漫主义者的耳朵去倾听诗歌，这就好比他们只能通过斯温伯恩的耳朵听到波德莱尔一样。

《J. 阿尔弗雷德·普鲁弗洛克的情歌》（"The Love Song of J. Alfred Prufrock"，1915）的出现，对英语诗坛而言无异于一颗深水炸弹。（现在很难描述这首诗带给当时的人们多大的震

---

1 查尔斯·蒙塔古·道蒂（Charles Montagu Doughty，1843—1926），英国诗人和游记作家。
2 亨利·沃兹沃思·朗费罗（Henry Wadsworth Longfellow，1807—1882），美国诗人、翻译家。他翻译了德国、意大利、斯堪的纳维亚国家的文学作品。
3 《圣林》（*The Sacred Wood*）是艾略特的第一部批评文论集，名篇《传统与个人才能》就出自其中。
4 朱尔斯·拉弗格（Jules Laforgue，1860—1887），法国象征主义诗人和批评家。

撼，只消知道一位义愤填膺的批评家贬斥艾略特为"一个醉酒的乡巴佬"[1]就行了。）诗人们百思不得其解的三个主要问题，都可以在这样一首诗中找到令人满意的解决方案：一是韵律问题，如何走出传统抑扬格的樊篱；二是结构问题，如何摆脱诗节程式的约束；三是措辞和意象问题，如何将传统的"诗意"属性与当代工业文明特性结合起来。

通读艾略特的诗歌，最让我印象深刻的是，艾略特先生的诗风变化微乎其微。（当然，戏剧作品里有所改变，但主要是技术上的变化，为迎合舞台风格的需求。）我们已经在《J. 阿尔弗雷德·普鲁弗洛克的情歌》和《一位夫人的画像》（"Portrait of a Lady"，1910）中看到了充分发展的意象、欲望破灭的上了年纪的主人公、感伤怀旧的景观、私密的声音（没有其他诗人能带给读者这种感觉，仿佛他独自一人在房间里与诗歌为伴），甚至还有一些小技巧，比如对"时间"这个词语采取换语[2]的修辞手法。后期诗歌发生了变化，但不是风格上的，而是诗人的人生观不断趋向成熟和得到升华所带来的变化，尤其是他征服了内在的唯美主义浪荡子的倾向。

截至《荒原》的创作，我们发现在艾略特的大多数早期诗歌中，存在着两种截然不同的人物形象：一方面是落魄的"英雄"，他们上了年纪，是郁郁寡欢、优柔寡断的文化观察者，比

---

1 "一个醉酒的乡巴佬"（a drunken helot）是资深批评家阿瑟·沃（Arthur Waugh）说的，他认为艾略特的这首诗文笔丑陋、缺乏美感。
2 换语（epanorthosis）是一种修辞手法，指改换前面的话，用一个更恰当、更明确、更深刻的说法取代或补充刚刚说过的话。例如："...most brave, nay, most heroic act!"

如普鲁弗洛克、夫人的朋友、小老头、伯班克和泰瑞西士[1]；另一方面是活跃于世间的粗俗贪婪之辈，比如斯威尼、布莱斯坦和满脸粉刺的房地产经纪人[2]；前者既厌恶又嫉妒后者。"英雄"的不讨喜之处在于，他是一个自怜和自傲的混合体。斯威尼式的人物骗走了他的姑娘，他尽管悲伤沮丧，但还是自我宽慰，觉得自己受过更优等的教育、穿着更整洁的衣物。"英雄"让人恨铁不成钢，读者可能会情不自禁地劝道："真的，你何不停止自怨自艾，赶紧出去找伙伴们玩耍？"就连泰瑞西士[3]也概莫能外。

然而，《圣灰星期三》(*Ash-Wednesday*，1930)和《四首四重奏》中的"我"，戏剧作品中"被拣选"的个体——贝克特、哈里和塞莉亚[4]，他们不再自虐般地忍受痛苦，而是接受了痛苦，使痛苦成为一种恩典的途径、一种荣耀的希望、一种通往特殊天命的路标。旧的"泰瑞西士"们只能在废墟之上勉力支撑起破碎的人生，新的"泰瑞西士"们必须成为探险者，

……保持平静，并且进入

---

[1] 这里列举的五个人物形象，分别出自艾略特的诗歌《J. 阿尔弗雷德·普鲁弗洛克的情歌》《一位夫人的画像》《小老头》《带着旅游指南的伯班克与叼着雪茄的布莱斯坦》《荒原》。
[2] 这里列举的三个人物形象，分别出自艾略特的诗歌《斗士斯威尼》(斯威尼是艾略特创造的一个戏剧性人物，可参见《夜莺声中的斯威尼》等)、《带着旅游指南的伯班克与叼着雪茄的布莱斯坦》和《荒原》。
[3] 泰瑞西士是《荒原》中的一个重要人物，艾略特在原注中指出，这个人物形象来自古罗马大诗人奥维德的《变形记》，他在因缘际会之下经历了两种性别的人生，最终失去了视力，获得了预知的能力。相较于其他几位"英雄"，泰瑞西士的形象较为特殊。
[4] 贝克特是诗剧《大教堂凶杀案》中的大主教，哈里是诗剧《家庭团聚》中的人物，塞莉亚是诗剧《鸡尾酒会》中的角色。

另一个剧烈的阶段[1]

他们可能以殉道的方式结束这样的探险之旅。

斯威尼，如果他真的出现了，看起来也是变了模样，不再是一个没有感情的怪物，而是一个普普通通的人，就像约翰夫妇和爱德华夫妇，他们继续负重前行，尽量把糟糕的差事做到最好，

> 通过相同的程式保持自我，
> 学会避开过度的期望，
> 宽容自己也宽待他人，
> 互敬互让，常规的活动
> 需要既有施也有受。

如果在《家庭团聚》(Family Reunion, 1939) 和《鸡尾酒会》(The Cocktail Party, 1950) 中，人们偶尔听到了一种格格不入的自命不凡的声音，我相信这不是情感的问题，而是技巧的问题。为了避免自己的戏剧诗走向"小剧场"(Little Theatre) 和附庸风雅的路子，艾略特先生暂且搁置了戏剧惯例的考量[2]，

---

[1] 出自艾略特的《荒原》，译者在此选取了张子清的译本。
[2] 戏剧惯例（dramatic convention），一般指戏剧中特定的表演秩序、表演程式与形式约束。艾略特多次撰文讨论诗剧创作，比如，他在《伊丽莎白时代四位剧作家》中指出，在严格的戏剧惯例下，某种"个性"迸发于舞台之上，却在表演结束后荡然无存。这并非演员本人的个性，而是伟大的演员赋予剧作的生命力，是"非个性"的力量。

也就是说，他干脆沿用了从康格里夫[1]到诺埃尔·考沃德[2]一直存在的英式"高雅"喜剧（"High"Comedy）的惯例，舞台布景和主要戏剧人物都偏于贵族化。只要戏剧的题材属于世俗的自我认同范畴（比如两性之间的爱情），并且所蕴含的道德价值观适用于社会，那么惯例就完全胜任——财富和良好教养是天赋和美德的充分象征。然而，当主题涉及精神选择，涉及基督教信仰和所有世俗价值观之间的巨大鸿沟时，象征的纽带就瓦解了。我敢保证，艾略特先生并不希望我们把哈里与约翰联系起来，因为约翰十分愚蠢；同理，他必定也不希望我们把塞莉亚和拉维妮娅等量齐观，因为拉维妮娅来自更高的社会阶级；但他运用的喜剧惯例恰恰引发了这些联想。既然他已经完美地解决了诗歌问题，我相信他接下来肯定有时间考虑"背景设置"的问题了。这当然是我们翘首以待《机要秘书》（*The Confidential Clerk*，1953）的原因之一。

---

1 威廉·康格里夫（William Congreve，1670—1729），英国剧作家，英国风俗喜剧的杰出代表，他的作品以活泼生动和对话高雅为特色。
2 诺埃尔·考沃德（Noel Coward，1899—1973），英国演员、剧作家、导演、制片人。

悼艾略特[1]

一位大诗人和好人,刚刚离世了。我们可以从两种迹象辨识出一个人是大诗人。我扪心自问:假如有某种可怕的力量要摧毁艾略特的所有诗歌,但你可以护住其中一首诗,那么你会选择哪一首?假如我的答案是《玛丽娜》("Marina")?我想,我的内心立刻会出现一片抗议的喧哗声。那么,《小老头》呢?或以"受伤的外科大夫拿起了探针"开头的那个乐章[2]?或《小吉丁》中模仿但丁的那部分[3]?这份列举名单可以不断地拉长,我意识到艾略特的所有作品都让我受益,即便是那些当初不太吸引我的诗篇。另一个迹象是,无论将来的品味发生何种变化或波动,这位诗人的作品都不会被人遗忘。想象一下吧,在2064或2564年,有一本英美诗歌选集要出版,虽然我无法预测艾略特的诗歌能占据多少篇幅,也无法推测哪些作品会被认定为他的代表作,但我笃信他的作品必定会入选。

---

[1] 传记作者汉弗莱·卡彭特在《奥登传》中记述了这篇悼文的始末,有一定参考价值,故摘录存此:"1964年底的那个冬天,77岁高龄的T. S. 艾略特病入膏肓。早在12月初,英国广播公司就联系上奥登,让他录制一段广播讣告,以备后续所用。奥登觉得这是'一件极为残忍的事情',在录制完毕后告诉艾略特的妻子瓦莱丽,他很后悔做了这么一件事。他小心翼翼地解释,并真诚地道歉,瓦莱丽深为感动。圣诞节后,奥登飞去雅典待了几天,在那里给切斯特过生日。恰逢此时,艾略特去世了。一个电视摄制组团队追到了希腊,奥登迫于无奈再次发表了一段关于艾略特的讲话(无怪乎他说过'我不喜欢大众媒体')。"

[2] 即《四首四重奏》第二部分《东科克尔村》中的第四乐章。

[3] 即《四首四重奏》第四部分《小吉丁》中的第二乐章中"在拂晓前难以确定的时刻"开头的那段诗。艾略特曾写有《但丁于我的意义》(1950)一文,详述了他创作《小吉丁》时,在风格和内容上尽量接近《神曲》的尝试。

关于他的诗歌，人们已经写了成千上万甚至数百万字，我不必参与其中。但现在情非得已，既然不得不说，我只想说这一点。艾略特曾表示，他在文学上是一位古典主义者。我认为此言有误导性，无论他自诩为"古典主义者"的本意是什么，都无法规避一个潜在的暗示——他的作品可以被视为英国诗歌发展史中的一个合乎规律的必然阶段。然而，在我看来，他是最独树一帜的诗人之一，在题材和技巧上都做到了推陈出新。根据我的印象，他就像华兹华斯一样，几乎所有作品的灵感都来源于一些强烈的异象体验，很有可能发生在人生的早期阶段。至于他的技巧，他确实是少数几个能够成功地写出所谓的自由诗的英语诗人之一，他的创作让人们更加确信，自由诗是正确的媒介，更严谨、更传统的诗歌形式似乎有误。

人们普遍认为《荒原》是20世纪最具影响力的诗歌。就英美诗歌而言，我不确定情况是否如此。更确切地说，当我翻阅那些在1922年之后找到了自己声音的诗人时，经常会有某种抑扬顿挫的语调或措辞的技巧让我情不自禁地发出感慨——"哦，他读过哈代、叶芝或里尔克"，但我很少能察觉到来自艾略特的直接而切实的影响。当然，他的间接影响是巨大的，但我很难确切地加以描摹。作为一个批评家，他对品味的影响更加清晰可辨。就我个人而言，这种影响与其说是因为他的个人观点，不如说是因为他令人叹为观止的引经据典之才能。时至今日，我仍然没有真正地理解"客观对应物"（objective correlative）的内涵，但他引用了德莱顿的六行诗，让我突然之间意识到可以从一个全新的角度看待这位诗人。

在阅读他的批评作品时，一些过分热心的崇拜者被其冷峻的文风所蒙蔽，以至于小心谨慎地对待他所说的每一句话。可以肯定的是，作为批评家的艾略特，正如作为诗人的艾略特，内心的大部分疆域由一个尽职尽责的牧师占据，但也存在一个十二岁的少年，他喜欢捉弄不苟言笑的大人物，或是递上一点就炸的雪茄，或是送上一坐就发出响屁的垫子。正是这个搞恶作剧的好手，突然跳出来打断了牧师正儿八经的说辞，扬言弥尔顿或歌德差劲。

他对青年诗人的另一个显而易见的影响在于行为举止。我想，尽管我们没有人能完全模仿他，哪怕像他那样戴上圆顶礼帽和拿把收拢的伞，但他的确教会了我们，没有必要在公共场合穿得或表现得宛若浪漫构想中的诗人。更重要的是，他让我们明白了，诗人的行为与其他各行各业的人一样，都要接受同样的道德评判。诗人不能要求特权。这就回到了我一开始所说的话，一个好人永远离开了我们。在我看来，一个人美德的证明，就是他对旁人的影响。但凡与艾略特相伴左右，我们就觉得不可能说出任何卑鄙的话或做出任何卑鄙的事。他并非英年早逝，他已经倾尽才华，给世界留下了众多作品，诗人艾略特的死亡不会让大家蒙受损失。他的诗歌与我们同在。对所有幸而与他相识一场的人来说，好人艾略特的死亡是一个真真切切的永失。

哈克和奥利弗[1]

大约六个月前，我重读了马克·吐温的《哈克贝利·费恩历险记》，上次阅读这本书还是在我年幼之时。我试着让自己回到一个不太了解美国的状态，体会重读带来的全新感受。《哈克贝利·费恩历险记》是理解美国的关键书籍之一，就像我们可以拿出对等的英国书籍——要我说就是《雾都孤儿》——作为

---

[1] 这篇文章的原标题是"Huck and Oliver"，奥登在 1953 年 9 月 27 日做客 BBC 广播电台时宣读了这篇文稿，《听众》(*The Listener*) 很快就予以刊发（1953 年 10 月 1 日）。奥登是一个喜欢漫游四方的旅行者，自从十八岁自主地选择旅行地点开始，且不说短途旅行，他为数众多的跨国旅行就已经让人望尘莫及了。他去过四大洲，到过至少二十五个国家和地区，在英国、德国、美国、意大利和奥地利五个国家都曾有过固定居所。在这位"流浪的犹太人"（奥登自称）并不漫长的人生历程中，我们可以发现四个鲜明的分水岭：一、1939 年 9 月离开英国、移居美国；二、1949 年开始，每年都去意大利南部的伊斯基亚岛消夏；三、1958 年开始，每到春夏改去奥地利基希施泰腾小镇居住；四、1972 年 11 月，返回英国，住进了牛津大学基督教堂学院。由此可见，他的旅程主要围绕着大西洋两岸展开，他以诗人的敏锐天性和深刻的洞察能力，窥见了"新世界"和"旧世界"的差异，而他找到的最佳文学例证就是《哈克贝利·费恩历险记》和《雾都孤儿》，文章标题中出现的"哈克"和"奥利弗"，即两部作品各自的主人公。

英式做派的画卷。

如果翻看《哈克贝利·费恩历险记》的读者来自英国，小说中呈现的大自然风貌以及对待大自然的态度肯定最先抓住了他的注意力，令他震惊不已。他会发现密西西比河，也就是大自然，在作者笔下通常显得雄浑壮阔、捉摸不定，隐隐地让人望而生畏。当奥利弗留在乡下与梅丽夫人待在一起时，狄更斯写道：

> 这个羸弱的孩子来到一个内地的乡村，呼吸着芬芳的空气，置身于青山密林之中，谁能描述他感受到的快乐、喜悦、平和与宁静啊！[1]

这里的大自然让人感到亲切安适。哈克描述了他在雾霭重重的密西西比河迷失了方向的情形：

> 我自然是在往下水漂，一个钟头漂四五英里。可是我一直没有想到这一点。恰恰相反，你觉着自己躺在水面上一动不动；眼前有块礁石一晃而过时，也没有想到自己走得有多快，只是大气不喘一口地想，天哪！这礁石飞得有多快啊。你要是以为一个人孤零零的在雾里，并不那么冷冷清清、凄凄惨惨，那你来试上一试——你就知道啦。[2]

---

[1] 出自《雾都孤儿》，译者在此选取了何文安的译本。下文出自该小说的引文，亦如是。

[2] 出自《哈克贝利·费恩历险记》，译者在此选取了成时的译本。下文出自该小说的引文，亦如是。

欧洲和美国的一大区别就是对待大自然的态度。也许，对我们而言，大自然在某种意义上永远是母亲或妻子的角色，是可以与之建立半私密关系的存在。但在美国，大自然更为蛮荒，可以说，人与大自然的关系更像是圣乔治与龙的关系[1]——大自然是龙，圣乔治用屠龙证明了自己的男子汉气概。当然，这导致了一个问题，在成功征服了龙之后，你除了奴役它之外别无他法。换言之，一种狂野而艰难的危险总是如影随形，你不得不在尊之为敌人和视之为奴隶之间进行选择。

令《哈克贝利·费恩历险记》的欧洲读者感到震惊的第二件事是，这个故事的小主人公拥有无与伦比的坚忍。在小说里，哈克的父亲几乎是最硕大、最可怕的怪物，最后很有可能被谋杀了。哈克无意间陷入了各种难关。他撞上了一场血仇，亲眼看到了可怕的杀戮，正如他后来所言，他简直无法去想象当时到底发生了什么事。然而，尽管历经坎坷，哈克并没有像人们通常以为的那样，从一个小男孩变成一个罪犯或脆弱的神经衰弱者，而是坦然地接受了这一切，把它们当成是天意。他的坚忍蕴含了一种对待时间的态度——当下即为当下，没有必要认为未来也会如此，因此，当下可能不会以现在的方式影响未来。

更饶有兴味的是，哈克的道德抉择肯定会让欧洲读者倍感困惑。哈克和偷逃的黑奴杰姆朝夕相处，他下定决心不会放弃杰姆，想方设法要把他带到安全的地方。小时候第一次读《哈克贝利·费恩历险记》时，我误以为哈克的决定是一种突兀的

---

[1] 圣乔治是传说中基督教的殉教者，相传他是出生于公元前1世纪的骑士，曾杀死一条恶龙。英国人视圣乔治为守护圣人，他屠龙的事迹流芳百世。

认知觉醒——他虽然成长于蓄奴区,但知道奴隶制是错误的。因此,我完全无法理解小说中最精彩的一段内容——哈克与自己的良知搏斗。以下是其中的两个段落,他先是自省:

> 我嘴上说我要做那件正大光明的好事,要写信给那黑奴的主人,告诉她黑奴的下落;可是我内心明白这是谎话——上帝也明白这点。你不能在祷告时撒谎——这我算是懂得啦。

他决定要救杰姆,于是,他说道:

> 我想是设法偷偷地帮杰姆再一次逃出奴役;要是我能想出更恶的事,我也会照干;因为既然走上了这条路,那就一不做,二不休,要走就走到底。

第一次读这些内容的时候,我以为这是马克·吐温作为废奴主义者发出的嘲讽。但根本不是这么回事。哈克的所作所为,只是一种纯粹的道德即兴表演。他的决定并没有告诉他以后面对类似的情形应该怎么做,也没有表明其他人在类似的场合应该做出怎样的抉择。我们在此看到了美国和欧洲文化之间的深刻差异。我相信,所有的欧洲人,无论他们的政治观点和宗教信仰是什么,都相信这样或那样的自然法观念[1]。也就是说,关于人性,关于人类是历史生物而不仅仅是自然生物,总

---

[1] 自然法(natural law)是独立于政治上的实在法而永恒存在的正义体系。

有一些永恒不变的标准。如果一个人是保守派,他会认为法则已经被发现了。如果他是革命派,他会认为自己刚刚发现了法则,这在过去不为人所知,但现在该被知道了。如果他是自由派,他会认为我们对此有所了解,并且可以逐渐了解更多。无论是保守派、革命派还是自由派,他们都不会怀疑自然法的存在。

美国人很难相信人性中有任何恒定不变的东西。美国人经常被称为自由乐观主义者(他们自己有时也认同这一点),他们相信世界正在变得越来越美好。不过,我不太相信这回事,因为他们的文学提供了反面证据。确切而言,我们应该说,美国人内心深处相信一切都会过去:我们所知道的邪恶会消失,良善亦如是。

正因为如此,你们或许可以说美国是一个业余者的国度。回到《哈克贝利·费恩历险记》,哈克做出了一个基本上业余的道德抉择。当然,业余人士和专业人士之间的区别不一定是学识的问题。一个业余人士可以是一个很有学问的人,但他的知识主要基于他自己的阅读选择和机缘。反之亦然,一个专业人士不一定缺乏自主发展,但他总是倾向于对照过去和同行的经验来省察自己的知识。从根本上来说,"知识分子"一词在欧洲通常指一个知晓法则的人,宗教也好,医学也好,无论是什么领域的法则。但在美国,人们一般不相信有谁事先洞悉了法则。显然,在一个处处都是全新境况的国家,业余人士往往是对的,而专业人士屡屡犯错。我们有时会使用"专业审慎"(professional caution),这个术语也适用于截然相反的情况。相较而言,业余人士必定倾向于思考迫在眉睫的问题,并且着手立即解决问题,因为只要一个人相信在不远的将来一切都会完全不同,那么就没必要冥思苦想了。

此外,《哈克贝利·费恩历险记》的大部分欧洲读者还会发现第三点——这本小说十分伤感。奥利弗·退斯特历尽无数辛酸,他遇到了一些友善的人,我们感觉到他们会成为他的终身朋友。哈克和杰姆的关系,比奥利弗所知的任何关系都要密切得多,然而,我们通过小说结尾已经知道,他们将分离,再也见不到对方了。一种忧伤的氛围萦绕在字里行间,仿佛自由和爱两者互不兼容。在《雾都孤儿》的结尾部分,孤儿奥利弗被布朗罗先生收养,有了一个充满爱的温馨家庭,他最美好的梦想都实现了。以下是《雾都孤儿》接近尾声的段落:

> 日复一日,布朗罗先生继续用丰富的学识充实他的养子的头脑,随着孩子的天性不断发展,希望的种子已经破土而出,大有可能成为老先生希望看到的那种人,布朗罗先生对他的钟爱也日益加深……

《哈克贝利·费恩历险记》的收尾是这样的:

> 到领地去,我得比他们两个先走一步,因为赛莉姨妈要认我作干儿子,教我做人的规矩,我受不了这个。我已经受过一回啦。

显然,哈克的做派有点像《雾都孤儿》中的一个人物——"机灵鬼"。不过,在狄更斯笔下,这位年轻人纵使机敏迷人,但难免腐化堕落,绞刑架的阴影始终笼罩着他。他不是无拘无束的英雄,这一点跟《哈克贝利·费恩历险记》中的哈克截然不同。

除了对大自然的态度、对自然法的态度,还有两个方面可以简单地谈一谈——对时间的态度和对金钱的态度。让我们想象一下历史上的两个事件:A事件之后发生了B事件,在某种程度上两者雷同。欧洲人的风险在于把两者看成是完全相同的事件,仿佛一旦知道了处理A的方法,就能顺理成章地处理B。美国人的风险在于压根儿看不到两者之间的关联,对A的任何了解都无助于处理B。欧洲人看不到新异的元素,美国人看不到重复的元素。大家可能还记得,奥利弗和哈克都拥有了一笔钱。对奥利弗而言,他合法继承了这笔钱。哈克却纯粹靠的是运气。他和汤姆·索亚发现了强盗的藏匿处,之所以获得了钱财,不过是因为不可能物归原主。在这里,金钱并不是通过合法权益继承所得。

我们或许可以这样来分析:在欧洲,金钱是权力的象征,也就是说,只要拥有了金钱,你就不必做他人期望你做的事情,而是选择自己想做的事情;因此,在某种意义上,所有欧洲人都希望自己拥有尽可能多的金钱,其他人的钱财则是越少越好。

在美国,金钱被认为是你在与"自然之龙"(dragon of nature)的搏斗中赢得的酬劳,它代表了你的男子汉气概。重要的不是有钱,而是赚钱。一旦赚到了钱,你完全可以尽数送出去。

两种态度都有优缺点。欧洲人的缺点是贪婪与吝啬;美国人的危险是焦虑,金钱这一可量化的东西被视为男子汉气概的证明,再多赚一点钱就会让你变得更加富有男子汉气概,于是整个过程无止无休。这让我想到了一件令人恼火的事情——欧洲人指责美国人是物质主义者。但真相并非如此，美国人其实没有那么在乎物质。真正让人瞠目结舌的是美国人的浪费，正如欧洲人的贪婪让美国人大开眼界。

我之所以谈这些事，是因为我们正处在这样一个时代，美国和英国的相互理解变得空前重要。许多误解已经悄然滋生，不是源于具体的观点，而是由于我们没有认识到特定成长背景导致的某些预设或态度让我们形成了定见，以至于完全无法接受其他形式的预设或态度。如果我们能够跨越这些理解的阻碍，就更有可能通过取长补短的方式来实现双方的共同利益。

只要做到了这一点——作为一个十足的自由乐观主义者，我相信这会实现——美国和英国之间的联盟就可以成为一种真正切实的相互借鉴的机制，而不是目前看来迫于周围环境而形成的相当不稳定的关系。

音乐和诗歌的创作[1]

1934年,《珀耳塞福涅》首演过后,瓦雷里给斯特拉文斯基写了一封贺信:

> 我只是一个"世俗"的听众,但你作品的"神圣"超然打动了我。在我看来,我有时在诗歌中寻寻觅觅的东西,正是你在你的艺术创作中追寻并实现的东西。一切的关键

---

[1] 这篇文章的原标题是"The Creation of Music and Poetry",1958年下半年写成,原本是为《格里芬》所作,但翌年8月刊登于《世纪中叶》(*The Mid-Century*)。本文所描写的艺术工作者——诗人瓦雷里和音乐家斯特拉文斯基都是奥登十分敬佩的人。瓦雷里是奥登最喜欢的诗人之一。奥登曾说"法国佬不懂诗",但瓦雷里、兰波、普鲁斯特和波德莱尔是例外,尤其是瓦雷里,他曾这样写道:"每当我觉得自己有可能成为一个不懂诗意的人时,我总是求助于瓦雷里,一个懂得诗意的人,我相信他比任何其他诗人都深谙此道。"斯特拉文斯基是奥登自青少年时代就欣赏的音乐家。奥登在十六岁时就购买了斯特拉文斯基的《简易钢琴二重奏》;二十一岁时收藏了斯特拉文斯基的《彼得鲁什卡》唱片;之后也持续关注和盛赞斯特拉文斯基的新作。20世纪40年代以后,奥登有幸与斯特拉文斯基有过音乐方面的合作,如歌剧《浪子的历程》(1948—1951)和歌曲《悼J. F. 肯尼迪》(1964)。

点在于，通过意志捕获纯粹。

尽管这位诗人比这位作曲家年长了十岁左右，但他们都属于那个非凡的革新一代，那个在各艺术媒介领域内创造了所谓的"现代派"的一代。因此，当他们谈论自己的经历时，我们必须给予最大的关注与敬意。同时，对于他们表达的观点，我们须得考虑他们曾经面临的论争性局面，而我们这些坐享其成的后辈所面对的处境已经大为不同。

此外，在考量一位艺术工作者的评论时，我们必须谨记，他最关心的是他自己创作的作品，其他人的作品对他来说若有任何价值，那也主要是将其视为效仿的榜样或规避的对象。他关于自己艺术的评价从来都不是虚假的，但可能只有在关涉他一心渴求并能将之实现的那类作品时才会吐露真言。

只有原始艺术家（proto-artist）才能真正欣赏艺术，也就是说，他有过某些经验，也具备创造力，可以将这些经验具象化地融入某种艺术媒介之中。我们有原始诗歌经验、原始图像经验和原始音乐经验，它们之间各不相同，但可能会相互交叠。瓦雷里向我们讲述了他自己的原始音乐经验：

> 当我沿着陡峭的街道向上行进的时候，一种节奏突然攫住了我、占有了我，让我感受到一股来自我以外的力量。另一种节奏赶超了上来，并与先前的节奏相结合，两者建立了某种奇特的横向关系……行走通常可以让我的思想加速流动，但这一次，脚步的动作通过微妙的节奏方式侵袭了我的意识，而不是激发了那种含有形象、内在话语以

及人们称之为"想法"的虚拟行为的融合体……这种恩典惠临到了错误的大脑中，因为我并不具备音乐家那样的天赋，而一位音乐家必定能赋予它们一种持久的形态；这两种节奏为我提供了一个作品，其序列和复杂程度充分彰显了我的无知，并将我的无知碾压成绝望，最终一切都化为徒劳。

我们可以将这段叙说与瓦雷里有关《海滨墓园》创作缘起的描述进行对读，会很有启发性：

> 起初，我的脑海里不过是一个富有节奏的体式，空洞而充满了无意义的音节，这让我痴迷了一段时间。我注意到这个体式是十音节的，思来想去，现代法语诗歌里几乎无人使用；我觉得十音节诗行浅陋而单调，与亚历山大诗行相比毫无价值……随大流的恶魔力量一度促使我想要将这个"十"提升至"十二"。此外，我觉得每节诗应该由六行组成，基于这些诗节的数量，多样化的音调和运转可以进一步实现我的创作理念。诗节之间会形成对比和呼应的关系。最后一个设想很快就让这首潜在的诗歌成为"自我"的独白，我的情感和智力生活中的那些最简单、最持久的主旋律，就像它们强行闯入我的青春期一样，与大海和地中海沿岸某个特定地点的光线关联了起来……所有这些都引出了死亡的主题，并且隐含了纯粹思想的主题。（所选的十音节诗行与但丁的诗行有一定的关系。）我的诗行必须坚实且有强烈的节奏感。我知道我在进行一场个人的独白，

但同时竭尽所能使之成为一场全体的独白。

正如遭遇挫败的那次"音乐"经验，瓦雷里在此描述的体验中，最初的冲动也是一种节奏，只不过这一次他辨识出它是十音节的，即一种语言的节奏，由此形成了可以而且只能用语言表达的形象和思想。

鉴于鲜少有作曲家向我们讲述音乐创作的过程，斯特拉文斯基的述说显得尤为难能可贵。词语之于诗人，似乎就是音程之于作曲家。

> 当我创作一段音程的时候，我意识到它是一个客体，是我之外的东西，与印象截然不同。

就像诗歌中的词语一样，音程只有与节奏相遇才成为音乐。

> 当音乐想法开始反复呈现于特定的听觉层面时，我就会辨识出它们。但早在想法形成之前，我就已经尝试有节奏地运用音程。这种可能性的探索总是在钢琴上演练。只有在确认了自己的旋律或和声之间的关系后，我才开始作曲。主旋律确定了以后，我大致知道需要什么样的音乐素材。我开始寻找素材，有时会演奏前辈大师们的作品（让自己完全进入状态），有时会直接用一连串音符即兴弹出节奏单位（这可能会成为最终所需的素材）。

这里描述的第二个阶段，好像类似于诗人意识到自己的诗歌"关于什么"的阶段。然而，依我所见，诗人的创作过程与作曲家寻找正确的音调和音色之间不存在任何相似之处，因为语言的这些品质是由诗人母语的正常言语习惯所决定的，而作曲家是自由的，他们必须自己进行选择。

声音（音色）不会一直存在。但是，如果音乐的想法是一组音符，一个突然闪现于脑海中的灵机一动，那么它往往与特有的声音相伴而来……对我来说，记住音乐第一次出现时的音调是非常重要的；如果由于某种原因变了调，我将面临失去初次接触时的鲜活感受的危险，很难重新抓住它的迷人魅力。

尽管几乎所有的诗人都认为自己的诗歌是有声的言说，但他们中的大多数人也重视诗歌在纸张上呈现的面貌——他们将词语的发音与一定长度的诗行和一定形态的诗节联系起来。我必须承认，我没有想到作曲家也会有同样的感受。

作为作曲家，我把某种音乐类型、某种音乐节拍、某种音符单位联系在一起……音符和节拍与音程本身同时出现于我的想象世界……要是把我的作品转变为更长或更短的音符单位，但以相同的节拍演奏，我很难断言这是否会产生听觉上的差异。然而，我知道，我不能以转变后的形态来看待音乐，因为创作出来的音符形态就是原初想法产生时的那种形态……我确实相信我的音乐有一个特点，它们与脉动的音符单位存在一定的关联，而且我一点也不在乎这是否可以论证。

瓦雷里和斯特拉文斯基有很多共同点。两人都喜欢庄重的艺术（让人清醒的艺术），而不是随心所欲的艺术（蛊惑人心的艺术），两人都惧怕透露着虚伪气息的夸夸其谈。但是，作为艺术工作者，他们的职业生涯却大不相同。瓦雷里的诗歌产出量较小，大部分创作于四十五岁至五十岁的短短几年时间里，风格上非常统一。他在《年轻的命运女神》中找到了自己的声音，此后从未觉得有必要改变它，而激发他想象力的主题范围也异常有限。与他不同的是，斯特拉文斯基从青年时期到现在都一直稳定地创作，是音乐史上不断成长的最引人注目的典范之一。

当然，成长并不意味着每一部新作品都一定比先前的作品更好，也不意味着取代了它们，而只是意味着每一部作品都是一个新的出发点。音乐新闻通常将斯特拉文斯基的作品分为三个时期：俄罗斯风格时期；新古典主义时期；现在，在他七十多岁的时候，进入了序列主义时期。然而，就像所有的新闻标签一样，这种创作分期也是一种误导：斯特拉文斯基的所有重要作品都有一种风格，一种自成一派的音乐语言。

最后，尽管瓦雷里终生痴迷于"纯诗"的问题，但斯特拉文斯基似乎从未担心过"纯粹"的音乐。到目前为止，斯特拉文斯基超过半数的作品都是为芭蕾舞或语言艺术所写的配乐，关于这些作品，我们完全可以说，它们不仅动人心弦，而且很适合编舞和舞蹈，或很契合文本内容。例如，当《阿贡》在留声机上发出美妙的声音时，它需要与巴兰钦[1]的舞蹈配合才能发挥出完整的效果；尽管斯特拉文斯基有时声称会把单词当作音节来看待，他从没有真的把语言当作歌唱的前文本。很少有作曲家在选择配乐的文本时表现出他那样突出的文学品味，这一点可以从他对勋伯格[2]的批评中看出一二：

> ……他几乎所有的文本都非常糟糕，其中有一些糟糕得触目惊心，让人无法静心欣赏音乐。

诗歌在艺术中处于独特的位置，因为它的媒介语言不是诗人的个人独创和私有财产，这一点与作曲家拥有的音乐声音不同；也不是诗人可以任意赋予意义的被动性物质，比如建筑师的石头或画家的颜料。

诗人只有在他所隶属的语言群体创造了词汇本身及其含义之后，才能写出自己的作品。这些词汇，除了为诗歌提供建构的材料之外，还有许许多多其他的用途。即使像《芬尼根的守灵夜》中那样奇特的语言，如果离开了它所分裂和重组的传统语言的话，也将毫无意义。因此，与作曲家不同，诗人们面临着一个令人困惑的问题："如何将语言的诗意用法与语言的其他用法区分开来？"格律诗和散文在形式上的区别显而易见，但

---

[1] 乔治·巴兰钦（George Balanchine，1904—1983），美国舞蹈家、编导。斯特拉文斯基与巴兰钦有过多次合作，包括芭蕾舞剧《阿贡》。斯特拉文斯基曾表示，巴兰钦的编舞天才点亮了他的音乐作品。
[2] 阿诺德·勋伯格（Arnold Schönberg，1874—1951），美籍奥地利作曲家、音乐教育家和音乐理论家，西方现代主义音乐的代表人物。

无法给出我们需要的答案。

瓦雷里既是一位诗歌创作者，又是一位绝顶聪明的人，他对这个问题倾注了比大多数人更多的精力，最终也只能给出差强人意的答案。当然，没有人给出过更好的答案，迄今为止都是相形见绌的解答。这种局面让我不得不相信，一个明确而清晰的答案是不存在的。

瓦雷里成长于其中并深受其影响的法国象征派，十分强调诗歌与音乐的结合：

> 受洗为"象征派"的几组诗人，相互之间存有分歧，但分享着共同的意图，简而言之，就是要从音乐中找到他们自己的艺术——我们的文学头脑梦想着从语言中提取的效果，可以与单独通过声音作用于我们的神经系统的效果相媲美。一些人推崇瓦格纳，另一些人则珍视舒曼。不妨说，他们讨厌瓦格纳和舒曼。在狂热的激情中心，这两种情感态度其实是无法区分的。

但语言永远不会脱离了自身范畴而成为纯粹的声音和音调关系。当我们听到有人说一种我们完全不懂的语言时，我们确实会把它当作音乐来听，只不过这是一种没有任何艺术内涵的音乐。然而，这些法国诗人论辩的东西同样是经不起推敲的。他们对音乐的看法，他们对艺术的评论，清楚地表明他们之所以重视音乐，是因为它能诱使听众进入朦胧的白日梦之境，而对于音乐本身的结构，他们毫无兴趣。

瓦雷里放弃了这种诗歌理论，转而尝试根据具有目标导向

的行为和游戏之间的类比,区分诗歌和散文。他沿着马莱伯[1]的启示,将行走和舞蹈之间的差异作为例证:

> 行走如同散文,总是有一个明确的目标。这是一种朝向某个目标的行为,我们的目的就是抵达这个目标。客观的境况,如我对目标的需求、我的身体状态、我的视力条件、地面的实际状况等,这些都制约着行走的方式,决定了行走的方向和速度……行走中的每一个移动都需要适应境况的变化,而每一次变化又蕴藏于行为的完成和目标的实现。
>
> 舞蹈则完全是另一回事。当然,舞蹈也是一种行为体系,但其目的在于自身。它哪儿也不去。因此,它不是一个执行有限活动的问题,其目标不是位于我们周围的某个地方,而是通过在原地施展的程式性行动来创造、维持和提升某种状态。

然而,两者的区别真的像瓦雷里说的那样泾渭分明吗?通勤者每天上午步行前往车站,但他也可以在此过程中享受行走的乐趣;事实上,行走的必要性并不排除它也是一种游戏形式的可能性。反之亦然,舞蹈的程式性演绎可以而且经常与现实目的联系在一起(比如获得一笔可观的收益),但不会因此失去舞蹈本身的艺术价值。

---

[1] 弗朗索瓦·德·马莱伯(François de Malherbe, 1555—1628),法国诗人、文学批评家,法国古典主义文学奠基人之一。

不同的言说方式亦如此。如果我去一位生病的同龄人家里探望，管家告诉我"主人起床了，还没有下楼"，他的意图可能很现实，只是为了满足我的好奇，向我提供正确的信息，但我可以由衷地欣赏这个回答中的诗意成分。[1]

另一方面，尽管有些歌词的魅力几乎完全体现于它们优美的语言游戏，但那些我们普遍认可的伟大诗作，基本上都具有一种超越了实际的语言表达范畴的特质，可以称之为洞察力，也可以称之为智慧，随你喜欢。尽管《伊利亚特》或《神曲》的散文体译本已经失去了原诗的"音乐性"，但我们在阅读时依然能感受到这些作品的巨大价值。

当然，音乐没有这样的问题。音乐的常规程式，与诗歌仰赖于语言不同；它更像是一种语法规则，类似于一门语言的基本特性。改变音乐的常规程式，例如，从水平复调系统转换成垂直和声系统，或从三音到十二音，就像从希腊语变为英语，或从希伯来语变为俄语。

相较于诗人之间关于语言的使用是否具有诗意的争论，作曲家们关心的是某种音乐语言是否已经穷尽的问题。在这里，我认为每一位作曲家都必须为自己负责，谨慎地对待出于个人需求而设定某种教条。斯特拉文斯基最近采用了序列主义的音乐创作，因此非常支持这种音乐系统，但当他被问及是否认为下一个十年的杰作会出自序列主义音乐时，他的回答十分慎重：

---

[1] 原话"His Lordship is up but not down"放在奥登设定的语境里是一个双关，还可以表达身体的健康状况——"主人好些了，没有恶化"。

有关杰作的一切都很难说，特别是杰作会否出现。不过，我认为杰作最有可能出自一位掌握了一门高度发达的语言的作曲家之手。这种语言目前是序列的，尽管我们当前对它的发展可能与我们尚未看到的进程无关，但这对我们来说并不重要。语言的发展无法轻易地被舍弃，作曲家如果没有考虑到这些发展，就可能会远离主流。撇开杰作不谈，在我看来，新音乐将是序列的。

像瓦雷里和斯特拉文斯基这样的艺术工作者，在谈到他们的艺术时，通常更喜欢谈论技巧和有意识的判断，而避免使用"灵感"之类的词语。他们知道，获得灵感和做出好作品是一回事。他们会对他们传授给公众的东西负责，绝不会以缪斯的信息必须在信仰的层面上被接受为由而要求免于批评。他们也知道，技巧并不像公众倾向于认为的那样是人人都可以获得的东西，而是缪斯给予的天赋，是艺术家最难欺骗他人的所有物。

因此，瓦雷里说：

> 精神随意吹动；人们看到它吹在傻瓜身上，它对着他们耳语，而他们也能够听到。

斯特拉文斯基说：

> 无论如何，大多数艺术家都是真诚的，大多数艺术都是糟糕的，当然，一些不真诚的艺术（真诚的不真诚）反而很优秀。

遗憾的是，据我所知，没有人记下瓦雷里的席间言谈，因为他和斯特拉文斯基一样，不仅是一位艺术家，而且是一位周游世界的人。作为斯特拉文斯基的"鲍斯韦尔"[1]，罗伯特·克拉夫特（Robert Craft）先生深谙如何向这位音乐大师提出恰当的问题，但他并没有——也许有意如此——像录音机般如实地记录大师的回答。内容显然是"正确的"，但节奏和句法并不总是符合常规说话的习惯。我甚至怀疑，克拉夫特先生有时候扮演了很有分寸的审查员角色。每一个天才都会时不时地胡说八道——只有小艺术家才会永不犯错——我疑心斯特拉文斯基的评论并不总是像我们所能看到的那样通情达理。我愿意看到更多尖锐的言论，就像他点评佩尔戈莱西[2]时那样——

> 佩尔戈莱西？"他的作品"里，我唯一喜欢的就是《普尔钦奈拉》。

或者这句关于法国人的——

> 他们为了得到戏票绝对会不择手段，但除了买票。

我们总是对名人们的奇闻轶事充满了好奇心。得知佳吉列

1　詹姆斯·鲍斯韦尔（James Boswell，1740—1795），英国传记作家，现代传记文学的开创者，最著名的作品是《约翰逊传》。
2　乔瓦尼·巴蒂斯塔·佩尔戈莱西（Giovanni Battista Pergolesi，1710—1736），意大利作曲家、小提琴家、管风琴家。斯特拉文斯基改编了佩尔戈莱西的《普尔钦奈拉》。

夫[1]唱着普契尼[2]的曲子与世长辞,这实在是耐人寻味。而在《春之祭》那场引起了大骚动的首演[3]过后的傍晚,斯特拉文斯基本人的描述远比科克托[4]更有说服力:

> 我与佳吉列夫和尼金斯基一起去了一家餐馆。佳吉列夫可没有躲进布洛涅森林公园里垂泪背诵普希金,他唯一的评价是"正是我想要的"。

当然,相较于有幸聆听一位伟大的作曲家谈论其艺术的理论和实践问题,此类乐趣确实微不足道。除了斯特拉文斯基,谁能在七十七岁高龄仍然毫不羞赧地说出这句话:

> 我并不介意我的音乐被试听,如果我想保持我作为一个前途似锦的青年艺术家的地位,就必须接受这一点。

---

1 谢尔盖·佳吉列夫(Sergei Diaghilev, 1872—1929),俄罗斯艺术评论家、赞助人,俄罗斯芭蕾舞团的创始人。
2 贾科莫·普契尼(Giacomo Puccini, 1858—1924),意大利歌剧作曲家。
3 由斯特拉文斯基作曲的芭蕾舞剧《春之祭》(Le Sacre du printemps),在佳吉列夫的推动下,交由芭蕾舞蹈家和编舞大师尼金斯基编导,于1913年5月29日在巴黎香榭丽舍大剧院首演。《春之祭》打破芭蕾舞剧传统的先锋属性自一开演就引起了骚乱,传统派观众和新潮派观众从语言冲突快速升级成肢体对抗,但演出团队依旧保持了演出水准。
4 让·科克托(Jean Cocteau, 1889—1963),法国诗人、剧作家、小说家、视觉艺术家和评论家,被认为是20世纪早期艺术界最具影响力的人物之一。

密西西比州的魔法师[1]

我想我可以甄别出三种类型的小说：散文诗小说（Prose Poem）、虚构历史小说（Feigned History），以及暂且称之为童话（Fairy Tale）的小说，因为我还没有找到更适宜的名称。诚然，大多数小说都是各种类型的融合体，但正如动植物，它们必定会有一系列显性特征和隐性特征，所以分类法或许仍然奏效。

所谓散文诗小说，我指的是这种小说就像诗歌一般，它的形式和内容是不可分割的：在被译成另一种语言时，它不可能

---

[1] 这篇文章的原标题是"The Magician from Mississippi"，刊登在1960年1月的《世纪中叶》上。"魔法师"显然是指美国现代小说家威廉·福克纳，他出生于美国南方密西西比州的一个传统气息浓厚的名门望族，用美国南方语言书写美国的南方。在奥登的阅读体验和认知范畴里，福克纳的小说并不是他真正推崇的那一类艺术。步入成熟期后，奥登一直奉行"祛魅"的艺术观，认为艺术不是"魔法"："假如诗歌，或者说所有的艺术，都有一个隐藏的目的，那么这个目的就是通过展现真相，让人清醒，避免沉醉。"对于施用了"魔法"的艺术，奥登能够忍受的范围是"白魔法"，恰如这篇文章最后所总结的："他的魔法隐含了一个道德目的：他要教会我们去热爱善，并意识到为了这份热爱所要付出的代价。"作为"道学家"的奥登跃然纸上，但奥登的说教没有一丝倨傲的成分，正因为如此，音乐家斯特拉文斯基才会说"他［奥登］是我能忍受的为数不多的道学家之一"。（转下页）

毫无损失；去掉或增加些许内容，都有可能影响它的整体效果。我脑海里涌现的例子有弗吉尼亚·伍尔夫的《海浪》、乔伊斯的《尤利西斯》，还有亨利·詹姆斯的后期小说——他那些精彩绝伦的句子，岂会完好无损地呈现于另一种语言？

所谓虚构历史小说，我指的是这种小说会让读者产生"身临其境"的错觉，以为他们正在品读真实历史社会中的真实历史人物。（我稍后会试着解释这一点。）《安娜·卡列尼娜》就是一个显著的例子。许多小说家致力于书写虚构历史小说，但很少有人成功。一部虚构历史小说要避免失败，就必须让聪明而敏感的读者相信，小说提供的有关人类及其历史的描写，要比他从省察自我、观察朋友、阅读历史文献中获得的认知更为深刻。

（接上页）我们还可以借这篇文章管窥奥登的"分类癖"。他有时候把艺术分为"逃避型"和"寓言型"，或是"爱丽尔主导型"和"普洛斯彼罗主导型"，有时候把人类的愿景分为向后看的"伊甸园"和向前看的"新耶路撒冷"，有时候把想象分为"初级想象"和"次级想象"，在此基础上有了"初级世界"和"次级世界"……诸如此类，不一而足。有人批评他的分类过于随意，误以为这只是他的游戏。不过，就像人们只听到奥登宣称"诗歌是语言的游戏"，而没有注意到他还说"但是一场严肃、有序、意味深远的游戏"，他的分类行为暗含了一种甄别、归纳、整合的思维逻辑，通过分类认识和接纳对象，从而在已知和未知之间创造一种联系。

此外，我们也可以看到奥登对于最新出版物的鉴赏能力。这篇文章的话题缘起于威廉·福克纳创作于1959年的小说《大宅》(The Mansion)，也就是说，奥登是该小说的第一批读者。相较于早期作品，福克纳后期作品的叙事节奏、结构体系、修辞风格都有了新变化，特别是将真实的社会、经济、政治内容纳入虚构的故事里，呈现出更为明显的"道德目的"。或许正因为如此，奥登才会在为美国的"世纪中叶图书俱乐部"（The Mid-Century Book Club）撰写书评时，挑选了这本书。《大宅》是福克纳后期作品"斯诺普斯三部曲"（《村子》《小镇》《大宅》）中的最后一部，我国读者对福克纳十分熟悉，但由于国内译介偏重他的早期作品，所以目前只有《村子》的中译本，这种缺憾有待弥补。

福克纳的小说，恰如司各特、狄更斯、罗纳德·弗班克[1]、艾维·康普顿-伯内特[2]的作品，对我来说，都是典型的童话小说。

童话小说是毫不掩饰的虚构，在它呈现的世界里，生存的方式和事件的发生要比我们生活的世界更加不同寻常、更加不可思议，同时也少了重重困扰、少了晦暗不明。那些在历史世界中由自省和直觉所感知的内在东西，在童话小说中就变成了外化的东西，通过感官显现了出来。因此，童话小说倾向于展现我们内心的善念与恶念之间的冲突，这是善恶斗争的外化形式。不仅如此，童话小说还倾向于孤立地对待那些占据了我们的心灵和思维的激情，如追求爱、追逐权力、追寻理解，等等，并将它们一个个赋予偏执狂，他们的外表、行为和谈话都带有一定的夸张成分，因为他们快速而精准地展现了内心世界——他们显然不会有身心矛盾的问题。

当然，我们在现实生活中会遇到异乎寻常甚至荒诞不经的人或事，但真正的虚构历史小说家，比如托尔斯泰，很少或根本不写这些话题。就我们自身而言，我们每个人都觉得自己是独一无二的存在，但没有人会认为自己异乎寻常，而且当我们越深入了解一个人（也就是说，我们越多地看到他的内在，就像我们看到自己的内心那样），我们就越不会在意附着其身的任何外在的古怪之处。在我们看来，我们的朋友就像托尔斯泰笔下的人物一样"正常"，而我们在列车或自助餐厅偶遇的陌生人，似乎就是狄更斯或福克纳塑造的人物。

---

1 罗纳德·弗班克（Ronald Firbank, 1886—1926），富有创新精神的英国小说家。
2 艾维·康普顿-伯内特（Ivy Compton-Burnett, 1884—1969），英国作家。

作者不是一个"无中生有"的上帝，他创造的想象世界，无论多么奇幻，都仰赖于从真实的历史世界中获得的经验，都由一个出生于特定的时空、生活在特定的文化中的人创造。因此，我们在阅读童话小说时，出现了一个在阅读虚构历史小说时不会出现的问题——可以这样说，我们要区分"真实"的石头和"梦幻"的建筑。约克纳帕塔法县[3]对于美国南方人是一个样，对于美国北方人是一个样，而对于欧洲人又是另一个样。例如，就出生和成长而言，我属于那个叫"巴彻斯特县"[2]的童话世界里的土生土长的本地人。巴彻斯特县没有黑人，而约克纳帕塔法县到处都是黑人，当我进入约克纳帕塔法县后，黑人在我眼中就像小矮人或精灵一样，是一种奇妙的存在。在巴彻斯特县，我们的生活里确实充斥着这样那样的宿怨，例如，会吏长和大教堂管风琴师多年不睦，乡绅和霍宁洛教区牧师长期写信互骂；然而，除了对儿童施加体罚以外，我几乎看不到任何诉诸身体的暴力。《大宅》可谓福克纳笔调最温和的小说之一了，但在这部小说中，我看到了三起谋杀案、两起谋杀未遂、两次自杀、两次殴打事件以及一次"刷焦油、粘羽毛"[3]羞辱事件。我接受

---

3 约克纳帕塔法县（Yoknapatawpha County）是福克纳的诸多长、中、短篇小说的故事发生地，这个虚构的县设定在美国南方，福克纳借此反映了美国南方社会在南北战争前后一个多世纪间的兴盛与衰败，讨论了美国南方人民的道德与信仰上的缺失与富足。

2 巴彻斯特县（Barchester County）是英国小说家安东尼·特罗洛普（Anthony Trollope，1815—1882）在"巴塞特郡系列小说"中虚构的英格兰县城。

3 "刷焦油、粘羽毛"是一种惩罚形式，受害者被剥光衣服、涂上焦油，然后被粘上羽毛，以此达到羞辱和恐吓的目的。在美国独立战争时期，美国人曾用这种方式侮辱英国税务官员。马克·吐温在其小说《哈克贝利·费恩历险记》中也写过美国南方小镇的人们抓住骗子后动用这种私刑。

了这些，就像做梦的人接受了梦中奇奇怪怪的事件一样。不过，正如有时梦中发生的事情实在是匪夷所思，以至于梦中人情不自禁地呼喊"快醒醒！你一定是在做梦"，约克纳帕塔法县的一个特点让我彻底陷入了困惑之中，那就是浸信会[1]的社会地位。巴彻斯特县当然也有浸信会，但信徒们悄悄行事，一点儿也不声张。偶尔，某个信念不稳的亲人可能会成为天主教"变态"、英国以色列人或自由思想者[2]，这虽然令人扼腕叹息，却被大家接受了下来，仿佛那是每个家庭都会发生的不幸事件之一。然而，人们无法接受自己身边的"紧要"之人变成浸信会信徒。

在剔除了所有那些对我来说可能陌生，但对美国南方人来说真实自然的东西之后，我仍然坚持自己对福克纳的小说家本质的判断。例如，在现实生活中，在不同的地方和不同的时间，我们肯定会遇到一些人，他们完全没有人情味，只在乎金钱或权力。我们可以用某个词为这类人贴一个标签，这样就可以对朋友说："哦，我今天上午遇到了一个十足的斯诺普斯[3]。"但只

---

1 浸礼宗（Baptists，正文基于福克纳小说的语境，将之译为"浸信会"），产生之初属于17世纪英国清教徒中的分离派，传入美国后，在南北战争期间分裂为南北两派，其中南派影响较大。国内通常将美国南方的浸礼宗译为"浸信会"，美国北方的浸礼宗译为"浸会会"。"巴塞特郡系列小说"中的英格兰地区，主要信奉的是英国国教，信奉浸礼宗的人肯定是少数派，这与福克纳笔下的约克纳帕塔法县的教派情况大为不同。

2 英国以色列人（British Israelite），即信奉英国以色列主义（British Israelism）的人，其认为英国人"在基因、种族和语言上是古以色列失落部落的直系后裔"。主流学界已经从考古学、人种学、遗传学等角度驳斥了这一观点。自由思想者（freethinker）在此主要指在宗教教义方面秉持自由观点的人。

3 "斯诺普斯"（Snopes）这个名字标签并非闲笔，而是出自福克纳后期作品"斯诺普斯三部曲"。如今，这个词已经被赋予了"无耻的政客、无商业道德的商人"的内涵。文中后续出现的一系列名字，也都出自"斯诺普斯三部曲"。

有在童话小说里，单词式标签才有可能成为一个姓氏；也只有在童话小说里，像弗莱姆、卫斯理、拜伦、克拉伦斯、维吉尔、蒙哥马利·沃德和奥雷斯特斯这样一群怪物，彼此之间不但有血缘关系，而且都被收集在一个名叫"法国人湾"的小镇里。同样，在现实生活中，我们经常能感受到内在的冲突，一方面是理性或良知告诉我们应该做什么，另一方面是激情驱使我们去做什么；我们昨天可能表现得像加文·史蒂文斯，但这并不能保证我们明天不会变成像弗莱姆·斯诺普斯那样的人。只有在童话小说里，人的本性才会非善即恶，加文·史蒂文斯完全不可能行卑鄙之事，弗莱姆·斯诺普斯也不可能有体面之举。

我们在现实生活中会做出两类决定，一类是策略性或切实性的决定，另一类是个人性决定。我的天性和环境"赋予"我一个理想的目标，在我努力实现这个目标的过程中，我常常要决定某一行动方式是否最佳。我所采取的方式可能是对的，也可能是错的，但我以及其他人都不会质疑我如此行事的原因。不过，有时候，我做出的决定不是基于对其后果的精打细算（这有可能导致糟糕的局面），而是基于我当下的信念，无论后果如何，我都认定自己当前必须做什么，或不能做什么。即使我对自己了如指掌，也无法说清楚我如此决定的原因，这对其他人而言更是一个无解的谜团。

个人性决定是虚构历史小说家关注的主要问题之一，像其中的佼佼者托尔斯泰，就成功地让读者熟悉他笔下的人物，甚至比他们对自我的认识还深入。在纯粹的童话小说中，没有个人性的决定，只有策略性的决定。这些小说人物可能异乎寻常，他们可能做了不同寻常的事情，偶发的事件也可能非比寻常，但是，考虑到他们的角色和他们的处境，他们的行为方式并没有神秘莫测之处。在《大宅》中，我看到了个人性决定的几个范例，而在每一个例子中，福克纳试图揭开其神秘面纱的解释都难以令人信服。例如，尤拉·瓦尔纳怀有霍阿克·麦卡伦的孩子，要是她嫁给了他，而不是弗莱姆·斯诺普斯，那么许多人的未来生活就会大为不同。可她为什么没有呢？这是福克纳借拉特利夫之口给出的解释：

> 是尤拉自己做到了……那样简单自然的人物，也许没想过要遇到另一个人物，哪怕是另一个自然之子，但至少会期待，或仅仅是希望，希望有一种足够坚韧的东西，在遭遇第一次袭击时能够确保他紧急后退，而不至于失去了一条胳膊或一条腿……我不是在说爱情。自然之子对爱的理解，并不比他们对恐惧、不确定性和无能为力的理解更深入，你需要明白等待意味着什么。当她告诉自己，而且很有可能这样告诉自己——"这种事一次次地发生，下一次的溪桥事件或许会彻底摧毁他"，她不会想到小伙子麦卡伦的宽慰。

同样，1923 年，在明克的刑期即将结束时，虽然知道明克想杀了自己，弗莱姆却不愿意干掉他，而只想用一个复杂而肮脏的把戏让他在监狱里再待二十年。事实上，正如蒙哥马利·沃德所说，杀死明克才是弗莱姆保全自己的有效做法。关于弗莱姆的决定，福克纳是这么解释的：

所以，有些事情，即使是斯诺普斯也不会做。不，那是错误的；当奶酪开始结块时，明克叔叔在那把猎枪前与杰克·休斯顿的调解似乎从来都不是问题。也许，我的意思是，斯诺普斯家族的每个人都有一件永远不会触碰的事情——只要你能在他毁了你之前弄清楚那是什么。

我不禁想到，尤拉和弗莱姆做出的个人性决定，实际上是作者的策略性决定；也就是说，为了作者的故事，他们必须这样行事。例如，琳达在西班牙内战中可能遭受这样那样的伤害，但只有耳聋才能实现福克纳的意图，让他得以展现她和加文之间的那些异乎寻常的柏拉图式之爱的场景：

"但你可以 × 我。"她说。没错。她用了一个直截了当的词，用嘎吱嘎吱的公鸭嗓说出了那个坚硬而冷酷的颚音。自我们开始语音课程以来，这一直是摆在我们面前的问题：用这种音调来抵消她自己听不到的声音。"完全没有效果，"她告诉我，"当你说我是在小声说话时，我的脑袋里就像打雷一样。但当我这样说话时，我甚至完全感觉不到了。"这一次，几乎就是一声喊叫。这就是现在的样子，她可能以为自己已经降低了音量，而我站在那里，觉得那似乎是沉雷远播的余音。

像这样的场景，以及许许多多其他的场景，既滑稽又可怜，这让我很感激福克纳的局限性，不然我们就无法看到这些场景了。

《大宅》是一个故事集，由主线和副线组成。两个主要故事涉及明克和琳达：第一个故事只涵盖了1946年的几天光阴，始自星期四上午明克从帕其曼监狱获释，到下个星期二晚上他履行了1908年的誓言，枪杀了弗莱姆；第二个故事讲述了琳达的十年生活，从1936年与雕塑家巴顿·科尔结婚，到参与谋杀她名义上的父亲，因为她在1928年（我认为是这一年）母亲自杀后也发誓要报复弗莱姆，虽然大家都不知道她的仇恨。此外，一些有趣的插曲悬挂在这些主线故事之上：蒙哥马利·沃德·斯诺普斯和丽巴·里弗斯（即孟菲斯的老鸨[1]）的故事，梅多菲尔·奥雷斯特斯·斯诺普斯和养猪场的故事，克拉伦斯·斯诺普斯在政坛的兴衰故事。我当然不会泄露这些故事的细节，以免败坏大家的阅读乐趣，但毫无疑问，大家肯定乐于看到美德获得了胜利，邪恶遭到了惩罚，正义最终得到了伸张。

以散文诗小说的标准来看，像《大宅》这样的小说是结构松散的：在有关明克和琳达的故事中，事件出现的顺序无关紧要，甚至可以改变事件的数量——这些故事可以讲得更细致入微，也可以更简明扼要；至于插曲故事，并没有充分的理由能证明某个故事是必不可少的。不过，亨利·詹姆斯的形式标准并不适用于这一类型的小说。福克纳无意于构建一个完美的语言对象，而是聚焦于让我们着迷，让我们大笑、哭泣、惊诧、不寒而栗、屏息以待。形式，在这里是一种魔法。如果我们一直沉醉其间，从不过问它如何实现这种效果，就是正确的做法。明克的故事

---

[1] 原文是"Memphis Madam"。在小说中，丽巴·里弗斯是孟菲斯的上了年纪的妓女，她的房子如同妓院，不仅接纳了一个新来孟菲斯做妓女的姑娘，还收留了两个小伙子。

是一部动作迅速的"惊悚片"。福克纳经常在一个激动人心的时刻中断，转而讲述琳达的故事，一个进程缓慢、更关注情感而不是行动的故事。借助于这种讲故事的方式，福克纳在读者心中激发了最大的悬念。与此同时，他用滑稽的喜剧性场景，在悲伤可能变成单调的旋律、我们的注意力即将弥散的时候，让我们的情绪得到缓解，从而加剧了明克和琳达的故事的悲情与冷峻。

福克纳不是思想家，他对政治或种族问题的零星观察其实缺少洞见；他也不是诗人，他堆砌辞藻的段落委实糟糕得不堪卒读；我觉得，他甚至不算是一位深刻的心理学家。但他绝对是一位伟大的魔法师，可以让约克纳帕塔法世界里的二十年光阴看起来仿佛只经历了短短二十分钟，可以让读者久久地沉浸在这些故事里。进一步而言，他运用了白魔法，也就是说，他的魔法隐含了一个道德目的：他要教会我们去热爱善，并意识到为了这份热爱所要付出的代价，而他的教导无疑是成功的。

岛国和大陆[1]

我既不是历史学家也不是政治家,既不是科学家也不是哲学家。我不过是一介诗人,众所周知,诗人的思想是误入歧途、有失偏颇、不够客观的。因此,为了便于你们自行判断,我最好从一些个人生平细节说起。我来自一个知识氛围浓郁的中产阶级家庭。我父亲是一名医生,在学医之前,他获得了古典文献学学位。我母亲有大学文凭,这对那时的女性来说并不常见。我的祖父和外祖父都是英国圣公会牧师。十六年前,我成为美国公民,我的常住地是纽约。我在维也纳附近还有一栋小房子,每年都会去那里消夏。尽管如此,一直以来我显然都是一个地

---

[1] 这篇文章的原标题是 "Are the English Europeans?—The Island and the Continent",本应译为《英国人是欧洲人吗?——岛国和大陆》,鉴于题目太长,只保留核心部分。1962年10月29日,奥登做客巴伐利亚广播电台,特意准备了这篇文稿,宣读了由彼得·施塔德尔迈尔(Peter Stadelmayer)翻译的德文版。后来,奥登的文学遗产受托人爱德华·门德尔松教授遍寻不到奥登的英文原稿,但发现奥登稍后为一个研讨会准备的演讲稿《英国和欧洲》("England & Europe",1963)正是这篇文章的节录版,便结合节录版把德文版复原成英文版,于是有了这篇文章。(转下页)

地道道的英国人。我现在五十五岁了，这意味着在我出生的时候还是无声时代，报纸上也没有各色照片，而在充斥着"高速公路-电视节目-浓缩咖啡"的当今社会里，我成了一个老顽固。有鉴于此，当我谈论英国和欧洲的时候，你们可千万别忘了，这是一个英国中产阶级老顽固在说话。

每种语言都存在一些不可翻译的词语与表达，比如，德语单词"Schadenfreude""Kitsch""schöngeistig"[1]，就很难有完全对等的翻译。在英语中（我指的是英式英语，也就是说，不是美式英语），我们有名词"abroad"（国外）和动词"to-go-abroad"（出国）。翻阅德语词典，我发现这两个单词的释义分别是"im Ausland"和"ins Ausland gehen"。这并不准确。例如，如果我去美国、印度或澳大利亚旅行，我不会用"abroad"，而会用"overseas"（海外）。"abroad"的潜在意义是跨越英吉利海峡，对每个英国人来说，"foreign countries"（外国）和"Europe"（欧洲）是同义词。英国人可能很乐意出国旅行，甚至可能更愿意住在国外而不是祖国，但他们与已故国王乔治六世有着同样的感受——据报道，乔治六世曾说过"Abroad is bloody"，这句话简直不可译，大致可以理解为"我完全不在乎

（接上页）地处西欧边陲的英国，长久以来对欧洲大陆抱着矛盾的心态：一方面渴望与大陆融合，另一方面又对大陆怀有强烈的戒备。这种心态持续影响着英国的对外政策和外交行为。在欧洲经济共同体（EEC）于1957年正式建立之后，摆在英国面前的一个重大问题便是"加入"还是继续"旁观"，这种争议在进入20世纪60年代以后愈演愈烈。奥登从个人经历出发娓娓道来自己的观点，表达了支持英国加入欧洲经济共同体的意愿，而他从诗人角度条分缕析地分析"欧洲"的文化概念，以及英国与欧洲千丝万缕的历史关联，扩充了我们对欧洲地缘格局的认识。

1 这三个德语单词在汉语中通常译为"幸灾乐祸""媚俗""艺术性的"。

欧洲"，或者"我一点都不关心欧洲"。无论如何，对英国人来说，欧洲是一个不同于英国的世界。

如果我闭上眼睛对自己说出"欧洲"这个词，脑海里浮现的种种画面会有一个共同点：它们不可能被"英国"这个词召唤出来。我暂且列出"欧洲"在我心目中的一些形象，但并不依循特定的逻辑顺序。欧洲是这样一个地方：

（1）田地之间没有树篱分隔，农场大多是家庭农场，无耕地的农夫十分罕见。

（2）社会阶级分明，农民充分意识到自己所处的阶级，往往掌握着相当大的政治权力。

（3）很少有贵族积极参与公共和政治生活。

（4）自由社会主义左派都是反教权人士，而且大部分是无神论者。

（5）乡村教师和乡村医生通常属于政治左派。

（6）商店在星期天正常开门营业，任何时候都可以喝上一杯。

（7）蔬菜不会煮过了头。我应该在这里指出，英国菜没那么可怕，并不像很多关于它的笑话说的那样离谱，只是有点别具一格。法国、意大利、德国和西班牙的菜系各不相同，但即便是最冥顽不灵的法国人、意大利人、德国人或西班牙人，他们去邻国旅行的时候，也不会喋喋不休地抱怨饮食匪夷所思、难以下咽或有损健康。

（8）唯一舒适的家具是双人床。

（9）酒店的卧室配有坐浴盆。

（10）杜绝浪费。贪婪这一旧恶习，以及巴尔扎克描绘过的吝啬鬼，仍然存在。

（11）在大城市以外的地方，商店从来没有合适的包装纸。

（12）国民和外国人都必须携带身份证件，在酒店办理登记入住时须出示。

（13）在法学中，成文法比判例法发挥了更大的作用。[1]

（14）精神生活有两个中心：咖啡馆，男人的天地，五花八门的艺术家在此开展"运动"并发表宣言；沙龙，通常由女人主导。

（15）当两个受过教育但不懂对方语言的人碰到一起时，他们会说法语。

（16）即使有新教徒，也仅仅是少数派。斯堪的纳维亚诸国、荷兰、普鲁士等新教国家，并不完全属于欧洲。如果我们将这些国家的居民归为欧洲人，那么对真正的欧洲人来说，他们就是维也纳人口中的"Tschuschen"（粗鲁可鄙的外地人）。

由于我是一个作家，除了这些形象以外，"欧洲"这个词还会让我联想到一些神圣的名字。以下是我脑海里浮现的一些人名：利希滕贝格、荷尔德林、尼采、内斯特罗伊、兰波、克里

---

[1] 成文法（codified law），又称制定法，是大陆法系的法律渊源，指国家机关依据一定的程序制定和颁布的，表现为条文形式的规范性法律文件。判例法（case law）是英美法系的法律渊源，泛指可作为先例据以决案的法院判决，以判例为主，制定法为辅，承认判例具有普遍适用的效力。

斯蒂安·莫根施特恩、里尔克、瓦雷里、卡夫卡、卡尔·克劳斯、鲁道夫·卡斯纳。你们肯定注意到了，在我列出的名单中，德语名字占了主流。英国人不会爱上整个欧洲，只会爱上特定的风景、城市或语言。据说没有英国人会喜欢保加利亚，我却遇到过一个英国年轻人偏偏喜欢保加利亚。就像所有的恋人一样，我们都有各自的偏爱——有人可能会同时喜欢法语、意大利语或西班牙语，但不可能平等地对待这三者。

我属于那些喜欢德语的人，这在英国人里占少数。我的德语说得很糟糕，部分原因在于我有一种身为诗人的盲目恐惧，很担心一旦完全掌握了一门外语，就会失去对母语的感受力。可能还有一个原因，正如利希滕贝格所言："要学好一门外语，并且完全用当地人的口音说话，一个人不仅要有出色的记忆力和灵敏的听力，而且在某种程度上还要有点花花公子的做派。"

我缘何喜欢上德语？让我想一想，那是1928年，我从牛津大学毕业了，父母给了我一个去欧洲旅居一年的机会。对上一代英国知识分子而言，唯一重要的文化就是法国文化。我已经厌倦了人们总是谈论法国，因此在决定出行地的时候，巴黎首先被排除在外。然后呢？罗马？不行。考虑到墨索里尼和法西斯主义，我不会选择它。柏林？这是个好地方！为什么不呢？我不懂德语，也几乎不懂德国文学，我认识的其他人也不懂这些。柏林是一个未经探索的城市，可能会带来意外之喜。我潜意识里或许还有一种偏爱德国的倾向，因为第一次世界大战期间，在我尚且是一个预备学校[1]的小男孩时，但凡我伸手再拿一

1　英国的教育中，预备学校（prep school）是为年龄范围在四至十三（转下页）

片黄油面包,肯定会有教员开口说"奥登,我看你是想让德国佬赢吧"——于是,我不由自主地将德国与禁忌之乐联系了起来。年轻人的政治教育是一项冒险的事业。

由于两个原因,我这个相当草率的决定反而成了一个十分明智的选择。首先,众所周知,从20世纪20年代末到1933年,柏林是一个在文化上充满活力的城市。其次,柏林让我看到了本世纪风雨飘摇的文明境况。即使是这篇文章最年长的读者,也无法想象英国中产阶级在20世纪20年代竟仍然过着闲适的生活。尽管经历了第一次世界大战,我们依然不相信有什么真正严重的事情会发生。例如,我去柏林之前从没想过要读报纸。到了柏林后,我才第一次意识到往昔不可追,这个世界的基石已然动摇,在我有生之年再也不会像我童年时那样安全了。

我当时经历的,是我所理解的"欧洲"最后的垂死挣扎。简而言之,在我看来,"欧洲"这个词,更确切地说,意味着法国大革命意识主导的地区,在地理上大致相当于拿破仑帝国[1]。这是法国大革命的冲击和反法联盟的回击相激相荡的产物。如果没有后者,欧洲势必会成为法国政权主导下的政治实体,而不是法国文化主导下的文化实体。拿破仑被梅特涅[2]所取代,作

(接上页)周岁的孩子设立的私立学校,这些学校的开设是为了让孩子在十一岁或十三岁时能进入英国顶尖的公学(public school)或优质的中学(private secondary school)。

1 拿破仑帝国(Napoleonic Empire),即法兰西第一帝国(1804—1815),是拿破仑建立的君主制国家,鼎盛时期影响覆盖大半个欧洲。
2 克莱门斯·冯·梅特涅(Klemens von Metternich, 1773—1859),19世纪奥地利著名的外交家和保守主义的巨擘,曾主持维也纳会议,是"神圣同盟"和"四国同盟"的核心人物。

为文化中心，巴黎被维也纳所取代。在1786年之前，"欧洲"尚未形成；而在1917年，俄国革命宣告了"欧洲"的灭亡。

至于接下来要详细切入的问题，我不得不业余地说点历史，可能会叨扰各位听众。

在路德、加尔文和发现美洲新大陆之前，西方人惯于从基督教和异教的角度思考问题。基督教国家的边界或多或少与我们称之为"欧洲"的半岛重合，这其实并不意味着生活在中世纪的人们认为自己是"欧洲人"。他们从他们的地方性、封建领主和共同信仰出发来思考问题。因此，在某种程度上，英国是基督教世界的一部分，但从未成为欧洲的一部分。

16世纪的标志性事件是西方分裂为新教和天主教，封建统治转变为君主专制。政治上的竞争和信仰上的分歧愈演愈烈，以至于像封建统治时期那样的欧洲意识难以诞生。为了让地理概念的欧洲人民产生一种共同的意识，并生成我所指的"欧洲"这个词的文化概念，一种新的世俗福音和一个新的世俗英雄亟待出现。法国人提供了这两者：自由、平等和博爱，这些是福音；出身低微的理发师费加罗[1]凭借天生的机智和才华，彰显了自己优于贵族出身的伯爵，是当之无愧的英雄。

英国在拿破仑战争时期发挥了重要作用，因为国家安全需要拿破仑的失败。然而，除了像伯克[2]这样的少数人，英国人几

---

1 费加罗出自法国戏剧家博马舍（Pierre-Augustin Caron de Beaumarchais，1732—1799）的喜剧作品"费加罗三部曲"，是伯爵家的一位正直的男仆，其聪明才智远远超过那些贵族老爷们，在法国资产阶级大革命前夕深入人心。
2 埃德蒙·伯克（Edmund Burke，1729—1797），英国政论家，曾在英国下议院担任数年辉格党议员，他对法国大革命的反思使他成为辉格党里保守主义的主要人物。

乎没有想过法国革命的意识形态问题，因为英国本土已经经历过一场自己的革命。在1786年这一年，几乎每个欧洲国家都仍由一位君主实行专制统治。然而，在英国，专制主义早已在1649年随查理一世的被处决而结束。与处决路易十六不同的是，那些处死查理一世的人并不认为这是对过去的革命性突破。相反，他们似乎认为这是重申了中世纪的观点——君主不高于自然法，而是服从自然法。人们可以说，查理一世必须为他的祖先亨利八世在1535年处决托马斯·莫尔爵士[1]而付出生命的代价，因为莫尔作为大法官是国王良知的守护者。英国革命的序幕由1642至1646年间的伟大内战揭开，一直持续到1688年詹姆斯二世被流放，我们称这一历史进程为"光荣革命"。

这里的"革命"与法国或俄罗斯的革命不同，并不意味着"旧"的倒台和"新"的开始；这是天文学中的一个比喻，意思是恢复正常的平衡。在克伦威尔治下的护国公时期[2]，英国人发现废除君主并不一定能够消除专制权力的危害，而宗派人士声称通过神的启示可以知道美好生活的模样，并自认获得了将这种美好生活强加给无神论者的权利，这与君权神授一样，都对自由构成了巨大的威胁。因此，君主制得以恢复，但当詹姆斯

---

1 托马斯·莫尔爵士（Sir Thomas More，1478—1535），才华横溢的人文主义学者和阅历丰富的政治家，曾任英国大法官，是当时英国仅次于英王的第一号要人，因反对亨利八世兼任教会首脑而被处死。

2 1653年，英国领袖克伦威尔因英国议会不支持他提出的各项改革，便解散了议会，宣布自己为"护国公"，依靠军队实行独裁统治，"护国公时期"由此开始。克伦威尔的儿子后来继承护国公一职，但无法控制政府和军队，于1659年辞职，"护国公时期"就此结束。

二世妄图以君主的身份实行专制统治时，他很快就被废黜，辉格党大地主们[1]一开始从荷兰引进了君主，但在安妮女王去世后，改由汉诺威王朝统治。[2]由于君主们不会说英语，就连1910年去世的爱德华七世也只会说带有德国口音的英语，政治权力便不可能集中于王宫，而是在议会和乡村大庄园里。有人说1688至1914年的英国是由富人统治的——首先是富甲一方的地主，而在工业革命后，腰缠万贯的银行家和大商人也加入其中——这种说法虽然有些简单化，但并非完全没有道理。

英国农民阶级的消亡是一个逐渐发生的过程。它始于15世纪，当时成千上万的农民被剥夺了土地，农田变成了绵羊的牧场。到了18世纪，圈地运动达到高潮。最后的打击来自机械的发明，家庭手工业被终结，劳动力进入了工厂。

我前面提过，英国和欧洲之间有一个特殊的差异，欧洲的贵族很少参与公共生活。如果说这在英国是常有之事，那就不太正确了，因为"贵族阶级"（Aristocracy）和"贵族"（Aristocrat）不是典型的英国概念，我们的说法是"绅士阶级"（Gentry）和"绅士"（Gentleman）。贵族是通过出身和血统形成的，绅士则是通过环境的塑造力，通过培养与教育而逐渐形成的。

一个工人阶级的人由于得天独厚的运气和才华而发家致

---

1 辉格党是英国历史上的一个政党，反对君主制，拥护议会制度，大部分领导人都是依靠政治庇护在议会内结成家族集团的大地主。
2 "光荣革命"期间，詹姆斯二世的统治被推翻后，詹姆斯二世的女婿、荷兰的奥兰治亲王威廉（即威廉三世）和他的妻子玛丽（即玛丽二世）应邀前来统治英国。他们死后无嗣，王位由玛丽的妹妹安妮继承。安妮女王去世后，亦无嗣，王位传给了德国汉诺威的乔治（即乔治一世），英国自此开始了汉诺威王朝时期（1714—1901）。

富，但他还不是绅士，他的谈吐暴露了他的出身。然而，他可以把儿子送到伊顿公学和牛津大学，让他成长为一位绅士。也许，英国人之所以不谈论贵族，是因为我们鲜有超过四百年的贵族头衔。统治英国的富人阶级必定不会忽视他们自己的利益，这一点想必不用我多说，但他们也建立了一种传统，让绅士能够关注并参与公共和政治活动。在此过程中，作为对每个人与生俱来的利己主义的一种纠正，他们对公众和公共利益产生了一种责任感。

我还提到了一个区别，自由社会主义左派都是反教权人士，甚至都是无神论者。一个罗马天主教徒可能会理所当然地对英国国教这个奇怪的宗派一笑置之，觉得它的教义含糊不清，缺乏中枢权威，但从历史上看，这些弱点反而具有一定的优势。如果坎特伯雷大主教（你得知道，英国国教是一个国家教会，坎特伯雷大主教是一个政治就任者）能够像教皇一样独断地处理社会事务，那么英国国教就会成为最反动的组织，英国左派就会比现在的欧洲更加猛烈地反对教权。由于组织松散，那些有自由主义思想的神职人员和俗众可以不受约束地表达和宣扬自己的观点。英国工党是福音主义运动[1]的产物，最早关注贫民窟和青少年犯罪的是英国国教高教会派[2]信徒。

那么，英国人与欧洲产生了什么样的关系？原因又是什么？

（1）从16世纪至18世纪，富有的年轻继承人在着手

---

1 福音主义主张借福音改造教会，对18世纪以来的英国教会影响很大，在客观上推动了一系列社会改革。
2 高教会派是英国国教里的一个支派，在信仰和仪式方面比较接近罗马天主教。

打理家族产业之前,按照惯例会先进行壮游[1],这属于自我教育的一部分。进入19世纪以后,中产阶级成了有钱有闲的阶层,他们也会去欧洲开展一场自我教育之旅。

(2)1815年后,破产者为了躲避债权人,纷纷逃往欧洲,大多数人逃到了迪耶普[2]。

(3)大约在同一时期,英国在海外建立了殖民地:首先是那些独立收入微薄的人,他们发现自己的金钱在欧洲更经花;其次是艺术家和放荡不羁的文化人,他们觉得欧洲的氛围和气候更宜于创作,希望过一种远离了格伦迪夫人[3]的个人生活。

(4)到了19世纪后半叶,英国学生纷纷进入欧洲大学或音乐学院修习医学、神学、音乐等专业,这已经成为稀松平常的事情。

(5)最后,登山者、冬季运动员和日光浴爱好者也都去往欧洲。

英国在18、19世纪建立的庞大帝国,在20世纪变成了由众多自治领组成的英联邦[4]。事实上,英国自一开始就存在两种

---

1 壮游(Grand Tour),也译"大游学"。文艺复兴以来,欧洲上流社会子弟通常会在青年时期去欧陆旅行,此风逐渐变为欧洲菁英的"成年礼",尤其在英国颇为流行。这既是一场文化探索之旅,也是一场摆脱了传统束缚的兴味盎然的自我认知之旅。

2 迪耶普,法国港口城市。

3 格伦迪夫人出自18世纪英国剧作家托马斯·莫顿(Thomas Morton)的喜剧作品,是一个喜欢干涉别人私生活的假正经,后来常指拘泥礼节、极喜挑剔的人。

4 自治领(Dominion)是大英帝国殖民地制度下一种特殊的国家体制,(转下页)

殖民地：像加拿大、澳大利亚和新西兰这样的殖民地，大多数居民都是英国人的后代；像印度和非洲这样的殖民地，极少数的英国人统治着人口数量庞大的异国人。大多数去往第一类殖民地的英国人都会想在当地定居，再也不返回故土了。那些进入印度军队效力的人，那些成为印度或殖民地官员的人，甚至那些在印度或非洲开办贸易公司的人，都巴巴儿地希望回到英国安度余生，如果够幸运的话，还要带着一笔财富回来。

到了1900年，几乎所有的英国中产阶级家庭都会有至少一个近亲在海外当茶园主，或担任殖民地官员。可以说，这些人中的大多数都不是他们家族中的知识分子。

我有个叔叔想成为军官，但家里并没有足够的钱帮他在好军团谋职，可怜的叔叔不得不做了个牧师。他不喜欢这份差事，后来为了一个女孩惹下大麻烦，只好远赴澳大利亚。我的大哥学习很差，想从事农业生产，但英国的地价太贵了，只好去了加拿大。我的二哥倒是个知识分子，他之所以进入印度地质勘查局工作，是出于对田野调查的兴趣。他要是留在英国本土的话，就只能去大学教授地质学了，因为国内的田野调查工作基本上已经有前人完成了。

目前围绕英国是否加入欧洲经济共同体[1]的诸多争议，绝不仅仅是英国和欧洲之间的经济利益冲突。大家一定注意到了，

（接上页）是殖民地迈向独立的最后一步。第一次世界大战后，英国势力大为削弱，本土与自治领之间的矛盾日益加剧，英国被迫承认自治领在内政外交方面获得独立，自治领与宗主国组成英联邦（Commonwealth）。

[1] 此处原文为"Common Market"，根据上下文推断，应该指的是欧洲经济共同体（EEC）。欧洲经济共同体根据《罗马条约》于1957年正式建立，最初的成员国有六个，英国在经过了各种讨论和争议之后，于1973年加入。

工党和保守党在这一问题上各执一词。在赞成和反对的纷争之下，隐隐流淌着绵延不绝的成见，以及高雅人士和低俗民众之间的夙怨。我不太熟悉经济方面的争端，而且我不再拥有英国国籍，不便参与讨论。然而，我自然是站在"支持"这一方的。我在欧洲生活过，有很多亲身体会。再则，我是一名作家，如果没有欧洲文学、艺术和音乐的伟大传统，我无法想象自己的创作生涯。

于我而言，自治领就像是"偏远之乡"，那里几乎没有任何艺术，那里的人民与我全然不同，无论是美德还是缺点，我们都完全没有共同点。如果我去某个自治领旅行，我势必无法体验到那种对我来说十分重要的旅行乐趣——在一个没有人说英语的地方，我是一个没有任何社会背景的无名之辈，可以随心所欲地与人交往。

我上文提及的"低俗民众"，指的是我这一代人以及老一辈的低俗民众。自战争[1]以来，廉价大众旅游的发展已经改变了年轻人的生活方式，自治领有他们的亲戚、有与之相像的人，他们都说英语、吃英式料理、穿英式服装、玩英式游戏，而"国外"居住着放浪形骸的陌生人（法国小说是色情文学的代名词），除了登山者和冬季运动员，一个英国人要是经常去那里的话，大概是没干什么好事，而要是选择定居在那里的话，情况就更糟糕了。

然而，"低俗民众"对"国外"国家进行了区分。如果欧洲经济共同体仅仅由斯堪的纳维亚诸国组成，英国加入的阻力就

---

1 此处应该是指第二次世界大战。

会小很多。去年，我沿着挪威海岸进行了一次海上旅行。同船的旅行者大多是英国人，他们让我大开眼界，因为我之前在欧洲从未遇到过这种类型的人。我怀疑英国的普罗大众仍然有强烈的反教皇情绪，尽管他们可能并没有意识到这一点。他们或许不会公开承认，但在内心深处，他们觉得罗马天主教徒都是偶像崇拜者，是道德低下、肉身污秽的人，只有新教徒才是真正体面的人。

英国可能会加入欧洲经济共同体——我个人非常期待这件事的发生——但这不会让英国成为欧洲的一部分，因为欧洲已经不复存在了。汽车、飞机、电视、咖啡馆……正在创造一种从旧金山延伸至维也纳的生活方式，如果铁幕[1]背后的国家变得富强了——我看不出有什么本质原因导致他们不富强——届时，无论我们之间的政治理念存在多大分歧，他们那边的生活将与我们这边的生活相差无几。

"高雅人士"的文化亦如此。不会有其他别具一格的文化中心了。巴黎是什么？那是黑格尔仍然受到重视的地方。维也纳是什么？那是卡拉扬[2]紧闭双眼指挥乐队演绎瓦格纳作品的地方（卡拉扬优雅的双手当然无与伦比）。时至今日，每一位知识分子都空前孤立和国际化。有人可能喜欢这种变化，也有人不喜欢。我恐怕属于后者。我觉得这个时代缺乏教养，到处喧闹得很，

---

1 "铁幕"（Iron Curtain）一词出现于第一次世界大战后，英国前首相丘吉尔在1946年发表的"铁幕演说"中，攻击苏联和东欧社会主义国家"用铁幕把自己笼罩起来"，此后西方资本主义国家惯常用"铁幕国家"来蔑称社会主义国家。
2 赫伯特·冯·卡拉扬（Herbert von Karajan，1908—1989），奥地利指挥家，柏林爱乐乐团终身常驻指挥。

而我是一个中产阶级老顽固，一个自视学识渊博之人。

不容忽视的是，对我们这些国家的大多数人来说，现在的生活比以往任何时候都要便利。我别无选择，只能接受无法改变的事实，并尽量乐在其中。作为诗人，我学会了自我慰藉，只要不同的民族讲不同的语言，诗歌中就不可能有"国际派"（International Style）这样的东西。只要德国人说德语，我说英语，我们之间就有可能进行真正的对话，而不会像对着我们的翻版说话时那样敷衍了事。正如卡尔·克劳斯所言："语言是思想的母亲，而不是其侍女。"让我们赞美亲爱的上帝，感谢他阻止人们建造巴别塔[1]。

---

[1] 根据《旧约·创世记》第11章记载，诺亚的子孙在古巴比伦附近的示拿地安居乐业，他们语言相通，同心协力想要建造一座可以通天的高塔。上帝发觉后，让人类说不同的语言，从此分散在各处居住。"巴别塔"（Tower of Babel）为世上之所以存在不同的种族和语言提供了一种阐释。

大诗人和小诗人 [1]

"谁是 19 世纪英国诗人?"这是一个简单的问题。本选集收录的诗人均为英国人,出生于 1770 至 1870 年间,收录的诗歌均出版于 1800 至 1900 年间。即便如此,仍有不尽公允之处。克雷布[2]最好的作品出版于 1800 年以后,但他出生于 1754 年,就不符合这个要求。同理,豪斯曼最好的作品直到 1922 年才面世,我也不得不割舍。

另一方面,对于"谁是大诗人,谁是小诗人?"这个问题,基本不太可能给出一个令人满意的回答。有时候,大家会认为这事只与学术风尚有关:在一般大学英语系的课程设置上,如果有一门课专门研究某位诗人的作品,那他就是大诗人,反之,就是小诗人。有一点至少是显而易见的:我们无法根据纯

---

[1] 这是奥登为其编辑的《19 世纪英国小诗人选集》(*Nineteenth-Century British Minor Poets*, 1966)撰写的序言,余光中先生曾在 1972 年写了一篇文章《大诗人的条件》,翻译了这篇序言的第二至四段,将奥登有关大诗人的见解创造性地浓缩为"多产、广度、深度、技巧、蜕变"十个字,并深度阐发了自己的观点。友人马鸣谦对本篇译文提出了一些修改意见。
[2] 乔治·克雷布(George Crabbe, 1754—1832),英国诗人。

粹美学的标准来加以区分。我们不能说，大诗人写的诗就比小诗人的更好；恰恰相反，大诗人一生中写的坏诗极有可能多过小诗人。同样显而易见的是，这件事也不能取决于个别读者的阅读感受：雪莱的诗我一首也不喜欢，威廉·巴恩斯[1]的每一行都让我欢喜，但我清楚地知道雪莱是大诗人而巴恩斯是小诗人。在我看来，要成为大诗人，须具备下列五个条件中的三或四个才行：

（1）他必须多产。

（2）在诗歌题材和处理手法上，须有广泛的涉猎。

（3）他的洞察力和风格必须有明晰可辨的独创性。

（4）他在诗歌技巧方面必是一位行家。

（5）就所有诗人而言，我们分得出他们的少年习作和成熟作品，但就大诗人而言，这个成熟过程会一直持续到老。读到大诗人的两首同等品质但不同时期的诗歌时，我们能迅速区分哪一首写得较早。然而，若是换成小诗人的两首诗，尽管都很优秀，我们却无法从诗本身判断它们创作的先后。

我前面说过，不必兼具五个条件才能成为大诗人。譬如，华兹华斯算不上技巧的行家，我们也很难说斯温伯恩的诗以创作题材丰富见长。模棱两可的情况在所难免。大多数现代批评家都视霍普金斯为大诗人，但他的诗作数量果真担得起这个地

---

[1] 威廉·巴恩斯（William Barnes，1801—1886），英国田园诗人。

位吗？依我所见，梅瑞狄斯[1]的《现代爱情》无疑是一部重要诗集，但梅瑞狄斯本人的诗坛地位又如何呢？因此，公平也罢，不公平也罢，下列诗人都被我当作大诗人排除在这本选集之外了：布莱克、华兹华斯、柯勒律治、拜伦、雪莱、济慈、丁尼生、勃朗宁、阿诺德、斯温伯恩、霍普金斯、叶芝和吉卜林。

为某位知名大诗人编诗选，编者常会假定他的读者已看过这位大师的所有作品了，即使没有，在不久的将来也会去看（唉，多么一厢情愿的误解）。而为小诗人们编选集，相比前者而言，却要肩负更多的责任：他不得不假定他遴选出的小诗人的代表作品，都能符合普通读者的阅读兴味。他的偏见、他的误判，或有失公允的遗漏，很多年之后才有可能得到修正。

而且，选集的编者稍不留神就会超过出版商限定的篇幅。一方面，他应该竭尽所能收入该时段内每一位真正的小诗人的作品，也即是说，不遗漏任何一位，哪怕他只写出了一首好诗；另一方面，在面对只写了一首好诗的诗人和写了很多首诗的诗人时，他必须做出不失公允的区分。为了把这部"大部头"控制在合理范围内，我无奈地发现自己必须割舍所有的匿名诗、戏仿诗和翻译诗，是故读者们将错过不少佳作，而我相信一旦他们读过其中一些诗，会像我一样视若珍宝。此外，如同所有选集的遭遇，篇幅的限制影响了甄选的天平，写短诗的诗人要比写长诗的诗人更容易入选。克莱尔[2]，我想，毋庸置疑地有入选的资格；司各特和莫里斯，恐怕就不行。

---

[1] 乔治·梅瑞狄斯（George Meredith，1828—1909），英国小说家、诗人。
[2] 约翰·克莱尔（John Clare，1793—1864），英国浪漫主义诗人，他的诗歌创作侧重于对自然的描写。

在艺术品味和判断力方面，我们都是我们所属时代的产物，但我们不必也无需成为它的奴隶。我们应当忠实于自己的品味，但乐于扩展我们的见识；也正是基于这个理由，我们必须摒弃自己的所有偏见，因为偏见往往由社会环境造成，它们在不经意间就会蒙蔽我们的眼目，让我们对自己真正的品味视而不见。譬如，翻阅《牛津维多利亚时代诗选》[1]的时候，令我惊讶不已的，倒不是阿瑟·奎勒-库奇爵士竟然欣赏一些我并不喜欢的诗歌（在未来六十年里，读者们很有可能也会这么说道我），而是当他说"真正的"诗歌是"严肃的"表达时，他已下意识地认定谐趣诗或轻体诗算不得诗歌了。这种定见造成的后果是，当不得已要收入托马斯·胡德[2]时，他想当然地挑选了胡德的"严肃"诗，但不幸的是，这些诗恰恰是胡德最糟糕的作品。胡德（顺便一提，我认为他是一位大诗人）想写"严肃"诗时，至多不过是对济慈的模仿，但作为幽默诗人写作时，他便仅仅是他自己，而不是效仿其他人，这才是名副其实的"严肃"。以此作为偏见的例子，我想说的是，我相信奎勒-库奇本人肯定很喜欢胡德的谐趣诗，还包括他没有收录的巴勒姆[3]、李尔[4]、刘易斯·卡罗尔[5]、J.

1　《牛津维多利亚时代诗选》(*The Oxford Book of Victorian Verse*)，编者正是下文提到的阿瑟·奎勒-库奇爵士（Sir Arthur Quiller-Couch）。

2　托马斯·胡德（Thomas Hood, 1799—1845），英国诗人，以幽默诗作而闻名，同时也创作了一些严肃题材的人道主义诗歌。

3　理查德·哈里斯·巴勒姆（Richard Harris Barham, 1788—1845），英国幽默作家、诗人。

4　爱德华·李尔（Edward Lear, 1812—1888），英国画家、诗人，尤以"胡话诗"著称。

5　刘易斯·卡罗尔（Lewis Carroll, 1832—1898），英国作家、数学家、逻辑学家。

K.斯蒂芬[1]等人的作品；然而，有某种定见自他童蒙之时便如影随形，在他的时代可谓稀松平常——我觉得马修·阿诺德是"始作俑者"——他从上述诗人的作品里获得的乐趣，不同或者说"低"于他从诸如丁尼生、勃朗宁之类诗人的作品中获得的乐趣。今天，我们之所以能够认清此种定见乃十足的偏见，最应感谢的人很有可能是沃尔特·德·拉·梅尔，据我所知，他是第一个将民谣和儿童诗与那些名家名作一起收进诗选中的编者。这给了我启迪，诗选的首要功能应当是教育：既塑造品味，也展现品味。

要想做到这一点，编选者首先需要做好基础工作，阅读或重读相应时间段内所有诗人的所有作品。他但凡如此做过了，便一定能发现某一位诗人的面貌发生了变化，与他原本设想的大为不同，而且这种发现绝不仅仅局限于一两位诗人。在我着手编辑这部诗选之初，我知道的汤姆·穆尔不过是一位词曲作家，而我对他的政治和社会讽刺家的身份几乎全无所闻。现在，在我看来，他的诗歌地位已提高了很多。

其次，编选者必须认清品味和判断力之间的区别，并且要忠实于这两者。事实上，品味决定了我喜欢阅读哪些作品，判断力则提示我必须赞赏哪些作品。有很多诗是我们必须赞赏的，但由于个人的原因，我们可能并不喜欢。反之，则不一定成立。我不认为我可以喜欢那些自己并不赞赏的诗，不过，我得提醒自己，在其他领域，比如说观看那些催人泪下的煽情电影时，虽然判断力一再告诉我那只是乌七八糟的垃圾，我却会不由自

---

[1] J. K.斯蒂芬（J. K. Stephen, 1859—1892），英国诗人。

主地沉浸其间。

忠于自己的品味和判断，意味着不要受到他人见解的影响，无论两者是所见略同还是南辕北辙。编选者倘若因为前人选了某首诗就将它排除在外，这种做法就显得不那么诚实了，与基于同样的理由而执意选入某首诗并没有本质的区别。几乎每个选本收录普雷德[1]的作品时必会包含《牧师》，毫无疑问，这的确是他最好的作品之一。而我看过的每个选本中，编者在收录勃朗宁夫人[2]或汤普森[3]的作品时，也必会从他们的诗集《葡萄牙十四行诗》和《天堂猎犬》中挑选一两首。老实说，我没办法这么做，我的品味对这类诗无感，我的判断力也指明它们并非上乘之作。我很清楚，我在编选上有一个倾向：要是不得不在两首看起来品质相当的诗中挑选一首的话，我会选择不太知名的那首诗。

这里收录了八十位诗人，我显然没有足够的篇幅和能力，对每一位都给出精到的点评。换个角度来看，把他们凑在一起当成是"19世纪英国小诗人"这一群体加以讨论，这么做本身也是荒谬的。每一位真正的诗人，无论多么"小"，都是独一无二、自成一派的，而且几乎可以肯定，诗人之间可能存在的共同特性，在他们的作品中恐怕也属于最无趣的那个方面。

不过，话说回来，翻阅差不多同时代的几位诗人的作品是

---

1 温思罗普·麦克沃思·普雷德（Winthrop Mackworth Praed，1802—1839），英国诗人。
2 伊丽莎白·勃朗宁（Elizabeth Browning，1806—1861），英国维多利亚时代最受人尊敬的诗人之一。
3 弗朗西斯·汤普森（Francis Thompson，1859—1907），英国诗人。

有裨益的，我们可以洞悉构成了他们共同生活背景的某些历史事件和文化思潮：他们都对某些经历做出了回应，比如拿破仑、圣经批判学[1]、达尔文或者卢德运动[2]，我们从中能够更好地体会到他们各自的独到之处。为此，这部选集附上了诗人年表。如果读者并不打算细细思量他们之间的关系，然后得出自己的结论的话，那么，这份年表便会一无是处，而如果他得出了某些结论却并不存疑的话，情况则会更为糟糕。艺术与生活的关系错综复杂、玄妙难识，任何不成熟的想法和未经证实的揣测都不过是捕风捉影。譬如，对文学史家而言，1798至1825年是英国诗歌史上又一个鼎盛时期，涌现了华兹华斯、柯勒律治、拜伦、雪莱和济慈；对军事史家而言，这个阶段交织了一场场惊心动魄的战役和千古留名的大战；但对社会史家而言，这是一个糟糕透顶的时段。政治自由受到了限制，刑法在欧洲诸国中可谓最为严苛，矿场和工厂就像是恐怖的集中营。那么，如果这些事件之间真有关联的话，它们的内在关联究竟是什么？

因此，我建议各位在阅读19世纪诗人们的作品时，留心以下三点相关的内容，虽然仅仅是权宜之计，但或许有所助益：

---

1 圣经批判学（Biblical criticism）随着17世纪以来的理性主义而产生，在19世纪迅速发展，分成了两大类型：一是着眼于《圣经》文本的构成和内涵，被称为低等批判（又名文本批判）；二是着眼于《圣经》各个章节的作者、写作日期以及写作特点等，被称为高等批判。

2 此处对应的原文为"Machine"，直译为"机器"。奥登在此列举了对19世纪英国社会生活产生了重大影响的历史事件和人物，考虑到19世纪初期英国曾发生了举国轰动的"卢德运动"（以首位捣毁机器的工人卢德命名），即工人捣毁机器运动（Machine-breaking movement），译者认为这个术语可以译为"卢德运动"，既反映了工业革命以来机器的大量产生，又反映了人被机器异化的窘境。

（1）几乎所有诗人都出身于中产或中上阶级，大多数诗人出身于专业人士家庭。这部诗选收录的八十位诗人当中，只有塔布莱男爵[1]一人是贵族，只有克莱尔[2]一人是农场工人。

（2）多数人住在乡村，还有一些人住在伦敦，只有埃比尼泽·埃利奥特[3]一人有过在米德兰[4]和英国北部工业城市居住的亲身体验。

（3）几乎所有人都接受过古典教育，也就是说，他们自求学之日起一直到上大学，大量课时都用在了学习拉丁语和希腊语上，还花了很多时间写作拉丁语诗歌。

关于第一点——

中产阶级是19世纪所有阶级中获益最多的一个阶级，他们的政治权力和生活水平都得到了稳步提升。1900年，对地主来说，比起他们百年前的先祖们，他们的影响力减弱了，财富也相对缩水了。对工厂工人来说，他们的生活短短不到百年就有了很大的改善，不再像从前的磨坊和矿场工人那般困苦潦倒，但距离我们现在所谓的人类正常生活水平而言还有很长一段路要走。可是，中产阶级的生活却发生了翻天覆地的变化。我们国家的政府几乎没有留下关于1800年中产阶级生活状况的只

---

1 塔布莱位于英国柴郡，这里指的是第三任塔布莱男爵约翰·沃伦（John Warren，1835—1895）。
2 这里应该是指上文提到的约翰·克莱尔，他出身农民家庭，早年曾给人放牧。
3 埃比尼泽·埃利奥特（Ebenezer Elliott，1781—1849），英国诗人。
4 英国中部工业城市。

言片语，倒是西德尼·史密斯[1]对此有所描述，尽管他描绘的只是那些极其富有之人的生活——

> 那时候煤气还不存在：我摸黑走在伦敦的街头，尽管有一盏闪烁的油灯，但几乎无济于事，在正值老年更年期的守夜人的保护之下，各式各样的掠夺和凌辱粉墨登场……我每年都得花十五英镑修理马车弹簧轴承，这是伦敦的石板路惹的祸……我没有雨伞。伞不常见，也很昂贵。那时候没有防水帽，我戴的帽子常常被雨水打回了原形，变成一团稀巴烂。紧身短裤穿起来总是不太自在，因为背带裤还没有发明出来。要是不幸痛风发作了，我不知道可以用秋水仙来缓解病情。要是犯恶心了，我不知道可以用甘汞制品。要是得了疟疾，我不知道可以用奎宁。到处是肮脏的咖啡馆，却不见雅致的俱乐部。什么野味都买不到。什一税[2]还没有替代方案，引发了无穷无尽的争议。议会还没有改革[3]，腐朽堕落，声名狼藉。银行还没有为穷人开通储蓄业务。济贫法逐渐耗尽了国家的根基……忘了说了，由于驿车的置物篮没有安装减震的弹簧，放在里面的行李一路颠簸，衣物都要被折腾得不成形了；即使在上流社会，至少有三分之一的绅士成日喝得醉醺醺的。

---

1 西德尼·史密斯（Sydney Smith，1771—1845），英国作家。
2 什一税（tithe）在欧洲有着悠久历史，源于公元6世纪由基督教会征收的税种，要求信徒捐纳本人收入的十分之一供宗教事业之用，8世纪以来又获得了世俗法律的支持。法国大革命以后，以法国为首的国家陆续续废除了一些类别的什一税，并对直接收取什一税的人进行补偿。英国一直征收到1936年。
3 1832年，英国议会实施改革，并没有导致重大的体制改革。

到了1900年，中产阶级已成为政治势力中的主导力量，他们享受的惬意生活不是普通人可以想象的。这种生活在1914年以后就荡然无存了，估计以后也不会重现。（要是你觉得没有家仆也可以过得很舒适的话，那是因为你还没有体会过何为真正的舒适。）

我估计各位可以察觉到19世纪早期诗人（以出生于1822年的马修·阿诺德为结束）与后期诗人（以出生于1828年的但丁·加百列·罗塞蒂为开始）在艺术观念与生活观念上的差别，这很可能是中产阶级正在经历的财富变化造成的。大多数早期诗人对政治问题颇为关注，对他们时代的新思想和新发现也非常感兴趣；大多数后期诗人则不同，他们主要关心的是个人情感，考虑的是诗歌本身。譬如，罗伯特·勃朗宁写了一首诗，即使他将内容设置成文艺复兴时期的背景，读者也依然能够感受到这首诗与他自己、与他的时代的关联；虽然威廉·莫里斯在其散文作品表现出对社会事务的关注，但他的以中世纪为背景的诗歌，若是让读者着了迷，也是凭借诗中的想象世界，一个比他居住的环境更为"诗意"的世界。

关于第二点——

一个在乡村生活的人——19世纪的乡村是真正的乡村，那时候还没有郊区——他对生命的认知，必然不同于一个在城镇生活的人，尤其是那些工业城镇。而在伦敦这样一座大城市里生活，又是一份十分独特的城市生活体验。这座城市的规模过于宏大，文化也过于丰富，很难让人从总体上把握其风貌，对居民而言，他很可能只知道他和亲朋们居住的城区，只熟悉他们生活的那些方面。

要是这些诗人对工业生产有直接的体验，我想，他们的感受肯定大为不同。罗斯金[1]和莫里斯大张挞伐机器之祸害，这一点固然值得肯定，但他们并未真正了解机器和工业生产，因而无法给出经济实用的建设性意见。

关于第三点——

我每每阅读19世纪诗人，尤其是小诗人的作品，都会惊讶地发现，他们的格律技巧十分高超，文辞却有颇多的拙劣不当之处。我倾向于认为，之所以存在这种优点和缺点并存的反差现象，其实是因为他们大多数人最初修习作诗时，用了一门句法和节奏完全不同于他们母语的语言。

用拉丁语写诗，就必得时刻留心格律（特别是音长[2]错误便意味着写砸了）方面的问题。18世纪的诗人固然也接受古典教育，但那个时期的英国正被一种不同寻常的偏见所笼罩，认定英雄双韵体[3]和一些简单的抒情策略相结合才是合理的英语诗歌形式。浪漫主义诗人打破了这种偏见之后，长期浸润于古典教育而形成的格律意识，像放松了缰绳的马匹一般奔腾在诗体实验的道路上，从司各特到布里吉斯[4]，几乎没有哪一位诗人在处理格律时不是得心应手的。我们现在的古典教育已经不多见了，我留意到，有些现代诗人，纵使在很多方面都表现得令人钦佩

---

1 约翰·罗斯金（John Ruskin, 1819—1900），英国作家、艺术家、哲学家和业余的地质学家。
2 音长（quantity）指元音或音节的长短。
3 英国新古典主义时期的审美趣味是典雅、均衡、整齐和精确，在诗歌形式上普遍采用英雄双韵体（the heroic couplet），两行一押韵，每行五个音步，采用抑扬格。
4 罗伯特·布里吉斯（Robert Bridges, 1844—1930），英国诗人。

不已，其格律技巧却是笨拙不堪，有的干脆是千篇一律。据我观察，概因他们写诗时并没有一心想着格律，而是凭感觉即兴发挥。

然而，从另一个角度来看，用非母语的语言写诗其实是一个把自己的想法翻译出来的过程，而翻译肯定会涉及文辞，难免要做出一定程度的折中和妥协，因为两种语言里很少存在完全匹配的词，若是要求两个词不仅在一般涵义上相同还要在外延寓意上对应，那种概率是微乎其微的。学生们写拉丁语诗时潜移默化地形成了文辞上的折中态度，此一弊端无可避免，但倘若因此在写母语诗时也表现出对文辞的过多妥协的话，那就纯粹是一种不良习惯了。在阅读19世纪的诗歌作品时，我们一再地发现，诗人们似乎过于轻易地接受了最先闪现在脑海里的符合音步要求或押韵需求的词，而没有仔细斟酌这个词是否恰如其分地表达了他的本意。譬如，克拉夫[1]在长诗《托布纳利奇的小屋》和《出航》中做了十分有趣和大胆的尝试，但在我看来，他用日常会话语言写出的这些诗（有些节段与《鸡尾酒会》惊人地相似）的效果并不尽如人意，由于对语言的细微差别缺乏一定的敏感性，他的文辞有时过于平淡，有时又过于炫奇了。在当今时代，我们极为看重措辞，要是某位现代诗人用词不当的话，我们不会认为这是粗心大意出的错，而会界定为天资不足。

---

[1] 阿瑟·休·克拉夫（Arthur Hugh Clough，1819—1861），英国诗人、教育家。

拜伦：一个喜剧诗人的形成[1]

在英国文学史上被不加区分地归类为浪漫主义者的诗人中，有三位在生前就见证了自己的一举成名和巨大成功，他们分别是司各特、拜伦以及略逊一筹的汤姆·穆尔。例如，在1812至1817年间，拜伦的诗歌每年为他带来了大约两千英镑的收入，这在当时相当可观。

从普通高校英语系专为浪漫主义时期开设的课程中，我们可以大致判断出品味的变化程度。今天，我想，讲课中最常谈到的诗人，是那个在他自己的时代几乎不为人知的诗人，他就是威廉·布莱克，然后依次是华兹华斯、柯勒律治、济慈和雪莱。

---

[1] 这是奥登为其编辑的《拜伦诗文选》（*Selected Poetry and Prose*，1966）撰写的序言，同年8月18日以《拜伦：一个喜剧诗人的形成》（"Byron: The Making of a Comic Poet"）为题刊登于《纽约书评》（*The New York Review of Books*）。"comic"通常的含义为"喜剧的""滑稽的""轻松的"等，术语"comic poem"也曾被人译为"滑稽诗"，但奥登在文中对"comic"一词的使用，主要是基于"喜剧"的概念，尽管部分地涵盖滑稽、轻松的指涉。拜伦诗作丰富，不少代表作都带有喜剧的色彩，奥登在文中主要分析了这一面向的拜伦。（转下页）

小说家司各特仍然被广泛地阅读,诗人司各特的读者则少之又少。穆尔,除了诗歌选集中通常被收录的几首诗以外,其他作品恐怕已经没有读者了。那么,拜伦呢?我不太确定。我不知道他还拥有多少读者,但作为其中一位读者,我发现那些让他在同时代人中名声大噪的诗歌——《恰尔德·哈洛尔德》和"叙事诗"[1]——根本让人读不下去。倘若他在1817年上半叶就不幸离世了,我应该会赞同他写给穆尔信中的一段话,那是他对自己截至那一年的创作活动的判断:

> 再过十年,你会发现,我的一切都还没有结束——我不是指文学上的事情,因为那不算什么。或许听起来很奇怪,但我真的不觉得那是我的天命。

如果我必须把拜伦介绍给一个对他的作品一无所知的学

(接上页)事实上,奥登早年在《牛津轻体诗选》(*The Oxford Book of Light Verse*, 1938)的导言中提起拜伦时,就给这位伟大的诗人做了一个清晰的界定——"拜伦是第一个现代意义上的轻体诗作者。"他的这番界定,源于他在1936年夏天去冰岛旅行时阅读拜伦的代表作《唐璜》的体验。那时,在去往冰岛的漫长航行中,他拿起《唐璜》打发时间,没成想一读便入了迷。他效仿拜伦的写法,以活泼欢快的笔触写了长诗《致拜伦勋爵的信》,收录在他与好友路易斯·麦克尼斯合作的旅行书《冰岛书简》里。

此后,奥登还为拜伦写过多篇散文,而他对拜伦的看法几乎保持了一贯的态度。例如,他在品评《唐璜》的一篇散文中指出,拜伦作为严肃诗人有巨大缺陷:"只要拜伦努力去写名副其实的诗,表达深刻的情感和丰盈的思想,其作品就配得上他最为惶恐的那个绰号——'一个讨厌鬼'。"

1 《恰尔德·哈洛尔德》的全称是《恰尔德·哈洛尔德游记》(*Childe Harold's Pilgrimage*),这是拜伦的成名作。"叙事诗"指的是拜伦创作于1813至1816年间的一组以东方故事为题材的传奇作品,通常被称为"东方叙事诗"(Oriental Tales),包括《异教徒》《海盗》等。

生，我会这样告诉他："在你尝试阅读他的任何一首诗之前，先看看他的散文，尤其是他的书信和日记。读了这些后，你再去读他的诗作，就能一眼看出哪些是真情实意的，哪些是虚情假意的。我想，你会发现只有三首长诗是真正重要的——《贝波》、《审判的幻景》和《唐璜》，顺便说一句，它们都用同样的诗体写成。"

从哪篇散文开始看都可以，他的散文由始至终都透露出一种真实的音调，完全不同于其他人的散文。

这该死的地方——人声嘈杂，酒气熏天，只有赌博、红酒、狩猎、数学以及纽马基特[1]，那里无非是喧闹和赛马。但与绍斯韦尔[2]永远不变的沉闷无聊相比，这里简直就是天堂。哦！整日里无非是求爱、树敌和作诗，无所事事真当是痛苦。（1807年）

用餐，六点钟。忘了有一道干果布丁（我最近把享用美食加入了我的"堕落家族"名单中）[3]，等我注意到的时候，已经被我吃下去了；喝了半瓶烈酒——可能是烈性红酒；他们说的白兰地、朗姆酒等，这里都没有，只有烈性红酒，

---

1 纽马基特，英国东南部城市，自17世纪以来就是著名的赛马中心。
2 绍斯韦尔，英国中部诺丁汉郡的一个集镇。
3 "plum-pudding"里虽然有"plum"，但只是一种习惯叫法，布丁里的配料可能是葡萄干、李子干或者其他干果。这道英式甜品还有一个习惯叫法，"圣诞布丁"（Christmas pudding）——根据英国传统，圣诞来临之际，家庭成员要共同制作一个圣诞布丁，象征一家人团结和睦。显然，拜伦在此调侃了这一传统。

颜色都差不多。没有动那两个作为甜点摆上来的苹果。喂了两只猫、鹰、温顺的乌鸦（但未被驯服）。读了米特福德的《希腊史》、色诺芬的《远征记》。我下笔这会儿，还有六分钟就八点了——法国时间，而不是意大利时间。

听到马车的声响——手枪备好了，厚大衣裹上了，都是必要的物件。天气寒冷，马车门打开了，野蛮的居民赫然映入眼帘——这些危险分子，一个个被点燃了政治热情。其实他们都是好家伙——是一个国家的好根基。上帝从混沌中创造了一个世界；从高涨的热情中，可以诞生一个民族。

时钟敲响了，到了求爱的时间。有点棘手，但并不令人不快。备忘：安装了一块新屏风；这是块老古董，稍加修缮就能用了。（1821年）

另一方面，在诗歌和戏剧中——即使是后期的作品——声音也随时有可能走调。找出他在1816年的阿尔卑斯山之行中为奥古斯塔[1]所写的日志，以及他次年创作的《曼弗雷德》中的高山景观描写（要知道这一年他还写了他的第一首重要诗歌《贝波》），两相比较便会有一些意想不到又令人伤感的发现。事实上，后者的高山场景是以前者为基础的，有时整个段落都是逐字逐句地重现，但前者活泼生动，后者死气沉沉。

如果说一个浪漫主义诗人相信并践行想象是一种视域的力量，认为它能使人感知感官现象背后的神圣真理，因而是所有思维能力中最崇高的存在，那么从专业和实践来看，拜伦是有

---

[1] 即奥古斯塔·拜伦，拜伦的同父异母的姐姐。

史以来最不浪漫主义的诗人之一。

早在他能够使自己的诗歌符合这些标准之前,他就已经对诗歌的本质有了明确的信念,并且清楚这些信念与同时代人普遍信奉的观点不一致。他觉得,他那个时代写出来的几乎所有的诗歌,包括他自己的诗歌,都走错了方向。仅有的走在正确道路上的诗人,是像克雷布和罗杰斯[1]这样的延续奥古斯都传统的诗人,但与他们的大师德莱顿和蒲柏相比,他们也不过是追随者而已。

拜伦的美学理论与其他诗人无异,主要由两个方面组成:一方面是一套创作规则,帮助他写出他有能力驾驭的那类诗,另一方面是一种自我辩护,证明自己无需去写他没有能力驾驭的那类诗。只要想想他在意识到自己是一位诗人时就已形成的艺术风格,我们便能很好地理解他对德莱顿和蒲柏的钦佩之情。与他一样,他们都是"现实主义者",他们没有创造想象中的人物和风景,而是描写活生生的人和现存的事物;而且,与他一样,他们都是"世俗的",也就是说,他们主要的诗歌关注点,既不是非人类的自然,也不是他们自己的个人情感,而是作为社会政治动物的人——人们相互之间的行为、行为背后的动机,以及人们赋予自身行为的合理解释。有一段时间,对他们的钦佩之情导致拜伦误入歧途,让他误以为只能用他们惯常使用的英雄双韵体来写他们那样的诗歌。他会发现,事实并非如此,但这是后话了。

---

1 塞缪尔·罗杰斯(Samuel Rogers,1763—1855),英国浪漫主义诗人,在当时的文坛颇有名望。

至于他的局限性，恐怕没有哪位英国诗人像他那样完全缺乏虚构的能力，因而无法欣赏虚构：

> 我讨厌一切虚构的东西；因此，《商人》[1]和《奥赛罗》与我没有多少关系。

> 我讨厌［绘画］，除非它能让我想起我看到过的东西，或可能会看到的东西；由于这个［原因］，那些有关圣徒的画作委实令人作呕，我在教堂和宫廷里见过的半数画作也都属于此类招摇撞骗的题材，同样令人厌憎。

不能虚构，也就不能戏剧化，甚至不能将自我戏剧化。拜伦的诗歌，只有当他以拜伦的第一人称口吻直接表达时，听起来才是真实可信的。当他试图塑造一个自我投射的英雄时，比如在《恰尔德·哈洛尔德》《海盗》或《曼弗雷德》中那样，他就失败了，因为这些作品就像糟糕的肖像画，读者会不由自主地关注其中的相似之处与违和之处。

除了"唐璜"，所有的"拜伦式"英雄都带有忧郁的特质。浏览拜伦的书信和日记，我们可以看出他一生都深受忧郁症的折磨。事实上，如果他没有深陷忧郁，反倒令人惊讶。拜伦家族和戈登家族都流淌着暴力和偏激的血脉。在节衣缩食但竭力维持体面的童年生活里，他的身边只有歇斯底里的母亲，没有父亲。他有条畸形的腿，显然还有某种腺体功能障碍，这使他

---

[1] 《商人》对应的原文为"*Merchant*"，联系后面提到的《奥赛罗》，此处应该是指莎士比亚的戏剧《威尼斯商人》。

很容易发胖——长到十八岁时,尽管个子不高,体重却达194磅[1]。他遭遇的这一切对任何男孩来说都是难以承受的负荷。此外,他还暗示了一些不同寻常的事情,可能涉及性,只是他不敢公开谈论。

他的书信和日记也清楚地表明,从一开始,他的想象力、理性和道德勇气对那些忧郁的回击,就是拿它们开玩笑。尼采曾说:"玩笑是情感的墓志铭。"所有伟大的喜剧演员都可能患有忧郁症;而一个能够成功表达悲痛和伤感情绪的诗人,自己倒不必如此伤怀,事实上,他或许是个性格开朗的人。

拜伦的天赋在本质上是喜剧方面的,他的诗歌生涯是一场探索,最终成功地为他那个时代的喜剧诗人找到了合适的诗歌载体。最初,对德莱顿和蒲柏的钦佩之情误导了他,让他以为自己和他们一样,注定要成为一名讽刺作家。讽刺和喜剧是部分交叠的——讽刺作家往往逗乐,喜剧作家往往讽刺——但他们的目标在本质上并不相同。讽刺的目标是改变;喜剧的目标是接受。讽刺试图表明,社会中的个人或群体的行为违反了道德律法或常识,一旦大多数人意识到这些事实,他们就会在道义上义愤填膺,要么迫使违反者改过自新,要么迫使违反者无法在社会和政治舞台上施展能量。与之不同的是,喜剧关涉所有人都沉迷其中的幻想和自我欺骗,关涉他们以及他们生活的世界到底是何种模样,只要他们是人类一员,就无法摆脱这一切。喜剧曝光的对象不是一个特殊的个人,也不是一个特殊的社会群体,而是我们每个人或人类社会全体。讽刺是愤怒而乐

---

[1] 1磅等于16盎司,合0.4536千克。

观的，相信它抨击的邪恶可以被消除。喜剧是温和而悲观的——它相信，无论我们抱有何种期待，我们都无法改变人性，只能尽力而为。

拜伦时不时地以讽刺作家的身份写作，就像他对骚塞[1]和威灵顿公爵[2]的抨击那样：

> 你"杰出的刽子手呵"——但别吃惊，
> 　这是莎翁的话[3]，用得恰如其分，
> 战争本来就是砍头和割气管，
> 　除非它的事业有正义来批准。
> 假如你确曾演过仁德的角色，
> 　世人而非世人的主子将会评定；
> 我倒很想知道谁能从滑铁卢
> 　得到好处，除了你和你的恩主？
> 　　　　　　（《唐璜》第九章，第25—32行）[4]

然而，用他自己的话来说，他主要而持续的关注点是"取笑和逗乐"：

> 可怜朱丽亚的神魂飘飘荡荡，

1　罗伯特·骚塞（Robert Southey，1774—1843），英国浪漫主义时期"湖畔派"诗人之一。
2　阿瑟·韦尔斯利（Arthur Wellesley，1769—1852），第一代威灵顿公爵，人称铁公爵，英国著名的军事、政治人物。
3　出自《麦克白》第三幕第四场。
4　译者在此选取了查良铮的译本，下文出自《唐璜》的诗句，均采用此译本。

简直快要飞去了，于是她毅然
　　为自己，为丈夫，作出高贵的努力，
　　　也为了宗教，美德，荣誉和尊严。
她这一决心实在是破釜沉舟，
　　连塔昆皇帝[1]也可能为之抖颤；
她祈求圣母马利亚赐予恩典，
　　因为她对妇女问题最为熟谙。

她发誓绝不再和唐璜见面，
　　而第二天就去拜访他的母亲，
坐在那儿时，她极力望着门口，
　　因为它，谢谢圣母放进一个人；
她多么感激呀，但接着就失望——
　　门又打开了：这一回，毫无疑问
是唐璜了吧？——还不是！唉，我恐怕
　　那晚上她不会再祷告马利亚。

　　　　　　　（《唐璜》第一章，第593—608行）

　　拜伦并没有把朱丽亚当作伪淑女或荡妇来嘲笑。良知和欲望之间的冲突、圣母马利亚和阿佛洛狄忒的不同要求之间的冲突，在她身上真实地体现了出来。拜伦并没有就此做出评判；他只是简单地陈述，人性就是这样，而且根据他的经验，假如

---

[1] 塔昆皇帝（Tarquin），即卢奇乌斯·塔奎尼乌斯·苏佩布斯（Lucius Tarquinius Superbus,？—前495），"苏佩布斯"意为"高傲者"，罗马王政时代第七任君主，以残暴著称。

有机会选择阿佛洛狄忒，圣母马利亚几乎毫无胜算——因此，在与性爱相关的问题上，我们应该包容人性的脆弱。

我认为，没有一位诗人的作品像拜伦那样，一首诗的成败竟与韵律和诗节形式息息相关。他的第一批成功的诗作是闲散时光里的偶成之作，不少诗篇采用了抑抑扬格四行体的形式，这种诗体是由"僧人刘易斯"[1]从德国人那里习得后引入英国诗歌的，随后在司各特和穆尔笔下得到了完善。对轻体诗而言，这是一种很好的载体，但仅限于短篇幅，并不适合题材宽泛的长诗。他采用八音节双韵体写成的诗歌，例如《答一位淑女》和《萨姆·罗杰斯》，总是很成功。长篇幅的喜剧性诗歌也可以采用这种诗体，因为《休迪布拉斯》[2]已经为我们提供了绝佳的例证。我相信，如果他采用八音节双韵体而不是英雄双韵体来写那两首讽刺诗——《英国诗人和苏格兰评论家》和《贺拉斯的启示》[3]，可能就会大获成功，而不仅仅是小有成绩。对他那个时代的诗人而言，要是离开了蒲柏的个人"声调"和格言印记，就不可能写出一首英雄双韵体诗歌，这意味着，那时候不可能

---

1 马修·刘易斯（Matthew Lewis，1775—1818），因其具有争议性的小说《僧人》（*The Monk*，1796）而得到了"僧人刘易斯"的绰号。

2 《休迪布拉斯》（*Hudibras*）是英国诗人塞缪尔·巴特勒（Samuel Butler，1613—1680）的代表作，是一部讽刺英国清教徒的长诗。英国文学史上还有一位塞缪尔·巴特勒（Samuel Butler，1835—1902），他以伟大小说《众生之路》（*The Way of All Flesh*）闻名。

3 拜伦的早期诗集《闲暇时刻》（*Hours of Idleness*，1807）出版后受到《爱丁堡评论》杂志的攻击，诗人答之以《英国诗人和苏格兰评论家》（*English Bards and Scotch Reviewers*，1809），初次显露了他卓越的才华和讽刺的锋芒。《贺拉斯的启示》（*Hints from Horace*，1810）是拜伦本人极为看重的得意之作。

出现堪与蒲柏作品相媲美的英雄双韵体诗歌。早在拜伦发现仿英雄体的意大利八行体[1]之前，他就已经意识到了阴韵[2]的喜剧可能性，但在他的英雄双韵体诗作中，蒲柏诗歌的那种典型的阳韵写法发挥了潜移默化的作用，这使他无法自如地使用阴韵。《英国诗人和苏格兰评论家》中只出现了三对阴韵，《贺拉斯的启示》中只有一对。最后，说来有点意思，蒲柏的英雄双韵体并不是一种喜剧性的形式，也就是说，它本身并不能使表达的内容变得意趣横生，对像拜伦这样一个主要是喜剧作家而不是讽刺作家的诗人而言，它不会是一个理想的载体。

当拜伦写抑抑扬格四行体时，他是挥洒自如的；但当他写英雄双韵体时，他变得矫揉造作、捉襟见肘。以下两段选诗便是例子：

> 造人挺容易，机器可难得——
> 人命不值钱，袜子可贵重——
> 舍伍德的绞架使山河生色，
> 显示着商业和自由的兴隆！
>
> （《"编织机法案"编制者颂》，第13—16行）[3]

> 土地权益（你可能会理解

---

[1] 意大利八行体（ottava rima），诗节由八行组成，每行十一个音节，押韵格式为abababcc，文艺复兴时期被引入英国诗歌界。

[2] 阴韵（feminine rhyme），即阴性韵脚，押韵词的重读音节后还有一个或以上的非重读音节，如 bitten 和 written。与之对应的是阳韵（masculine rhyme），押韵词的最后一个音节押韵，且最后一个音节是重音，如 cat 和 rat。

[3] 译者在此选取了杨德豫的译本。

这术语最好将"土地"省略)——
土地在海岸间发出利己的叹息,
只因惧怕财富满足穷人的利益。

(《青铜时代》,第598—601行)

"叙事诗"的问题在于,拜伦试图去写一种并不适合他的诗歌。从韵律上而言,这些诗总是令人满意的,尤其在《科林斯之围》[1]中,有时候他对《克里斯特贝尔》[2]的那种"跳跃"节奏的处理相当惊艳:

> As the spring-tides, with heavy plash,
> From the cliff's invading dash
> Huge fragments, sapped by the ceaseless flow,
> Till white and thundering down they go,
> Like the avalanche's snow
> On the Alpine vales below;
> Thus at length, outbreathed and worn,
> Corinth's sons were downward borne
> By the long and oft renewed
> Charge of the Moslem multitude.

---

[1] 《科林斯之围》(*The Siege of Corinth*,1816),拜伦的"东方叙事诗"之一。
[2] 《克里斯特贝尔》(*Christabel*)是柯勒律治的一首未完成的长篇叙事诗,第一部分写于1979年,第二部分写于1800年,柯勒律治计划中的第三部分一直未完成。长诗采用重音韵律系统写成,尽管每行诗的音节数量可以从四个到十二个不等,但每行诗的重音数量很少偏离四个。

In firmness they stood, and in masses they fell,
Heaped by the host of the infidel,
Hand to hand, and foot to foot.
Nothing there, save death, was mute...

春潮汹涌,从山岩峭壁间
猛力地冲激,由于不断泼溅
而攻下许多苍白的巨石,
让它们如雷鸣般落下,
犹如阿尔卑斯山的雪崩,
冰雪滚滚落入山谷之中;
终于,科林斯的子弟们
难以抵挡穆斯林大军
潮涌般的顽强攻击,
全都气喘吁吁、精疲力竭。
他们顽强挺立,然后成群倒下,
异教徒的大军将他们堆起来,
手对着手、脚对着脚。
除了死亡,一切都在鼎沸……

而在《恰尔德·哈洛尔德》中,很难说是他书写的主人公还是他选择的韵律更糟糕。那时,他只读了《仙后》中的一小段,几年后,当利·亨特[1]试图让他读完整首诗时,似乎不难猜测他

---

[1] 利·亨特(Leigh Hunt, 1784—1859),英国作家和评论家,与拜伦私交甚好。

厌恶这首诗的原因。"斯宾塞体"[1]的节奏其实是缓慢流淌的,但拜伦只有在快节奏上才能游刃有余。因此,他没有完全理解这种诗体的技巧原理。正如乔治·圣茨伯里[2]所说:

> [在《仙后》中]一次又一次,你会发现这些诗节里的诗行没有相同的停顿;而且经常没有显而易见的标记,因此诗句只被韵脚所打断。此外,诗句中常常有跨行的现象。在每节诗最后一行的亚历山大诗行中,斯宾塞没有刻意避免,而是成功地在很大程度上改变了节奏,设置了严格的中间停顿,这影响了大多数现代语言(尤其是英语)的韵律处理方式……
>
> 拜伦的诗篇往往在靠近诗行中间位置有显著的停顿。他的每一个诗行几乎总是不多不少地分成左右半联,有时候十分精准地恰好在中间处停顿。《恰尔德·哈洛尔德》便处处彰显了这种中间停顿,它们被强行套入斯宾塞体的框架里,而亚历山大诗行以德莱顿而不是斯宾塞的方式有规律地出现(因而无可救药地偏离了德莱顿风格)。一般说来,他不知道如何让亚历山大诗行成为诗节的有机组成部分。
>
> (《英诗韵律史》,第一卷和第二卷)

---

1 "斯宾塞体"(Spenserian stanza),即斯宾塞诗节,每个诗节的前八行是五音步抑扬格,第九行是六音步抑扬格(即亚历山大诗行)。这是文艺复兴时期著名诗人埃德蒙·斯宾塞(Edmund Spenser)在其代表作《仙后》(*The Faerie Queene*)中采用的诗体,随后成为英国诗歌历史上的重要诗体。

2 乔治·圣茨伯里(George Saintsbury,1845—1933),英国文史学家、评论家。

我们随机从《仙后》和《恰尔德·哈洛尔德》中各选出一个诗节进行比较,可以看出圣茨伯里所言非虚:

They to him hearken, as beseemeth meete,
And pass on forward: so their way does ly,
That one of those same islands, which doe fleet
In the wide sea, they needes must passen by,
Which seemd so sweet and pleasaunt to the eye,
That it would tempt a man to touchen there:
Upon the banck they sitting did espy
A daintie damsell, dressing of her heare,
By whom a little skippet floting did appeare.

他们两个人听到渡河倌所说,
觉得有道理,于是决定不停泊,
疾飞掠过众多游岛中的一座,
谷阳骑士一行必须由此经过,
游岛似乎赏心悦目,令人快活,
男人都会情不自禁想要抚摸:
有一个绝代佳人在岸边端坐,
一头秀发上戴着头饰一个个,
有只小船在她身旁飘荡浮簸。

(《仙后》第二卷第十二章,第 14 诗节)[1]

---

[1] 译者在此选取了邢怡的译本。

Yet are thy skies as blue, thy crags as wild;

Sweet are thy groves, and verdant are thy fields,

Thine olive ripe as when Minerva smiled,

And still his honeyed wealth Hymettus yields;

There the blithe bee his fragrant fortress builds,

The freeborn wanderer of thy mountain-air;

Apollo still thy long, long summer gilds,

Still in his beam Mendeli's marbles glare;

Art, Glory, Freedom fail, but Nature still is fair.

然而你的天空还跟古时一般清澈,
那峰峦、树林和绿野也还是一样,
橄榄树跟密涅发在时一般生长果实,
海美德斯依然出产着蜜汁芬芳,
快乐的蜜蜂还在那儿建造芳香的蜂房,
它们是在山间的自由自在的游客;
阿波罗还把你长长的夏日涂成金黄,
曼德里的大理石在它的照耀下闪烁:
艺术、荣誉、自由消亡,大自然却依然婀娜。

(《恰尔德·哈洛尔德》第二章,第 87 诗节)[1]

恰尔德·哈洛尔德,一个经济独立的忧郁青年,一个没有

---

[1] 译者在此选取了杨熙龄的译本。

奋斗目标的反叛青年，他在大地上浪游，在废墟和荒凉之地独行，对我们来说并不具备英雄般的魅力，但在1812年，他给欧洲大陆以及英国的年轻人带来了巨大的冲击力。那么，在聚焦拜伦最后也是最伟大的诗歌阶段之前，我们很有必要暂时停下来，思考一下导致这种现象的原因。任何解释都是权宜的，难免有片面化之嫌，但在我看来，至少有一个重要成因——自由主义者的政治绝望感。拜伦年轻时是拿破仑的狂热崇拜者，他当然不是唯一的崇拜者。凭借"后见之明"，我们无法相信竟然有人会把拿破仑当成了解放者，因为在我们看来，他更像是希特勒那般人物的原型。然而，我们需要考虑的是，在1790至1820年间，一个思想自由的英国人面临的社会政治环境。在英国文学史和英国军事史上，这是一个辉煌的时期；但对一个政治或社会史家来说，这确实是异常严峻的时期。政治权力完全掌握在一小群大地主手中，他们完全无视自身之外的所有利益，他们处理社会困境的唯一方法就是监禁或绞死那些抗议的人。刑法是欧洲诸国中最为残酷的，矿厂和工厂的生活条件宛若恐怖的集中营，言论和集会的自由经常被剥夺。

1815年和平[1]的到来，没有让情况得到丝毫改善。相反，保守的反动势力掌握的权力似乎比以往任何时候都更大。人们可以想象，喜欢恰尔德·哈洛尔德的读者，是那些像他的创作者拜伦一样的人，他们都拥有安逸的环境，没有亲身遭遇社会不公的摧残，他们都充满了理想主义精神，渴望看到一个更为

---

[1] 1815年6月18日，英普联军与法军在滑铁卢会战，法军战败，拿破仑随后宣布退位。

公正的社会，但并不愿意或者无法通过参与政治行动来实现这个理想。拜伦在上议院的首次演讲是对"编织机法案"的猛烈抨击，这是一项野蛮的镇压法案。要是他没有因为婚姻破裂引发的丑闻而远离英国的话，那么他的政治生涯走向倒是很值得推敲。他能否克服孤军奋战的天性，学会与他人合作？他能否改变自己的观点，不再认为自由是一种自上而下馈赠给群众的礼物？他能否克服积重难返的恶习——急躁（这对诗人而言只是一个严重的缺陷，但对政治家来说却是致命的灾祸）？他在1820年宣称"若国内没有自由可为之战斗"，但真的是这样吗？可以肯定的是，托利党的势力仍然强大，辉格党在1830年之前还没有组建政府，尽管如此，议会中的一些人，包括他的朋友霍布豪斯，他们都没有绝望，而是继续为改革而斗争，他们长久的努力最终迫使托利党不得不做出让步，逐渐采取了自由的措施。1827年，刑法进行了改革，谷物法得到了调整；1829年，天主教徒被解放了[1]。如果拜伦像蒲柏那样毕生致力于完善自己的诗歌，而不是渴望作为一个卓有成效的实干家赢得声誉，那么这些问题及其隐含的批评就不会出现。这是两种并不相容的欲望，创造和行动都需要全情投入。

我们从这个题外话回到诗歌本身。拜伦的三首重要诗歌都是用意大利八行体写成的，这种诗体不同于英语诗歌传统中的八行体形式，而是更直接地模仿了意大利诗歌中的八行体。拜

---

1 英国在这一年颁布了"天主教解放法"，取消了对天主教徒的歧视性政策，赋予天主教徒政治经济上的各项权利。

伦熟谙意大利语,读过卡斯蒂[1]和普尔契[2],但直到他读了弗里尔[3]的《僧侣与巨人》,他似乎才意识到这种模仿的喜剧可能性。

意大利语是一种富含多音节词汇的语言,大多数单词都以非重音音节结尾,很容易找到押韵词。因此,意大利的八行体通常每行包含十一个音节,押阴韵。这种形式有显著的结构优势。作为一个单位,八行规模提供了足够的容量来描述单个事件或阐述单个想法,无需将内容延续至下一个诗节。另一方面,如果诗人想要安排一些简短的表达,那么这种韵式可以让他随时停顿,而不会造成诗节的支离破碎,因为表达的内容已经由押韵维系在了一起。由于上述原因,在意大利语中,这成了适合一切题材的诗体形式,几乎可以服务于所有作品,无论是喜剧还是悲剧。

英国诗人最初接触到这种诗体时,本能地将诗行缩短为十个音节,并且押了阳韵:

> All suddenly dismaid, and hartless quite
> He fled abacke and catching hastie holde
> Of a young alder hard behinde him pight,
> It rent, and streight aboute him gan beholde
> What God or Fortune would assist his might.

1　乔瓦尼·巴蒂斯塔·卡斯蒂(Giovanni Battista Casti, 1724—1803),意大利诗人。
2　路易吉·浦尔契(Luigi Pulci, 1432—1484),意大利诗人。
3　约翰·弗里尔(John Frere, 1769—1846),英国作家,他的文学声誉主要来源于他的诗歌翻译。

But whether God or Fortune made him bold
It's hard to read; yet hardie will he had
To overcome, that made him less adrad.

忽然之间,一切都寂如死灰,
他下意识后退,撞上了一棵树,
伸手摸到了一根粗壮的树枝,
用力将它折断,横在胸前防护,
前来襄助者兴许是命运或上帝。
这胆气究竟是上帝还是命运给予
委实难以解读;但顽强的意志
发挥了效力,他不再那么惊悸。

(斯宾塞《维吉尔的蚊子》[1])

　　用这种诗体承载严肃的英语诗歌,几乎难以克服的阻碍在于我们的语言缺少押韵词。无论篇幅多么短小,都不太可能避免使用平庸的押韵词,或是为了押韵而不得不凑篇幅、扭曲自然语序。叶芝曾用这种诗体写出了一些他最为出色的诗篇,为了规避上述问题,他经常使用半韵,而且大多采用抑扬扬格的

1　《维吉尔的蚊子》(*Vergil's Gnat*)是一首小型史诗,斯宾塞译自拉丁语作品 *Culex*,原作者是有争议的,有人认为是维吉尔所作,有人则认为是效仿维吉尔的一位诗人所作。国内尚无该史诗的译介,梁实秋在其《英国文学史》中谈到斯宾塞时,曾简要概述了这首史诗的内容,现摘录于此:"一牧羊人在荫下假寐,有蛇来袭,一蚊特来警告,在他眼皮上猛刺一口。牧羊人拍死蚊子,见蛇杀之。夜间蚊之鬼魂出现,责其无义,牧羊人悔恨之余为蚊造一纪念碑。"奥登在文中节选的诗段,描写的是牧羊人拍死蚊子后,赫然看见了蛇。

单词来结束诗行，如此一来，押韵的音节只需要弱化的重音就可以了。例如，在他的《一九一九年》开篇诗节中，只有两行是严格押韵的：

> Many ingenious lovely things are gone
> That seemed sheer miracle to the multitude,
> Protected from the circle of the moon
> That pitches common things about. There stood
> Amid the ornamental bronze and stone
> An ancient image made of olive wood—
> And gone are Phidias' famous ivories
> And all the golden grasshoppers and bees.

> 许多精巧可爱的东西都已逝去，
> 以往在大众看来简直是奇迹，
> 它们避开了那把平庸的事物到处
> 抛掷的月亮的轨迹。在那里，
> 一个古老形象用橄榄木刻就，
> 曾在青铜和石头的饰物中间站立——
> 如今菲狄亚斯的著名的象牙雕塑
> 及所有金制蝗虫和蜜蜂都已逝去。[1]

但在拜伦的时代，半韵还没有得到认可。《书寄奥古斯塔》

---

[1] 译者在此选取了傅浩的译本。

是他为数不多的优秀的"严肃"诗歌之一,严格按照英语诗歌中的意大利八行体写成,但语言带来的问题使这首诗难臻完美:

> And for the remnant which may be to come
> I am content; and for the past I feel
> Not thankless—for within the crowded sum
> Of struggles, happiness at times would steal;
> And for the present, I would not benumb
> My feelings further.—Nor shall I conceal
> That with all this I still can look around,
> And worship Nature with a thought profound.

> 至于那可能来到的、此后的余生
> 我将满意地接待;对于过去,我也不
> 毫无感谢之情——因为在无尽挣扎中,
> 除痛苦外,快乐也有时偷偷袭入;
> 至于现在,我却不愿意使我的感情
> 再逐日麻痹下去。尽管形似冷酷,
> 我不愿隐瞒我仍旧能四方观看,
> 并且怀着一种深挚的情思崇拜自然。
>
> (第113—120行)[1]

单词"sum"和"steal",短语"Nor shall I conceal",以及倒

---

[1] 译者在此选取了查良铮的译本。

装的词序"thought profound",主要取决于押韵的必要性,而不是思想内容。

弗里尔发现并传达给拜伦的秘密是,那些造成意大利八行体不适用于英语"严肃"诗歌的元素,恰恰可以让该诗体成为一种理想的喜剧载体,尤其在亦步亦趋地效仿意大利语诗歌而使用双音节韵和三音节韵的时候,创作难度的显著增加与喜剧性效果成正比,这是因为英语不同于意大利语,几乎所有这些都是喜剧的。正如每一位诗人所知道的,在创作过程中,经验与语言之间的关系往往是辩证的,但到了最终作品,它在读者看来总是一种单向的关系。在严肃诗作中,思想、情感和事件必须始终居于统摄地位,支配着服务于它们的措辞、节奏和韵律;反之亦然,在喜剧诗歌中,词汇、节奏和韵律必须承担重任,生成所需要的思想、情感和事件。谈到人们熟知的济慈死因时,拜伦这样写道:

'Tis strange the mind, that very fiery Particle,
Should let itself be snuffed out by an Article.

他的头脑,那炽烈的粒子,
竟让一篇文章将自己吹熄。[1]

顺便说一句,这两行诗的初稿是"他的头脑竟会任由脆弱的纸

---

[1] 拜伦以及当时的一些人认为,保守派刊物的一篇猛烈抨击济慈长诗《恩底弥翁》的评论是促使济慈早死的原因。当然,济慈的直接死因是肺病。

弹丸/击灭生命的动力,这委实怪诞"("'Tis strange the mind should let such phrases quell its / Chief impulse with a few frail paper pellets.")。读者不禁注意到,如果济慈的头脑不是炽热的火焰,而是"为思考而生的器官",那么《爱丁堡评论》就永远无法影响他的情绪,他或许不会死于肺病,倒很有可能因为饮酒过量而离开了人世。

同样,虽然在严肃诗歌中,显而易见的冗词赘句是不可取的,但喜剧诗人就应该公开、大胆地运用闲笔:

> 一匹阿拉伯骏马?一只挺秀的鹿?
> 初驯的巴巴利马?小羚羊?长颈鹿?
> 不,这全不像!还有她们的姿态!
> 她们的面纱,裙子,——若都要写出,
> 那就整整写它一章也不为过。
> 还有她们的脚踝,那一双秀足!
> 谢谢天吧,幸亏我说不出好比喻,
> (所以,我冷静的缪斯呵,沉住气!)

在《贝波》和《唐璜》中,形式性要素迫使拜伦时不时地中断叙事,以自己的口吻评论正在发生的事情以及公共事件,而这些闲笔才构成了诗篇真正的核心,拜伦本人才是这两首长诗真正的主人公。M. K. 约瑟夫先生在谈到《唐璜》时写道:

> 闲笔的实际篇幅在该诗的不同部分竟然差异那么大……整首诗大概有三分之一的篇幅是闲笔,但在前半部

分的诗章（第一章至第八章，到伊斯迈攻守战的描写）中，他本人似乎只出现了四分之一的篇幅。在有的诗章中，尤其是那些行动活跃的诗章，比如第二章（海难）和第五章（土耳其苏丹后宫），闲笔的篇幅要远低于平均值；只有一个例外，那就是在第三章（唐璜和海黛）中，篇幅上升了很多，几乎达到了40%。然而，在唐璜抵达圣彼得堡后，这一比例陡然增加，飙升至近60%；第十二章详尽地阐述了女性和婚姻市场，其中有70%以上的篇幅不太关涉叙事情节（这在全诗达到了峰值）。在后半部分的诗章中，除了第十三章（约30%）和最后一章（即第十六章，突然再次降至20%以下）外，没有一章是低于40%的；而在那例外的两章中，大部分以唐璜为中心的素材——诺曼修道院、家宴、用餐、法官亨利勋爵——都是为了铺设社会图景，而不是推进实际的故事进程。

(《诗人拜伦》)

唐璜这个人物不同于以往的拜伦式英雄，谢谢老天，他不再忧郁消沉了。他并不是一个公然反抗上帝律法和人类法则的人，他最显著的特点是他的好性子和社会适应能力。只要有机会，无论是在海盗的藏身之地、伊斯兰教君士坦丁堡的苏丹后宫、东正教俄罗斯的宫廷，还是在新教英国的乡村宅院，他都能够快速地融入周遭的环境，并得到大家的认可与喜爱。虽然他出身于西班牙天主教家庭，从英国人的角度来看，他完全是一个外人，但事实上，他完美地体现了英国人的观念，即绅士应该举重若轻地实现每一件事。至于性关系，只要想到他的原型是传说故事中风流成性的混蛋，我们就会明白拜伦塑造的唐璜最引人注目的品质是其"被动"。莱波雷洛在莫扎特的歌剧里唱出了唐璜勾引过1003位西班牙女子的"情人目录"[1]，而拜伦号称自己曾与"大约200位威尼斯女子"有染，这么比较下来，拜伦笔下的唐璜实在是相形见绌，他非但没有那么放浪形骸，还没有存心勾引女性。在两年的时间里，他只与五位女性发生了关系：在与朱丽亚、喀萨琳[2]和费兹·甫尔克公爵夫人的三起风流韵事里，唐璜是被勾引的；而在另两桩感情纠葛里，身不由己的境遇将他与海黛和杜杜撮合在了一起，唐璜无需诱骗她们。根据传说，唐璜匮乏爱的能力，但拜伦的主人公不是这么回事，他尽管不可能像特里斯坦那样对待伊索尔德，不可能在被迫与海黛分别时殉情，但至少他已经真心实意地爱上了海黛。

如果将他与我们熟知的那位创作者进行比较，我们会发现他其实是一个白日梦，是拜伦本人想要成为但无法实现的那类人。从身体上而言，他毫无瑕疵，人们无法想象他要靠节食才能保持体型；在社交方面，他总是游刃有余，举止得体[3]。在描述唐璜的一系列冒险活动时，拜伦似乎也在为他自己的人生辩护。拜伦意识到，许多人都认为传说中的唐璜是无情的勾引者和无神论者，于是他似乎针锋相对地指出："传说中的唐璜并不

---

1 莫扎特的两幕歌剧《唐璜》又译为《唐·乔瓦尼》，在第二幕第二场中，侍从莱波雷洛唱了一曲咏叹调，揭示唐璜众多拈花惹草的恶行，通常大家称这首咏叹调为"情人目录"。
2 即拜伦在诗中塑造的俄罗斯女皇叶卡捷琳娜。
3 拜伦虽然有良好的出身，但在出名之前并没有因为出身而在上流社会得到相匹配的地位，据说他在与地位相当的人交往时，常常会手足无措，当然雪莱是一个例外。

存在。我会让你们看到,一个以'唐璜'闻名的人的真实生活。"

虽然唐璜不像恰尔德·哈洛尔德那样无聊,但也算不得有趣;幸运的是,拜伦发现了一种诗歌形式,其主人公的性格并不重要。

沃尔特·白哲特[1]的一段话可以成为《唐璜》的绝佳引言:

> 人类的思想与其工作之间似乎存在着不可改变的矛盾。灵魂怎能成为商人?亚麻籽的价格、油脂的皮重或大麻的提成,这些与不朽的存在有什么关系呢?一个不死的造物可以借记"零用钱"和收取"运费"吗?灵魂束紧了鞋带;思想在盆子里洗手。一切都不协调。

作为一个生物有机体,人和所有生物一样,受制于饥饿、性等本能冲动;作为一个社会政治个体,人的诸多行为、思想和道德都受到某个特定的社会群体或多个群体的制约,出生背景或经济需求让他不得不处于这些制约之中;作为一个独特的人,他可以用"我"来回应他人口中的"你",他超越了自己的时间和空间,可以选择为自己思考和行动,对选择的后果肩负起个人责任,无论那是英勇的还是卑劣的,是神圣的还是败坏的。人的三重属性——生物的、社会的和个人的——很少完全一致,这就是为什么人在本质上是一种滑稽的生物。祈祷时,他对上帝的思考突然被一张漂亮的脸蛋干扰了;求爱时,他对爱人的

---

[1] 沃尔特·白哲特(Walter Bagehot, 1826—1877),英国经济学家、政论家和文学评论家。

渴念突然被牛排的诱惑侵蚀了；他用第一人称单数做的陈述，例如，"我知道……"或"我相信……"，虽然表达了强烈的信念，但不算是他自己的观点，而是他碰巧所属的国家或阶级的未经检验的预设。

正是这种矛盾被拜伦乐此不疲地呈现于《唐璜》之中。他不是一个愤世嫉俗的人，例如，他并没有说所有的爱都只是欲望，没有说所有的善都只是假象（为了在社会上塑造一个好形象而戴上的假面），也没有说所有的英雄主义都只是野心。他攻击的正是他所谓的"伪善"：人类有一种倾向，往往把自己往好处想，假装自己的动机和情感永远是最高尚、最纯洁的，而欲望、贪婪、攀高枝、成名欲等，都是困扰他人而不是他自己的恶习。

举一个小例子，我认为他对华兹华斯的诟病，与其说是批评华兹华斯，不如说是批评那些对"湖畔派"诗人顶礼膜拜的人。拜伦当然没有否认凝思大自然会引起诸如敬畏、喜悦、恐惧和惊异的情感——他在一些诗歌中描述了类似的体验——但他知道，这些情感体验的诱因并不像那位沉思者想象的那样不言自明：

小唐璜在清澈的溪水边漫步，
　冥想着一些纠缠不清的观念，
终于他踱进了幽静的林荫处，
　一片硬皮树在那儿枝叶蔓延；
诗人都是到这里来寻章觅句，
　他们写的书我们也偶尔读完：
这足征他们有诗法结构之功，

除非像华兹华斯,没人能够懂。

……………

他想到自己,也想到整个地球,
　想到奇妙的人和天上的星星,
真不知道它们都是怎样形成;
　他又想到地震和历代的战争,
月亮的圆周究竟是有多少哩,
　怎样用气球探索无际的苍穹,
在这些事情上他费尽了脑筋,
　接着又想起朱丽亚的黑眼睛。

从这些思绪,慧眼人不难看出
　那崇高的憧憬和庄严的追求,
有的人生而即有之,但大多数
　却不知为何要自找这种罪受;
更怪的是:这样一个年轻的人
　竟想把天体的运行穷加追究!
如果您认为这由于哲学的熏染,
　我不得不说,也是发情期使然。

　　(《唐璜》第一章,第 713—720、729—744 行)

他之所以反对华兹华斯式的自然崇拜,还有一个原因在于,他坚信,尽管对自然的钻研很诱人,但至少在诗人的心目中,这应该排在第二位——诗人首要关注的对象应该是人。从人类身上别过视线的诗人，很快就会伪造他对自然景观的描写，因为他忽略了几乎总是存在的人类元素。拜伦自己在描绘"崇高"风景时，总是谨慎地将世俗的人类也写进去：

> 这碧野虽夸不上庄严的结构——
> 　　就是那把葡萄藤、橄榄树、悬崖、
> 冰川、火山和橘子树等等都混在
> 一起的景色，——却也使他很愉快。
>
> （《唐璜》第十章，第 605—608 行）

在所谓的浪漫主义时期之前的英国诗歌史上，喜剧诗歌相对罕见：乔叟[1]写了一些，邓巴[2]写了一些，还有斯凯尔顿[3]和写有《休迪布拉斯》的塞缪尔·巴特勒。德莱顿和蒲柏虽然经常写诙谐的诗行，但不能被归类为喜剧诗人。自1800年以降，喜剧诗歌蓬勃发展。拜伦、穆尔（尤其是他的政治诗）、普雷德、胡德、巴勒姆、李尔、卡罗尔（略偏一点）、W. S. 吉尔伯特[4]、J. K. 斯蒂芬、卡尔弗利[5]，以及本世纪最优秀的切斯特顿[6]和贝洛

1　杰弗里·乔叟（Geoffrey Chaucer，约1340—1400），被誉为"英国诗歌之父"。
2　威廉·邓巴（William Dunbar，约1460—约1520），苏格兰诗歌黄金时代的宫廷诗人。
3　约翰·斯凯尔顿（John Skelton，约1460—1529），英国诗人。
4　W. S. 吉尔伯特（W. S. Gilbert，1836—1911），英国作家。
5　查尔斯·卡尔弗利（Charles Calverley，1831—1884），英国诗人。
6　G. K. 切斯特顿（G. K. Chesterton，1874—1936），英国作家。

克[1],更不消说那些湮没在历史长河中的打油诗作家了,他们代表了一种传统,如果没有这种传统,英国诗歌将会越发贫乏;而在所有这些诗人当中,拜伦是迄今为止最伟大的。无论《唐璜》存在什么样的瑕疵,它都是英语文学中最具独创性的诗篇——在此之前,没有人写过这种诗歌。就我自己而言,我并不会经常翻阅它,但每当我去阅读它的时候,它就成了我唯一想读的作品,没有其他诗篇能让我产生这样的感受。

---

1 希莱尔·贝洛克(Hilaire Belloc,1870—1953),英国作家。

罗马的衰亡 [1]

罗马帝国是一个历史现象,任何西方人都不会对之漠不关心,或者保持不偏不倚的中立态度。我的远祖是来自从未遭遇罗马统治的斯堪的纳维亚的野蛮人[2]。我出生在英国,罗马文化在此不足以对抗盎格鲁-撒克逊人的入侵[3],罗马教会也不得不在

---

1 奥登曾受美国《生活》(*Life*)杂志邀请,为系列专题"罗马人"("The Romans")撰写文章,于是有了这篇写于1966年3月的《罗马的衰亡》("The Fall of Roman")。遗憾的是,编辑认为奥登的这篇文章不适合他们的目标读者,因而没有刊登。

奥登一直以来都对古典文明颇感兴趣。他曾在1944年写过一篇评论《基督教与古典文化》(查尔斯·科克伦著)的文章《从奥古斯都到奥古斯丁》,在文中指出奥古斯丁的时代与当代生活的相似性。不久之后,这种观点在诗歌《罗马的衰亡》(1947)里得以继续呈现。1966年初,他为《焦虑时代的异教徒和基督徒》(E. R. 多兹著)撰写了书评《异端邪说》,在文中对罗马帝国晚期的基督教给予了肯定的评价。受《生活》杂志约稿的这篇文章,是对这些相关问题的思考与总结,也不乏很多新颖之处。

2 奥登的医生父亲深谙古典文学,他深信奥登家族的远祖原先生活在冰岛,后来随着冰岛与英国之间的渔业贸易而移居到了英国。在罗马帝国时期,罗马人把不属于地中海文明的民族称为"蛮族",尤其是居住在莱茵河以北的北欧人。

3 盎格鲁-撒克逊人(Anglo-Saxon)通常指在公元5世纪初至1066年诺曼征服之间,生活在大不列颠岛东部和南部的文化习俗相近的一些民族,(转下页)

16世纪黯然离场[1]。那些在宗教改革时期转而信奉新教的国家，恰恰是受罗马异教文化影响最小的国家，我认为这种现象必有深意。

我一想到古罗马人就会心生反感，这主要是因为我不喜欢他们的遗传特征和秉性气质。唯一真正让我喜欢的古典拉丁诗人是贺拉斯。我发现他们的建筑（即使以废墟的面貌呈现）就像今天的钢铁和玻璃建筑一样缺少人情味，让人觉得很压抑。我更喜欢"步履起伏的英国酒鬼"修建的"蜿蜒起伏的英国路"[2]，而不是罗马的条条大路或高速公路那样的蛮横无趣的直路。我如此喜欢意大利以及意大利人民的一个原因是，我无法想象还有哪一个民族会这么迥异于古罗马人，除了他们不幸沉迷于浮华辞藻之外。

我们翻看古典时代的地图册时会发现，罗马帝国从苏格兰边境一直延伸到幼发拉底河。我们在欧洲旅行，看到了高大的建筑物、引水渠、道路和防御工事的遗迹。我们也读了有关古罗马宴会的描述。基于这些事实，我们想当然地认为那个帝国与我们的社会别无二致：丰饶富庶、工业繁荣、商业发达。然而，这些都是虚假的画面。

按照现代标准，罗马帝国的人口委实少。在4世纪初，罗马本身的人口在五十万到七十五万之间，帝国第三大城市安提

（接上页）属于日耳曼人的一支。

1 公元3世纪，基督教传入罗马帝国时期的大不列颠岛，但到了16世纪宗教改革时期，英国的天主教会在国王亨利八世的带领下脱离了罗马教会。
2 奥登在此化用了英国作家切斯特顿的诗歌《蜿蜒起伏的英国路》("The Rolling English Road")中的开头两行——"早在罗马人来到莱伊或者在塞文河畔阔步之前，/步履起伏的英国酒鬼就将蜿蜒起伏的英国路修建。"

阿的人口约为二十万。虽然帝国拥有几个工业和贸易城市[1]，但其经济主要以农业为基础，并且农业技术相当原始。罗马人取得的唯一技术进步是在北非应用了旱作耕地法。他们没有能够翻耕重黏土的犁具，也没有手推车。他们尚未发现作物轮种法，田地不得不每隔一年休耕一次。他们似乎发明了某种收割机器，但几乎没有得到推行，常规的收割工具始终是镰刀。在奥古斯都[2]时代之前，他们已经发明了一种高效的水磨，但在地中海周边的大部分地区，供水既不充足也不稳定，这种设施自然无法得到合理使用。直到2世纪，罗马人都依然靠驴拉磨加工麦子，到了4世纪，这些驴磨才被由引水渠提供动力的水磨取代。然而，在广大的乡村地带，麦子一直靠手推石磨加工处理。制造技术同样原始，他们用纺纱杆和纺锤纺线，用手摇织布机织布，用转轮制作陶器，在铁砧上锻造金属器物。

罗马帝国拥有完善的道路系统，但由于尚未发明马轭，只能让牛车以每小时两英里的速度运输货物。诸如水果、蔬菜之类的易腐货物是压根儿无法运送的，肉类也不得不以腌制的形式运送，或者干脆运送活畜，运输成本不可谓不高，三百英里的路程可以让小麦的价格翻上一番。海运也不容易。由于造船和航海技术落后，每年从11月中旬到3月中旬地中海航道处于

---

1 不少学者论及罗马帝国晚期的乡村化趋势。帝国后期一发而不可收拾的动荡、蛮族迁徙、赋税沉重、商道受阻、贸易萎缩、城市原有职能衰退等问题，导致了城市社会向乡村社会转化这一现象，而罗马乡村化塑造了中世纪的社会面貌。正因为如此，马克思和恩格斯曾指出，西方古代社会的起点是城市，而中世纪的起点是乡村。

2 即屋大维（Gaius Octavius，公元前63—公元14），罗马帝国的第一位元首，由元老院授予"奥古斯都"（意为"神圣的"）的称号。

封禁状态，一年中只有区区两个月的时间被认为是足够安全的。在这种情况下，只有国家才能承担长途运输必需品的费用，私人贸易要么关涉奢侈品，要么局限于本地市场。

在帝国统治之下，财富分配可能比共和国晚期更为均衡。根据吉本[1]的描述，在共和国晚期，"只有两千公民拥有属于自己的独立财产"。到了帝国时期，必定出现了很多小地主，比如贺拉斯，他位于萨宾地区的小庄园由一个管事和八个奴隶打理，周边还有五个佃农租种的小农场。[2] 然而，不同阶级之间的贫富差距仍然很大。在4世纪，罗马拥有1800户私家住宅和4.5万栋多层住宅。[3] 有一小部分人极为富庶（他们中的大多数人是元老院成员[4]），与之相比，数量庞大的奴隶、农民和小佃农只能勉强维持生计。税收制度让小人物岌岌可危的生活处境进一步恶化。国家的财政需求主要通过按固定税率征收的土地税来满足。一个地产分散在帝国各地的大地主，可能因内乱危机或收成糟糕而蒙受损失，但仍然有能力交税并盈利。然而，一个只拥有一小块土地的佃农在遇到类似的不幸时，很可能会遭受灭顶之灾，甚至不得不出售地产。

---

1 奥登曾读过近代英国历史学家爱德华·吉本的《罗马帝国衰亡史》一书。
2 贺拉斯生活在罗马从共和转向帝制的时代，他后来因为诗才引起大诗人维吉尔的注意，并被举荐给奥古斯都的政治顾问梅塞纳斯，从而得到了萨宾地区的一个舒适的庄园。
3 罗马城的住宅包括皇帝宫殿、富人私宅和平民多层"公寓楼"，前两者占据了城市地势较高的区域，而平民阶级主要居住在地势低洼的区域。平民的"公寓楼"一般高六层，最下面一层是店铺，较为富裕的平民占据低楼层，越往上，居住条件越差。
4 古罗马的政权机关是元老院，其成员最早是由氏族的豪门贵族长老组成，后来随着罗马局势动荡而有所变化，但一直以来都是贵族统治的政治支柱。

所有这一切都意味着帝国在财政安全的狭窄边缘上运作。共和国时期的战争是无耻的侵略战争，正如吉本所说，"谨慎和勇气这两种政治美德，维系了对正义的长期践踏"，但他们得到了丰厚的酬劳，金钱、奴隶以及各种战利品源源不断地涌向了意大利。皇帝统治下的稳固边疆结束了这种危险的局面，罗马军队自此以防御为目的，但纵使防御战争比侵略战争更为人称道，却意味着巨大的经济损失。

只要边境之外的蛮族仍然太弱小或太怯懦而不敢发动攻击，只要没有野心勃勃的军队指挥官为了夺权而发动内战，只要没有遭遇像瘟疫那样的天灾，帝国就可以继续生存下去。任何持久的战争或滔天的灾祸，都会严重消耗帝国的资源，使其濒临崩溃。

政局的稳定性取决于皇帝是否同时得到了元老院和军队的支持。当然，只要军队对他忠诚，皇帝就可以无视元老院的意愿，或者迫使他们屈服，虽然有些皇帝确实这样做了，但总归是危如累卵。按照传统，皇家近卫军长官级别的元老院成员可以指挥所有军团（除了埃及军团），执政官级别的元老院成员可以被任命为重要行省的总督，这让他们拥有了兴风作浪的能力，一旦他们发现某个皇帝实在令人忍无可忍了，就可以发动军事哗变。即使失败了，元老院也完全能够凭借惊人的财富和影响力雇凶刺杀皇帝。

只要皇帝一以贯之地奉行赏赐的惯例，长治久安也是大有可能的。每逢新帝上台，他都需要赏赐军队中的每一位士兵一大笔现金，但由于帝位更迭频繁，国库日益空虚。

从各个方面而言，安敦尼王朝[1]实属幸运。元老院不拘泥于世袭制，军队倾向于效忠前任皇帝的合法继承人，两方势力之所以能够达成一致，是因为安敦尼王朝的皇帝都没有子嗣[2]。每一任皇帝都能够让元老院满意，因为他会从他们举荐的公认具有能力的元老院成员中挑选一位作为自己的继任者，并且会把这位继任者收为养子，以确保得到军队的支持。此外，安敦尼王朝的皇帝都活到了高龄。从韦斯巴芗即位到马可·奥勒留去世的121年里[3]，只经历了八任皇帝，每任皇帝的平均统治时间为15年，仅有一任皇帝（图密善[4]）死于暴力。

　　然而，即使在这段和平安宁的时期，也有种种迹象表明经济形势不容乐观。自奥古斯都统治以来，帝国为了减少行政开支，将地方政务交给了无偿服务的市议会。这项举措得以实施的前提条件是，每一座城市都有足够多的财力雄厚的人自愿承担该工作，而且他们具有公民自豪感和爱国心。诚然，自豪感和爱国心都有，但公民的财富却低于帝国和城市的预期。由于相互攀比和竞争，市议会在公共建筑、水利工程和免费公共娱乐设

1　安敦尼王朝（公元96—192年）共经历了六位皇帝的统治，之所以得此名，是因为罗马人认为安敦尼努斯（Antoninus Pius，138—161年在位）的统治时期是罗马帝国最发达和最繁荣的时代，并认为安敦尼努斯就是理想君主的典型。

2　这里有一个常识性错误，事实上，安敦尼王朝的马可·奥勒留（Marcus Aurelius，161—180年在位）将帝位传给了自己的儿子。

3　韦斯巴芗（Titus Vespasianus，69—79年在位）又译维斯帕西安，马可·奥勒留在公元180年去世，严格算来，从韦斯巴芗即位到马可·奥勒留去世大概有111年，而不是奥登所说的121年。

4　图密善（Domitian，81—96年在位）在一场阴谋中被刺杀，终年四十四岁。

施方面的开支大大超过了财政收入,到了图拉真[1]统治时期,帝国不得不在各地任命督察官来控制铺张浪费。图拉真为征服达契亚王国[2]发动了两次战争,尽管每次战争持续的时间不到一年,而且都是小规模的战事,但即便如此,他还是不得不采取让货币贬值[3]的方式来填补军费缺口。他的继任者们也采取了这种做法,这无异于饮鸩止渴,使危机进一步恶化。

文化方面也存在一些漏洞。奥古斯都时代的和平稳定结束了让人们难以忍受的无政府状态,至少在两百年内,使公民过上了一种希腊人所谓的"白痴"生活,也就是说,一种不必忧怀政治的私人生活,但这种安宁所要偿付的代价是智识上的好奇心和创造力的普遍下降。例如,在技术领域,拱门、拱顶和混凝土在建筑中的使用,抽水机和阿基米德螺旋泵在矿业排水中的应用,勘测和筑路的技术,军团的军事技术,组织大批训练有素的人员进行劳动或战争的管理技术,这些罗马人特有的贡献都出现于帝国时代之前。而在帝国统治的五百年里,我们知道的新发明仅仅是改良的攻城车和全副武装的骑兵队。一位不知名人士曾发明了可移动的浮桥和由牛驱动的明轮战舰,并在公元370年把自己的设计方案呈给了帝国,但显然遭到了冷遇。

艺术领域也谈不上任何进步,耀眼的"帝国之花"寥寥无几,只有偶尔开放的一些花朵,但总体上是一片艺术的荒漠。例如,

---

1 图拉真(Trajan,98—117年在位)是安敦尼王朝的第二任皇帝。
2 图拉真即位后恢复了共和国时期的侵略倾向,多瑙河下游的达契亚王国(Dacia,今罗马尼亚)是侵略掠夺的第一个目标。
3 图拉真将银币的含银量从奥古斯都时代的接近100%降到了85%,这相当于对整个帝国持有现金的人口征收了高额的隐性货币税。

卢克莱修、卡图卢斯、维吉尔、贺拉斯、普罗佩提乌斯和奥维德仍然为人称道，他们的诗作有广泛的拥趸。所有这些诗人都是在共和国时期成长的，而他们中最年轻的奥维德在公元17年去世。他们之后有谁呢？塞涅卡（卒于公元65年）、马提雅尔（约卒于公元104年）、尤维纳利斯（约卒于公元140年），他们的作品值得阅读，但行文繁复做作，基本上很难让人乐在其中。接下来的两百年乏善可陈。到了4世纪和5世纪，出现了一首带有神秘色彩的小小杰作——《维纳斯节之夜》，还有一些写过几首佳作的诗人，有的是异教徒，有的是基督徒，如普鲁登修斯、奥索尼乌斯、诺拉的保利努斯、克劳狄安，但都不是响当当的大家。在西罗马帝国灭亡之后的6世纪，唯一值得铭记的诗人是马克西米安[1]。总之，这份名单并不长。

严峻的麻烦始于马可·奥勒留统治时期，多瑙河流域的长期作战和瘟疫的大流行都带来了挑战。在他去世之后，灾难接踵而至。法兰克人、哥特人和柏柏尔人相继入侵，高卢地区发生了农民起义，内战接连不断，局势混乱不堪，通货膨胀日益加剧。

圣西普里安[2]描绘的图景，也许没有太多夸张的成分：

> 今日世界的局面不言自明，处处是衰颓的景象，证明它正在走向崩溃。农民从农村消失，贸易从海上消失，士兵从军营消失。一切商业诚信，一切法律正义，一切友谊情意，一切艺术技巧，一切道德标准——正逐渐消失殆尽。

---

[1] 马克西米安（Maximian），6世纪上半叶的一位哀歌诗人。
[2] 圣西普里安（St Cyprian, 200—258），迦太基主教。

在接下来的一百年里，几乎没有出现称职的皇帝，也没有哪一任皇帝算得上仁君。从塞维鲁[1]去世到戴克里先[2]即位的短短七十三年时间里，竟出现了二十位合乎正统的皇帝，这还没算上那些名义上的联合执政者和不断冒出的僭位者。如此一来，每任皇帝的平均在位时间只有两年半左右。克劳狄乌斯[3]死于瘟疫，瓦莱里安[4]被波斯人俘虏，德西乌斯[5]在与哥特人的战争中阵亡，其他所有皇帝以及几乎每一位僭位者都或遭人暗杀，或被人以私刑处死，或在内乱中被杀害。赤地千里，也许是因为土地贫瘠，但后人发现它们适于耕种。第纳尔银币[6]已经跌到其在2世纪的价值的0.5%。

戴克里先、君士坦丁及其继任者们曾竭力遏制这种混乱无序的局面，却以整个社会的大规模严控和日趋僵化为代价，以至于任何个人自由都荡然无存了。高税率摧毁了个体的积极性和公民的责任心，农民们不但被强行征召入伍，还像牲畜一样被打上了烙印，逃跑变得几乎不可能。通货膨胀的主要受害者是收入来自长期抵押贷款和固定租金的市政府，以及受雇于政府的员工。戴克里先扩充了军队，但为了减少开支，便以实物

---

[1] 塞维鲁（Severus，193—211年在位），塞维鲁王朝的开创者。
[2] 戴克里先（Diocletian，284—305年在位）建立了四帝共治制，使其成为罗马帝国后期的主要政体。
[3] 克劳狄乌斯（Claudius，268—270年在位），曾得到"哥特征服者"的称号，后人常常称之为克劳狄乌斯二世。
[4] 瓦莱里安（Valerian，253—260年在位），又译瓦勒良。在他的统治时期，充满了军事或财政上的困难。他于260年被波斯武装力量击败，并在被俘虏期间死去。
[5] 德西乌斯（Decius，249—251年在位）是第一个被蛮族军队杀死的罗马皇帝。
[6] 第纳尔银币（denarius）是古罗马货币，它的本意即"钱"。

充当酬劳。在头两个世纪，军队会给士兵发放装备和口粮来冲抵军饷，而且他们仍有希望得到一半的军饷，城市被征用的粮食或物资也会有相应的补偿。到了戴克里先统治时期，在军队晋升得到的奖励不是增加军饷，而是增加口粮，各种征用也都变成了无偿。士兵和政府人员的境况大不如前，于是掠夺和侵占的诱惑相应地大大增加。

候选人热切地希望通过参选进入市政府的时代早已过去。现在，人们不得不依法履行义务，一项又一项法令以罚款和充公相威胁，迫使那些躲在乡下的官员回来继续履行他们的职责。这就是当时真真切切的现实。

到了公元 380 年，政府下令禁止建造新的城市建筑，除非旧建筑得到了妥善修复，而在公元 385 年，政府不得不承担三分之一的修缮费用。从以下法令中可以管窥一个生活在狄奥多西[1]统治时期的公民的处境：

> 凡窝藏离开法定住所者或逃避兵役者的地主，应被活活烧死。（公元 379 年）
>
> 凡砍伐葡萄树或限制果树产量而意图欺骗估税员的人，应被处以死刑，其财产充公。（公元 381 年）
>
> 凡从事他无权担任的职位的人，应被判处亵渎罪。（公元 384 年）

---

[1] 狄奥多西（Theodosius，379—395 年在位），最后一位统治统一的罗马帝国的皇帝。

到了公元 404 年，帝国甚至无力维持基本的律法和秩序，因为这一年颁布的一项法令，授权所有公民可以不受惩罚地公开报复共同敌人——"消灭罪犯、土匪和逃兵，无论他们在何地被发现"。

虽然直到公元 395 年狄奥多西去世后，帝国才正式分为东西两个部分，但从戴克里先执政时期开始，这两个部分就已经各行其是，而且从那时起，西罗马帝国的崩溃不过是时间问题。西罗马帝国比东罗马帝国穷苦得多，边境更长，防御也更难。它遭遇了一次又一次的入侵。公元 410 年，阿拉里克[1]带领哥特人攻陷了罗马。公元 476 年，一个同时拥有共和国缔造者和帝国缔造者的名字的年轻人——罗慕路斯·奥古斯都路斯皇帝[2]，被蛮族国王奥多亚克[3]废黜，退居拉韦纳[4]的一座别墅。图尔努斯终于大仇得报。[5]

造成罗马帝国衰亡的原因有很多，经济的弊端、出生率的下降、亚洲草原的干旱（导致蛮族迁徙）、基督教的传播，等等，所有这些方面都值得一提。然而，除此之外还有一个问题：从长远来看，帝国最初依据的基本原则是否存在一些根本缺陷，

---

[1] 阿拉里克（Alaric，395—410 年在位），西哥特国王，曾带兵洗劫了希腊的一些重要城市，后侵入意大利，攻陷了罗马并大举劫掠。

[2] 罗慕路斯·奥古斯都路斯（Romulus Augustulus，475—476 年在位），西罗马帝国的最后一位皇帝。

[3] 奥多亚克（Odoacer，476—493 年在位），意大利的第一位日耳曼蛮族国王。

[4] 拉韦纳（Ravenna），意大利北部城市。

[5] 这句话可能关涉一个历史事件：古罗马王政时代的第七任君主塔奎尼乌斯为了掌控拉丁同盟并铲除异己，设计陷害来自阿里西亚的贵族图尔努斯（Turnus）。图尔努斯死后，塔奎尼乌斯号召重新缔结拉丁同盟，并自荐成为拉丁同盟的最高领袖，自此罗马王成为整个意大利的领袖。

这些缺陷势必会给帝国带来灾难?

罗马帝国文明的思想观念以及有关自然、人类和社会的概念,均源自希腊唯心主义哲学。(卢克莱修式的伊壁鸠鲁唯物主义哲学早已消亡。)

古典唯心主义假设了两个永远共存的范畴——心灵(Mind)和原始的物质(Matter)。物质本身是一种无定型和无意义的不稳定存在,心灵强制赋予它某种形式或模型,除此之外,它什么都不是,或者说基本上不算任何东西。赋予物质实体性质的强制形式,在此过程中并没有失去其形式特征,而是保持亘古不变的特性。与此同时,运动中的物质会抵制各种强加过来的形式,因而永远都无法产生完美的模仿品。物质世界是一个永远未完成的世界,它始终不能充分地反映真正实在和可理解的世界。无论是柏拉图所说的"理念"(Ideas)还是亚里士多德所谓的"不动的推动者"(Unmoved Mover),这个神圣而实在的世界都是自给自足的,除了自身之外,不知道也不关心任何其他的东西。为了阐释宇宙中存在的形式和秩序,柏拉图主义假设了一个具有居间意义的造物主——世界灵魂(World Soul),它一方面向上趋向各种"原型",另一方面向下将"原型"强加于物质。亚里士多德主义则假设了物质对秩序的内在需求。虽然"上帝不需要朋友,实际上也不可能有朋友",但万事万物都沐浴在上帝之"爱"中,并尽可能地使运动中的事物都变得井然有序,像星星一样的无生命存在物会让自身的运动规律化,有生命的存在物则会遵循各自所属的物种或类型的法则而存活。只有人类可以凭借自身的理性让那个神圣的实在成为经验的对象,并通过这种经验成为自己命运的主人。然而,按照理性生活绝非易事，需要"超我"（super-ego）做出艰苦卓绝的努力。作为身体能量的"本我"（Id）是对抗性的，而且不能指望从神灵那里得到任何帮助。我们的感官无法感觉到有关真和善的知识，只能以我们对它的渴望为驱动力，而这种渴望只存在于少数人。柏拉图的"爱智者"（Philosopher）和亚里士多德的"大度之人"（Great-Souled-Man），实属社会生活中的奇人。

对古典唯心主义来说，运动、过程和变化本身都是不幸的状态，而完美意味着恒定。这种观点给科学、政治、艺术和历史带来了严重的影响，它容许数学和逻辑的探究、生物和社会类型的分类，却认为在自然界方面的实验研究是浪费时间之举，因为人类不可能在不完美的模仿品中找到真正的真理。古典唯心主义在其有关宇宙的学说中，呼应了"心灵—物质"这一成对出现的概念，将历史和政治视为"永恒的美德"与"多变的命运"之间的相互作用。把人类发现自身的历史环境称为命运，这意味着命运就像原始的物质一样，是难以理解的；于是，试图探究是什么导致它们成为现在的样子，或者预测它们可能会成为什么样子，必然是浪费时间之举。基于此，既然很少有人拥有美德，就必须说服大多数人过一种他们不理解也无法理解的生活，让他们习惯于律法，向他们阐述"高尚的谎言"。人类的和平与幸福取决于一小群精英人士。他们肩负着发现和维持国家的完美形态的重任，而这种形态只有一种，届时人们将过上与其自身种群适配的生活。对一个人而言，最为重要的是自己所属的"类型"，这个"类型"不会变化，只会自我复制。一个人可以从无知走向有知，但社群或社会发展的可能被排除了。

"创造性"政治的目标是征服命运，从而终结历史，这是一项无比艰巨的任务，只有"超人"能够实现它。

罗马皇帝试图成为这样的超人。西塞罗[1]以及其他人可能会就人人平等的"自然法"发表精彩绝伦的演说，但他们的说辞与罗马的现实关系不大。对律师而言，罗马的法律可能是一个有趣的研究课题。虽然我对律师行业一无所知，但我愿意相信，罗马人在民法的某些领域（如有关合同和遗嘱的法律条款）取得了巨大的进步。我确实知道的一点是，罗马人会把债务人当成罪犯对待。普通人最关心两个法律领域——刑事诉讼法和行政法，也就是涉及税收、兵役、言论自由和行动自由的权利与限制的法令，我从中看不出罗马的相关记载有什么过人之处。罗马的刑事诉讼程序残酷而低效，在很大程度上依靠告密者和酷刑，丝毫没有表现出对所有人一视同仁的迹象。如果说罗马帝国后期在法律上变得更加民主了，这也只是一种奴隶制的民主——鞭笞不再局限于下层阶级。

至于行政法律，公民对法令中的任何条款都没有发言权，也没有抗议权。由于皇帝既是国家的行政首脑又是立法首脑，从理论上而言，没有任何人可以阻止他任意颁布法令。"凡是君主喜欢的东西，"乌尔比安[2]说，"都具有法律的效力。"此外，由于皇帝被视为神圣的存在，任何违反其法令的行为都可能被解读为叛国或亵渎，犯这一罪行的人，哪怕是"上等人"（或曰上层阶级），也可能被施刑和处死。许多皇帝都充分利用了这一

---

1 西塞罗（Cicero，前106—前43），古罗马著名政治家、哲学家、演说家和法学家。
2 乌尔比安（Ulpian, ?—228），古罗马著名法学家。

法定权利。

古典唯心主义不能接受艺术成为毫无价值的活动，要么将其简化为具有某种道德或政治目的的教化工具，要么予以压制。柏拉图清晰地洞察到了这一点。亚里士多德的《诗学》却暴露出他彻底误解了自己的主题。

古罗马文学，无论诗歌还是散文，都是面向少数高水平受众的贵族艺术。这本身没有错。随着吟游诗人在大厅里为首领吟诵部落诗章的时代结束，而发明印刷术和普及识字的时代尚未到来，文学在此阶段就不可能以其他的形式存在。事实上，如果一种语言要实现全部的可能性，"宫廷"时期可能是必经的历程。在为一个苛刻的小圈子写作的过程中，古典拉丁语作家全方位地探索了拉丁语的可能性，这门语言拥有丰富的连接词和从属短语、灵活的时态和语序，这些都使它成为可以将事实组织成一个逻辑连贯的整体的绝佳工具。拉丁文学的缺陷并不在于它处理事实的方式，而在于它认为值得处理的事实太少。除了受过高等教育的人和拥有政治权势的人之外，它回避了所有其他的经验。中世纪文学面向的受众范围依然很小，但欣赏从普罗大众那里汲取创作素材的做法。《坎特伯雷故事集》[1]是为宫廷读者所写的，但故事中的角色既不是宫廷人物，也不是闹剧人物。正如 W. P. 克尔（W. P. Ker）的观察：

> 古典文学的消亡源自一些相互作用的小病小灾，但其

---

[1] 《坎特伯雷故事集》(*The Canterbury Tales*)，乔叟创作的短篇小说集。在这部作品里，一群来自社会各个阶级的朝圣者前往坎特伯雷朝圣，他们在往返途中讲故事，从而展现了广阔的社会画面。

最致命的病患在于罗马帝国，尤其是拉丁语，缺少浪漫的因素……就像约翰逊博士[1]所说的那样，"有关仙子的哥特式神话"与其说是意大利的产物，不如说是北国之境的产物。在任何一座山村里，诗人们都有可能找到那些讲故事者的高曾祖母，薄伽丘[2]在《诸神的谱系》中已经恭敬地称赞了她们。意大利的精灵和小仙子，被薄伽丘冠以"拉弥亚"（Lamiae）的统称，也许曾给诗人们带去了灵感。然而，老妇以及她们讲述的童话故事都没有引起人们的注意，除了阿普列尤斯[3]之外。

必须补充一句：阿普列尤斯只对这些故事中的惊骇或怪诞的元素感兴趣。

诗人的局限性对历史学家来说是致命的。这主要是因为罗马人并不把历史视为所有文学的摇篮，而是将其视为文学的奴仆。人们可能会钦佩罗马历史学家的文风，或者沉迷于他们记述的丑闻谣言，但并不指望从他们那里获得有关历史的认知。正如吉本所言："他们述说了应该省略的东西，但省略了应该述说的内容。"他们把人类个体想象成一个体现某种"类型"的样本，从赋予其历史存在的一切具体特征和关系网络中抽离了出

---

[1] 塞缪尔·约翰逊（Samuel Johnson，1709—1784），英国作家、文学批评家和诗人。

[2] 薄伽丘（Boccaccio，1313—1375），意大利文艺复兴时期的代表作家，其代表作是《十日谈》。他在《诸神的谱系》（*Genealogy of the Gods*）中，以丰富的史料叙述了基督教以外的神祇和英雄。

[3] 阿普列尤斯（Apuleius，约124—约170后），古罗马作家、哲学家，代表作《金驴记》影响深远。

来。他们认为人可以在专横的"罪恶"和抽象的"美德"之间进行自由选择，而且只要他们愿意，就没有任何力量可以阻止他们过上祖辈的生活。关于他们的历史方法，埃里克·奥尔巴赫这样写道：

> 它看不到各种影响力，它看到的是罪恶和美德、成功和错误。无论是在知识层面还是在素材层面，它对问题的表述都与历史发展无关，而是关乎伦理判断。它表明贵族们不愿意深入探究发展过程，因为这些过程让他们觉得既野蛮粗鄙又狂放不羁……古典时期的伦理甚至政治概念（贵族、民主，等等）都是固定的先验模式。

这种方法有一个症候，即古典历史学家对人们的现实话语缺乏兴趣，完全不在乎那些能够揭示说话者个性的句法和词汇特征。他们几乎不会书写面对面的交流，哪怕确实使用了"直接引语"，也不过是套用了历史学家本人的风格而写成的演说文字。

不管你是否认可基督教，你都无法否认，正是基督教和《圣经》使西方文学起死回生。这种信仰认为，上帝之子出生在马厩里，由此成为一个无足轻重的行省里的底层平民，最终像奴隶一样死去，但这一切是为了救赎所有人，无论是富人还是穷人，自由人还是奴隶，公民还是野蛮人，因而需要我们调用一种全新的方式看待人类——如果所有人都是上帝的孩子，都有同样的机缘得救，那么所有人都值得诗人、小说家和历史学家的认真对待，而无关其地位或才华、罪恶或美德。接受过古典修辞学传统训练的圣哲罗姆[1]，可能会觉得《圣经》有些"粗俗"，但在翻译《圣经》的过程中，他没有试图将之"古典化"（只有16世纪的人文主义者才会疯狂地想要做到这一点）。《旧约》里的一些故事，如亚伯拉罕和以撒，或大卫和押沙龙[2]，以及《新约》里的一些故事，如圣彼得的否认[3]，并不符合任何古典文风体裁，要翻译它们，必须使用不同的词汇，甚至是不同的句法。

公元3世纪和4世纪以降流传下来的大多数文献，都是有关论辩的神学报道，包括新柏拉图主义者与基督徒的论辩、基督徒之间有关某一信条的不同阐释。一开始，基督教只是一个不起眼的小教派，并不为民众所待见，也常常被视为不可理喻，甚至被怀疑成可怕的秘密仪式，受过教育的人压根儿不会对之有所关注。到了马可·奥勒留统治时期，基督教的信徒之多和影响之广，已经引起了统治阶级和知识阶层的重视。在此之前，迫害行为只是零零散散地偶然发生，但是在一些心思更为严谨的皇帝的授意之下，这种迫害逐渐演变为一项蓄意为之且深思熟虑的政策。像塞尔苏斯[4]和波菲利[5]这样的知识分子认为，基督教是一种需要加以抨击的文化威胁，而在基督徒这边，此刻

---

1 圣哲罗姆（St Jerome，约342—420），罗马帝国时期的基督教圣经学家和拉丁教父。中世纪以来，欧洲基督教一直视他为神学界的圣哲。
2 根据记载，以色列国王大卫宠爱第三子押沙龙，尽管他有叛乱之举，大卫仍然因为他的死而万分伤痛。
3 根据记载，圣彼得在耶稣被捕之后失去信心，三次否认自己是耶稣的门徒，而在耶稣复活之后重新坚定信心，后成为教会的领导人。
4 塞尔苏斯（Celsus），公元2世纪罗马帝国中攻击基督教的主要人士。
5 波菲利（Porphyry，约234—约305），腓尼基新柏拉图主义哲学家和数学家，也是驳斥基督教思想的重要人士。

已经有了诸如德尔图良[1]和奥利金[2]这样的皈依者，他们受过良好的教育，足以诠释和捍卫他们自己的信仰。如今阅读他们当初的论辩内容，更令人惊讶的是他们达成一致的观点，而不是他们之间的分歧。

> 加利利人[3]啊，你们还想带走一切吗？但这些东西你们
> 　无法带走，
> 月桂、棕榈和赞歌，以及隐匿于杂草丛生之地的仙女
> 　们的双乳：
> 那双乳比鸽子的胸脯更柔软，因每一次温柔的呼吸而
> 　颤抖；
> 也带不走爱的所有羽翼，以及死亡之前的所有欢愉。

这是斯温伯恩的手笔。他一方面描绘了快乐、漂亮、性感、外向的异教徒，另一方面展现了忧郁、憔悴、负罪和内向的基督徒，两相对比，这是一种完全没有历史依据的浪漫神话般的写法。基督徒和异教徒在此阶段的著述似乎都表明了一个现象，恰如约瑟夫·比德兹（Joseph Bidez）所言：

> 人们不再观察外部世界，不再试图去理解、利用或改

---

1 德尔图良（Tertullian，约160—约225），第一位创作大量拉丁基督教文学作品的作家，是早期的基督教护教家和反对异端的辩论家。
2 奥利金（Origen，约185—254），基督教学者和神学家，他的新柏拉图主义神学最终为教会的正统派所抛弃。
3 加利利人，狭义上就是耶稣基督的门徒，因为他们大多数是加利利人；广义上指住在加利利地区的人。

善它。人们开始受内在动力驱使。天堂和世界之美的观念已经不流行了，取而代之的是有关永恒的看法。

这种现象既不符合正统的柏拉图主义，也不符合正统的基督教思想。尽管具有潜在的二元论，但正统的柏拉图主义认为，物质宇宙在一定程度上是神圣的显化。柏拉图在《蒂迈欧篇》[1]中指出，宇宙"是一个可理解、可感知的神祇的形象，其宏大、卓越和完美，全都达到了极致"。对正统的基督徒而言，上帝创造了世界，并且"看着是好的"[2]，"诸天述说上帝的荣耀，穹苍传扬他的手段"[3]。然而，到了公元3世纪，激进的二元论开始在异教徒和一些自命为基督徒的人中间流行了起来。E. R. 多兹[4]写道："一些人认为宇宙是由一种邪恶或愚昧的力量创造的，或是由厌倦了凝视上帝而转向较低存在的无形灵力创造的；其他人则得出结论，说宇宙已经不知何故落入了星际恶魔的手里。"在很多人看来，人的灵魂囿于肉身之中是一种诅咒，被当成早先在天堂所犯罪愆的惩罚，或者灵魂本身做出错误选择的后果。长此以往，越来越多的人对身体感到厌恶和憎恨。一些基督徒产生了一种异端倾向，在他们眼里，欲望代替骄傲成了原罪，肉体的苦修不再是一种训练，而是通往救赎的唯一道路。人们普遍沉迷于神秘学、占星术、唯灵论和魔法。异教徒和基督徒

---

1 《蒂迈欧篇》(*Timaeus*)是柏拉图的晚期作品，讨论了自然哲学问题。
2 该引文出自《旧约·创世记》"上帝的创造"部分，其中多次出现上帝面对自己的造物"看着是好的"的描述。
3 该引文出自《旧约·诗篇》第19篇。
4 E. R. 多兹（E. R. Dodds, 1893—1979）被认为是现代古典学界最具想象力、最不寻常的学者之一，与奥登私交甚笃。

都认真地对待神谕和"腹语者"。读到公元3世纪的基督教论战，人们会有这样的印象：教会正处于几近崩溃的严重危险之中。只有一位名叫伊里奈乌[1]的人，其作品可谓"正统"，具备了在接下来两个世纪被定义为"正统"的那些特性。不过，尼西亚会议和迦克墩会议[2]能够就信经达成共识这一事实表明，那些最慷慨激昂、最能言善辩的基督徒，已经与活跃于公元3世纪的教友完全不同了。并非所有人（甚至并非大多数人）都是视基督的身体为视觉幻象的诺斯替派，也并非所有人都是像德尔图良那样的隐唯物主义者，或者克雷芒[3]那样的隐唯心主义者，或者孟他努那样的沉迷方言者[4]，或者奥利金那样的极端禁欲者，或者像马西昂[5]那样行事——为避免使用造物主的创造物"水"，他总是用自己的唾液洗脸。

尤利安[6]大力扶持太阳神崇拜却以惨败告终，他的继任者们轻而易举地打压了异教崇拜（异教殉道者鲜有出现），这些事实表明，基督教作为一种信仰，到了君士坦丁王朝所谓的皈依时代，

---

1 伊里奈乌（Irenaeus，约130—约202），古代基督教神学家。
2 尼西亚会议和迦克墩会议分别发生在公元325年和451年，由此诞生了尼西亚信经和迦克墩信经，即基督教信仰中最基本的信条。
3 指亚历山大的克雷芒（Clement of Alexandria，约150—约215），基督教希腊教父，试图协调基督教信仰和希腊哲学。
4 孟他努（Montanus），公元2世纪的基督徒，早期基督教孟他努派的创始人。他自认是上帝最伟大的代言人，把自己称为"圣灵的喉舌"，强调圣灵附体后的超自然话语，例如"说方言"和"发预言"，其中"说方言"特指因圣恩而进入忘我之境，发出呢呢喃喃之声。
5 马西昂（Marcionite，约85—约160），古罗马基督教神学家，早期基督教异端教派马西昂派的创立者，主张二元论。
6 尤利安（Julian，361—363年在位），罗马帝国君士坦丁王朝最后一位皇帝，也是罗马帝国最后一位持多神信仰的皇帝。

已经战胜了它的竞争对手,包括新柏拉图主义、摩尼教和密特拉教[1]。对于这一胜利,我们可以给出许多解释:基督教殉道者的勇气给人们留下了深刻的印象;教会拒绝将其成员限定在精神或知识精英圈层,否认神秘体验是救赎的必要条件;给任何有才能或有品德的人提供机会,让他们凭实力在教会体系里担任要职;给了皈依者被社群需要的归属感;在哲学上具备优势。"我信故而我知"[2]是一条适用于除身体疼痛以外的所有体验的格言,而且基督教教义相对其他宗教来说,对人类经验做出了更为明晰的解读。君士坦丁和他的继任者们非但没有为这场胜利做出贡献,反而几乎毁了它。教会面临的最大灾难,正是我们至今仍然为此付出代价的灾难——狄奥多西通过帝国武装力量将基督教推举为官方国教,在随后的几个世纪里,蛮族纷纷皈依(通常是被强制的)。

君士坦丁和狄奥多西纯粹基于异教徒的理由接纳基督教,他们希望"基督教"的上帝能够确保他们在政治和军事上取得成功。布莱克在桑顿博士翻译的主祷文基础上进行了"改写",很好地彰显了这一点:

> 我们的父,奥古斯都·恺撒,您来自遥远宏大的天国,
> 愿人都敬您的名字或头衔为圣,愿人都敬您的人间王国为

---

1 密特拉教(Mithraism)主要崇拜密特拉神(象征太阳,又被称为太阳神),自公元前1世纪起在罗马帝国传播。

2 奥登引用的是基督教神学家圣安瑟伦的话,原文"credo ut intelligam"是对圣奥古斯丁的名言"crede ut intelligas"(你信故而你知)的改写。两句话的主语发生了变化。

尊。愿您的王权先降临于地，继而上升于天。我们日用的饮食，愿您赐给我们税款；凡不能纳税的，愿您给予宽恕；一切都是恺撒和我们之间以及彼此之间的债务与税款；愿您引导我们远离《圣经》，让维吉尔和莎士比亚的作品成为我们的《圣经》；愿您带领我们走出那耶稣时代的贫穷和罪恶。因为您的王权是神权的化身，权力、战争、荣耀和律法，全都属于您的子孙；因为上帝只是所有君主的化身，别无其他。阿门。[1]

正如查尔斯·科克伦所写：

> 把信仰视为一项政治法则，与其说是将文明基督教化，不如说是将基督教"文明化"。这不是为了让人类的机构服务于上帝，而是为了将上帝与维护人类的机构等同起来，在这种情况下，一个世俗且浮华的帝国成了代表。这个起源于求索人类和尘世目标的系统，业已衰退到公开否认其诞生之初的价值观，现在仅仅通过彻头彻尾的武力来维系。迄今为止，以宗教代替文化提升凝聚力的尝试，不仅没有让罗马精神复兴，反而为导致罗马帝国秩序瓦解的力量增加了一个最后的决定性因素。

隐修士运动，以及后来的修道院运动，本质上都不是反对

---

[1] 主祷文是耶稣传给门徒的祷辞，见《新约·马太福音》第6章第9—13节和《新约·路加福音》第11章第2—4节。请注意这是布莱克改写的主祷文，与原文主旨截然不同。

异教信仰的运动，而是反对基督教世俗化的运动。在我们像18世纪和19世纪的人道主义者那样，谴责沙漠隐修士拒绝承担公民责任之前，我们必须清楚一点，那些隐修士（尤其是受过更优良的教育，过着更富足的生活的人）可能会成为地方法官或公务人员，但担任这些职位会让他们陷入困境。地方法官不得不对犯罪者严刑逼供，官僚的生活里不可能没有受贿。如果我们更多地了解到饮食男女在城市公共浴场的所作所为的话，那么隐修士看似最匪夷所思、最让人厌恶的怪癖——他们对沐浴的恐惧，也可能变得更容易理解了。对任何一个认真对待自己的信仰的人来说，"基督教"罗马帝国的城市生活必定是一个骇人听闻的奇观。那时，贴上"基督徒"的标签可以获得一种世俗化的好处，而且肯定有很多人不过是指望在临终前忏悔以消除他们的罪愆，在活着的时候肆无忌惮地欣赏角斗士的表演、野兽的搏斗、淫秽的哑剧，等等。卡瓦菲斯[1]所描绘的安提阿公民对罗马皇帝尤利安来访的反应，可能与实际情况相去不远：

> 这可信吗？他们竟然会放弃
> 他们美好的生活方式，他们
> 丰富多彩的娱乐活动，他们
> 那个将艺术与肉体的欲望癖好
> 完美结合起来的辉煌剧场！

---

[1] C. P. 卡瓦菲斯（C. P. Cavafy，1863—1933），希腊最重要的现代诗人，也是20世纪最伟大的诗人之一，他写了多首有关罗马皇帝尤利安的诗歌。

在某种程度上，很可能在相当程度上
他们是不道德的。但他们心满意足
他们的生活是交口称赞的安提阿的生活，
是愉快的生活，拥有绝佳的品味。

他们要放弃这一切，究竟要去信奉什么？

他滔滔不绝地谈论伪神，
他喋喋不休地夸耀自己；
他对戏剧怀有幼稚的恐惧；
他笨拙的拘谨；他可笑的胡须。

他们当然更喜欢字母"CHI"，
他们当然更喜欢"KAPPA"——百倍地。[1]

（约翰·马弗罗戈达托译）

大多数人对沙漠教父[2]的印象，源于他们听说的西蒙·斯提

---

1 "CHI"是希腊字母表的第二十二个字母，"KAPPA"是希腊字母表的第十个字母。该诗标题《尤利安和安提阿人》本有一段题引，可以解释上述两个希腊字母在诗里的含义："他们说，字母 CHI 或字母 KAPPA 都未曾损害过 / 这座城市……我们找来解释者…… / 了解到它们是姓名的第一个字母，第一个 / 指基督，第二个指君士坦丁。/ ——尤利安《胡须憎恶者》"。另外，诗中所说尤利安对戏剧的"恐惧"，指尤利安自称胡须多过头发时才首次进入剧院，而他"可笑的胡须"，指自认貌丑，所以有意蓄须遮掩。

2 早期教会有一批信徒离开"异教世界的城市"，隐居在埃及沙漠，过着极度克己的苦修生活。

莱特[1]的苦修方式，这完全是以偏概全了。首先，隐修士里鲜有行乞的，他们大多靠编织棕榈叶篮子和垫子来维持简单的生活。诚然，他们当中也有偏执狂和恃才傲物之人，但众多逸事表明，那些更理智、更谦逊的信徒们认识到了他们的真正面貌。在鼎盛时期，这场运动涌现了一些令人印象深刻的人物，他们为人正直，富有智慧，具有强大的洞察力，同时心存善念、秉性幽默。教会权力机构也从未鼓励过度禁欲。一项早期的教义曾谴责那些在禁食日里不食酒肉的人，因为这"严重亵渎了造物"。我们欠沙漠教父的公道，比我们想象的还要多。古典世界知晓各种人间乐事，但关于那种对我们而言意义重大的乐趣——独处的乐趣，却是直到隐修士出现了才为人所知。没有什么比奥古斯丁讲述的一桩轶事更能说明古典文明时期的公共特性了。根据奥古斯丁所述，他曾见到一位隐修士不出声地朗读，这令他倍感惊讶，觉得这是一个全新的世界。此外，隐修士似乎是有史以来最早欣赏大自然之美的人，也是最早与野生动物做朋友而不是捕猎它们的人。

虽然修道院运动在西罗马帝国崩溃之后才得到了充分发展，但毕竟开始于西罗马帝国统治时期。人们开始意识到，对某些卓尔不群之人来说，在生命中的特定时期独自隐修是有价值的，但人终归是一种社会性动物，通常需要与他人生活在一起。问题在于构设一种社会组织，既不是基于集体利己主义的极权性组织，也不是基于利己主义和个人野心的竞争性组织。在修

---

[1] 西蒙·斯提莱特（Simeon Stylites，约390—459），古罗马帝国时期的基督教隐修士。他自创了一种奇特的苦修方式（筑一高柱，居其顶思考上帝），被称为"柱头修士"。

道院运动的鼎盛时期，它比所有社会形式（无论是在此之前还是之后）都更好地解决了这个问题。当然，它的缺陷一直在于参与者只能是独身者。也许，这是一种必然，家庭生活和公共生活也许无法兼容，除非是在灾难处境之下。不过，这件事本身值得我们给予更多的关注。

约翰逊博士说："王国灭亡的历史和帝国大变革的历史，人们现在都可以平静地阅读。"我不确定，如果说今天人们阅读这些历史时"带着激动的心情"是否更合适一些。根据当代历史小说（与罗马帝国衰亡有关的小说数量惊人）和科幻小说提供的证据，似乎真正吸引我们阅读的是一个灾难后的社会与景观——恢宏的城市变成了废墟，大地苍凉荒芜，道路杂草丛生，那些在文明社会中长大的个人以及小族群，不得不学习如何应对野蛮条件下的生活。同样值得注意的是，公众对新石器时代和青铜器时代考古学的兴趣，远远大于对古希腊罗马考古学的兴趣。

我可以推测出这种品味变化的诸多原因，有些方面是积极的，有些方面却令人忧心。与我们的先辈相比，我们更怀疑世俗的成功，更不愿意相信经济、社会和种族的不平等是符合自然或上帝之法则的现象。当我们阅读《埃涅阿斯纪》的时候，我们同样可以辨识出这部史诗的壮阔雄浑，却显然不会像先辈那样认同维吉尔对权利和力量的高歌。我们会同意布克哈特（Burckhardt）的如下观点：

> "这条或那条走廊必须是最华丽的，哪怕仅仅因为它通向我们自己的寓所。"这种态度何其冷漠和无情，完全忽

视了被征服者无声的呻吟。那些被征服者通常只能被动地接受现实，不再期待任何东西。伴随新事物的诞生，多少东西必然消亡！

相较于维吉尔对埃涅阿斯之盾上的军事胜利的描绘，马克西米安有一首哀歌描述的事件更令我们动容。他曾作为西奥多里克[1]的特使出访君士坦丁堡，在那里看上了一位姑娘。他年事已高，在男女之事上无能为力。姑娘啜泣不止。他好言相劝，认为她可以轻松地找到一个更合适的爱人。她却说："不是因为那个，而是我们的世界混乱不堪。"

我想，我们中的很多人都被这样一种感觉所困扰，我们的社会——我所说的"我们的社会"不仅仅是美国或欧洲，而是我们整个世界范围内的技术文明——无论是被公开贴上资本主义、社会主义还是共产主义的标签，都在走向崩溃，而且这很有可能是咎由自取。

与公元 3 世纪一样，20 世纪也是一个压力和焦虑并存的时代。就我们而言，这并不是因为我们的技术太过原始以至于无法应对新问题，而是因为我们的技术取得了巨大的成功，却正在创造出一个可怕、嘈杂、拥挤的世界，在这样的世界里过活变得日益艰难。我们对此的反应，与公元 3 世纪那时候有很多雷同之处。我们虽没有诺斯替派，却有存在主义者和相信"上帝死了"的神学家；我们虽没有新柏拉图主义者，却有禅宗信徒；

---

[1] 西奥多里克（Theodoric，493—526 年在位），东哥特王国国王，在位期间，他保留罗马旧制，保护文化艺术，实行宗教宽容政策。

我们虽没有沙漠隐修士，却有海洛因成瘾者和垮掉派[1]（巧的是，他们也不喜欢洗澡）；我们虽没有奉行肉身的苦修，却出现了"施虐受虐狂"的色情作品。至于我们的公共娱乐，与古罗马圆形竞技场相比，电视提供的消遣虽然没有那么残忍和粗鄙，但也只是程度上的差别，而且这种差别未必会持续太长时间。

我不知道在我长眠之前世界会变成什么模样，我只知道自己肯定不会喜欢它。大约十多年前，我曾在短诗《罗马的衰亡》[2]中表达了这种预感：

> 浊浪拍击码头；一处
> 荒地里，雨水抽打着
> 一辆废弃的辎车[3]；
> 山洞里挤满了亡命徒[4]。

---

1 "垮掉派"是第二次世界大战后出现于美国的一群松散结合在一起的年轻诗人和作家。他们往往粗犷豪放、落拓不羁，拒绝承担任何社会义务，向体面的传统价值标准挑战。
2 这首诗创作于1947年，诗题有译为《罗马的秋天》，杨周翰先生译为《罗马的倾覆》，从诗歌内文主旨来看，显然后一种译法比较妥当。
3 此处的原文"train"不应该是现当代意义上的"列车"，而是古早时期的军事用语——"The men and vehicles following an army, which carry artillery and other equipment for battle or siege"（跟随军队的人和车辆，携带大炮和其他用于战斗或围攻的装备），类似于行军作战时的辎重，奥登将之用作可数名词，故译为"辎车"。
4 这里的"亡命徒"隐射了早期基督徒在古罗马帝国受迫害的历史，有学者指出，可能与早期基督教历史上的一个灵异山洞传说有关：相传在公元250年，古罗马帝国残酷迫害基督徒，有七位拒绝放弃信仰的少年将财产全部捐给穷人后，到皮昂山一处洞穴里祷告，结果被当时的罗马皇帝下令密封在洞内；公元450年，人们打开山洞后发现，七人仍在安睡，被唤醒后，七人以为自己只睡了一天。

晚礼服变得怪诞可笑；
国库官员们追捕着
潜逃途中的欠税者，
经由行省城镇的下水道。

那些秘密的巫术仪式
令神庙妓女昏昏入睡；
而所有的文人，都会
保留一个假想的知己。

性情孤僻的加图们[1]或会
赞颂古代的纪律规范，
可肌肉发达的水兵们哗变
只是为了食物和薪水。

恺撒的双人床如此温暖
此时一个无足轻重的书记官
在粉色的官方表格上面
写下"我对工作兴趣寡淡"。

没有被赐予财富或怜悯

---

[1] 复数形态的"Catos"，应该是指罗马共和国时期的政治家"大加图"及其曾孙"小加图"，当然也包括这个家族的其他成员，他们试图恢复罗马人的淳朴生活。

红腿的小鸟¹守护着布满
斑点的鸟蛋，定睛俯瞰
每一座流感侵袭的城市。

远方某处，大群的驯鹿
正在穿越金色的苔藓地，
它们急行一里又一里，
安静又极其迅速。²

---

1 "红腿的小鸟"这个意象来自于刘易斯·卡罗尔的小说《西尔维和布鲁诺续集》中的谣曲，奥登曾将之收入《牛津轻体诗选》。
2 结尾处出现的驯鹿极富象征意味。奥登曾对朋友说，驯鹿迁移是因为"北方部族的迁移模式"。至此我们可以联想到诗文背后的隐喻：由于北方民族（尤指日耳曼民族）的入侵或各地此起彼伏的叛乱，罗马（亦指广义的西方文明）已岌岌可危。

获奖演说[1]

一切文学奖项的获得都有运气的成分。如果我说我不配得到你们今天给予我的崇高荣耀，那将是虚伪的谦虚；然而，我知道还有其他几位作家，他们也完全配得上此等殊荣。这意味着，在感谢你们的厚爱时，我应该尽量避免从我自己的角度发表演说，而要以我所有的文学界同人的名义发言。神圣的文坛不分国界，这里没有军事装备，我们所有从业者在任何时代都负有的唯一政治责任就是，热爱语言，抵御语言的敌人。

"真言"（True Word）的主要敌人有两类：空言（Idle

---

[1] 这是奥登获得1967年度美国国家文学勋章（National Medal for Literature）的获奖演说。管理该奖项的美国国家图书委员会在1967年5月1日宣布奥登为奖项得主，他的获奖演说被广泛转载，全文以"Poet Warns Against Menace of Black Magician"为题刊于《温尼伯自由报》（*Winnipeg Free Press*, 1967年12月2日），以"The True Word Twisted by Misuse and Magic"为题刊于《华盛顿邮报》（*Washington Post*, 1967年12月3日），以"The Idle Word, the Black Word"为题刊于《美国图书馆协会公报》（*ALA Bulletin*, 1968年4月），等等。另有各种形式的节选版本，被冠以形形色色的标题，例如"The Real World""To Keep the Human Spirit Breathing""The Value of Art: A Poet's View"等。（转下页）

Word）和黑魔法师。

蓄意撒谎的人清楚自己的所作所为。撒谎可能会腐蚀他的心灵，但不会腐蚀他的智力，也不会伤及他使用的语言。可是，当我们使用词语而无关是非判断时，我们会腐蚀自己的心灵、智力和语言。例如，我们说话，不是因为我们有任何自以为重要的话要说，而纯粹是因为害怕沉默或被人忽略；我们可以听别人说话，或读别人的文字，不是为了求知，而是用以打发百无聊赖的时间。鸡尾酒会上的闲言碎语和负面意义上的新闻报道是同一病态的两种表现形式，《圣经》称之为"空言"，上帝必会在末日审判之时追究我们的责任。既然闲聊者没有真正想要诉说的内容，记者也没有真正想要书写的话题，那么他们实际使用的词语也就无关紧要了。于是，没过多久，他们就会忘记词语的确切含义和微妙的语法关系，他们说的是胡话、写的

（接上页）演说中的主体内容来自《第二世界》（*Secondary Worlds*）中的"词与道"（"Words and the Word"）。在奥登看来，语言是诗歌的"母亲"，但并非诗人的私有财产。他欣然赞同卡尔·克劳斯的观点——"我的语言是人尽可夫的妓女，而我必须将它改造成处女。"奥登认为，以语言为媒介的艺术家与公众有一种奇特的联系：一方面，因为他们的媒介不同于画家的颜料或者音乐家的音符，不是仅为他们自己所使用，而是他们隶属的语言群体的公共财产，所以他们的创作活动依赖于语言环境的纯正性；另一方面，他们使用的媒介乃是公共财产，因而他们的作品不可能完全属于私人，于是可以免于受到极端主观主义的侵扰，具有了交流与沟通的前提基础。

后期奥登越来越重视语言的败坏问题。他就像漫游诗海的奥德修斯，试图"以个人之力来抵抗"语言的败坏，承担起"捍卫语言的神圣性"的诗人职责（奥登在1972年8月接受采访时表达了这一观点）。他对语言的热爱与捍卫，不仅留在了读者心中，也留在了《牛津英语词典》的相关引文里。在他去世后，汉娜·阿伦特深情地回顾了他的诗歌生涯，感谢他对英语语言做出的贡献："我们每一位观众，奥登的读者和听众，在任何情况下，都会毫不犹豫地感谢他为发扬英语语言的无限荣光做出的不懈努力。"

是乱语,对此却毫不自知。

大众教育和大众传媒极大地助长了这种语言的败坏。直至不久前,大多数人因袭了所属社会阶级的语言。他们的词汇量可能十分有限,但他们从父母和邻人那里直接习得了这些词汇,知晓它们的正确含义,并且不会尝试使用其他阶级的词汇。而今,我觉得十有八九的人对他们使用的百分之三十的词汇一知半解。于是,一个人感觉身体不舒服,却可能说出"我觉得令人恶心"(I am nauseous)这样的话来;一位评论者可能用"令人萎靡不振"(enervating)来形容一部间谍惊悚小说[1];一个电视明星可能会把一家赞助了他节目的投资机构描述为"他们诚信至上"(They are integrity-ridden)。

文雅的谈吐对文明社会而言至关重要,如果在我们的时代"空洞的言谈"已经泛滥成灾,那么原因之一就是文雅的谈吐不再被视为一门必须修习的艺术。当我们还是孩子的时候,我们认知范围里的社会,仅仅是一个由密友、父母、兄弟姐妹、叔伯姑姨等人组成的社会。年齿渐长之后,我们才会遇到其他陌生人,一些人将来可能会成为我们的密友,一些人可能会成为泛泛之交,还有一些人可能只是再也不会遇见的过客。我们需要认识到,我们不能以对待密友的方式与陌生人侃侃而谈,也不能如此跟公众说话。当今社会最糟糕的特征之一就是幼稚的轻率,完全忽略了上述差异。无论是在谈话中还是在书本中,今天的人们都迫不及待地在完全陌生的人面前袒露心声。

---

[1] 奥登在不同场合举过这个例子,指出这位评论者真正想表达的意思很有可能是该小说"让人感到紧张刺激"(caused a nervous thrill)。

现在，一件莫大的幸事是人们不再需要变得富裕才能欣赏往昔的杰作，几乎所有人都可以通过平装本、一流的彩色复制品和立体留声机唱片便利地接触杰作，尽管这对穷人来说依然遥不可及。然而，这种便利性如果被滥用——我们确实滥用了——可能会成为一个诅咒。

我们所有人都渴望读更多的书、看更多的画、听更多的音乐，却只能囫囵吞枣。这贪心造成了一种后果，我们的头脑非但没有获得滋养，反而成了消耗性的容器——无论阅读什么、观看什么、欣赏什么，都很快抛之脑后，残存的零星记忆并不比看昨天的报纸多。

比"空言"更致命的是以黑魔法的方式运用语言。就像诗歌的白魔法一样，黑魔法也与施魅有关。在白魔法中，诗人痴迷于他书写的主题，想要通过写作来分享自己的感受，但黑魔法师是完全冷静的。他没有可以分享的魅物，而是以施魅的方式来确保自己对他人的控制，并迫使他们遵从他的意愿。他并不期待他们对自己的咒语做出自由的回应——他只需要一个同义反复的回声。

古往今来，黑魔法师的技艺大体相同。在他的咒语中，词语被剥离了意义，变成了音节或语言噪音。这可以从字面上做到，就像魔法师在过去倒背主祷文，或者声嘶力竭地一遍遍重复一个单词，直到它仅仅成为一种声音。对千千万万的现代人而言，共产主义、资本主义、帝国主义、和平、自由、民主等词语，已经不再是可以探究和讨论其含义的词语，而是变成了对与错的喧哗，人们随之而来的反应仿若膝跳反射一般不由自主。魔法的运用，可能仅仅是为了夸耀魔法师本人，或者，在更为常见的情形下,他宣称这是服务于某种美好的事业,这两者其实没有本质差别。事实上,他宣称为之服务的事业越美好,他犯下的错事就会越多。大多数商业广告,尽管俗不可耐,相较而言却几乎没有伤害性。如果广告诱使我购买某一品牌的香皂,只要法律禁止销售毒害肌肤或致使肌肤更为肮脏的东西,那么我就不会受到伤害,因为选用何种品牌不会影响到我的身体或灵魂。政治和宗教宣传是另一回事,因为政治和宗教是个人选择起决定作用的领域。

作为一名艺术从业者,由于世俗的原因,我希望诗歌更加受人欢迎。然而,我同时感到高兴和自豪的是,事实并非如此。黑魔法师无法在诗歌领域施展魔力:如果一个人对诗歌有反应,那么这种反应是在意识层面的自愿行为。诗歌似乎不能被简化为一个空洞的词语。小说,即使是最优秀的小说,也可以纯粹用来打发时间;音乐,即使是最伟大的音乐,也可以用作背景音;但没有人能够消费诗歌,要么根本读不懂,要么必须按照作者的意图去聆听诗歌的声音。

严格说来,语言在任何时代都是人人关心的问题,但以语言为媒介的艺术家,也就是说,诗人和小说家,摆在他们面前的问题各有不同,而且会随着时代和地点的变化而发生改变。在文化领域(例如多神教社会),在特定历史时期(例如浪漫主义时期),文学艺术家被赋予了公共地位,这促使他们对自己的评价要高于应有的水平。如今,文学艺术家陷入了一场全新的危机——他们并没有认真地对待自己的艺术。面对日渐下降的地位,他们可能有以下两种反应。

他们或许会徒劳地试图恢复其社会重要性,成为某种美好事业的宣传者,就像现在的行话所说的那样,去"介入"(engagé)。我们周围的世界一如既往地充满了触目惊心的罪恶和骇人听闻的痛苦,但如果认为我们可以通过创造艺术作品而有所作为,借此达到消除某种罪恶或减轻某种痛苦的目的,那绝对是一种致命的错觉,也完全高估了艺术家在世界中的重要性。即使但丁、莎士比亚、歌德、提香、莫扎特、贝多芬等人从没有来到过这个世界,欧洲的政治和社会历史也依然会是这个样子。就社会罪恶而言,行之有效的武器只有两种——政治行动和直接报道事实(即正面意义上的新闻报道)。艺术是无能为力的。正如约翰逊博士所说,一位艺术家对他同时代的读者所能做到的最大贡献就是,帮助他们更好地享受生活,或更好地忍受生活。此外,我们需要铭记,尽管过去的伟大艺术家无法改变历史的进程,但只有通过他们的作品,我们才能够与死者分食面包,而如果离开了与死者的交流,就不会有完整的人类生活。

还有一种截然不同的反应。他们认为,既然艺术不能像严肃的行动那样富有成效(我确实也这么认为),那么就让它成为无用的行动:与其发表政治演讲,不如进行即兴艺术表演。然而,波普艺术家[1],就像他们的近亲——"介入"艺术家,忘记了艺术家不是实干家,而应该是制作者,是物的制造者。相信艺术的价值,就是相信有可能制造一个"物",无论是史诗还是双行警句,都将永远留存于世。成功的概率虽然渺茫,艺术家却丝

---

[1] 波普艺术(Pop art)是一种与流行文化有关的当代艺术。一般认为,波普艺术于20世纪50年代初期萌发于英国,后传入美国,在60年代中期成为美国主流的前卫艺术。

毫不能掉以轻心。直至不久前，这似乎是不言自明的，因为所有的制造都以同样的方式进行。房屋、家具、工具、织物、餐具、婚服，等等，都是经久不衰、代代相传的。现在的情况已经完全不同：人们在设计这些东西之初就没有长久使用的意图，往往过了几年就要更新换代。无论这种现象多么令人喟叹，工艺制品在某种程度上还是必不可少的——人需要住所、桌椅等，所以艺术在这里仍有生存空间。相较而言，所谓的"纯"艺术完全不是必需品，没有人必须阅读或书写诗歌、小说，要是沿着这条路径发展，注定是一条不归路。

为了勇往直前，让我们从往昔岁月的伟大作品中汲取一点力量，因为它们必定会告诉我们一件事：社会变迁和技术变革对真正的艺术品来说，并不像我们想象的那样致命。我们的世界与那些杰作被创造出来时的世界完全不同，但我们仍然可以理解和欣赏它们。

前路看起来似乎黯淡无光，但我们的思维方式发生了一个变化，而这在我看来是振奋人心的。从18世纪末到晚近时代，科学家们都一直坚信他们是正确的，也成功地说服了大多数人，仿佛科学可以对"物自体"[1]得出客观的认识。对于这一说法，艺术家们有两种反应：一些人竭力向科学家靠拢，团结在"自然主义"的口号下；另一些人则从作为撒旦居所的现象世界里移开了视线，转而试图从他们自身的主观感受中创造出纯粹的审美世界。

---

[1] "物自体"（things-in-themselves），康德哲学的一个重要概念，指不可确知的自在之物。

在我看来，如果今天还可以使用"真实"这个词，那么对我们来说唯一真实的世界，正是我们所有人，包括科学家，都在其中出生、工作、爱恨和死亡的世界，一个初级的现象世界（Primary phenomenal world）。这个世界本就存在，一直以来我们借助于感官了解它——太阳在天空中东升西落，星群高高地悬挂于天穹，人体是衡量的尺度，物体要么运动、要么静止。如果接受了这个观念，我相信艺术家也许会变得更加谦逊、更有信心。他们或许不再会写出那种要求读者穷其一生都在阅读的作品。自诩为天才的念头看起来会十分古怪，就像在中世纪那般不被人接受。人们甚至可能会回归一种信仰，将现象世界视为神圣类比的领域。

然而，这只是猜测。无论前路如何，我们都应该努力按照 E. M. 福斯特先生建议的那样生活：

> 我尊敬的那些人，他们必须表现得仿佛得到了永生，他们的生活也似乎是不朽的。这两种假设绝非真实。但如果我们要继续劳作、吃饭和恋爱，并且为人类精神敞开一些呼吸的通道，那就必须认为上述两种假设可以是真实的。

翻译 [1]

> 翻译就是为两位大师服务,这是任何人都难以达成的。因此,正如所有理论上没有人能够做到的事情一样,这在实践中变成了每个人的差事。每个人都必须翻译,每个人都在翻译。
>
> ——弗朗茨·罗森茨威格

我记得我曾对阿纳托尔·法郎士说过,翻译是一项不

---

[1] 这篇文章的原标题是"Translation",是奥登为詹姆斯·米勒(James E. Miller)、罗伯特·奥尼尔(Robert O'Neal)和海伦·麦克唐奈(Helen M. McDonnell)合编的《文学中的人:翻译中的比较世界研究》(*Man in Literature: Comparative World Studies in Translation*,1970)撰写的序言。一直以来,作为诗人、文章家、文学批评家的奥登已经为人熟知,作为译者的奥登却鲜少被提及。但事实上,翻译是奥登文学生涯的重要组成部分,涉及的语言包括德语、古挪威语、瑞典语、俄语和波兰语,涵盖了散文、戏剧和诗歌三大文类,尤以诗歌翻译历时最长也最能体现他的翻译理念。他认为人类的语言兼具了"交流符码"和"个人言说"的二元属性,而诗歌是最为纯粹的"个人言说",任何诗歌翻译都是译者与作者在"个人言说"层面的对话,是一定程度的"模仿"。奥登在各种散文、书评和译者序言中阐述了自己的翻译理念,此篇序言最为典型,直指翻译的核心问题。

可能完成的任务。他回答道:"没错,我的朋友,认识到这一事实是艺术成功的必要前提。"

——J. 刘易斯·梅

交流符码和个人言说

我们每个人都同时既是个体,也是人类和特定社会中的一员,更是一个独特的人。"个体"这个词可以是生物学上的描述——某个男人、女人、孩子,也可以是社会文化上的概念——某个美国人、英国人、律师、医生。作为个体,我们是自然选择、有性生殖和社会条件作用的结果。然而,我们所属的一个或多个社会,应该被称为"集体人"。另一方面,没有完全相同的两个人。我们每个人都是独一无二的,可以大声地说出"我",可以选择这样做而不是那样做,而且无论后果为何,都能够自行承担责任。作为独特的人,我们不是被任何生物过程所塑造的,而是经由其他人所形塑,包括我们的父母、兄弟姐妹、朋友、敌人,等等。

基于此,人类使用语言有两个目的,虽然两者经常重叠,却截然不同。作为个体,我们用语言来提出请求和提供信息,这对我们是否能够安身立命和正常活动来说至关重要。很多动物,也许是大多数动物,它们都有特定的符码——听觉、视觉或嗅觉方面的信号,从而交流有关食物、性、领地和敌人来犯的重要信息。我们使用语言作为符码的最佳例证是那些为外国旅客准备的常用语手册,里面一般会有与下列常用语相对应的外语表达方式:

火车站在哪里?

现在几点了?

我想要一间带浴室的双人房。

多少钱?

如果两个语言群体的生活方式和社会需求大抵相同,那么从一种语言到另一种语言的准确翻译是可能的。如果一种文化在技术上先进到足以拥有铁路,那么肯定会有一个表达"火车站"的词;如果一种文化拥有货币经济,那么翻译时很可能要涉及货币价值的转换。

然而,正如我们看到的,每个社会都是一个集体人,也就是说,每个社会都对人性、世界、善恶持有某些普遍的看法,身处其中的成员认为这些看法是理所当然的,但在一定程度上,这些看法可能与其他社会的看法不尽相同。翻译的问题就从这里出现。

在第二次世界大战期间,罗斯福和丘吉尔宣布了他们的和平目标,包括言论自由、免于恐惧的自由等在内的"四大自由"[1]。但是,除了英语以外,几乎没有其他语言可以准确地表达"免于"(freedom from)这个概念。任何母语为英语并开始学习另一种语言的人,很快就会发现这两种语言之间没有完全对等的单词,当我们试图翻译的时候,我们必须根据上下文使用其他英语单词来替代,或者只能十分无奈地插入外语词。例如,我们该如

---

[1] 罗斯福最先提出了"四大自由"(言论和表达自由、宗教信仰自由、免于匮乏的自由、免于恐惧的自由)。他和丘吉尔随后在"四大自由"的基础上阐释了《大西洋宪章》。到了1942年,"四大自由"被《联合国家共同宣言》正式采纳。

何翻译希腊词"polis"、法语词"esprit"、德语词"Schadenfreude"呢？

作为人，我们有能力进行个人言说，而其他动物并不具备此等能力。一个独特的人对另一个独特的人说话，这是可以选择的行为，因为他本可以保持沉默。我们以人的身份言说，是因为我们希望向对方展示自己、分享自己的经验，我们绝非必得如此，只是喜欢彼此交流。当我们真正开口说话的时候，语言不会自动表达我们的意愿；我们必须找到语词，直到表达出来之后才能确知自己要说的话。每一次述说，都是之前从未以完全相同的方式说过的新东西。

这意味着，即使说者和听者使用的是同一种语言，他们也必须进行翻译，因为没有两个人以完全相同的方式说他们的母语。例如，假设一个朋友告诉我他坠入了爱河，为了充分知晓他的言下之意，我需要弄清楚两个问题。首先是："我是否有过与他的描述类似的经历？"其次是："如果有的话，我会用'坠入了爱河'来表达这种经历吗？"此外，如果要深入理解他的经历或我自己的经历，我必须了解"坠入了爱河"这一概念在西方文化中的发展历程，并试着想象一下，在那些缺少这个表达方式的文化中，人们会如何看待我们的这种经历。

语言和时间

文学作品的作者下笔时，他内心的读者是那些不仅与他使用同一种语言而且也生活在同一时代的人。他的译者亦复如是，只不过所面向的读者属于其他的语言和时代。译者如何在自己的语言中找到能向同时代人精准地传达原文的意蕴和情感色彩的语词？任何答案都只是猜测。

例如，《圣经》中的两个词"ecclesia"和"presbuteros"，通常译为"教堂"（church）和"牧师"（priest）。在廷代尔[1]的译本中，这两个词成了"会众"（congregation）和"长老"（elder）。身处16世纪的廷代尔认为，这些术语的旧译法体现了罗马天主教徒的意思。作为一名新教徒，他确信罗马教会歪曲了真正的基督教信仰，他们的所作所为及其等级制度的演变，一定会让使徒们和早期的基督徒大为震惊。虽然廷代尔给出了新译法，但其他人（并非全都是天主教徒）更喜欢沿用旧译法。谁又能判定孰对孰错？

再则，我们可以看看维吉尔的这句话——"Rosea cervice refulsit"[2]，约翰·德莱顿的译文如下所示：

She turned and made appear
Her neck refulgent.

她转过身来
美颈光艳照人。

我猜人们肯定会说，德莱顿犯了一个错误。英语单词"refulgent"从词源上而言确实来自拉丁语，但新古典主义时代

---

1 威廉·廷代尔（William Tyndale，约1494—1536），英国学者、牧师，也是第一个将《圣经·新约》从希腊语直接翻译成英语的人。
2 出自《埃涅阿斯纪》第一卷，第402行，咏叹维纳斯的风采。

已经赋予了它全新的意蕴，维吉尔时代的人无法从它对应的拉丁语"refulsit"中体会到这一点。我相信他们必定认为加文·道格拉斯[1]的译文更贴合原文的神韵：

Her nek schane like unto the rois in May

她的脖颈如五月的玫瑰般亮丽

尽管原文没有提到月份。

有位荷马的译者，为了让不懂原文的读者"即使不能理解希腊语的全部含义，也能领略其语音效果"，居然用"hydropot"[2]一词来表达"water-drinker"（饮水者）。

译者的目标

正确意义上的翻译不是"逐字译"。逐字译就像是给弱视者配了一副眼镜，而翻译则是为盲者准备的盲文书。也就是说，译者必须假定他的读者现在无法看懂原文，而且很有可能永远都无法做到这一点。

一般而言，我认为翻译应该是一项合作的工作。我们可以这么说，负责最终翻译成英语文本的人，不仅必须是以英语为

---

1 加文·道格拉斯（Gavin Douglas，约1474—1522），苏格兰诗人、翻译家，在1513年出版了《埃涅阿斯纪》的第一个英译本（更确切地说，苏格兰英语译本）。
2 古英语，指不饮酒的人。

母语的人,还必须是英语语言的大师,对它的幽微精妙之处了如指掌。然而,很少有作家既精通自己的母语,又对另一门语言了如指掌。因此,他需要一个合作者,一个懂英语但母语是源语言的人;但如果源语言是古希腊语、拉丁语等"死语言"[1]的话,他便需要一流的语言学家。

一旦译者自己或在合作者的帮助之下准确地把握了作者所说的内容,他真正的任务就开始了——用自己的语言捕捉作者的语调。我们可以假设有位译者正在翻译歌德的作品,那么他必须尽可能地提出并试图回答这样的问题:"倘若歌德用英语思考和写作,以他的秉性会怎么写?"

诗歌的内容和形式、声音和意蕴,如同身体和灵魂一样,是不可分割的统一体,因此任何诗歌翻译在一定程度上都是"模仿",而不仅仅是翻译。诗人的意象通常可以被准确地译出来,因为它源自所有人的共同感知,无论人们操持何种语言。但依赖于语言的效果,如押韵和双关语,这种情况是不可复制的。例如,除了英语之外,没有其他语言能够传神地讲述希莱尔·贝洛克的这个笑话:

When I am dead, I hope it may be said:
His sins were scarlet, but his books were read.

当我死后,我希望人们会说:

---

[1] 已经不再有人以之为母语的语言。

> 他的罪是猩红的，但他的书有人读过。[1]

然后，韵律和节奏也会构成问题。即使两种语言里存在相同的诗体形式——几乎所有欧洲语言里都有十四行诗——精准复刻依然是相当困难的。例如，德语和意大利语富含多音节词，词形变化也十分复杂，英语则多为单音节词，词形变化相对较少。在希腊语、拉丁语等语言里，其韵律不像我们的语言那样基于重音和非重音音节，而是基于长短音节。明智的译者不会在原作的韵律上较真。

无论诗歌译者多么努力地再现原文，他的首要任务是写出一首好的英语诗歌。在此过程中，他无法脱离时代的审美趣味，也就是说，他那个时代如何理解形式和措辞上的真正"诗意"。正因为如此，德莱顿用英雄双韵体翻译了维吉尔的作品，蒲柏在翻译荷马的作品时也采用了英雄双韵体。在他们的时代，人们普遍认为严肃的长诗只能用英雄双韵体，所以他们在翻译的时候压根儿不会考虑其他的诗体形式。同样，在本世纪以前，唯一得到诗歌界认可的无韵诗是五音步抑扬格的素体诗。直到诗人们开始以更松散的无韵形式创作自己的英语诗歌后，译者才紧随其后有了类似的尝试。

由此可知，任何一首重要的诗歌都不可能拥有一个适用于所有时代的权威性译本，每一代人都应该创造适合自己的版本。

贺拉斯《颂歌》第四卷第七首的尾声部分如下所示：

---

[1] 这两行谐趣诗里，"read"既承担了语义功能（"阅读"的过去分词），又承担了语音功能（与表达红色的"red"同音）。从第二种功能出发，还与前面表示猩红色的"scarlet"构成了意义上的对照。这在汉语里几乎不可能有对等的翻译。

> Infernis neque enim tenebris Diana pudicum
>   liberat Hippolytum,
>   nec Letheae valet Theseus abrumpere caro
>   vincula Pirtheo.

在贺拉斯的颂诗里，奇数行是六音步长短短格，偶数行是腰斩的五音步[1]。关于上述四行，洛布版[2]给出的"逐字译"是这样的：

> 狄安娜没有把纯洁的希波吕托斯从幽冥的幽暗中释放出来，忒修斯也没有强到可为亲爱的庇里托俄斯破除死亡之地的锁链。[3]

下面的三个版本依次出现在 18 世纪、19 世纪晚期、过去十年——

> Hippolytus, unjustly slain,

---

1 贺拉斯颂歌的偶数行，是由两个长短短格音步和一个可长可短的音步组成的"三音步"，勉强算得上"腰斩的五音步"。
2 "洛布古典丛书"（Loeb Classical Library）是西方闻名遐迩的一套大型文献资料丛书，合英美古典学者之力，经近一个世纪的翻译编纂而成。该丛书最早由美国人詹姆斯·洛布在 1910 年构思策划，它的一个显著特征是以原文（古希腊语、拉丁语）和英文对照出版。
3 这里涉及两则古希腊罗马神话故事：一、月亮女神狄安娜和美少年希波吕托斯的故事，希波吕托斯被继母构陷而枉死，狄安娜虽钟爱他却无法令他起死回生；二、大英雄忒修斯与好友庇里托俄斯的故事，两人胆大包天妄图去冥界拐走冥后，结果庇里托俄斯被锁住，忒修斯只身返回人世。

Diana calls to life in vain;
Nor can the might of Theseus rend
The chains of hell that hold his friend.

希波吕托斯，惨遭不幸，
狄安娜无力挽救他的性命；
忒修斯的力量也无法扯断
锁住他的朋友的地狱之链。

——塞缪尔·约翰逊

Night holds Hippolytus the pure of stain,
Diana steads him nothing, he must stay;
And Theseus leaves Pirithous in the chain
The love of comrades cannot take away.

黑夜攫住了被败坏的纯洁的希波吕托斯
狄安娜不能为他做任何事，他必须留下；
忒修斯只能任由庇里托俄斯留在了锁链里
即便患难与共的朋友之爱也不能带走他。

——A. E. 豪斯曼

Great is the power of Diana and chaste was Hippolytus,
　yet still
　　Prisoned in darkness he lies.
Passionate Theseus was, yet could not shatter the chains

Forged for his Pirithous.

狄安娜如此强大,希波吕托斯如此纯洁,但他
依然难逃幽冥之地的禁锢。
忒修斯如此炽烈,但依然无法打破那锁链
专为他的庇里托俄斯所铸。

——詹姆斯·米基

这三个版本各有所长。但值得注意的是,由于现当代诗坛接纳了自由诗,米基先生的译本反而能够接近原作的音韵。同时,令人不可置信的是,背离拉丁语原文最远的竟然是豪斯曼的译本,而他是当时最伟大的拉丁语学者。这不一定是批评。一些最成功地捕捉到拉丁语诗人(如贺拉斯和尤维纳利斯)精髓的英译本,其实是模仿了他们的作品,而不是要精确地再现原作。实际上,不仅可以没有完全精准的诗歌翻译,而且每个译者都需要遵循自己的诗歌品味。正如阿瑟·韦利[1]所言:"译者必须使用他最熟悉的工具。真正重要的是,译者应该对他要翻译的东西充满兴趣,应该夜以继日地冥思苦想,努力把它们译成自己的语言。"

---

1 阿瑟·韦利(Arthur Waley,1889—1966),英国著名汉学家、文学翻译家。

劳作、狂欢与祈祷 [1]

今天，我们所有人，无论秉持何种宗教信仰和政治理念，都已经察觉到灾难的威胁：如果我们继续像现在这样掠夺和侵害我们的地球，即使我们还没有用核武器毁灭自己，也会让地球在不久的将来变得不再宜居，这已经是大家的共识。"人类在自然界中的真正位置是什么？""我们对宇宙的责任是什么？"这些问题的紧迫性达到了前所未有的程度。

可以想象，在试图回答这些问题时，我们当中的基督徒或犹太教徒很有可能一上来就发问："《创世记》头两章的创造故

---

[1] 1971 年初前后，奥登在多个场合发表了这篇题为"Work, Carnival and Prayer"的演讲，随后保留了一份打字稿，并将另一份打字稿交给了美国鲍尔州立大学的 R. 舍曼·贝蒂（R. Sherman Beattie）。奥登去世后，贝蒂将这份打字稿交给了《圣公会》（*The Episcopalian*）出版，该杂志将演讲稿分为四部分，但因改版只刊出了前三部分（分别刊于 1974 年 3 月、4 月和 5 月）。这份打字稿现存于纽约公共图书馆的博格收藏馆。1972 年 11 月 13 日，奥登在一年一度的切尔滕纳姆文学节上发表了同题演讲，相应的打字稿后来不见了踪影，所幸有人在现场录了音。奥登文学遗产受托人爱德华·门德尔松教授结合了 1971 年的打字稿和 1972 年的录音版给出了修订版，译者据此版本翻译。

事意味着什么?"

《创世记》第一章告诉我们:

> 首先,人类的创造只是上帝一系列创造行为中的最后一项。
>
> 其次,在完成每一项创造行为后,"上帝看着是好的"这句话都会重复。
>
> 第三,在赐福人类时,上帝说了与赐福动物时相同的话——"生养众多"[1]。
>
> 最后,需要注意的是,在"上帝造男造女,造了他们"[2]这句话中,代词是第三人称复数形式。

也就是说,尽管人类不同于矿物、植物和其他动物,是"照着神的形象"(我们稍后再讨论这句话)创造的,但就像宇宙中的一切物体,无论有没有生命,我们都是上帝的造物。同时,与所有生命体一样,我们是繁衍同类的生物有机体。

让我们简单地将这个神性概念与其他两个概念进行比较,即希腊神话中的神和希腊哲学中的神。

希腊神话中的诸神不是物质世界或人类的创造者[3]。他们的

---

[1] 原文虽一致,但和合本的译法却略有不同:赐福动物的那句译为"滋生繁多",赐福人类的这句译为"生养众多"。

[2] 原文为"Male and female created He them",并不是完整的一句话,和合本将此句译为"上帝就照着自己的形象造人,乃是照着他的形象造男造女",译者在此考虑到奥登所说的"第三人称复数形式"的"them",在和合本译文的基础上略有调整。

[3] 根据古希腊传说,世界原是一片混沌,在这其中首先孕育了大地母亲(转下页)

本性与人性没有区别，都有七情六欲。他们与人类的不同之处在于，他们永生不朽、坚不可摧，而人类与这两点毫无关系。正如品达[1]所写：

> 一个
> 人的种族，一个神的种族，两者
> 都源自同一位母亲。但分裂的力量
> 将我们分离。我们从此一无所有，
> 而他们在无边无际的天空筑起了
> 永垂不朽的坚固堡垒。

希腊诸神热衷于人间事务，似乎根本没有合乎逻辑的理由来支撑这一点，但人世的盛衰兴替却总离不开他们的身影。诸神并不喜爱凡人，但有时候会与凡人发生交媾行为，他们也不指望凡人的喜爱。他们需要的是下级对上级的那种顶礼膜拜。如果这种膜拜打了折扣，就会招致他们的愤怒。同时，他们也有权根据自己的喜好对凡人施以惩戒或给予赏赐。他们似乎更喜欢凡人用血祭来表达敬畏，无论献祭的是人还是动物。

正如塔布莱男爵所写：

（接上页）盖娅，之后才有了诸多神祇。古希腊关于人类起源的说法并不统一：有人类是大地丰硕的果实之说；也有人类起源于第二代天帝克洛诺斯统治时期的说法；最广为流传的说法是普罗米修斯捏泥造人、雅典娜赋予其生命，这发生在第三代天帝宙斯统治时期。因此，奥登很有可能采用了第一种人类起源说，地母盖娅确实有"诸神和人类之母"的称号。

1 品达（Pindar，约前518—约前438），古希腊诗人，有"抒情诗人之魁"之称。

> 他们向各族呼吁：
> "若无祈祷便罢工。
> 我们的目光逡巡于
> 各处庙宇和树林，
> 寻找祭坛的香雾
> 和鲜活的血腥味；
> 憎恶顶礼膜拜者，
> 但渴求他的祈祷。"

人们如果想要在任何活动中取得成功，无论是个人事务还是集体行为，就必须找到与该活动相关的神，向他献上必不可少的尊崇。我认为，荷马和欧里庇得斯丝毫没有"良善"的诸神这一概念。埃斯库罗斯和索福克勒斯倒的的确确认为诸神可能是正义的，但他们对凡人的道德律令就像刑法一样，是自上而下强加给已经存在的众生，一旦有人违背了这一道德律令，何时遭受何种惩罚就全仰赖于诸神的决定。在希腊悲剧中，主人公的悲剧性缺点往往是狂傲。英雄自以为堪比诸神，是坚不可摧的存在，直到诸神揭示他并非如此。稍后我再讨论狂傲与基督教的傲慢之罪的区别，这里我只想指出，狂傲的诱惑显然只会发生在那些迄今为止生活得异常幸福和成功的人身上。与大多数人相比，他必定更强壮、更俊美、更富有、更快乐。

显而易见，多神教的诸神可以在不改变其性质的情况下变为一神论的宙斯。这样的宙斯会有一个，但也只有一个，他与《圣经》中的上帝有共同的特征。两者都是可以与人说话的神，也都是可以接受人的应答的神。

希腊哲学中的神、柏拉图的"理念"或亚里士多德的"第一因"(First Cause)[1]全然不是这么回事。希腊哲学中的至尊神，就像多神论的诸神那样没有创造物质世界——神和世界是共同永恒的，但他与多神论的诸神不同，他或它绝对是善的，受人敬爱而不是敬畏，这一点更接近于《圣经》中的上帝。然而，这种关系是单方面的。我们生来是理性的造物，因而可以在试图模仿神的意义上爱神（尽管物质也可以通过有规律的运动来模仿他），但神是非人格化的，他不能以这种方式爱我们。正如亚里士多德旗帜鲜明地指出："神不需要朋友，事实上，他也不可能拥有任何朋友。"人类邪恶和苦难的根源不是罪，而是灵魂被物质禁锢的不幸，物质从本质上而言是低劣卑下的、诱人犯罪的。

多神论的诸神和希腊哲学的神具有一个相似点，两者的信念都不是信仰的问题。世界上的成功与失败都是不言而喻的事实：逻辑推理会得出必然的结论。然而，对《圣经》中的上帝来说，没有任何可靠的证据可以表明他无所不在。但是，如果我们发自内心地信仰他，相信我们如何被创造出来的经文，并且确信以下结论：

（1）爱上帝的基础必须是感恩，而不是恐惧。感谢上帝，我们得以存在，而存在是一种善。正如先知一再告诫以色列人："他不喜悦燔祭的气味。他喜悦的是一颗真诚悔改的心。"

---

1 亚里士多德认为，第一因（初始因）是万物运动变化的根源。

（2）然而，无论我们如何解释邪恶和罪愆，我们都不能把它们归咎于一个事实，即我们不是无实体的天使，而只是血肉之躯的造物，诸如食欲、性欲这样的欲望与我们相伴而生。

（3）维特根斯坦此言非虚："伦理学并不探讨世界。伦理学涉及世界的一种状态，类似于逻辑形式。"也就是说，人的精神本质的法则就像他的身体本质的法则一样，必须是人出于无知或选择可以违抗的属性法则（laws-of），但这种违抗是有限度的，仅止于人跳出窗外打破万有引力定律或者喝醉酒打破生物化学定律那样的程度。违抗精神本质的法则必然会带来不可避免的后果，并且与我们的本质有着内在联系，这就好比跳窗会断腿、醉酒会有宿醉反应一样。正如金·哈伯德所说："我们不是因为我们的罪受到惩罚，而是通过我们的罪受到惩罚。"换言之，我们应该惧怕的不是上帝，而是我们自己，以及魔鬼——这世界的王[1]。

所有的神学语言都必然是类比的，但非常不幸的是，教会在谈到罪和对罪的惩罚时，竟然选择了刑法的类比，正如我们所看到的，这种类比只与多神崇拜的宇宙论兼容，而与《圣经》中上帝的创世主概念不符。

---

[1]《圣经》称魔鬼是"这世界的王"（Prince of this world），比如在《新约·约翰福音》第14章第30节中，耶稣说："以后我不再和你们多说话，因为这世界的王将到，他在我里面是毫无所有。"按照通行的说法，上帝原是将世界交给人类来管理的，但人类始祖听从了魔鬼的引诱而犯罪，导致魔鬼借着罪做了人类的王，进而成了世界的王。

刑法是针对已经存在的人类的关涉法则（laws-for）[1]，无论是否征得了他们的同意。而且，可能除了惩罚谋杀的死刑之外，犯罪的性质与针对该罪的惩罚之间没有逻辑关系可言，或者说没有清晰可辨的关联。

我认为，教会之所以使用这一灾难性的类比，是因为在《旧约》和《新约》中，与道德律法有关的语句都是祈使句，而非陈述句，这跟刑法语句如出一辙。例如，"不可奸淫"[2]、"要爱人如己"[3]。在我看来，有两个原因导致教会必须使用祈使句。首先，这是一种必要的教育技巧，比如，一位母亲告诫自己年幼的孩子"要远离窗户"，因为孩子还不知道从窗户掉下去意味着什么。在自然法则的情况下，我们很快就知晓了违抗它们的后果，尽管即使是这些特定的知识也不能阻止我们用酒精或毒品毁灭自己。但在精神法则的情况下，违抗的后果无法立即被感官捕获，只能渐渐地生效。其次，既然我们都是罪人，不证自明的道德程式——比如"两点之间的最短距离是直线"这样的公式——就不再奏效，因为我们每个人都认为自己是任何规则的例外，就像一个相信自己可以飞翔的疯子跳出了窗外。此外，一切罪愆都倾向于诱人成瘾：只要我们坚持下去，不久之后，尽管我们不快乐，但我们更喜欢束缚和痛苦，而不是自由和快乐。正如西蒙娜·薇依[4]所言："罪是无意识的痛苦，由于这个原因，

---

[1] 奥登喜欢自造新词，"laws-of"和"laws-for"显然就是他的手笔，译者在此根据介词的含义和上下文的意思，译为"属性法则"和"关涉法则"。
[2] 出自《旧约·出埃及记》第20章第14节。
[3] 出自《新约·雅各书》第2章第8节。
[4] 西蒙娜·薇依（Simone Weil，1909—1943），法国哲学家、神秘主义者和社会活动家。

是罪感的痛苦。所有的罪都是为了填补空白。"我们所谓的"天谴"就是最终成瘾的状态。既然上帝给了我们自由,要么接受他的爱和恩典,服从我们被创造的本质法则,要么拒绝和蔑视它们,即便我们一意孤行,他也无法阻止我们下地狱并且在地狱里永世沉沦。在某种意义上,正是因为给予了我们自由意志,他选择限制他的全能(His Omnipotence)。然而,除非他同时选择了限制他的全知(His Omniscience),否则加尔文主义的预定论(Predestination)就是不可避免的结论。我自己的看法是,就像我们必须对上帝有信心一样,上帝也必须对我们有信心,考虑到人类迄今为止的历史,这样的"信心"对他来说可能比对我们来说更加困难。兴许是受到希腊哲学的影响,我坚定地支持"圣父受难论"[1],尽管深知它被贴上了异端邪说的标签。

现在,让我们来看看《创世记》第二章。这一章谈到人类时,单数形式取代了第一章的复数形式。

上帝用尘土造了亚当,将生气吹进他的鼻孔里,他就成了一个有灵的活人。上帝称呼他为"你",他回答时自称为"我"。上帝之所以创造了两个性别,不是出于生理而是心理的考虑——"那人独居不好"。这有助于阐明第一章中"上帝就照着自己的形象造人"的说法。也就是说,每一个人,就像其他动物一样,是一个物种(智人)的个体成员,同时也是一个独特的人、一个阶级的成员,当我们自称"我"时,是一个"三位一体"的我。正如圣奥古斯丁所说:"我的存在是意愿和知晓,我知晓我

---

[1] "圣父受难论"(Patripassionism)认为耶稣基督被钉在十字架上受苦时,圣父同样也在承受痛苦,因此便有了"上帝被钉在十字架上"的说法。正统神学指责该学说模糊了圣父和圣子的不同位格。

的存在和意愿，我意愿去存在和知晓。"[1]有关我们来源于同一祖先亚当的神话，表明了这样一个事实：作为人，我们不是通过任何生物过程，而是通过其他人，上帝、父母、老师、兄弟姐妹、亲朋好友而存在。作为个体（individual），我们是可数的、可比的、可替代的；作为人（person），我们是不可数的、不可比的、不可替代的。作为个体，我们表现出行为；作为人，我们能够选择以某种方式行事，也可以拒绝以某种方式行事，并且能够承担我们行为的未来后果，无论它们会是什么。

如果我们作为"人"和"个体"的边界能够清晰可辨，这对我们来说可能会容易很多。然而，不幸的是，并没有这样的边界，因为人类是一种创造历史的造物，在生物进化完成后依然能够发展。于是，我们可以用不定冠词来表示不同的情形。作为某一种生物特性的描述——男人（a man）、女人（a woman）、孩子（a child）、红发人（a redhead），或是表示某一特定文化或社会群体的成员——英国人（an Englishman）、医生（a doctor），等等。文化和职业皆由人创造，因此应该被视为人的合作群体，但其成员是作为个体而不是人存在，他们的思维和行为方式受到了他们所属群体的制约，并非他们自己选择的结果。

正是这种双重属性诱使我们走向了傲慢，基督教神学家一直认为这是原罪，由此产生了其他罪愆。然而，我现在想尝试尽可能少用神学的预设来阐述傲慢。

---

[1] 奥古斯丁通过人类在存在（being）、知晓（know）和意愿（will）上的合一来理解三位一体。

我的感官告诉我，这个世界上居住着许许多多的人类个体，我可以对他们计数和比较，我也完全相信这些感官证据。然而，从我的角度而言，我需要一种信仰来支撑我相信他们和我一样享受着个人生活，当他们使用"我"时，他们的意思就是我使用这个词时的意思，因为我的感官无法告诉我这些。我的感官也不能告诉我，他们在我眼前的所作所为是否出于自由选择，因为我看不到他们的选择，只能看到他们的实际行为。即使是我的父母、我的爱人，对我而言他们都是真真切切的人，但我也很容易将想象的"我"附在他们身上，无论好坏，都与真正的他们无关。

反之亦然，我自己的个人生活已经证明了这一点。就我而言，我需要一种信仰的行为，去相信我和其他人一样，都是通过性交行为被带到这个世界的人类个体，表现出受社会制约的行为，也就是说，去相信我所意识到的"自我"（Self）和"我"（I）是一个不可分割的统一体，因为无论在身体上还是在精神上，我的直接体验都属于"自我"，而"我"就像住房子一样栖居于"自我"，或像开车子一样驾驶着"自我"。

拒绝上述两种信仰行为就构成了傲慢罪。

那么，后果是什么？傲慢之人在与他人的关系中，要么忽视他人，要么利用他人。在处理人际关系时，傲慢之人奉行物质主义者和行为主义者的逻辑。

在与自己的关系中，傲慢之人可能有两种倾向。一方面，他对自己十分满意，就像寓言故事里的法利赛人[1]一样，他将功

---

1 法利赛人（Pharisee），公元前2世纪至公元2世纪犹太教上层人物（转下页）

劳全都归于自己,并认为自己比他人优越的原因在于自身的优点。另一方面,他对自己并不满意——因为对自己完全满意的情况实属罕见——要么满怀嫉妒和怨恨地求助于他人和神灵,要么拒绝为自己的行为承担责任(这其实是法利赛主义的另一种形式),也就是说,他不会像税务官那样老老实实地忏悔:"上帝啊,开恩可怜我这个罪人",而是狡辩道:"是啊,我收受贿赂是错了,但我没有办法,因为母亲从来都不爱我。"在处理自我关系时,傲慢之人奉行诺斯替派和摩尼教的逻辑。

作为抵御傲慢的良方,人类被赋予了祈祷的能力。祈祷不应该被局限于狭义的宗教范畴。祈祷就是去专注,或者我们可以更确切地说,就是去"倾听"自我以外的他人或事物。

每当一个人如此专注于一片风景、一首诗、一个几何问题、一个偶像或真神,以至于忘我地渴望倾听对方的言说时,他就是在祈祷。选择专注——专注于此而忽略其他——这是内心的生活,就像行为选择之于外部生活。无论是内心生活还是外部生活,人都要对自己的选择负责,并承担选择的后果。正如奥尔特加·伊·加塞特[1]所说:"告诉我你在意什么,我就能知道你是什么样的人。"学校教师的主要任务是教会孩子们在世俗时代学会祈祷。

我认为请愿祈祷(petitionary prayer)是一种特例,在所

(接上页)中的一派,强调保守犹太教传统,反对希腊文化影响,主张同外教人员严格分离。在《圣经》故事里,法利赛人被塑造为言行不一的伪善者,西方文学中也常用来指伪君子。

1 奥尔特加·伊·加塞特(Ortega y Gasset,1883—1955),20世纪西班牙最伟大的思想家之一。

有类型的祈祷中最微不足道。我们的愿望和欲望——通过考试、与心爱之人喜结良缘、房子卖出高价——这些都是下意识的东西，因而不能成为祈祷，即使我们是请求上帝来关照这些事。只有当我们深信上帝比我们更清楚我们的请求应该得到满足还是应该被拒绝时，它们才会成为祈祷。请愿不会变成祈祷，除非它以此结束——"不过，这不是我的意愿，而是您的意愿"——无论是否宣之于口。也许，请愿祈祷的主要价值在于，当我们有意识地表达我们的欲望时，我们常常会发现它们其实就是不合逻辑的愿望，是希望2+2的得数为3或5，就像圣奥古斯丁在祈求"主啊，赐予我贞洁，但不是现在"时所意识到的那样。

尽管如此，祈祷的本质不在于我们的言说，而在于我们的倾听。我认为，人们把对我们说话的声音称为"圣灵之声"（如基督徒那样）还是"现实原则"（如精神分析学家那样）并不重要，只要我们没有将之与"超我"的声音混为一谈便可，因为"超我"作为一种社会产物，只能述说一些我们已经知晓的东西，而在祈祷中对我们说话的声音却总是能说出一些新颖的、意想不到的东西，而且很可能是逆耳之言。我认为这个名称无关紧要，因为我知道哪怕是最坚定的无神论科学家一生中至少也祈祷过一次，他听到一个声音说："你应该献身科学。"

现在，让我们回到《创世记》。上帝赋予亚当两项任务，他要为自己做，而不是期待上帝帮他做。第一项任务，他要给动物专有名称（Proper Name）。给某人或某物一个专有名称，就是承认对方有一个真实而可贵的存在，是独立于使用价值的存在，换言之，就是承认对方是自己的邻人。这就像梭罗说的："对名字的深入了解,会带来对事物更为清晰的知识与认知。"然而,只有当我们意识到他或它不是我们自己的复制品时,我们才能够正确地对待我们的邻人。因此,科学的一个作用是将我们从万物有灵论和图腾崇拜中拯救出来。正如维特根斯坦所说:"'我'不是一个人的名字,'此'不是一个地方的名字,'这'也不是名字。但它们都与名字联系在一起。名字是通过它们来解释的。因此物理学的特点在于不使用这些词。"

第二项任务,上帝命令亚当耕作和修理伊甸园,但没有给他上园艺课。亚当要自行发现他必须做的事情。人需要利用他被赋予的观察、远见和智慧的能力,对周围的环境采取行动并加以改变。也就是说,人自创生之初就是一个劳作者——并不是由于堕落而被惩罚做工。

如果"那人独居不好"[1],那么他无所事事也是不好的。无所事事的后果是无聊和不快乐。也许这就是为什么在福音书里,富人的天国之路异常艰难的原因。

农业,正如其拉丁语源所示,是一切劳作和文化的典范。这有助于阐明《创世记》第一章中的一句话——"遍满地面,治理这地;也要管理……地上各样行动的活物。"[2] 每一个好园丁都知道,他的劳作成果取决于他和大自然之间的友好合作。尽管是他发出了指令,大自然服从他的指令,但他不能像暴君那样任意发号施令或用暴力胁迫大自然就范。只有那些符合大自然以及他自身利益的指令才能真正富有成效。园丁与花卉果

---

1 出自《旧约·创世记》第 2 章第 18 节。
2 出自《旧约·创世记》第 1 章第 28 节。

蔬之间的合理关系，类似于父亲与子女之间的关系，一个好父亲总是愿意向子女学习。耕种可以善加利用一些昆虫，但永远无法改变它们的本能特性。人类的劳作总是意味着尊重传统和过去的经验，同时对未来持开放的态度，随时准备进行实验与创新。

自然科学的兴起所带来的心理影响已经是老生常谈的话题，人们不厌其烦地陈述伽利略、达尔文和弗洛伊德等人的新发现削减了人类的傲慢与自负。没有比这更不真实的了。在中世纪宇宙学中，地球之所以是宇宙的中心，仅仅是因为它是宇宙的最低点，一切围绕地球的运动都是向下的。

然而，科学的革新恰恰相反。科学有两种影响：一种是从基督教的角度来看，科学的影响值得赞赏；另一种观点认为科学产生了恶果。

一方面，科学把人类从错付伪上帝的谦卑中拉了出来。尼采曾宣布"上帝已死"，但那不是真神，尽管他是许多自诩为基督徒的人所信奉的神，一个没有恶习的宙斯、统治者、执法者、奖赏者、惩罚者，正是威廉·布莱克改写桑顿博士的托利党版主祷文时所描绘的神：

> 我们的父，奥古斯都·恺撒，您来自遥远宏大的天国，愿人都敬您的名字或头衔为圣，愿人都敬您的人间王国为尊……因为您的王权是神权的化身，权力、战争、荣耀和律法，全都属于您的子孙；因为上帝只是所有君主的化身，别无其他。

这样的神,不是自然的创造者,而是像宙斯一样的自然神,人们因此可以把洪水、火灾、饥荒、瘟疫等自然灾害看作是"神的旨意"(Acts of God)[1],我相信这一短语至今仍出现在各类保险单中。若果真如此的话,那么人类不仅无从改变这些灾祸,甚至尝试去改变也会是僭越之举。

科学的伟大成就揭开了宇宙的神秘面纱。正是因为上帝创造了宇宙,所以他不会直接现身于宇宙——例如,风暴是一种自然现象,而不是多神论中的"宙斯的愤怒"——这就好比我在阅读一首诗的时候,我不会接触作者本人,只会直面他写下的文字,而我所要做的就是理解这些文字。宇宙是存在的,即使上帝不存在[2]。

这个发现是必然的,而且本身也是有益的。然而,不幸的是,基督徒在总体上并没有意识到这需要他们修正自己的信仰观念。正如查尔斯·威廉斯[3]在探讨文艺复兴问题时所写的:

> 如果有不同的际遇,耶稣基督作为人类行走世间的古老智慧可能会复兴,基督教世界的秘密可能会以全新的意义充盈物质世界。但这种情况并没有发生。人性被神性遮蔽,到如今,欧洲人普遍关注的是其他人类,是圣奥古斯丁所说的亚当、科学所谓的智人。

---

[1] 又译为"天灾"。

[2] 奥登在此引用了拉丁语"etsi Deus non daretur"(即使上帝不存在),这是一个虚拟句,表层含义为上帝看起来是不存在的,但绝不代表上帝不存在。

[3] 英国作家、神学家查尔斯·威廉斯(Charles Williams,1886—1945)对后期奥登皈依基督教产生了重要影响,这一点可以在晚期奥登的《答谢辞》中看出端倪——"狂热的克尔凯郭尔、威廉斯和刘易斯/引领我回返了信仰"。

如果我们以基督徒的身份发问："既然科学已经证明上帝通过在宇宙中的直接行动来彰显自己存在的信仰不堪一击，那么作为基督徒，我们为什么仍有可能相信上帝的存在，而不至于成为无神论者？"我们唯一的答案可能是这样的："因为我们相信'道成肉身'。"威廉斯谈到了古老智慧的复兴，因为早期的神学家已经意识到了这一点。圣安瑟伦[1]写道：

> 我们对神性及其三位一体的信仰，除了"道成肉身"之外，都可以在没有《圣经》权威的情况下通过必要的理性加以证实。

关于这句话，罗森施托克-胡絮[2]如此解释：

> "除外"意味着，必要的理性无法解释我们的传统以及有关教会奠基人生平的历史记忆。安瑟伦曾在其他场合指出，他不无悲哀地发现，要是没有这一历史经验，人类就不可能找到和平。换言之，神学甚至可以做出推论，没有"道成肉身"的人类和世界会陷入负面处境。我们可以从这一推论清楚地看到，被排除在理性之外的"道成肉身"，绝不是一个附属品，而是一直以来都存在于那些理性的思考之中。因此，推论和传统的结合是相当微妙的：历史经

---

[1] 圣安瑟伦（St. Anselm，约1033—1109），罗马天主教经院哲学家、神学家，有最后一位教父和第一位经院哲学家之称。
[2] 欧根·罗森施托克-胡絮（Eugen Rosenstock-Huessy，1888—1973），德国社会学家、教育家。

验迫使推论达到了一个在其他情况下不可能实现的水准。例如，没有"道成肉身"的人类和世界可以被证明是不完整的、缺损的，成了绝望、悲观和不可知论的温床。如果是这样的话，两个事实序列的共存是神学所有精神活动的基础。基督教并不是基于神话或传说，而是一个基于事实和理性的历史信仰，这是它的荣光。(《演讲与现实》)

然而，"道成肉身"仍然事关信仰而非理性。异教徒的神祇往往以人的模样出现在人世间，而且通常都是由于性的原因。只要他们伪装成人，就没有人会认出或有能力认出他们的神性。但在神化的时刻，当他们卸掉伪装呈现出原本的模样时，其神性毋庸置疑。与他们不同的是，基督以人的身份行走世间，看起来与他人别无二致，却宣称"我就是道路、真理、生命，若不借着我，没有人能到父那里去"[1]。即使在复活后，他也没有向全世界现身，只出现在少数几个门徒面前，委托他们向世界宣讲一个他们无法证明的事实。

科学带来的不太愉快的影响，问题不是出在科学本身，而是由于人类（包括科学家）的罪恶。在推翻了一个虚构的宙斯之后，我们将人类推上了超人统治者的高位，他们可以为所欲为而不受惩罚，对他们而言，一切可能性都是必要性，恰如暴君们的所作所为。

鉴于自己对公众的总体影响，达尔文定然不会谦抑。其实，用不着达尔文我们也能知道，人类像所有哺乳动物一样都是胎

---

[1] 出自《新约·约翰福音》第14章第6节。

生的，必须吞食蛋白质（即其他生命）、排泄、交配和死亡。事实上，在前工业社会，人类与动物王国的亲缘关系确实深厚，比我们现在大多数人与动物的关系要亲密得多。但同时，他们确实坚信，相比其他造物，人类肩负的责任更重，因为在上帝眼中人类是有罪的，而其他造物在道德上是无辜的。时至今日，人类是由不太复杂的生物进化而来的生物物种，这一认识经常被用作不良行为的借口。正如卡尔·克劳斯所言：

> 如果人被当作畜生对待，他会说："毕竟我是人。"
> 如果人的表现形同畜生，他会说："毕竟我只是人。"

例如，动物的攻击性现象被用来证明人类的暴力行为不过是"自然的"。这种辩解忽略了两个事实：其一，没有动物能做到平息怒火[1]，但我们人类拥有记忆的天赋，可以而且经常做到这一点；其二，正如康拉德·洛伦茨[2]指出的——

> 所有生物都是通过同样的进化过程获得了立身之本，由此塑造了它们的冲动和抑制：因为一个物种的身体结构和行为系统是同一整体当中的一部分。只有一个例外，他的立身之本并没有与他的身体结构同步发展，也不从属于整体机制，因此，他对自己的物种本能全然无知，他的冲

---

1 此处原文为"no animal can let the sun go down upon its wrath"，奥登化用了《新约·以弗所书》第 4 章第 26 节："生气却不要犯罪，不可含怒到日落。"
2 康拉德·洛伦茨（Konrad Lorenz，1903—1989），奥地利科学家，现代动物行为学的创立者之一。

动没有相应的抑制。

再则，人们经常听到科学家谈论"随机"事件，仿佛这是一个可以证明的科学事实。但真相并非如此。至少在我们目前的知识状态下，说一个事件"不可预知"，这是一种事实描述。把一个事件描述为"随机"，无论如何都隐藏了一种形而上学的潜在预设，完全超出了科学的范畴，也就是说，这种描述认为上帝或奇迹之类的东西不可能存在。作为一个基督徒，我相信这两者都存在，但不会假装自己能够做出证明。例如，如果没有光合作用，我们所知的生命就不会存在，而光合作用的出现肯定是"不可预知"的，对此我只能说，我们真是太走运了。至于奇迹，我认为最好的定义来自罗森施托克-胡絮："奇迹是一个独特事件的自然规律。"从生物学的角度而言，是我而不是其他数百万可能的人降生于世，这几乎是一个统计学上的不可能事件。我只能视之为奇迹，并且竭尽所能，当得起这个奇迹。此外，我十分确信，即便是最冥顽不灵的行为主义者，无论他持何种观点，都会认为自己是"注定"存在的。

今天，这种情况的后果变得愈发明显。我们都意识到歌德此言正确——"我们在自然科学中需要一个绝对命令，就像我们在伦理学中需要一样。"我们付出了惨重的代价才发现，要想征服自然，我们就得征服自身。如果宇宙中没有任何东西对人类负责，那么我们必须得出结论，人类在上帝的指引下对宇宙负有责任。这意味着我们的任务是发现宇宙中的一切，从电子到更高级别的存在，如果没有我们的帮助，它们将无法实现进步和改善。这意味着一个全新的"目的论"概念被重新引入科学，尽管"目的论"这个词长久以来令人生厌。我们与生物的恰当关系，可以用好园丁或好驯兽师来打比方。一条训练有素、被善加对待的牧羊犬，与其说是野兽，不如说是一条狗，就像因饱受虐待而惊恐万分的流浪狗，或备受关爱的宠物狗，其狗性已经丧失了大半。至于我们与非生物的关系，可以用雕塑家来打比方。每一个雕塑家都自认不是一个强行赋予石头形态的人，而是一个揭示了石头潜在形态美的人。如果人们普遍意识到，每当我们制造丑陋的灯罩时，我们就是在折磨无助的金属，每当我们制造核武器时，我们就是在败坏一大批尚且年轻的无辜中子的道德，那么我们的世界就会变得更加美好。

作为一个基督徒，我不相信我们能够做到这一点，除非我们倾听永活的上帝的声音，我们可以在祈祷而不是在自然宇宙中与之相遇。

《圣经》没有提到人类有两个特点：人类是唯一会笑的造物，也是唯一会表演的造物，也就是说，会假装成别人。

我所说的笑，并不是指嘲弄的窃笑或带有优越感的伏尔泰式微笑[1]，唉，尽管我们都会发出那样的笑声。我指的是我们常说的"捧腹大笑"。

正如哈兹里特[2]所言："人类是唯一既会笑又会哭的动物，因为只有人这种动物才会被现实与期望之间的差别所震撼。"笑源于抗议，但止于接受。一个怀有任何激情的人不会笑，一旦

---

[1] 此处的原文为"the superior Voltairian smile"，晚期奥登持续批判伏尔泰式的知识分子。
[2] 威廉·哈兹里特（William Hazlitt, 1778—1830），英国散文家、批评家和画家。

他笑了，那就说明他已经掌控了自己的激情。真正的笑不带攻击性，我们不能指望我们觉得有趣的人或事变成另一副样子。可以说，真正的笑是"消解怒气"。

我们的表演能力和对表演的热爱是一个令人费解的特点，但在我看来，这一特点还没有引起心理学界的足够重视。许多动物沉迷于游戏活动（例如，小猫咪乐此不疲地玩捕猎游戏），但在这个阶段它们扮演的是自己。由于自保的原因，有些动物的遗传基因发生了变化，开始模仿其他物种（例如，一些飞蛾看起来像黄蜂），但它们并不认同自己模仿的那个物种。最类似于此的人类行为是，罪犯为了不被人认出而做了整容手术。

人类也会玩游戏，比如踢足球和玩桥牌，但作为游戏玩家，我们仍然是我们自己。我们也可以在举行仪式的过程中，让某人"代表"某个身份，比如神，但不必模仿他，就像使臣不必模仿他所代表的君主的言谈举止一样。

然而，当我们在表演时，我们模仿的是别人的言语、姿态和行为，而不是展现自己。同时，与一个自认为是拿破仑或耶稣基督的疯子不同，我们仍然清楚自己不是所扮演的对象。我们究竟为何喜欢这样做？我的结论是，戏剧表演的背后是一种冲动，一种想要隐遁于堕落前的纯真世界的渴望。这也是我们热爱游戏的原因。不过，游戏和表演之间有一个重要的区别。当我们踢足球或打桥牌时，我们的游戏行为本身就是纯真的，在道德判断的范畴之外。当我们模仿一个人时，以模仿罪犯为例，我们不会去犯下他的罪。更具体点，如果我扮演的是麦克白，我不必因为邓肯和班科惨遭杀害而向上帝或警方告罪；如果我扮演的是福斯塔夫,我不必对他的任何荒谬行为负责。[1]这意味着我的模仿不可能彻底:我所有的模仿行为都必须是仿效。如果我扮演的角色要求我憎恨另一个角色,并最终刺伤他,我不能真的憎恨或刺伤演员本身,而只是看起来像那么回事。因此,人类只有在表演中才无限地接近动物的道德纯真。

如果我的看法是正确的,这或许有助于解释狂欢节的社会和宗教功能。在异教文化和中世纪基督教文化中,狂欢节是为人熟知的庆祝活动;但现在,至少在工业化和新教的文化中,狂欢节在很大程度上已经被遗忘了,甚至已经彻底淡出了人们的视线。

歌德曾在1788年2月亲历了罗马狂欢节,以下内容摘自他对现场活动的描述[2]——

> 乔装打扮成下层女性的青年男子大都最早露面。他们拥抱男人,肆意地对女人做亲昵的动作,就仿佛他们自己也是女人一般。此外,他们任意胡闹,说着风趣或无礼的话。
> 我记得人群中有一个年轻人,他完美地扮演了一个热情好斗的女子。"她"沿着科尔索大道走了整整一段路,逮到人就吵架,乐此不疲地羞辱他们,他的同伴则佯装尽力

---

[1] 麦克白、邓肯和班科都出自莎士比亚的戏剧《麦克白》,福斯塔夫出自莎士比亚的戏剧《亨利四世》。
[2] 奥登摘引的片段出自歌德的《意大利游记》。奥登早在1945年就萌生了有朝一日要对这本书进行"兼具准确性和可读性的翻译"的想法,认为此书比大多数旅行书都更有价值。后来,他与好友伊丽莎白·梅耶(Elizabeth Mayer)合力完成了这项翻译工作,采取了先由伊丽莎白·梅耶直译,然后由奥登修润的翻译方法,因此并不是亦步亦趋地再现原文。

让她平静下来。

一个假面丑角奔了过来，腰间彩绳上垂挂着的大号角随奔跑的动作晃荡。当他同女人交谈时，他设法模仿花园之神[1]的形象，表现得轻率又鲁莽⋯⋯

一个辩护律师穿过人群快步赶来，边走边大声疾呼，就仿佛他在向法庭发表演说。他对着窗户喊叫，随手抓住路人恐吓，扬言要起诉他们中的每一个人，不管他们是否易装打扮。他时而威胁这个人，宣读了据说是他犯下的一长串可笑罪行，时而恫吓那个人，细数他的桩桩债务。他指责妇女们有情夫、女孩们有情郎⋯⋯

时不时，戴着假面的美妇人顽皮地向过路的朋友扔一把杏仁糖果，以便引起他的注意。他自然会转过身来，瞧瞧是谁打中了他。真正的彩纸糖果太贵了，因此必须为这种小型"战争"提供一种较便宜的替代品，有些商人专门用漏斗灌灰泥制成了假糖果，把它们统统装在大篮子里，然后挤进人群里叫卖。没有人可以免受攻击，每个人都处于防御状态，因此，出于兴奋劲或必要性，时而在这里，时而在那里，争斗和小冲突不断，大战也接踵而至。行人、马夫、看客也不得不加入了进来，攻击别人，保卫自己⋯⋯

一伙男人过来了，他们穿着短上衣，外罩金色镶边的马甲，头发梳成了马尾垂在背上。他们身边还有一些人装

---

[1] 在古希腊罗马神话中，普里阿波斯（Priapus）是花园之神，同时也是生殖之神，以拥有一个硕大无比的男性生殖器而闻名，象征了大自然生产力，也象征了男性欲望和性行为。罗马狂欢节中的"假面丑角"戏仿了他的形象，腰间垂挂的"大号角"暗示了男性生殖器。

扮成女子，其中有一个人扮成了孕妇，孕肚高耸。他们安闲地踱着步，突然间，男人们发生了争执。他们争吵不休，女人们被卷入其中，冲突愈演愈烈，最后双方都拔出银纸板做成的大刀相互攻击了起来。女人们哭喊"谋杀"，试图分开他们，把他们拉来拉去。围观者参与调解，仿佛当真了一般，试图让双方都冷静下来。

这时，孕妇似乎受到了惊吓，支撑不住了。人们给她端来一把椅子，在场的女人帮助她生产。她像一个临产的女人一样呻吟，接下来你知道的，她生出了一个怪胎，逗得旁人哈哈大笑。

然后，在狂欢节的最后一天，每个人都拿着点燃的蜡烛来到街上，这明显是生命的象征。歌德在此写道：

"不拿烛，就该死。"这是你对别人说的话，同时你试图吹灭他们的蜡烛。不管近旁是熟人还是生人，见到就吹灭他的蜡烛，或者先借机点燃自己的蜡烛，然后再吹灭他的蜡烛……"该死"一词在今晚完全失去了本义，它变成了一个暗语，一个欢乐的口号，一个附加在所有打趣和问候上的惯用语……各个阶级、各个年龄的人都在相互嬉闹。有个男孩吹灭了父亲的蜡烛，大喊"该死，父亲先生！"，父亲指责他的无耻行径，但无济于事。男孩硬说今晚绝对自由，越发起劲地咒骂他的父亲。

歌德描述了戏仿性行为和模仿好斗的场面，我们还应该注意到中世纪狂欢节的另一个典型特征——模拟宗教仪式,而教会当局十分明智地默许了这种行为。他们似乎已经意识到,文学戏仿的好处也适用于所有的戏仿,也就是说,一个人只能成功地戏仿自己热爱和尊重的东西。

因此,狂欢的世界是日常劳作与行动的世界的对照面。由于没有任何组织,这不是一场戏剧表演,而是由一系列今天被称为"即兴表演"组成的活动,每个人都可以在其中扮演自己喜欢的角色。狂欢节期间,人人平等,不论性别、年龄和世俗地位。在这一点上,我们应该注意两件事:首先,狂欢节持续的时间很短,顶多一个星期;其次,狂欢节紧跟在大斋节[1]后面,而这是一个倡导斋戒、忏悔和祈祷的节期。无论是在狂欢节还是在大斋节,我们都是平等的,但个中原因有所不同:在狂欢节期间,我们作为同一物种的成员,在大自然面前人人平等;在大斋节的祈祷中,我们作为独一无二的人,在上帝面前人人平等。我们只有在弥撒中既饮食又祈祷,两种形式的平等同时得到了宣扬。作为生物有机体,我们都需要"吸收"其他生命体才能生存。作为有意识的人,这种情形同样适用于智力层面——所有的学习都是为了"吸收"。作为上帝的孩子,我们按照上帝的形象被造出来,一旦邻人有所需要,我们应当自愿顺从于邻人的"吸收"。我们可以这样定义地狱和天堂的区别:地狱的口号是"吃或被吃",天堂的口号则是"吃和被吃"。

另一方面,在劳作的世界里,无论国家的政治形态如何,

---

[1] 大斋节(Lent)是基督教的斋戒节期。根据《新约》记载,耶稣开始传教前在旷野守斋祈祷四十昼夜。教会为表示纪念,规定从大斋首日(圣灰星期三)开始至复活节前日(圣星期六)的四十天为此节期。新教多数宗派已不守此节。

我们都不可能平等,取而代之的是相互依存的关系,这正是狂欢的世界缺乏的东西。在劳作的世界里,凡是为我做一些我不能为自己做的事情的人,就是相对我而言的高位者。如果我坐出租车,司机暂时就是我的高位者,我通过付费来认可这一事实。如果我开设英语诗歌课,我就是学生们的高位者,因为我比他们更了解这门学科;倘若我不精通此道,那我压根儿没有权利站上讲台。这意味着,我们在劳作的世界里绝不可能平等,但我们永远是邻人,彼此互为肢体[1]。

我早些时候说过,狂欢的观念及其意义在大多数工业化社会里已经荡然无存,这是令人扼腕叹息的现象,因为如果不对我概述的三个世界都给予应有的关注,就不可能有一个完整的人类生活。如果我的理解是正确的话,我认为嬉皮士的真正目的是试图恢复狂欢节的感受,就这一点而言,他们应该得到我们的尊重与鼓励。然而,不幸的是,他们似乎拒绝劳作的世界,奢望生活是一场永无休止的狂欢。这样做的后果只能归结为二:其一,无聊,一个人不可能长时间地表演;其二,为了克服无聊,像毒品这样的兴奋剂泛滥成灾,假戏随之真做,也就是说,乐趣演变为丑行,模仿猥亵的行为会变成真正的卑陋,模仿好斗的行为会变成真正的暴力。

不管怎么说,狂欢节有其恰当而必要的位置。没有了狂欢,祈祷就几乎不可避免地沾染了法利赛主义或诺斯替主义的做派;没有了祈祷和狂欢,一心劳作的人就会失去所有的谦卑,失去对上帝或自然宇宙的所有敬畏,失去对邻人的所有感受,沦为

---

[1] 出自《新约·以弗所书》第4章第25节。

自然和彼此的残酷剥削者,这正是我们现在生活的社会最为显著的特征。

祈祷、劳作、笑声,我们全都需要。

诗歌中的幻想与现实[1]

我很荣幸受邀发表纪念弗洛伊德的演讲，但也很清楚自己在这个场合委实力有不逮。关于弗洛伊德本人，我身为一个诗人，只有在两个方面可以做出笃定的判断，一个是肯定的，另一个是否定的。首先，他精通德语。在这里，我毫不犹豫地说，本世纪的三位德语大师是弗洛伊德、卡尔·克劳斯和卡夫卡，巧的是，他们都来自哈布斯堡帝国[2]。其次，正如你们所知，弗洛伊德相信莎士比亚戏剧的真正作者是牛津伯爵[3]，而我在此再次

---

1 1971年3月12日，奥登受邀为费城精神分析协会（Philadelphia Association for Psychoanalysis）举办的弗洛伊德纪念活动发表了题为"Phantasy and Reality in Poetry"的演讲。这篇演讲的原稿现存于纽约公共图书馆的博格收藏馆，部分内容字迹模糊不清，部分内容略有缺失，奥登文学遗产受托人爱德华·门德尔松教授校对并修订了原稿，译者据此版本翻译。
2 哈布斯堡帝国（Hapsburg Empire）关涉欧洲历史上最强大的哈布斯堡王室。奥登在此指的是1867年成立的奥匈帝国，因在第一次世界大战中战败而于1918年解体。
3 莎士比亚的身份一直是文学界的争论焦点之一，很多人不相信一个英国乡绅能够写出众多不朽的佳作。不少人认为莎士比亚的真实身份是牛津伯爵爱德华·德·维尔（Edward de Vere），弗洛伊德便是此观点的重要支持者之一。

郑重地声明，他错了。我读过弗洛伊德的许多作品，以及精神分析方面的其他文献资料。有些作品，比如《释梦》和《论诙谐》，给我留下了深刻的印象，我想我理解它们。有些作品，比如《图腾与禁忌》和《摩西与一神教》，我很难接受它们。在大多数人类活动中，只有进入内部才能够完全把握其精髓，这想必也是精神分析的要义。任何像我这样没有体验过精神分析的人，都没有资格妄言其真假。

因此，在我看来，我必须把自己的演讲限定于我确实对之胸有成竹的话题，那就是"诗歌艺术"。这意味着我要讲述的大部分内容必然是自传性的，为此我必须求得你们的谅解。我愿意相信，我的经历并不是我个人独有的，而是诗人们普遍经历中的一个典型，尽管我无法确信这一点。

弗洛伊德曾经说过，诗人们早已预见了他的许多发现。这在多大程度上是真实的？好吧，诗人们，事实上，所有艺术家都知道，我们每个人作为个体，首先是生物物种"智人"的一员，受制于该物种固有的本能冲动，然后是各种社会文化群体和职业群体的一员，形成了与该群体相适配的社会行为；但与此同时，每个人都是一个独特的人，可以说出"我"和拥有行动能力，也就是说，可以自行选择关注的对象和处理的事情，而且无论后果是什么（它们永远都是不可预测的），能够自行承担责任。

假如我们无法同时是个体和独特的人，就不可能存在艺术。如果我们只是个体，我们彼此之间便没有任何区别，艺术就什么也不能告诉我们了。如果我们只是独特的人，每个人便都有独一无二的经历，交流也就陷入了绝境。

当然，在大多数医学中，尤其是在心理治疗中，情况亦是如此。也许，外科医生可能会认为所有人都是一样的，或认为应该是一样的。换言之，当他发现一个人的身体状况异于常人的时候，他会想到要给他做手术。然而，内科医生不会接受这种观点，更不消说心理医生了。如果你的所有患者都是一样的，那么通过心理分析让患者自行发现真相的过程就显得没有必要了，你可以立即向他指出问题的所在。但是，如果每个患者都是独一无二的，你必会孤立无援，因为无论是你自己作为受分析者的经验，还是你从治疗其他患者的过程中学到的经验，都不会对你治疗这个患者有任何助益。

其次，诗人们一直知道，人类心灵的生活是一种历史生活，不能将之归结为物理或化学现象，也不能简单地用物理或化学的术语来解释。换言之，"原因"一词在历史和物理科学中的用法并不相同。在物理学中，"A 是 B 的原因"意味着"如果存在 A，那么必然会产生 B"；但在历史中，这意味着 A 的发生为 B 提供了发生的契机。这就是为什么历史可以在回溯中加以理解，但未来永远无法被准确地预测。

弗洛伊德也许是第一个意识到这一点的心理学家。就我个人而言，弗洛伊德最让我钦佩的地方在于，他对真理的热爱无与伦比，这给了他足够的勇气去超越在他成长过程中几乎所向披靡的唯物主义，甚至是机械论的科学哲学。如果有人在 19 世纪八九十年代请某位医生预测心理学的未来，他的回答几乎就是下面这样的：

> 我们很可能在不久之后就能根据大脑中的物理现象来描述一切心理事件，即便我们无法做到这一点，也可以放

心地假设：

（1）心理行为可以用刺激和反应来解释。相似的刺激必然会产生相似的反应。

（2）心理发展与身体发育是类似的，也就是说，思维会从年轻或早期阶段进入老年或后期阶段。这个过程可能会遭遇停滞或发生病变，但两个阶段无法同时存在，这就好比一棵橡树不可能同时是一颗橡子。

（3）神经症和精神病都应该是典型的病例，在每个患者身上都有相同的表现。找到某个病例的治愈方案，就是找到独立于医生和患者的有效治疗程序。

哪怕只是阅读过弗洛伊德的只言片语，人们也能意识到自己正生活于一个完全不同的世界。在这个世界里，有决定性的战争、有失败、有胜利，发生了不需要发生的事情，甚至出现了不应该发生的事情。这是一个新奇事物和古老纪念碑共存的世界，一个必须用类比式隐喻来描述的世界。考虑到弗洛伊德的成长背景，他原本很有可能成为一位行为主义者。但正如我们所知，他走上了另外一条道路。关于在回溯中理解历史这一点，他写道：

> 只要我们从最后一个阶段向前追溯发展历程，这种联系便似乎是连续的，我们能感觉到我们已经获得了一种完全令人满意甚至是彻底详尽的认识。然而，如果我们以相反的方式进行，如果我们从分析中推断的前提开始，并尝试遵循这些前提直至最终结果，那么我们就不再认为这种

事件序列是不可避免的,也不会觉得这一过程必然如此。我们会立刻注意到,可能还存在另一种结果,一种同样能够被理解和诠释的结果。

例如,一旦听到患者坦言在幼年时期曾遭遇父母的性侵犯,人们便自然而然地认为情况就是这样的。若要得出另一种结论,指出这些故事都是幻想,那就必须具备巨大的勇气,因为如果一个想象的事件可以像一个真实的事件那般栩栩如生,这说明当事人已经完全脱离了物理学和决定论的范畴。

要打破一个人习以为常的世界观从来都不是一件容易的事,对弗洛伊德而言,这一定特别困难,因为没有可靠科学基础的心理学很容易变得像基督教科学派或神智学[1]一样让人不知所云。我觉得弗洛伊德正是考虑到了这一点,才会经常使用我所说的笛卡尔式词汇,人们必须通过转译才能够理解他。例如,他将成熟的性关系称为"客体之爱",但在我的理解里,他真正的意思是"主体之爱"。神经症患者才有可能把其他人视为客体(无论是在性方面还是在社会方面),要么让他们沦为被剥削和利用的对象,要么把自己喜欢的虚幻人格赋予他们。能够恰如其分地将他人视为个体和主体,这难道不是成熟的标志吗?

诗歌和精神分析学的第二个关联是,诗人们一直都明白象征语言和隐喻语言的重要性,这是诗歌艺术的内在要求,尽管

---

[1] 1879年,艾娣(Mary B. Eddy)在美国创立了基督教科学派(Christian Science)。1875年,布拉瓦茨基(Helena Blavatsky)和奥尔科特(Henry Steel Olcott)在美国创办了神智学会,一些著名的精神导师和神秘主义者也参与推广了神智学(Theosophy)。

我们对象征和隐喻的理解，在某些方面不同于你们的理解，但愿我稍后能做出解释。

那么，什么样的人会成为诗人呢？弗洛伊德写了一段话，但我不得不抱歉地指出，他的观点即便不是彻头彻尾地错了，至少也是对真相的严重歪曲。他是这样写的：

> 艺术家从本质上说是内倾者，与神经官能症患者相差不远。他的内心受到强烈的欲望需求的驱使，一心要追逐荣誉、权力、财富、名望和女人的青睐，却苦于找不到满足愿望的途径。于是，像其他愿望不能得到满足的人一样，他脱离了现实，将自己所有的兴趣和力比多都转移到建构幻想世界之中。通过这种方式，借助他的幻想，他实现了原本只存在于幻想中的东西。[1]

在我看来，人首先可以分为两类。一类是少数的幸运儿，他们通常在青春期就发现了自己生而为人必须为之献身的天职。另一类是大多数人，无论是由于心理的还是社会的原因，他们没有明确的个人偏好，接受了教育和社会环境塞给他们的任何工作。

那些发现了自己的天职的人，大致也可以分为两类，我们或许可以称之为外倾型和内倾型，但这些术语未必就是准确的。有些人觉得生命在于行动，要么像政治家那样投入到人类活动

---

[1] 需要注意的是，奥登在早年的《心理学与现代艺术》中也引用了弗洛伊德的这段话，但英文表述略有不同，因此我们的中译文也有所调整。

之中，要么像工程师那样在大自然中钻研。有些人的兴趣并不在于行动，而是喜欢思考和寻找迄今为止尚未被发现的真理，诗人、科学家和心理学家都属于这一类人。

显而易见，一个感知到自己要成为一个"行动派"或"沉思派"的青少年，无论他希望成功后达成何种愿望，目前都还没有获得回报。"行动派"和"沉思派"之间的巨大区别在于，前者终其一生都渴望得到公众的认可，不然他就是一个失败者。因此，"行动派"确实可以说是渴求公共领域的权力和名望。"沉思派"的情况则完全是另一回事，他最为关注真理领域的新发现，认为这才是具有恒久价值的重中之重。他当然也会希望获得认可，但唯一令他在乎的评判来自于朋侪同僚。公共领域的名望并不重要。以弗洛伊德为例，他在晚年确实成了一位闻名遐迩的大人物，但假设他在《释梦》出版后不久就去世了，那么他的离世相对来说就会默默无闻，因为我们知道，这本书一开始的销售情况并不理想。但是，与他认为自己写了一本具有永久重要性的著作的坚定信念相比，他因为没有得到时人认可而产生的失落情绪就显得微不足道了。艺术家也是如此。比如，塞尚一生都寂寂无名，但他深信自己是一位伟大的画家。

除了荣誉、权力、名望之外，弗洛伊德还提到了财富和女人的青睐。对一个潜在的诗人而言，渴求财富显然不是一件理智的事情，而且我很怀疑追求财富是否会成为诗人们的共同目标。我们自然是希望赚取足够的金钱，让我们自己和我们的家人过上体面的生活，有房子住、有衣服穿、有食物吃，我们对于"体面"的界定可能会千差万别，但又有多少人真的是贪得无厌的呢！至于女人的青睐，大多数人认为令人满意的性生活应该是一种幸福的婚姻状态（尽管可遇不可求），而不是一次接一次地猎艳。

如果你们问我的意见，我认为诗人与其他人的区别并不像弗洛伊德宣称的那样是过于强烈的本能需求，而是对语言的无与伦比的热爱与熟谙。语言不是他的私有财产，而是他生于斯长于斯的语言族群的公共财产。此外，诗人与魔法师不同，他的想象力反而会因为独断的限制而得到激发。

现在，我得开始讲述自己的故事了。我的父亲是一位医生和古典学者，我的母亲拥有大学学位，那个年代的女性不太有机会接受大学教育，她的经历实属罕见。我是家中三兄弟中的老幺，而且自认是最受宠爱的那个孩子。

我的父母有时会吵架，但我依然认为他们的婚姻生活还算幸福。我不知道接下来要说的内容与俄狄浦斯情结有没有关系，以及在多大程度上有所关联，但我确实经常向朋友们提到这些问题。"假设你是你父亲的男性好友，或是你母亲的女性好友，而你父亲跑来跟你说：'我打算跟这个姑娘结婚，你觉得怎么样？'或你母亲询问你：'我打算嫁给这个男人，你觉得怎么样？'"我发现朋友们跟我的想法一样，都会说"我不认为她是你的美眷佳人"，或"我不认为他是你的如意郎君"。这种现象在我看来十分吊诡。显而易见，要是父母当初听信了此类建议，就不会有我们的存在了。

无论如何，谢天谢地，我来到了这人世间，而且十分幸运地在一个塞满了科学和文学书籍的房子里长大，所以我一直以来都明白艺术和科学是相辅相成的，两者的人文关怀并没有高下之分。

到了四岁，有人念书给我听，我也开始学着读书识字。作为一个读者，只要他的阅读感受仅仅是"我喜欢这个，我不喜欢那个"，也就是说，只要他还没有达到审美判断的程度，他就仍然处于我所说的童蒙时期。在我的"启蒙书室"里，最让我爱不释手的一些书籍是：

诗歌——
　　希莱尔·贝洛克的《警诫故事》
　　哈里·格雷厄姆的《无心馆的残酷诗》
　　海因里希·霍夫曼的《头发乱蓬蓬的彼得》

小说——
　　毕翠克丝·波特的全部作品
　　汉斯·安徒生的《冰雪皇后》
　　乔治·麦克唐纳的《公主与妖精》
　　儒勒·凡尔纳的《洞穴之子》和《地心游记》
　　赖德·哈格德的《所罗门王的宝藏》

《头发乱蓬蓬的彼得》（*Shock-headed Peter*）是《蓬蓬头彼得》（*Struwwelpeter*）的英译本，这本书中我最喜欢的一首诗是《嘬拇指小孩的故事》——

　　　　一天，妈妈说："康拉德，亲爱的，
　　　　我得出门一趟，你得留在家里。
　　　　但是现在请记住我说的话，康拉德，

我不在家的时候,千万不要嘬拇指。
那个又高又大的裁缝定然会出现
每当小孩子不听劝又开始嘬拇指。
在他们还不知道他长什么模样之前,
他挥舞着那把锋利的大剪刀跑过来
然后把他们的大拇指全都剪掉——
你知道么,它们再也不会长出来。"

妈妈说完后,转身出门没多久,
康拉德就把大拇指塞进了嘴巴里。

哎!哎!门被人踢开了,他跑了进来,
那个穿红裤子的又高又大的剪刀手。
哦,孩子们,快看哪!裁缝来了
他一把就抓住了我们的嘬拇指小孩。
咔嚓!咔嚓!咔嚓!他剪啊剪啊剪;
只听见康拉德嚎啕大哭——哇哇哇!
咔嚓!咔嚓!咔嚓!他剪得飞快,
康拉德的两个大拇指全都被剪断了。

妈妈终于回来了;愁容满面的康拉德
杵在家里,伸出了两只手给妈妈看;
"啊!"妈妈惊呼,"我就知道他会出现,
来修理你这个调皮捣蛋的嘬拇指小孩。"

碰巧我有咬甲癖,我母亲会把苦芦荟汁涂在我的手指头上,但我只是把它们舔掉,然后继续啃手指头。我很清楚康拉德的遭遇不会发生在我身上,因为"剪刀手"是诗歌中的虚构人物,而不是一个真实存在的人。反而是蜘蛛、螃蟹和章鱼能够引起我的莫名恐惧,我常常觉得它们是有牙阴道[1]阉割属性的象征。

在讨论非韵文作品对我的意义之前,我想先提一下我六岁时发生的一件事。那是圣诞节,我最喜欢的叔叔与我们住在一起。他得了流感,病倒了。我和二哥正玩得起劲,妈妈进来说:"哈里叔叔病了,你们得安静一点。"我立马回嘴道:"真希望他死了。"为此,我结结实实地挨了一顿屁股板子。我仍然记得自己当时的想法:"他们都不明白,我肯定不是真的希望他去死。我其实很喜欢他。"

对这件事的反思让我知道了愿望(wish)和欲望(desire)之间的深刻区别。欲望是真实的,就像食欲或情欲一样,也就是说,它根植于自我当前的状态,如果我说出了它,我的意思就是我所说的。然而,所有的愿望都拒绝接受现实,它们是虚幻的。无论愿望的表达形式多么不同,它们都具有相同的意义:"但愿事情不是这样的。"当我说出我希望叔叔死了的时候,我的言下之意是:"但愿情况不是这样的,因为我想要继续玩。"如果你们好奇为何我表达出的愿望是希望叔叔去死,我的回答是这样的:我小时候喜欢语出惊人,让长辈们目瞪口呆。我觉得自己随着年龄的增长早已不再如此行事了,但朋友们都不这

---

[1] 有牙阴道(vagina dentata):在不少文化中,流传着女性阴道长有牙齿的民间传说,男人与之发生性行为可能会受伤。实际上,这是一种警示性质的传说,精神分析学认为,这与男性在潜意识里畏惧阉割有关。

么认为。

这让我想到，用性话语表达的愿望，并不一定与性有关。

说了这么多后，我想跟大家谈谈诗人们是如何看待象征的。对我们而言，重要的是所彰显的对象本身，它已经涵盖了全部的潜在意蕴（如果有的话），但其实我们对这些意蕴不太感兴趣。那么我要说的是，你们在解析梦境的时候，忽略显在的内容而深挖潜在的意蕴，这在我看来不是真正意义上的象征，而是在处理寓言符号。

例如，我喜欢高耸入云的工厂烟囱。你们或许可以说这些烟囱是阳具符号，但我只想说，要是它们在我眼前变成了阳具，我不会感到震惊，而是会震怒不已。这让我想起了弗洛伊德曾经说过的一句话——有时雪茄只是一支雪茄。一直以来，这句话都让我深以为然。经验告诉我，无论象征形成的过程是怎样的，其背后的主要推动力不是压抑，倒更像是一种无关自身事务的激情。其他动物可能会满足于饮食和交配，但我们不会如此。

现在，我要说说我创作生涯中的"矿业"元素了。我关于诗歌创作的基本认知，或者至少是我写诗的偏好，早在我想成为一位诗人之前就形成了。从六岁一直到十三岁，我醒着的时候，有很大一部分时间都在构建一个完全属于我自己的私人世界。这是一个神圣的次级世界，它首先基于一种风景，主要是英格兰北部奔宁山脉的石灰岩旷野（尽管在十二岁之前我只是从照片中获悉了它的风貌），其次基于一种工业——铅矿开采。我在此试着做一点自我分析。我注意到，即使存在人为造成的矿坑，石灰岩地区依然随处可见自然形成的洞穴和地下溪流。然后，看着书本里的矿坑截面图，我意识到它们就像是风格化的人体内部解剖图。至于我对铅矿的热爱，一是因为我发现"铅"（lead）和"死"（dead）押韵，而且铅被用来垫棺材板（或曾经是这样的）；二是因为采矿是一项人类活动，从本质上来说是有限的行为。蒸汽机可以淘汰马车，但这在以往是无法预见的。然而，当一座矿场被开采时，每个人都了然于心，无论矿藏量多么丰富，它迟早会被采尽，最后被弃用。

在这个自我构建的世界里，我是唯一的人类居住者。虽然我为自己的矿井配备了最为精密的机械装置，但我从未想过要有矿工。事实上，当我实地参观矿场的时候，我更喜欢废弃的矿井，而不是正在开采的矿井。不过，无论我的神圣世界与死亡之间存在什么样的潜在关系，我都不是带着恐惧或悲伤来解读它，而是怀着强烈的欢喜和敬畏来思忖它。

虽然这是我自己虚构的世界，而且我也是其中唯一的人类居民，但我需要得到其他人（尤其是我父母）的帮助才能收集到构建它的原材料。对于我的各种需求，他们始终充满了耐心和包容心，为我购买了有关地理和采矿机械的基础教材，帮我搜罗了地图、目录簿、旅行指南、图片等素材，还在条件允许的情况下带我去了真正的矿场。

这个私人爱好让我学到了很多东西，后来我发现这些东西也适用于公共艺术作品的构建。人拥有两种截然不同的想象，我在此沿用柯勒律治的两个术语——"初级想象"（Primary Imagination）和"次级想象"（Secondary Imagination）[1]。"初

---

1 "初级想象"和"次级想象"的说法，出自柯勒律治的《文学传记》（*Biographia Literaria*）第 13 章。

级想象"的关注点,更确切地说,它唯一的关注点是神圣存在(sacred beings)。所谓神圣,就是必须对之做出应答的存在;所谓世俗,就是无法对之应答因而无从认知的存在。一个神圣存在是无法预期的,只能与之相遇。并非所有的想象都承认同一个神圣存在,但是每一种对之做出应答的想象都采取了同样的方式。一个神圣存在对"初级想象"产生的印象具有无与伦比的重要性,但无法加以界定,每一个神圣存在似乎都言明"我即我所是"。"初级想象"的应答是一种饱含敬畏的激情,其语调多种多样,从欢欣的惊异到恐慌的惊惧都有可能。有一些神圣存在,似乎在任何时候对所有人的想象而言都会是神圣的。例如月亮、火、蛇,以及四种只能用"非存在"来定义的存在物——黑暗、寂静、虚无、死亡。有一些存在,例如帝王,只在特定文化中才被人们视为神圣;有一些存在,只对特定社会群体中的成员而言是神圣的,例如拉丁语之于人文主义者。一种想象可以获得全新的神圣存在,过往的神圣存在则蜕变为世俗存在。神圣存在可以通过社会传播获得,但无法有意识地去捕获。人无法借由教育去接受某个神圣存在,只能改变信仰。

现在回到我孩提时代的私人世界。我在建构这个世界的过程中领悟到一些原则,后来我发现这些原则适用于所有的艺术创作。虽然每一件艺术品都是一个"次级世界"(secondary world),但这样的世界不可能"无中生有",而需要从我们所生活的"初级世界"(primary world)中拣选素材和重新组建。

在构建我的私人世界的时候,我发现尽管这是一种游戏(即我拥有选择的自由),但游戏必须建立在规则的基础之上。"次级世界"就像"初级世界"一样,需要遵守一定的法则。我们可以自由决定这些法则，但绝不可以没有法则。

就我的情况来说，我决定，或者更确切地说，我下意识地认识到我必须对自己的自由幻想设定两个限定条件。我可以随心所欲地选择这个世界的组成要素，无论是选择这个还是拒绝那个，只要它们是"初级世界"里的真实物件即可。例如，我不能凭空想象出一种水力涡轮机，而应该在采矿机械教科书或制造商手册上出现过的水力涡轮机之间进行选择。在决定我的世界如何运作时，我可以在真实存在的两种可能性之间进行抉择（比如说，一个矿井是通过平硐还是抽水机来排水），但物理上不切实际的东西和魔法手段都是被禁止的。所谓"禁止"，我的意思是，我朦朦胧胧地察觉到这是一种道德上的禁令。渐渐地，直至有一天，这成了自觉遵守的道德问题。例如，当我把柏拉图式的理念用在构想一家选矿厂的时候，我遇到了困难，不得不在两种矿石分离设备（即洗矿槽）之间进行选择。我发现一种设备更神圣，而另一种设备更高效（我在纸质材料里得知了这一点）。这个两难抉择让我意识到了自己的道德责任：象征意义上的偏好需要让位给现实或真理。

我刚才描述的这个行为，正是我所说的"次级想象"，它具有另一种特点，在另一种心理层面上，因为它是一种有意识的思维活动。它是主动的，而不是被动的，其范畴不是神圣和世俗，而是美和丑。美和丑，事关"形式"而不是"存在"。"初级想象"只关注一种存在，即神圣的存在，但"次级想象"既辨识美的形式，也辨识丑的形式。对"次级想象"而言，一种美的形式，是其应当如此的存在，而一种丑的形式，是其不应当如此的存在。观察美的事物，"次级想象"会产生满足、愉悦、和谐的感觉；

观察丑的事物,则会产生完全相反的感觉。它不会对美的形式产生欲望,但会对丑的形式产生一种纠正其丑、使之变美的欲望。它并不崇拜美,而是赞赏美,并且能够为这种赞赏给出理由。它赞赏规则性、空间上的对称性、时间上的重复性、法则和秩序;它反对有头无尾、无关紧要和混乱无序。此外,它还具有幽默感和游戏精神。

最后一点,"次级想象"是社会性的,渴望与他人达成一致。如果我认为一种形式是美的,而你认为它是丑的,我们便不由自主地认定其中一人必然是错误的。然而,如果我认为某种存在是神圣的,而你认为它是世俗的,我们谁也不会想到要去争辩这个问题。

如果说象征是"初级想象"的产物,那么隐喻就是"次级想象"的产物。隐喻是一种有意识的类比,其他有意识的人会根据它的恰当性做出评判。既然它是一种有意识的创造,就不会出现压抑的问题。我们可以而且经常使用性语言来描述与性无关的现象。例如,有一个来自农业生产的隐喻——在大地母亲的身上耕耘和播种。还有一个更引人注目的例子来自神秘主义者圣十字约翰[1],他公开使用极为大胆的语言,援引大多数人都体验过的性高潮来隐喻灵魂与上帝的结合,而后者恰恰是鲜少有人经历过的体验。在他看来,两者有共同点,都是完全忘我的体验。

也许没有什么比梦更让"次级想象"反感了。就我自己而言,

---

[1] 圣十字约翰(St John of the Cross,1542—1591),西班牙修士、神秘主义者和诗人。

我觉得自己的那些梦，无论在生理上和心理上多么必要，其实都像精神错乱一样无聊。也就是说，它们不断地重复，缺乏停顿，也没有丝毫幽默感，并且偏执地以自我为中心。平生只有一次，我从梦中醒来后，经过几番思量，觉得这个梦似乎足够有趣，值得写下来。

鉴于我小时候对采矿业的浓厚兴趣，我和父母都自然而然地认为，我长大后要么会成为一名矿业工程师，要么会成为一名地质学家。因此，我在公学修习科学，申请到了牛津大学生物学的奖学金。但事情的走向并非如此。1922年3月的一个星期天，我和一位校友穿过一片田野，他问我是否写诗。"天哪，没有，"我说，"我从来没有想过写诗。""为什么不呢？"他反问。就在那一刻，我发现了自己的天职。

我扪心自问，为何我会对朋友的建议产生如此始料未及的反应？我现在意识到，这是因为在很长一段时间以来，我已经下意识地倾向于诗意地运用语言，以一种独特的方式阅读那些采矿业书籍中的技术性文字。例如，一个像"pyrites"（黄铁矿）这样的词语，对我来说，并不是一个简单的指示符号，而是一个"神圣事物"的专有名称。所以，听到一位姨妈将它念成了"pirrits"时，我心下震惊不已。她的发音不仅有误，而且十分难听。无知是一种亵渎。严格意义上的专名就是原初的诗。我认为诗人试图做的是赋予特定的经历以专名。语言越是散文性的，特定词语和某个观念的联结就越是无关紧要的，只要联结建成了就一劳永逸了。而语言越是富有诗意的，就越在乎这种联结。在《创世记》中，上帝让亚当给所有造物命名，作为命名者的亚当扮演了第一位诗人的角色，而不是第一位散文家。

决定写诗的直接后果是，我不得不彻底忘记自己的个人幻想，集中精力学习如何写一首诗。也就是说，在祈求属于我自己的缪斯女神之前，我必须先求助于语文学夫人。一个初学者的努力不能被说成是低劣。它们属于想象，是对一般意义上的诗歌的模仿。接下来的阶段，这个年轻的诗人需要锁定某个特定的诗人，他在这个诗人身上找到了亲近感（我锁定的诗人是托马斯·哈代），开始模仿他的作品。要对一位诗人进行清晰可辨的模仿，就需要对他的措辞、节奏和感知习惯的每一处细节悉心留意。在模仿他的大师时，这个年轻的诗人将会发现（无论他是怎么发现的），只有一个词、节奏或形式是恰当的。尽管是恰当的，却依然不是真正属于他自己的词、节奏或形式，因为这个学徒还只是在用腹语术写诗。即便如此，他已经不是在写一般意义上的诗歌，而是在学习如何去写一首诗。如果这个学徒注定要成为诗人，那么，总有一天（我是在二十岁时）他会发现自己可以问心无愧地说：这首诗里的所有措辞都是恰当的，而且全都真正属于我自己。

然而，我过了很多年才为孩提时代的铅矿世界写出真正的作品。我的第一次尝试是在1940年，当时已经三十三岁了。我试着去描述十二岁时第一次目睹我的神圣风景时的感受。不用说，从历史视角来看，我对个人经历的描述是一个虚构的幻想。我写下的诗行，正如你们将会看到的那样，是根据后来阅读神学和精神分析学作品的经验而做出的一种解释。以下是相关诗段：

每当我开始去寻思
人这种生物,我们必然
都小心维护着常识和体面,
英国的一个地区浮现于脑海,
有个地方特别为我钟爱,
我看到了这样的自然景观:
从布拉夫延伸到赫克瑟姆[1]
和罗马墙[2]的那些石灰岩荒地
象征了我们全体,为我所喜。

············

我的希望如少年,总会回到那些个
滋养了威尔河、泰恩河和提斯河[3],
改变着地层状况却已被 泥炭染污的
无人小溪,在锅鼻瀑布[4],会看着
那久被压制的玄武岩
如何在暴烈的反抗中崩裂逃窜,
而后在老矿井的废墟中落脚
衍生了他的代数符号,
为了人们心中哀悼和追寻的全部,

---

[1] 布拉夫,英国坎布里亚郡的一个村庄,位于奔宁山脉的西侧边缘地带。赫克瑟姆,诺森伯兰郡的一个集镇。
[2] "罗马墙"即哈德良长城,一条由石头和泥土构成的横断大不列颠岛的防御工事,由罗马帝国皇帝哈德良兴建,为的是防御北部皮克特人反攻,保护罗马治下的英格兰南部地区。
[3] 这三条河都是英格兰东北部的河流,始自奔宁山脉,流入北海。
[4] 锅鼻瀑布是提斯河上游河段的一个瀑布。

为了已遭废弃的所有技术,
他们的索道长满了野草,
为失去的信仰,为所有的呼告,
还有废弃的熔铅工厂,
它的通气烟囱高耸于山冈
却再不会喷烟吐雾给出答复,
唯有道岔,博尔特山[1]的地标物,
会将所有的问题暴露。在那儿,
在鲁克霍普[2]我才第一次意识到了
自我与非我、死亡与恐惧:
坑道是通往地下非法界域的
入口,也通往他者[3],通往
那可怕、那仁慈[4]、那母神群像[5];
独自一人,在一个大热天,
我跪在升降机井口的边沿,
感到了那个深层的原母恐惧[6],
是它推动了我们毕生探索知识领域,

---

1 这座山原名为"Bolt's Law",位于北奔宁山脉附近。"law"在英格兰北部和苏格兰地区的方言里等同于"hill",也就是小山,所以此处译为"博尔特山"。
2 鲁克霍普是一座位于奔宁山脉附近的村庄,遗留了很多旧时的矿井遗迹。
3 原文为"Others",直译为"他者"。有学者指出,这个词源于海德格尔的术语"人人自我"或"他者自我"(they-self),与"本真自我"(authentic self)形成区别。
4 原文为"the Terrible, the Merciful",似也隐射了上帝的二元性。
5 原文为"Mothers",这个词的基本概念源于歌德《浮士德》第二部第一幕"阴暗的走廊"里的"母亲们"的府第,是永恒与无限的最高浓缩,也是一切艺术、理想、真理的最终象征。
6 原文为"Urmutterfurcht",可与上文提到的"Mothers"联系起来。

探索我们命运的内在隐秘，

去追求文明与创造力，

也是它命令我们回返了永恒母性[1]

去认知我们所逃避的是何种处境。

我往井里投下了卵石，侧耳细听，

但闻黑暗中的贮水池蓦然惊醒：

"哦，你的母亲不会再回到你的

身边。我即你的自我、你的职责

和你的爱。我的形象现已被她打破。"

于是我意识到了我的罪过。

到了1948年，我第一次踏足意大利，在佛罗伦萨再次写了一首与我的童年幻想有关的诗歌——《石灰岩颂》。这次当然无法将铅矿写进来了，因为佛罗伦萨当地没有铅矿，但石灰岩风景对我来说很有价值，因为它是两种截然不同的文化之间的纽带：一种是我成长于其中的北方罪感文化，另一种是我现今才接触到的地中海国家的耻感文化。以下是这首《石灰岩颂》：

对于不专情的我们，如若它构成了

　常常引发我们思乡的一种风景，

多半因为它溶解于水。留意这些圆形山坡，

---

[1] 原文为"Das Weibliche"，"Weibliche"在德语里是"女性"的意思，但奥登在此用了中性名词的定冠词"Das"，说明他并不是指女性，而是指向了上文带有抽象意义的"Mothers"。

　　　　岩面上散逸着百里香的气息，底下，
　　一个洞窟和水道的隐秘系统：到处都能听闻泉水
　　　　欢快地喷涌而出，
　　每一支都注入了僻静鱼塘，一路冲刷出
　　　　小小溪谷，而它的峭壁招引了
　　蝴蝶和蜥蜴：巡视这片近距离
　　　　且方位明确的区域：
　　它更像是一位母亲，至于她的儿子
　　　　有一个更为恰当的背景，阳光下
　　斜倚在石岩上的浪荡儿，有那么多缺点，
　　　　却从不怀疑自己仍受宠爱；他的工作
　　只是尽情施展他的魅力？¹ 从风化的裸露岩石
　　　　到山顶的教堂，从地表显露的水流
　　到引人注目的喷泉，从荒野到布局规整的葡萄园，
　　　　一个步履灵巧的孩子几步就能走完，
　　当他希望比他的兄弟们吸引更多注意，
　　　　不管是经由讨好还是逗笑。

　　瞧，争强好胜的一群人在陡直的铺石巷爬上走下，
　　　　三三两两，有时臂膀挽着臂膀，

1　在诗集《午后经》(*Nones*，1951) 收录的《石灰岩颂》里，"这个浪荡儿"(the flirtatious male) 对应的原文为"这个裸身的年轻人"(the nude young male)，既是一种性暗示 (有学者认为，这位年轻人指的是陪伴奥登在意大利度夏的切斯特·卡尔曼)，也是对意大利文艺复兴时期艺术作品里的裸身男子的隐射。

但是，感谢上帝，步调从不一致；要么是
　　　正午时约好了在广场的荫凉处
口若悬河地闲聊，只因彼此太过熟识，
　　　实在想不出还有什么重要秘密，
既无法理解某位神祇的火爆脾气乃合乎道义，
　　　也不会为一行精巧诗句或一支好听曲子
就安静下来：只因习惯了发出回声的石头，
　　　当面对一座怒不可遏的炽热火山口，
他们从来不必害怕地掩住面孔；
　　　适应了山谷地带的本地需求，
此地的每样事物靠步行就可以去触碰
　　　或去了解，他们的眼睛从未越过
游牧民的栅栏格子去探究无限的空间；
　　　天生幸运，他们的双腿从未碰到丛林的
菌类和毒虫（这些丑怪的生命，我们自以为
　　　与它们毫无共同之处）。
于是，当他们中某个人开始堕落，其心智作用的方式
　　　总是不难理解：会变成个皮条客，
会售卖假首饰，为博得满堂喝彩的效果会糟蹋掉
　　　一副男高音的好嗓子，这会在所有人身上发生：
除了我们当中的圣人与恶徒……这就是为何，我猜想，
　　　此地的圣人和恶徒从来待不长久，只会寻找
放纵无度的温床，在这儿，美不是那么浅表，
　　　灯火会稀疏一些，而生活的意义
不仅等同于一次狂欢野营。"来吧！"花岗石荒野叫道：

"你的幽默多么隐晦,你善意的吻多么意外,
而死亡是如此永恒。"(未来的圣人们叹息着,
　　已悄悄溜走)"来吧!"黏土和砾石愉快地叫唤:
"我们的平原有足够空间可让军队操练;河流
　　等着被驯服,而奴隶们会用最气派的样式
为你造起一座坟茔:人类与大地一样温和,而两者
　　都需要被改造。"(执政官恺撒起身走开,
"砰"的一声关上了门。)但真正的冒失鬼,会被一个
　　古老又阴冷的声音吸引——那来自海洋的低语:
"我就是孤独,我不会要求什么,也不做任何许诺;
　　如此我会让你获得自由。世上本没有爱;
唯有各色各样的嫉妒,无一例外地可悲。"

它们是对的,我亲爱的,这些声音说得没错,
眼下仍是如此;这片土地,不像它看上去那般美妙宜居,
　　它的安宁也不似一处平静的历史遗址,
有些东西已就此尘埃落定:一处落伍、残败的
　　外省乡间,通过一条隧道联结了
宏大而喧腾的世界,带有某种不体面的
　　吁求,它现在还是这副模样?也不尽然:
它已肩负起它未敢忽略的一个世俗性责任,
　　不顾及它自己,反而操心起
所有大国操心的问题;这妨碍了我们的权利。诗人[1],

---

[1] 诗人指的是美国诗人华莱士·史蒂文斯(Wallace Stevens)。奥登(转下页)

称太阳为太阳，称他的思想为谜题，
因诚挚的品性而广受称颂，却被这些大理石像
　　搅扰得心神不安，正是它们，那么明显地
质疑了他的反神话的神话；还有这些流浪儿，
　　在铺石柱廊里追缠着科学家，
如此热情地开出价码[1]，指责他对自然界
　　最遥远方位的关切：而我也被责备，原因和程度
恰如你们所知。不要耽误时间，不要被捉住，
　　不要被人甩到后面，请不要！要效仿
喃喃自语的野兽或行为可被预知的某样东西
　　如水流或石头，这些才是我们的
日常祈祷词，它们提供的最大抚慰
　　即随处可以奏响的音乐，眼目看不到，
也无法嗅闻。我们预期死亡是一个客观事实，
　　就此而言，无疑我们是对的：然而，
倘若恶行可被宽恕，倘若躯体可以死而复生，
　　倘若事物的这些变形只为了取乐，
可以化身为不谙世故的运动员和姿态万千的

（接上页）在1947年7月10日写给厄休拉·尼布尔（Ursula Niebuhr）的信中附有一首关于华莱士·史蒂文斯的诗稿，写有"Calling the sun, the sun, / His mind 'Puzzle'"，而这两行诗又跟华莱士·史蒂文斯的组诗《它必须是抽象的》（"It Must be Abstract"）中的"The sun / Must bear no name, gold flourisher, but be / In the difficulty of what it is to be"形成了互文。

1　门德尔松教授指出，这里的"开出价码"是一种隐晦的性暗示。富勒先生也认同此观点，并提到一则逸事：奥登之前在那不勒斯街头行走时，被一群流浪儿追逐过。

　　　　泉水[1]，即可进一步地申明：
　　有福的人不会在意自己如何被人品评，
　　　　没有什么要去隐瞒。亲爱的，我对此也一无所知，
　　但是，当我试着想象一种完美无瑕的爱
　　　　或此后的人生，我所听到的是地下溪流的
　　潺潺声，我所看见的是一片石灰岩风景。

然后在1965年，我又一次尝试直接描写我最初的神圣风景。以下是这首《对场域的爱》：

　　我凭记忆就能画出它的地图，
　　标明它的轮廓线、
　　岩层分布和植被，
　　确定每一处高地，
　　但我不知道小溪和
　　荒僻石屋的名字，
　　那些住民也像石楠
　　或松鸡般深藏不露，

　　物是人非已无法评判，
　　唯有他们成就之事、
　　昔日挖出的地洞和排水系统、

---

[1] 石灰岩雕铸的人像和喷泉在此象征了俗世的肉身，而诗歌尾声部分已从客观的死亡写到永生的承诺——基督教的宽恕与复活。

这些特大型厂区仍真切可触：
他们的锤打声
早已经停歇，
当贫瘠石灰岩[1]里的矿藏
渐渐地被掘光采尽。

随处看去，在沮丧的砖石建筑、
苔藓和已被拆解的机器之上，
一座烟囱仍自顽强地耸立，
附近无人走动，
黄油面包无处可买，
在我出生成长的年代，
收入微薄的农家
就面对了这片土地。

几乎不可能
有什么美好的未来。
工业需要廉价的电能，
耽于空想的权力
需要一片险恶的荒地，

---

[1] 贫瘠石灰岩（Jew Limestone）是一个采矿业术语，西方矿业从业者一度认为，开采到石炭系第九层（大约地下八米）时，矿藏已经十分稀少，不值得继续采掘。这个误解在20世纪初期被打破，人们发现一些铅矿的储藏量在"贫瘠石灰岩"之下仍然十分丰富。另外，"Jew"在这里用作形容词，反映了基督徒对犹太人的固有偏见。

而享乐之徒愿意为冲浪、
红葡萄酒和一夜之欢买单：
这里近乎一无所有。

可在我看来，它却美妙无比：
不是伊甸园（如我夜半时分
所构想出的可能景象），
更不是一个新耶路撒冷，[1]
对一个确信自己
必会死去的人来说，
它比任何一个白日梦
都更美好也更为可靠。

触目所及皆荒凉，
照此类推，
我如何才能构想出
一种永不弃绝的爱？
不管浅薄的世人
如何一而再再而三地
诋毁它、遗弃它、
对它抱以冷眼与怀疑。

---

1 奥登将人类有关乌托邦的幻想分为两类：伊甸园和新耶路撒冷。他曾写道："伊甸园是一个存在于过去的世界，现存世界的各类矛盾尚未出现；新耶路撒冷是一个存在于未来的世界，各类矛盾将会得到解决。"

不过，我曾经写过一首诗，希望每一位读者都带着梦境般的感受去阅读这首诗。最初的写作灵感并非来自梦境，而是一幅关于耶稣在山园祈祷的画作[1]。跪地的耶稣形象出现在这幅画的前景里，沉睡的门徒们卧在他身旁的地面上，而在远处的背景中，一些士兵正穿过一座小桥。从表面来看，这些士兵似乎毫无恶意，也没有任何迹象表明他们意欲何为。然而，凡是了解福音故事的人都会知道，他们其实是来逮捕耶稣的。我当时想，假如不是静态绘画，而是用电影手法来表现这一事件，人们将会看到这些士兵逐渐逼近，直到他们所为之事变得昭然若揭。在此之前，根据福音书的记载，耶稣已经唤醒了他的门徒，他们却在耶稣被捕后四散逃逸。当时，我赫然想到（此前从未有过这个想法），我自己以及几乎所有人都应该做过一种噩梦，在梦中被某股邪恶的力量追赶。既然这是一种普遍的经历，而不是我自己的私人经历，那就可以成为一首诗的基础。就我而言，曾在梦中追逐我的那股力量是蒸汽压路机，但读者肯定不会觉得这种机器可怕。我从未梦到被士兵追捕，也不清楚其他人是否做过这种梦，但由于士兵的身份具有侵略性，因此我觉得他们可以成为所有读者共有的象征符号。为了加强戏剧化效果，我想要在诗中为做梦人增设一个旁人，于是设定了一个做梦人喜爱并信任的人，用以代替那些逃跑的门徒。也就是说，读者可以将这个"旁人"想象成任何合乎自己心意的形象，但他最终会抛弃做梦人，留他独自面对可怖的命运。

---

[1] 1938年，奥登在给友人的信中说，他在伦敦的国家艺术画廊里看到了一幅"耶稣在山园祈祷"的画，此画描绘了耶稣在生命最后一晚的其中一个场景。

我在此再次声明，我个人从未做过这样的梦。以下是这首诗[1]：

哦，那个如此震耳的声音是什么，
　　在山谷里咚咚地响，咚咚地响？
只有穿着猩红军服的士兵，亲爱的，
　　士兵们已在路上。

哦，我看到的如此清晰的闪光是什么，
　　远远看去那么耀眼，那么耀眼？
是阳光在他们武器上的反射，亲爱的，
　　因为他们正行军拉练。

哦，他们全副武装地在干什么，
　　一大清早他们在干什么，一大清早？
只是他们的常规演习，亲爱的，
　　也许是一个警告。

哦，他们为何离开大路朝那里走去了，
　　他们为何突然转向，突然转向？
也许他们收到的指令有变，亲爱的，
　　你为何跪在了地上？

---

1 这首诗创作于1932年10月，原诗并无标题，后以《谣曲》为题刊登于1934年12月的《新诗》，等到收于《奥登诗选》时，诗题变成了《哦，那是什么声音》（"O What is That Sound"）。

哦，他们是不是停下去找医生了，
　　他们有没有勒停坐骑，他们的坐骑？
嗨，他们中没有人受伤，亲爱的，
　　这些兵士里没人需要救治。

哦，他们要找的是牧师，那白发老者，
　　是牧师，是不是，是不是？
不，他们从他门前走过，亲爱的，
　　并未登门致意。

哦，定是去找住在附近的农夫了。
　　谁让农夫这么狡猾，这么无赖？
他们已经过了农家宅院，亲爱的，
　　他们现在跑了起来。

哦，你这是要去哪里？和我一起待着！
　　你的赌咒发誓都是骗人谎言，都是谎言？
不，我答应了要好好爱你，亲爱的，
　　但我必得离开这边。

哦，锁已撞坏，大门也裂成两半，
　　哦，他们正推开栅栏，推开栅栏；
他们的战靴重重地踩上了地板
　　他们的目光灼热如火焰。

如果你们让我描述诗歌创作的过程，我会这样说：一首诗歌的主要内容由一系列包含过往回忆中的情感和思想的历史场景群组成。诗人假设这组场景群是真实的，即一种真实的混乱，但它本不应该如此，因此诗人试图将这组场景群转变为一个共同体（community），使之在一个"语言社群"（verbal society）中得以具体呈现。在这一点上，诗人不同于科学家：科学家的研究对象自始至终都是一组自然事件群，他假设这些自然事件只是显而易见，但并非真实可靠，因而试图发现它们在自然系统中的真正境况。

与自然界中的任何社群一样，诗歌的"语言社群"也有自身的规则：句法规则类似于物理规律，韵律和押韵规则更像生物学规律。

诗歌终极秩序的本质，是情感和思想的回忆场景与语言系统之间辩证博弈的结果。作为一个社群，语言系统对于它试图呈现的场景极具强制性，会将它无法真实呈现的场景统统排除出去。作为一个潜在的共同体，如果这些场景认为语言系统不公正，便会消极抵制该系统试图呈现它们的所有要求——它们拒绝一切有违公正的劝服。

诗人可以采用两种方式进行诗歌写作。他可以从一个直观的想法开始，这个想法关涉他渴望使其成形的共同体类型，然后再寻找一个能够最恰当地体现这种想法的语言系统；他也可以从某个特定的语言系统开始，然后再寻找一个能够最真实地体现该语言系统的共同体。在实际的写作过程中，他几乎总是在两个方向上同时开展，一边根据语言系统的直接启示修正他对共同体终极属性的构想，一边根据他对共同体未来需求的逐渐洞悉而修改语言系统。

我们不能任意选择语言系统，也不能认为任何给定的语言系统都是绝对必要的。诗人寻找的是一种能够赋予情感和思想恰当的职责的语言系统。"应该"（ought）总是暗示着"能够"（can），因此，一个不能满足其要求的系统就必须被舍弃。但是，当系统的过错源于它所要求的情感存在放任懈怠和自我沉溺的问题时，诗人就需要提高警惕，不应该去指责系统有失公允。一首诗会从两个方面走向失败：它可能排斥了太多东西，以至于寡淡平庸；它也可能想要同时呈现不止一个共同体，以至于混乱无序。

诗人必须时刻谨防两大危险，我称之为自体快感（auto-eroticism）和自我陶醉（narcissism）。

诗人绝不能仅仅因为某种表述听起来诗意盎然或激动人心就把它写进诗歌，他必须相信它是真的。当然，这并不是说人们只能欣赏观点恰好与自己一致的诗人，但确实意味着人们要相信诗人真的坚信他自己所说的话，无论这种观点在人们看来多么奇怪。

第二大危险与诗人的想象有关。当一种体验之所以具有诗意价值，仅仅是因为诗人自己经历过时，就滑向了危险的边界。一种有效的体验是对所有人共同拥有的现实的感知：如果说它只是我的，那是因为它是从一个只有我才拥有的独特视角来感知的，而我很高兴也有责任与他人分享。从诗人的角度来看，读者对他的诗歌的理想反应是这样的："天哪，我一直都知道这一点，但直到现在才明白过来了。"有人或许会说，一首好诗就像一个被成功分析过的病人，两者恰如《诗篇》作者颂扬的耶路撒冷——"一座本身就统一的城市"[1]。正是基于此,我才质疑把一件优秀的艺术作品当作病人来进行心理分析的价值,只有那些糟糕的艺术作品才会让我萌生分析的念头,而这不过是为了揭示它糟糕的原因。

至于我们所做的事情的目标,我认为它们并没有太大的不同。我们双方至少都可以或应该对我们所能实现的目标保持谦逊。约翰逊博士曾写道,写作的唯一目的是让读者更好地享受生活,或者更好地忍受生活。这与弗洛伊德曾经说过的话有什么不同吗?当一个人咨询弗洛伊德是否需要进行分析治疗的时候,他回答道:"我想,我们能为你做得十分有限,但也许我们可以把你歇斯底里的痛苦降为普通人的愁苦。"

---

[1] 这句话对应的原文是"A city that is at unity in itself",出自《旧约·诗篇》第 122 篇。

艺术随想录[1]

所有诗人，无一例外，都有一个共同的特点，那就是对母语的热爱。这意味着"诗人是天生的，而不是形成的"的说法必然不成立，因为婴儿出生时并不会说话。是什么心理状况促成了这份对母语的热爱？谁也猜不透。也许，像"我的母语""词语的乳汁"这样的短语别有一番意蕴。

★ ★ ★

我可能过于以己度人了，但根据我自己的经验，我的确认

---

[1] 这篇文章的原标题是"How Can I Tell What I Think Till I See What I Say?"，收录于尼古拉斯·巴格诺尔（Nicholas Bagnall）主编的《英语教学研究前沿》（*New Movements in the Study and Teaching of English*，1973）。这本书探讨了教学实践、教学效果对学生个性和社会发展的影响，分为六大部分，而每一章都由相关领域的专家撰写。"诗人"部分包含两章，奥登贡献的章节即为此文。原标题引自 E. M. 福斯特在《小说面面观》中说过的一句话，可以直译为"我的表达没有呈现之前，我的思考怎会有结论？"，但译者根据文章的写作形式，替换为"艺术随想录"这个更为直接的标题。（转下页）

为对那些后来决定成为诗人的孩子来说，最吸引他们的诗歌会是滑稽诗或胡话诗，而不是"严肃"诗。就我自己而言，我早年最喜欢的是霍夫曼的《头发乱蓬蓬的彼得》、贝洛克的《警诫故事》、哈里·格雷厄姆的《无心馆的残酷诗》，当然还有爱德华·李尔和刘易斯·卡罗尔的作品。

语言的作用在滑稽诗中更为显而易见。似乎正是语言本身，它的韵律和节奏具有一种生成事件的力量，而不像严肃诗那样，是诗人脑海里的事件在寻找恰当的语言表达。例如：

> 在那口饮水井里
> 水管工为她打造的井里，
> 玛丽亚阿姨坠了下去；
> 我们得去买个过滤器。

★ ★ ★

当他刚开始写诗时，潜在的诗人具备真正天赋的最可靠迹象是，他更喜欢把玩文字，而不是表达独创的观点。如果他能运用好语言，独创性也会随之而来。

（接上页）事实上，后期奥登经常随手记录自己对诗歌、对艺术、对人之境况的所思所感，有些"随想"被整理成文，比如《正方形和长方形》("Squares and Oblongs"，1957）和散文集《染匠之手》(*The Dyer's Hand and Other Essays*，1962）中的部分篇章，也有一些"随想"在奥登生前未曾面世，后来由其文学遗产受托人爱德华·门德尔松教授收录于《奥登散文全集》之中，比如《艺术随想》("Some Reflections on the Arts"，1973）。

★ ★ ★

过去在一些地方,例如,在中世纪的威尔士,潜在的诗人接受过律师、医生等职业教育。如今,他们不得不进行自我教育,结果并不总是令人满意。如果我必须上一节"写诗"课,我会完全忽略那些关于评论性判断和品味的问题,而把时间用在那些事实问题上,也就是说,用在韵律分析、修辞学和语文学,以及语言史上。每一位诗人(以及每一位诗歌评论家)都应该知道"a bacchic"(醉汉)和"a choriamb"(扬抑抑扬格)的区别,并且能够一眼认出"换语"或"交错配列"[1]的使用。遗憾的是,他们中很少有人这么做,也很少有人能够做到这一点。

★ ★ ★

不说别的,艺术创作其实是一种游戏形式,也就是说,它不像吃饭或睡觉那样是创作者必须要进行的事情,而是创作者觉得很有趣的事情。这就是格律诗成为常态的原因。我们知道,没有规则就没有游戏。一个人可以随心所欲地制定规则,但他的全部乐趣和自由都以遵守这些规则为前提。有一些诗人,例如惠特曼和 D. H. 劳伦斯,给人们的印象是他们必须用自由诗写作,但他们只是例外的情况。要想写好自由诗,诗人得有一

---

[1] 交错配列(chiasmus)是一种修辞手法,是指其中一个词组的语序在下一个词组中被颠倒,使得来自原始词组的两个关键概念以颠倒的顺序出现在第二个词组中,即"AB"+"BA"的句子结构。例如:"Live simply so that others might simply live."

只不会出错的耳朵,来确定收尾在哪里算是适可而止。随意处理收尾的诗作屡见不鲜,看起来它们本该被写成散文诗。

★ ★ ★

我相信,在大多数但也许不是在所有情况下,神圣或神秘的存在与事件在诗人的想象世界中激发的敬畏和好奇的感受,是促使诗人形成写一首严肃诗的原初冲动。这种反应是无意识的,它不可能被有意识地召唤出来。有些存在,古往今来对所有人的想象而言都是神圣的,例如,月亮、四元素[1],以及那些只能被界定为"非存在"的存在——黑暗、寂静、虚无、死亡。有些存在,例如帝王,只有在特定的文化中才被视为神圣。

一首诗,哪怕是一首爱情诗,都很少只以一次这样的邂逅为基础。在诗人的记忆中,通常会有许多这样的经历,它们之间没有显著的关联,也就是说,它们是一个群体。诗人试图将这个群体转变为一个以语言社群为形态的共同体,如果他的努力成功了,那么一切情感都会成为同一个共同体的成员,它们不但彼此热爱,还热爱着共同体。一首诗可能以两种方式失败:它可能排除了太多,以至于平庸;也可能妄图同时体现一个以上的共同体,以至于紊乱。

---

[1] 关于世界的物质组成,古希腊人有"四元素说",即土、气、水、火。

★ ★ ★

就我自己而言，在任何特定的情况下，我的大脑都只对两样东西感兴趣：其一是主题，其二是形式或语言、韵律、措辞等方面的问题。主题寻找最能体现自己的形式；形式则围绕主题寻找最适宜处理的层面。当两者最终达成一致的时候，我就可以动笔写诗了。

★ ★ ★

不仅在青年时期，而且在创作生涯的各个阶段，大多数诗人的心目中都有一个榜样，一个可以帮助他们找到自己的真正道路的前辈。在寻找榜样的过程中，外人几乎无法提供帮助。偶尔，一个知识更渊博的年长者可能会向青年诗人提出富有成效的建议，但前提是他非常了解后者，熟悉他的性情与志趣。

★ ★ ★

我们可能会在选择自己的榜样时犯错。我最开始的榜样是托马斯·哈代、爱德华·托马斯和罗伯特·弗罗斯特，他们于我而言大有助益，但我不得不坦言，尽管叶芝和里尔克是当之无愧的大诗人，却对我产生过负面的影响，前者诱使我运用了过度夸张的修辞，后者导致我写出了一些太过文艺的诗，一些过于"名副其实"的诗。不用说，这完全是我的错，而不是他们的错。

★ ★ ★

我觉得男人和女人在写诗时面临截然不同的问题。女人很难把自我从自己的经历中抽离出来，很难写出华兹华斯所界定的那种"宁静中回忆起来的情感"的诗歌。男人则很容易成为唯美主义者，也就是说，他之所以进行表达，不是因为他相信自己所表达的言论是真实的，而是因为他觉得这些言论听起来充满了诗意。

★ ★ ★

大诗人和小诗人的区别不在于诗歌的质量。事实上，大诗人在其创作生涯中写出的坏诗极有可能多过小诗人。他们之间的区别应该是这样的：拿出小诗人的两首同等优秀但不同时期写成的诗，我们无法单从诗歌文本判断写作时间的先后；然而，要是换成大诗人，我们往往可以勾绘出他的发展轨迹，他在青年、中年和老年时期的写作风格各不相同。

★ ★ ★

诗人不太关心他们自己缘何或如何开始写诗。他们最在意的是接下来要写的东西。在一个像我们这样的社会和技术日新月异的时代，诗人的这种倾向存在危险性。"我六十五岁时应该写什么样的诗"是一个明智的问题，而"我在1972年应该写什么样的诗"就纯粹是一个愚蠢的问题，它只会导致一种对当今风尚的屈从,一种竭力"与之同在"的尝试。柏拉图曾试图将政治生活建立在艺术虚构之上,正如我们所知,这只会导致政治暴政。今天,太多艺术家犯下了恰恰相反的错误,他们试图让艺术虚构建立在政治行动的基础上,如此一来,他们不再尽力创造一个具有永恒价值的艺术对象,而是屈服于当下的暴政,制造出毫无意义的"时新作品"。政治史和艺术史是截然不同的。政治行为只有一种替代方案,那就是另一种政治行为。就艺术作品而言,它有两种替代方案,要么是另一件艺术作品,要么是艺术作品不复存在。

★ ★ ★

阿喀琉斯只能杀死赫克托耳一次,而且要在特洛伊将他杀死,但《伊利亚特》可以被反复阅读,并被翻译成其他语言。

★ ★ ★

同样,虽然科学史呈现了一种进步的态势,但艺术史并没有显露这个迹象。任何一件艺术品都不能取代另一件艺术品。每一件成功的新艺术品,迟早都会在传统中占据一个永久的位置。

★ ★ ★

诗歌主要是述说给他人的个人话语。一首诗的含义是页面上的语词和恰好阅读它的人之间对话的结果,也就是说,它的含义因人而异。然而，个人话语不能与自我表达混为一谈。诗人试图在诗歌中呈现的经验是我们所有人共同的现实，而他能够从一个只有他自己才拥有的角度来看待这份经验。从诗人的角度而言，读者对他所写的东西的理想反应是这样的："天哪，我一直都知道这一点，但直到现在才明白过来了。"

★ ★ ★

无论它能发挥什么样的实际功用，一件艺术品无异于一个梦。

★ ★ ★

既然诗人是人类的一员，那么每个诗人都必然同时作为个体和人而存在。诗人生活在一个特定的社会里，处于漫漫历史长河中的特定时期，无论他的见解多么独到，他所看到的世界以及他用以阐释这个世界的大多数看法，都离不开他身处其中的社会和时代。在这一点上，他必须修习批判性的超然客观，以免习以为常的反应左右了他的视域。当然，他必须接纳作为事实的社会和时代，并且与之打交道。这并不意味着他必须融入当代的风尚，事实上，他可以也应该拒绝他人接受的很多东西。但当他拒绝的时候，他必须清楚地知道自己拒绝了什么，以及为什么要拒绝。如果他试图把自己想象成一个脱离了肉体的天使，不受任何约束，不与时人发生任何关系，那么他的创作只能沦为虚假。

★ ★ ★

因为创作者是一个个体,所以每一件真正的艺术品都表现出"现在性"(nowness)的品质,这使得艺术史家可以据此给出大致的创作时间和地点。因为创作者是一个人,所以每一件真正的艺术品都表现出"永久性"(permanence)的品质,在创作者及其所属的社会远逝后,它依然具有价值。

★ ★ ★

艺术无法改变历史进程。即使但丁、莎士比亚、歌德、提香、米开朗琪罗、莫扎特、贝多芬等人从未存在过,欧洲的政治和社会历史也依然会是这个样子。

★ ★ ★

约翰逊博士说:"写作的唯一目的是让读者更好地享受生活,或者更好地忍受生活。"对此,我只想补充一点,艺术作品是我们与死者分食面包的主要手段,而如果离开了与死者的交流,就不会有完整的人类生活。

★ ★ ★

让我用语言的话题结束,正如我以语言开始。无论诗人作为一个公民的责任是什么,他作为一个诗人只有一个政治职责。

他写下的一切作品都应该成为正确而精妙地使用其母语的典范，因为语言已经被新闻业和大众传媒败坏，处于岌岌可危的境地。我之所以称之为政治职责，是因为一旦词语失去了意义，肉体的蛮横就会取而代之。

明室
Lucida

照亮阅读的人

主　　编　　陈希颖
副 主 编　　赵　磊
策划编辑　　赵　磊
特约编辑　　李佳晟
营销编辑　　崔晓敏　张晓恒　刘鼎钰
设计总监　　山　川
装帧设计　　山川制本 workshop
责任印制　　耿云龙
内文制作　　丝　工

版权咨询、商务合作：contact@lucidabooks.com

上海光之室文化传播有限公司　　　　　　Shanghai Lucidabooks Co., Ltd.

图书在版编目（CIP）数据

诗人之舌：奥登文选 /（英）W. H. 奥登著；蔡海燕译 . -- 北京：北京联合出版公司 , 2024.8
ISBN 978-7-5596-7493-7

Ⅰ . ①诗… Ⅱ . ① W… ②蔡… Ⅲ . ①散文集－英国－现代 Ⅳ . ① I561.65

中国国家版本馆 CIP 数据核字 (2024) 第 053642 号

诗人之舌：奥登文选
作　　者：[英] W. H. 奥登
译　　者：蔡海燕
出 品 人：赵红仕
策划机构：明　室
策划编辑：赵　磊
特约编辑：李佳晟
责任编辑：管　文
装帧设计：山川制本 workshop

北京联合出版公司出版
(北京市西城区德外大街 83 号楼 9 层　100088)
北京联合天畅文化传播公司发行
北京市十月印刷有限公司印刷　新华书店经销
字数 324 千字　880 毫米 ×1230 毫米　1/32　15 印张
2024 年 8 月第 1 版　2024 年 8 月第 1 次印刷
ISBN 978-7-5596-7493-7
定价：95.00 元

版权所有，侵权必究
未经书面许可，不得以任何方式转载、复制、翻印本书部分或全部内容。
本书若有质量问题，请与本公司图书销售中心联系调换。
电话：(010) 64258472-800